JN022501

エフェクトラ

紅門福助最厄の事件

霞流一

Ryuichi Kasumi

Effectra

本格M.W.S.

南雲堂

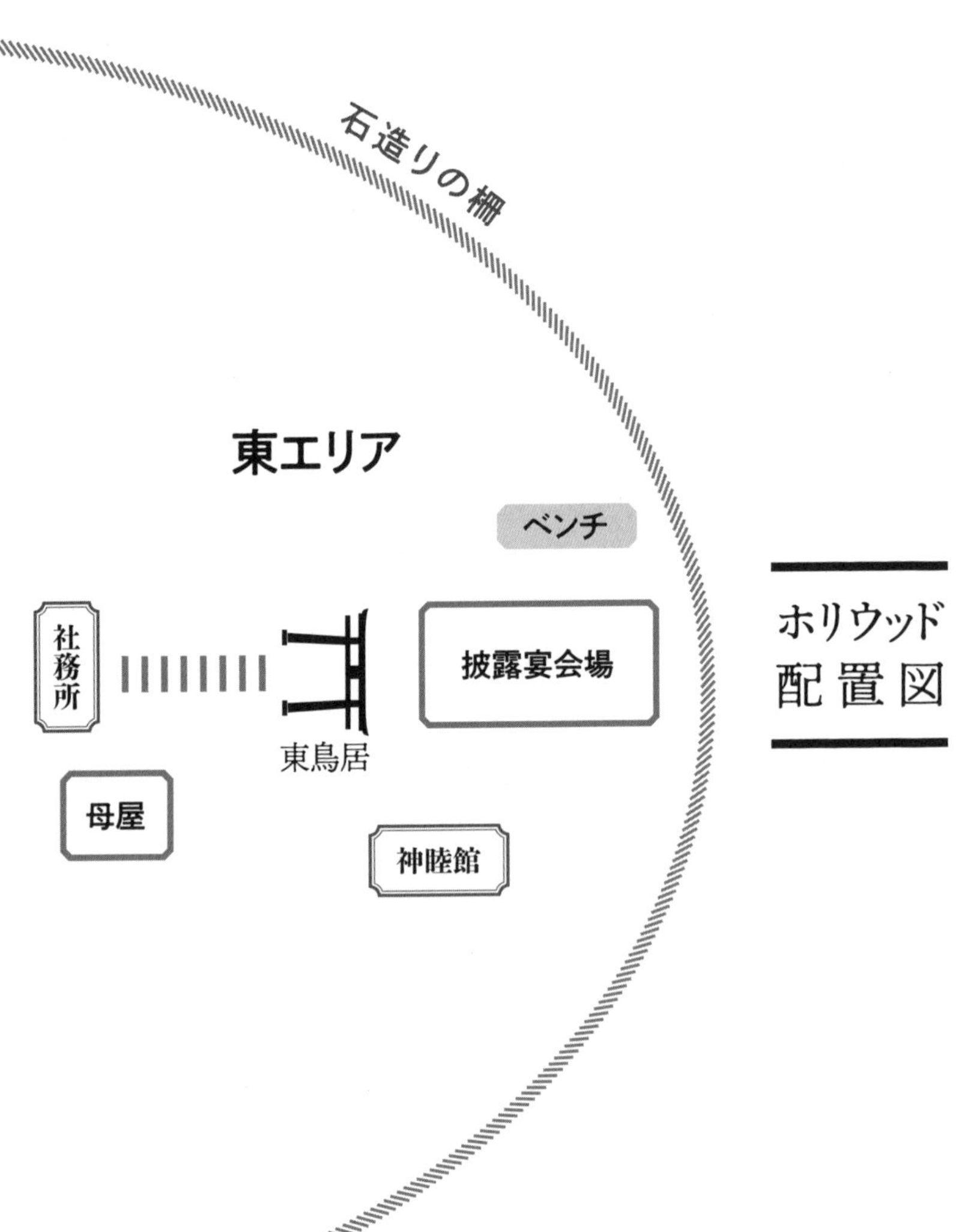
ホリウッド
配置図
石造りの柵
東エリア
ベンチ
社務所
披露宴会場
東鳥居
母屋
神睦館

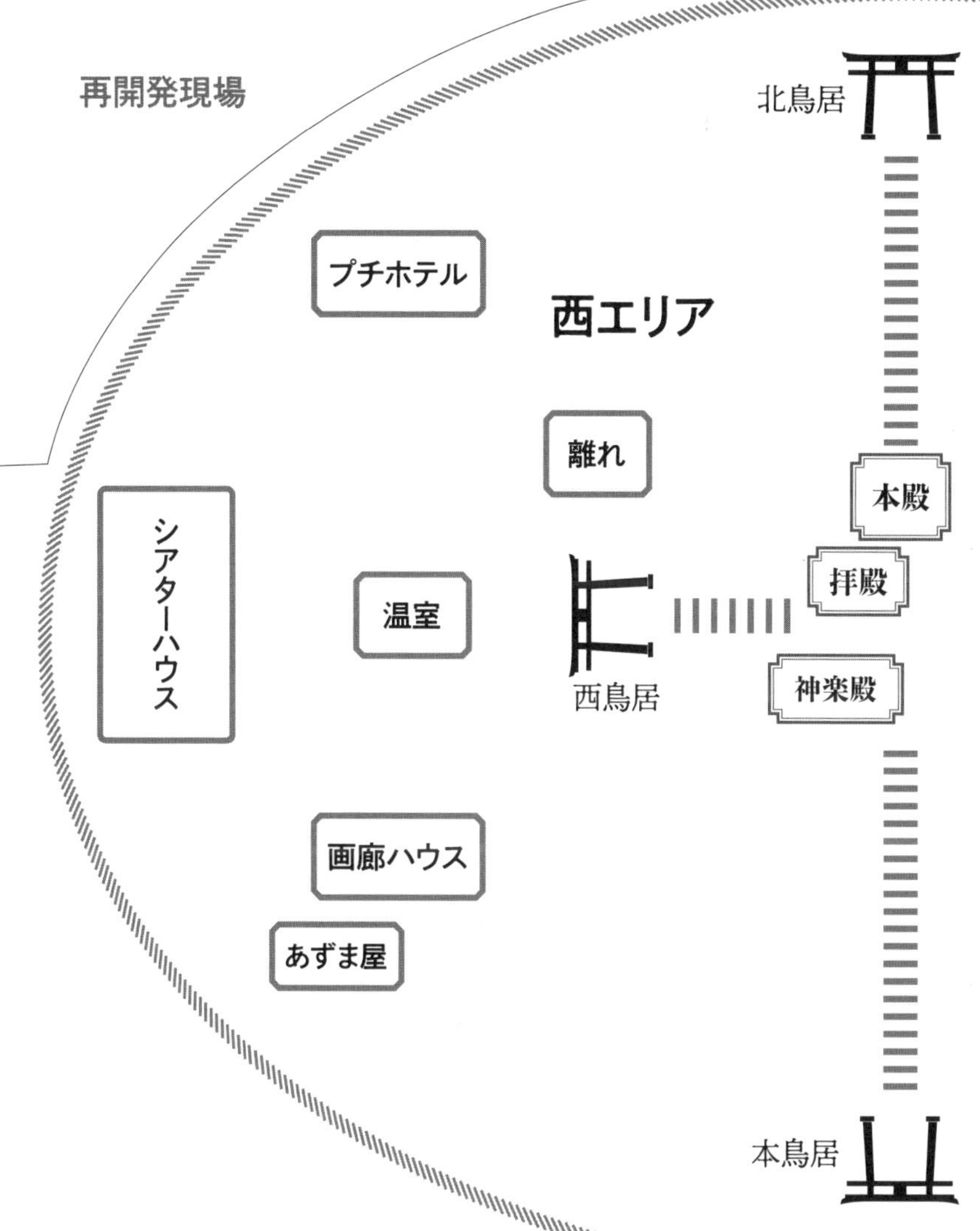
再開発現場
北鳥居
プチホテル
西エリア
離れ
本殿
シアターハウス
拝殿
温室
西鳥居
神楽殿
画廊ハウス
あずま屋
本鳥居

Contents 目次

装幀　岡　孝治

写真：　Rob Kints/Getty Images
PIXTA（ピクスタ）

Act. 1

1

股間を刺すような寒気に耐えながら俺はそれをじっと見つめていた。

白い布張りの大きな細長い箱。

それは石畳の坂をゆっくりと下りてきた。時折、段差があってカタン、カタンと音を立てる。人の姿は見えない。十二月の朝の淡い陽光にそれだけが映えていた。

それは棺だった。

まるで生きているかのように石畳の坂をゆっくり下っている。その背後から白い霧状のものが広がり、みるみる棺に追いつき、包み込んでゆく。

すると棺はにわかに動きをかき乱す。左右にふらつき、斜めに進み、スピードも増していた。段差ではバウンドを激しくする。端まで突進して木にぶつかり、方向を変え、また斜めに下る。加速しながらジグザグに坂を走り切り、横滑りすると半回転して、ようやく停止した。土埃と白い煙が混じり合う。上空ではカラスの群れが騒いでいた。

冬の光がスポットのように棺を照らしている。微かに震動し、中から物音も漏れてくる。そして、蓋がずれてゆき、地面に落ちた。

棺の底から影が立ち現われた。霧状の白い煙にその輪郭が浮かび上がる。人の姿。全身をふら

Act.1

つかせている。両手をしきりに振り回して白い煙を払っている。激しく咳き込みながら、「ひでえ」とか「殺される」とか苦しげな声を絞り出していた。

あちこちで足音が響き渡る。坂の上から男が二人下りてきて、棺の男に駆け寄った。

「無事?」

「わりい、わりい」

などと声をかけている。二人はそれぞれ両手に軍手をし、ロープを握っていた。

さらにもう一人、小柄な男が坂の脇の木立を掻き分けるようにして現われた。右手に握った筒状の物から白煙がたなびいている。これは映画や舞台などで使われる効果用スモーク。

「てめえら、ざけんじゃねえぞ」

などと罵りながらずんずん近寄ってくる。スモークの筒が突き出されたままなので、噴出する白煙をまともに浴びた棺の男がさらに咳き込み、よけいに身悶えする。

俺は笑いをこらえながら棺の方へと足を運んでいた。まともな朝じゃない。まあ、まともじゃないことに真面目に取り組んでいるのだから当然である。

これは或るイベントのリハーサルの一幕だった。一言では説明しにくいが生前葬のようなもの。そのイベントの主催者たる男がゆっくりとアウトドアチェアから立ち上がった。

今まで石畳の坂と向き合う小高い位置に陣取って、リハの進行に目を光らせていたのだ。シルバーフレームの眼鏡を外すと大きく溜息をついた。そして、両手を広げ、やおら拍手をする。ゆっくりとした皮肉たっぷりの拍手。首を左右に振りながら、

「いやあ、しみるぜ。つくづくお前たちときたら、やってくれるよ。カンドーすら覚える。本番じゃ、棺の中にこの俺が入るわけだな。何ともスリリングで刺激的、鳥肌立つくらいってもんだ」

そう言って寒空を仰ぎ、ハンッと苦笑いを放った。

この男は忍神健一。俳優である。ちなみに本名が貴倉健。日本を代表する俳優へのリスペクトと畏怖から芸名を使う運命となった。あちらの健さんと違って主演を張るタイプではなく、脇役の道をひたすら歩み続けている。いや、むしろ極めたと評する向きもある。いわば、バイプレイヤーのカリスマといったところ。

齢六十二と本人から聞いている。が、職業柄かもっと若く見える。バタ臭い顔立ちは彫りが深く、高い鼻梁が伸び、吊り気味の目が鋭い。どこか恐竜を連想させる。鼻の下と顎にグレイ交じりの髭が蓄えられていた。

二十代の頃から数多の映画・ドラマに出演し続けている。その脇役一筋のキャリアは日本芸能史の支流を見るようで圧巻でさえあった。三年前、過労が原因で腰痛が悪化したため丸一年休業し、治療に専念。以来、再発の恐れを考慮し、仕事をセーブするようになった。既に十年ほど前から所属事務所を離れ、フリーで活動し、自らをマネージメントしているので特に問題はないらしい。自分のペースと嗜好を優先した俳優人生である。

カリスマと評されるだけあって、徹底した「成りきり」の役作りを心掛ける。同業者には信奉者も少なくないようで、玄人受けのする存在であった。「役を演じるのではなく、役を生きる」が座右の銘。

Act.1

また、ＣＧのエフェクト（特殊効果）を多用した映画には出ないというささか前時代的なこだわりの持ち主でもある。

「最近の映画ときたらエフェクトに毒されちまってるのかね。息苦しいったらありゃしない。俳優がエフェクトに隷属するようになっちゃおしまいだよ。そんなのはＣＧで描かれたエキストラも同然。そう、エフェクトラってとこだ」

と事あるごとに不平不満を吐き散らしていた。

そんな忍神健一は今年、俳優生活四十周年を迎えることとなり、記念セレモニーを自ら企画し、準備を進めていた。一種の生前葬のようなイベントとはこのことである。

常時、忍神は役にのめりこみ徹底的に成りきるため、出演が終わっても本来の自分に戻れないことが頻繁にあったらしい。いわゆる「役が抜けない」というやつだ。そのせいで生活に支障をきたしたので、いつからか「死に役」だけを選んで演じるようになっていた。つまり、殺されたり、病死したり、自殺、事故死など劇中で必ず死ぬ役。それを出演の条件とした。死ぬことでその役に終止符を打つことが出来たのである。幾度となく死に続け、数多の死人を演じてきたバイプレイヤー人生。そんな忍神には「ダイプレイヤー」の称号も与えられていた。あるいは、「死に際の達人」「死のショー人」と呼ばれ、時には「デススター」とも。

そして、二週間後に開催される四十周年記念セレモニーは今まで忍神が演じてきた死人たちの弔いであった。現実の人間ではなく、架空のキャラクターの供養。

俺はこの話を初めて聞いた時、

「それって要するに人形供養みたいなもんですか？」

と訊ねたところ、忍神はニヤリと笑って、

「演じるっていうのは役者にとって業、つまり業績。そう、だから、人業供養ってことで正解かもな」

駄洒落まがいの返答を真顔で寄越し、さらに加えて、

「弔ってやんなきゃ、役の霊たちはまだ俺に憑いたままなんだよ。これは役祓いであり役落としなのさ」

と、何だか上手いこと言ってやったと得意そうに顎鬚をしごくのだった。

説得力のあるような無いような、しかし、忍神の信念であることには間違いないようだ。でなければ、こんな奇妙なイベントにわざわざ甚大な労力を費やさないだろう。人を雇ってまで……。そう、この忍神健一こそ、今回の俺の依頼人なのであった。

俺か？　俺は紅門福助、私立探偵、そろそろ頭に白いものが見え隠れするミドルエイジ、ちなみに独身、星座と血液型には興味なし、と自己紹介はこれくらいにしておこう。以前、俺に仕事を依頼した或る映画プロデューサーから評判を聞き及んで、忍神は俺を雇うことにしたらしい。

今回の依頼内容とは四十周年記念セレモニーのサポート。つまり、「人業供養」であり「役祓い」である大事なイベントが無事に開催できるように探偵の目を鋭く光らせていてほしい、ということだ。人間関係や妨害工作などいろいろ不安材料を予感し想像し頭を悩ませているらしい。それらダークな要素に対峙するのが今回の俺のミッションである。

そのため、一週間ほど前から俺はこの現場に参加し、合宿状態の生活を送っている。

2

ここは神社だった。報龍(ほうりゅう)神社。三鷹市の南西部、牙利(きばり)町に位置し、木々の生い茂る自然豊かで広々とした敷地を有していた。

この地域一帯には古くから龍の伝説がある。たびたび村を襲っていた龍が、ある時、村人の供えた酒をたらふく飲んで酔っ払ってしまう。普段は蒼いのに真っ赤に変わった自分の姿が川に映るのを見て、敵と勘違いして嚙み付こうとし、川底に激突。そして、牙が折れてしまうと恐れをなして逃げ去り、二度と村に姿を現すことはなかったという。牙折りの村がやがて変じて牙利町。もちろん、神社の名もこの伝説に由来し、呆龍が転じて報龍となったという。

そして、忍神健一の実家がこの報龍神社にあった。家の長男は代々、宮司を務めることになっている。彼も本来は宮司の任を継承する立場にあったのだが、家出同然に役者の道に進んでしまったので、仕方なく次男である弟が引き継いで今に至っている。忍神が腰痛の養生のために実家に戻って来たのが三年前、それ以来、空き家だった離れで生活するようになった。確執のあった父親が既に鬼籍に入っていたのも帰ってきた理由の一つらしい。

その父親、貴倉昇造(たかくらしょうぞう)が先代の宮司を務めていた頃、神社はずいぶんと隆盛を誇っていたらしい。

昇造には商魂と商才が備わり、事業に辣腕を振るったという。折りしもバブル期の潮流に乗り、この神社を先鋭的な結婚式場として改造。派手婚のブームに即応し、遊園地さながらのアトラクションを導入した。例えば、当時流行った新郎新婦のゴンドラでの登場に対抗し、七福神の宝船に模したロープウェイでカップルを「降臨」させるなど呆れるような演出の数々を開発。また、和洋中エスニックいかなる料理も提供できる披露宴会場、遠方客向けに温泉付きの宿泊施設、テニスコート、バーベキュー、カラオケなどを楽しめるアミューズメントスポットも敷地内に設けていた。

こうして罰当たりなくらい神社を丸ごとブライダルホール化した運営は大いにヒットし、軌道に乗ったかに見えた。が、やはり罰が当たったのか、世間の例に漏れずバブル崩壊と共に瞬く間に衰退し、ほとんどの事業は廃業に追い込まれてしまった。短期間の好景気によって膨らんだ昇造の資産だったが、結局、借金の返済で霧散し、むしろ決算はマイナスに終わっていた。

今もバブルの遺跡たる往時の施設が野ざらしのまま無残な姿をさらしている。そんな廃墟の群れは荒涼とした景観を作り、しかも神社の敷地内なので却って不気味ですらあった。もともと交通の便のよくない辺鄙な場所で静かな神社だったのが、参拝者もよけいに減り、うら寂れてしまっている。

そして、このバブルの遺跡に目を付けたのが忍神健一であった。彼は俳優業をセーブするようになってから時間が空いた分、後進の育成に努めている。俳優の卵や若手を集めてワークショップを催し、演技メソッドを伝えるなどアクターズスタジオのような活動を展開、その拠点をここに定めたのである。未来を夢見る映画俳優の聖地。神社の名「報龍」から「ホリウッド」と名付けていた。

だからこそ、忍神は自らの俳優人生の記念セレモニーをこの聖地ホリウッドで成功させようと躍起になっている。そして、今まさに現場ではそのリハーサルが賑々しく展開されているのだった。

神社の境内を挟んで東と西それぞれに敷地が広がっている。東エリアは披露宴会場など結婚式に直結した建造物が並び、一方、西エリアは宿泊とレジャーの設備がレイアウトされていた。バブルの遺跡が神社の両翼のように広がる構造である。

今、我々がいるのは西エリアだった。色褪せて壁面のひび割れたプチホテル、雑草に覆われたテニスコート、瓦礫だらけのバーベキュー施設、藻の浮かぶ噴水跡など、寒々しい光景が広がる。それら遺跡の狭間を縫うように北から南へと延びる石畳の坂を先ほど棺が下りてきたのである。

セレモニーのオープニング、数々の死に役を演じてきた稀代のダイプレイヤー・忍神健一の登場シーン。死者である忍神が天上界から棺に乗って現世に降臨し復活する、という演出だった。

キャスター付きの棺がゆっくりと坂を下って行くよう両側の木立からスタッフがロープを操作し、また、スモークを焚いて天空の雲海を表現。そして、棺が止まると中から代役の男が立ち上がり、見得を切って復活のポーズをキメる。そのはずだった。

が、今、坂の下で彼らは棺を囲んで罵詈雑言を響かせていた。リハの失敗の責任を押し付け合っている。何とも大人気ない光景。目が血走ったように赤いのは睡眠不足のせいか。それで余計にイライラしているのかもしれない。

十二月十二日の今朝のリハ開始は午前六時半だった。

「ロケで慣れっこのはず。そもそも映画屋は太陽を追いかけるのが仕事なんだから」という持論のもと、忍神は高校の部活の朝練なみのスケジュールを連日強行していた。特に今日は午後から雪の予報なので、こうした坂を使うハードなリハを早朝に持ってきていた。

目の赤い彼らはやはり一週間ほど前から神社で合宿生活を送っている。しかもノーギャラ。もともと彼らはホリウッドの活動に頻繁に参加し、「ホリウッド・メイツ」と呼ばれていた。いわば忍神ファミリー。熱心な生徒であり、また信者とも言える。

が、同時に欲得に裏打ちされた思惑と打算も抱いていた。むしろそっちの方が大きいだろう。つまり、忍神の目に留まれば、忍神に気に入られれば、仕事のチャンスが巡ってくる。忍神ほどのキャリアともなれば人脈が豊富で顔も利く。実際、映画やテレビのプロデューサーからキャスティングの相談を受け、目をかけていた俳優を推薦し、それで配役が決定することも少なくない。

そういうわけで、ホリウッドの参加者たちのほとんどは仕事を紹介してもらうことが目当てであった。それは忍神も承知のことであり「俳優はそれくらい貪欲であるべき」と理解を示している？　あるいは強がっている？　まあ、そうでないと生徒が集まらないのかもしれない。ある意味、持ちつ持たれつの関係。逆に言えば、最も野心に満ちている生徒たちこそ、ホリウッド・メイツの面々ということなのだろう。

棺の周囲で彼らの喧騒がますます激しくなっている。

3

棺に入っていた男が頭と肩をしきりにさすりながら、

「イテテ……、ホーント殺す気ですか。遺体役と痛い役って違うっちゅうの、マジ勘弁してくださいよぉ、もう」

涙目で訴える。歌うような喋り方のせいかあまり痛みが伝わってこない。しかも踊るように身をくねらせて下手なミュージカルを連想させる。

ノリがいいのか能天気なのか空っぽなのか、この陽気な若い男は俳優だった。宗方哲平(むなかたてっぺい)。二十代後半。大きな目に丸っこい鼻、ちょっぴりタラコの唇、愛嬌たっぷりな顔立ちは二枚目のピエロといった感じ。明るいイメージのせいか、大リーグのロゴ入りのスタジアムジャンパーがよく似合っている。茶髪に染めたパーマ頭は天然らしい。これ、忍神から貰った情報。

今回の仕事を依頼された際、合宿に参加するホリウッド・メイツの各キャラについて大凡(おおよそ)のレクチャーを受けたのだ。それによると、宗方哲平は所属事務所「ヤブキ芸能」に入ってまだ三年だが、今、最も売り出し中の若手ホープらしい。

「ああ、頭ん中、まだガンガン鳴ってますよぉ。カラオケボックスで下手な歌を聞かされるよりひどい、こりゃ棺桶ボックスかいっ」

一人でツッコミを入れてから、宗方は湯船から上がるように棺を出る。両手で茶髪頭を挟んでマッサージを続けながら、またも歌うような口ぶりで、

「何とかどうにか無事生還、ですけど、まったくホントに頼みますったら、ねえ、先輩方」

そう言って、両手を突き出すと、左右に突っ立っている二人の男に向かって指をパチンッ、パチンッと鳴らした。

この先輩二人が先ほど棺をロープで操っていた男たちだった。すぐに反応したのが左の方。

「いやあ、宗方君、すまんことした。わしとしたことが面目ない。手元が狂うてしもうたんじゃ。日頃から鍛えているつもりなのに情けないじぇす」

言いながら深々と頭を下げる。やけにジジ臭い喋り方をするがまだ三十代半ばの男だった。鷲津行彦（わしづゆきひこ）。やはり俳優である。それも若手のくせして老人役を専門とする珍奇な存在。

忍神の唱える俳優術として「一人一芸」という教えがあった。何でもいいから特技を持てば道は開ける、という教え。鷲津はこれを頑なに信じ込み、かろうじて細道を歩み続けている。老人役に活路を見出したのは、もともと老け顔だった上、二十代の終わり頃、酔っ払って階段を転げ落ちて歯を折り、前歯すべてを入れ歯にしたのがキッカケらしい。

老人キャラを自分自身に意識付けるために普段から「わしは〜じゃ」みたいな言葉遣いを心掛け、また、それは営業活動も兼ねている。もとは「鷹津」だった芸名を「鷲津」に変えたのもその表われだった。時折、「じゃ」と「です」が混じって「じぇす」となってしまう癖も芸の副作用らしい。

将棋の駒のようなエラの張った顔立ちにスキンヘッド。この寒空の下でもランニングシャツという極端な薄着だった。肌に年輪を刻むために常に風雪にさらされてるのじゃ、とは本人の弁。シャツから覗く裸身の所々が赤く擦り剝けているのは乾布摩擦のやり過ぎのようだ。また、頭痛持ちらしいが、昭和の年寄りみたいに梅干の皮をこめかみに絆創膏で貼り付けていた。近寄るとツンと酸っぱい匂いがする。

汗でうっすら光るスキンヘッドをさすりながら、

「責任は重々承知しとるよ。わしの責任の分は、じゃな。ただ、チームプレイのミスなんじゃから、あちらにも責任の一端は」

と鷲津は右の方を振り向き、もう一人のロープの男を指差した。

その男は伊波英作（いなみえいさく）。肩書きはＭＣタレント、つまり、映画・テレビ業界のイベントをメインに手掛ける司会業で、通常、「ＭＣ伊波」の名で親しまれている。他にＢＳ・ＣＳ放送のマイナー番組で芸能レポーター、小さなＦＭ局のラジオパーソナリティを務めることもあった。

ナイフのような細い面立ちに薄い唇、しゃくれて尖った顎は三日月を思わせる。体型もスリムだが、今はモコモコの白いダウンジャケットに身をくるみ、フードまでしっかり被っているので雪だるまを連想させた。

そんなＭＣ伊波はしゃくれた顎を鷲津に向け、押しの強い口調で、

「おい、こっちの責任って、何言ってんだよ。この薄着バカの若年寄りが。いいか、お前がどんだけジジイぶったって、芸歴の長さは俺の方、こっちが先輩なの、判ってるよな。まさかジジイ

やってるうちにホントにボケちまったとか」

「相変わらず口が悪い、さすが、ＭＣイヤミ先輩」

「ほお、言うね。でもな、さっきのロープの操作だってな、先輩のミスをカバーするのが後輩のお前の役目だろが」

「あ、やっぱり、ミスって認めた」

「いや、不可抗力って意味だよ。だって、仕方ないだろ。あんな近くでスモーク焚かれちゃさ、目はチクチクするわ、むせるやら、もはや事故だよ、だから、むしろこっちは被害者だし」

と振り向いて、近くにいた別の男を凝視し、

「もう頼んますったら、社長」

そう言って、しゃくれた顎を突き出す。

社長と呼ばれた小柄な男は眦(まなじり)を吊り上げ、

「よお、よお、じゃ、こっちは加害者とでも言うか、おい」

「まあ、どちらかと言えば」

「てめえ、何、責任転嫁しようってんだ。相変わらず図々しいよな。ＭＣイヤミ絶好調ってか。朝っぱらから、酒くせえし」

罵りながら、ようやくスモークの消えた筒を地面に放り捨てる。ケッと息を吐くと、黒ブチの眼鏡を外し、黒いボディバッグの前ポケットに押し込む。そして、黒の革手袋の両手を胸の前で構え、交互に突き出してシャドーボクシングを始めた。

Act.1

矢吹直人（やぶきなおと）。棺の中に入っていた俳優・宗方哲平の所属プロダクション「ヤブキ芸能」の社長である。

血走ったような尖った眼差しが強烈な印象を残す。時代遅れともとれるパンチパーマが荒んだ感じを添えていた。五十前後だろう。身長百六十くらいで男にしては小柄な体軀。針金の人形みたいな痩身をくたびれた黒のスーツで包み、その上から黒の革ジャンを引っ掛けている。

黒手袋のシャドーパンチをＭＣ伊波の顔面スレスレまで繰り出して、

「しかも、うちのイチオシの宗方を危ない目に遭わせやがって」

ＭＣ伊波は慣れた調子で上体を後ろに反らしながら、

「ああ、宗方君はいいよなあ、社長のイチオシでさあ。俺なんかさ、二押しでも、三押しでもなかったもんなあ」

「けっ、お望み通り、押してやったじゃねえか、なっ、押し出してやったろ、うちからよ、っと」

矢吹がパンチを繰り出してくる。

そう、ＭＣ伊波もかつてはヤブキ芸能の所属だったが、六年前に解雇された。原因は闇営業。社長の許可を得ずに秘密裏に仕事を引き受け、ギャラを丸ごと自分の懐に入れるのを繰り返していた。しかも、その中に本人は知らなかったと言い張るが、反社勢力のフロント企業の忘年会の司会というのがあった。解雇されて以来ずっと今もフリーのままらしい。

ＭＣ伊波は仰け反りながらパンチをかわし、

「あん時はマジの即刻クビだったもんなあ。一度くらい復帰のチャンスくれると思ってたのに」

「キングギドラじゃあるめえし、首は一つなんだよっ。認識があめえんだよっ」

するると反対側から鷲津がジジ臭い口ぶりで、

「それ言われると、わしも頭が痛いのお」

「ん、頭痛だと？」

と、矢吹社長が振り返り、

「また、変なヤクでもやってんじゃねえのか」

「い、いえいえ、そ、それはないじゃぇす。誓って絶対に永遠に」

慌てて首を振って否定し、深々とスキンヘッドを下げる。

鷲津は二年前、大麻所持で逮捕されたのが原因でヤブキ芸能を解雇されている。以来、MC伊波と同様、フリーで活動。大麻に手を出したのは老人役ばかりを続けることのストレスが理由だったという。しかし、一方で、「顔をやつれさせて老醜を出そうとした」「ヤクで役作り」などと下らない言い訳をしていたらしい。結局、判決が下り現在は執行猶予中の身であった。

ＭＣ伊波と鷲津、かつての所属タレントの二人を矢吹社長はまじまじと眺めやる。キッチンの三角コーナーの生ゴミでも見るような眼差し。ハーッと重い溜息を漏らし、

「ああ、どうして、こんな奴ら、俺の事務所にのさばらせてたかなあ。あと、百万回くらいクビにしてえよ、いや、それよか、こいつらの面倒見てたお人好しの俺をクビにしてえ」

吐き捨てるように言って地面を強く蹴り上げる。

「よっ、クビ切り社長！」

イチオシの宗方哲平が両手をメガホンにして歓声を飛ばす。

矢吹は睨みつけ、

「おいおい、哲平、お前もちゃんとやれよな。棺桶が暴走しようと、引っ繰り返ろうと、炎上しようと爆発しようと関係ねえんだよ。いちいちビビるんじゃねえ。段取り通りに最後まで演技続けんだよ！」

「そう言われましてもねえ、社長」

と宗方はぶつけた茶髪頭をこれ見よがしにさすりながら、

「そもそも、イチオシの役者にこんなことさせますかあ？」

「こらっ、ボケ！　こんなこと、って何ぬかすんだ。リハとは言え、忍神さんの代役だぞ。なのに、こんなこと、なんて言っちまったら、実際に本番でやる忍神さんはどうなんだよ、おい」

「あんなことになりませんように」

さっき棺が暴走した石畳の坂に向かって手を合わせる。

「あ、当たり前だ！　ああ、どいつもこいつも、ったく、もうっ」

自棄になったようにシャドーボクシングの拳を宙のあちこちに打ちまくる。身を翻してリーチを伸ばした。

その拳が危うく命中しそうになる。

命中しそうになった相手は……死のショー人こと、カリスマのダイプレイヤー、忍神。

4

忍神は胸元に来た矢吹のパンチを間一髪でヒョイッとかわし、

「おっと、ホントに殺す気？　しみるねえ」

軽口を叩きながら、眼光鋭く睨みつける。

矢吹は空振りした右手を慌てて引っ込め、

「おっとっと、すんません。いつのまに真後ろに？　ほら、こいつらバカ役者たちに気い取られてたもんで」

忍神は肩をすくめ、

「バカ役者たちに気を取られて、俺みたいな役者バカに気付かなかったか？」

と静かにほくそ笑む。

それから、雁首そろえてうな垂れている四人、矢吹社長、イチオシの宗方、老人役者の鷲津、MC伊波をしげしげと順に見つめる。ゆっくり首を振って溜息をつく。

「君たちのおかげで、俺の辞書には退屈という言葉は無いよ。リハなのにこれだけ楽しませてくれてさ。まるで、映画のNG集でも見せられているようだよ。生身の役者ならではのライブ感覚、うーん、しみるねえ。エフェクトラじゃこの味出せないよな」

朗々と深みのある声で語る。顔は笑っているが、眼差しは氷柱のように凍っていた。

そして、ゆっくり振り返り、凍結した視線を後方に向け、

「おい、小尾カン、そもそも、お前の演出に問題があるんじゃないか？」

責めるような口ぶりで問い掛ける。

詰問の的となっているのは小尾寛。小太りの身体をモスグリーンのダウンジャケットに包み、猫背の姿勢でモソモソ動く様は南方の島あたりの海亀を連想させる。肩書きは映画監督。名前の寛と監督の監から小尾カンと呼ばれる。今回の記念セレモニーの演出を担当させられていた。

映画監督とはいえ、一週間だけちっぽけな劇場で公開され、すぐにＤＶＤリリースされたＢ級ホラーを撮ったにすぎない。それも十年以上も前だ。あとはカラオケ用ビデオや中小企業のＣＭ、地下アイドルのＰＶなどを手掛けたくらいでそろそろ五十の齢に手が届こうとしている。その唯一の映画の際、無理を言って忍神にほとんどノーギャラで出演してもらった恩義があるため、以来、忍神に逆らえないらしい。

頬肉の垂れそうなプックリとした顔に狼狽の色を滲ませている。垂れた両目を上目遣いにして、

「はい、忍神さんのおっしゃりたいのは要するに私の仕切りが悪いということですよね」

「ああ、解ってんじゃないか。毎度、おんなじこと言わせんなよ。いつもそうだよ、詰めが甘いんだよ。仕切りたがりの出しゃばりのクセして」

小尾カンは卑屈な口調で、

「出しゃばってはみたものの、監督なんてしょせん黒子ですから、あ、おっしゃりたいこと解り

ます。黒子ならもっと痩せろ、ですね。太った黒子なんて見たことありませんもんね。私もありません」

「当たり前だろがっ。いいから、とっとと仕切り直してリハ再開しろ。ダイエット兼ねてな」

忍神はうんざりした顔に苦笑を浮かべ、小尾カンの丸い背中をパンッと勢いよく叩いた。

「ご用命のままに」

と頭を数回下げ、へりくだった愛想笑いを返した。

それから、小尾カンは視線を忍神からその傍らにずらした。一瞬、顔を歪める。見たくもないものを見ている、そんな面持ちだ。そして、小尾カンはオイデをするように右手を振り、

「ねえ、さっきのリハの棺の段取り、記録取ってくれてますよね、大丈夫ですよね？　萌仲アズキさん」

「もちろん！」

名前を呼ばれて即答し、一歩前に出る一際エキセントリックな存在。セーラー服を着ている、が、中身はオッサンである。首にかけているストップウォッチを掲げて、

「ちゃんと計ってますよ、抜かりはありませんから。抜かりがあるのはそっち」

「え、何が？」

「萌仲アズキじゃなくて、萌仲ミルキですから、私の名前」

「あ、そうか、つい頭が混乱しちゃって、見た目のインパクトのせいかも……」

「失礼ですねっ。名前くらい覚えてくださいよ！　セーラー服のオッサンがそんなに珍しい？」

「どちらかというと」

「……ま、そうですよね。確かに。でも、そろそろ慣れてくださいね」

そう言ってスカートの裾を両手で摘み上げ、舞台挨拶のように軽く膝を曲げてみせた。

慣れろと言われたところで、やはり、どう考えても不気味なキャラクターだった。スカートの裾の下には脛毛が繁茂している。日によっては顔に無精髭も伸ばしている。さしずめ「セーラー服の奇観獣」といったところ。

忍神の解説によると、萌仲ミルキは俳優、というか、俳優の卵らしい。

詳細は次の通り。以前は新宿二丁目の既に閉店したショーパブのコントに出演していたという。その才能を見込んだ忍神が役者への道を勧め、ホリウッドに呼んで個人指導するなど面倒を見ている。当然、まだどこのプロダクションにも所属していないフリー。ショーパブ時代に複数のバイトの掛け持ちでコツコツ貯めた貯金を取り崩しながら、演技力を磨く日々らしい。

また、普段からセーラー服を着ているのも忍神の提案だった。それも膝上丈のスカート。中高年のオッサンなのにこんな格好していることで「どんな役でもやります！」と強い覚悟をアピールするためである。通常はごく普通の紳士的な敬語で喋っているが、感情が激した際にオネエ言葉が混じるのはショーパブ時代のコントの名残らしい。が、それも個性的なセールスポイントになるから直さぬようにと指導されている。このように、萌仲ミルキは忍神プロデュースによる異色のアクターであった。

そして、今回のリハーサル合宿ではスクリプター、つまり記録係を担当させられている。例えば、棺が坂を下るのに要した時間や各スタッフの動きをチェックし、進行をサポートするのが仕事だった。

さっきのリハのデータを書き記したノートを小尾カンの方に歩み寄って差し出し、

「まだちゃんと整理してませんけど、見れば解ると思います。お急ぎならどうぞ」

「ああ、じゃ、遠慮なく」

「どういたしまして」

そう言って、Uの字の作り笑いを浮かべ、口端にペロリと舌を出して、小首を傾げる。オッサンのくせして。この不気味な笑顔をミルキースマイルと呼んで喜んでいるのはプロデュースした当の忍神くらいだった。

小尾カンは一瞬おぞましげに表情を歪め、目を逸らしたまま、

「ありがとう。萌仲……ミルクさん」

「ミルキ」

「失礼、萌仲ミルキさん」

慌てて訂正し、ひったくるようにノートを受け取り、背を向けた。

そして、小尾カンは小太りの身体を揺らしながら棺の方に足を運ぶと、リハの失敗の反省会を開いて矢吹社長らの罵詈雑言に耳を傾けるのだった。

こうした現場の様子を眺めていた忍神は今朝から百万回目の溜息をついた。シニカルな笑みを刻み、こちらに歩み寄る。そして、他に聞こえぬよう俺の耳もとに小声で、

「なあ、紅門さん、ぼちぼち呆れ果てて嫌気がさしてきたんじゃないの？」

「いやあ、ご心配なく。よく言われるんですよ、興味本位で生きている、って」

俺はそう答えて親指を立てて見せた。

そうは言ったものの、このクセの強すぎるキャラたちの濃密な空間にいると、長風呂の湯当たりみたいな「人当たり」でもしそうな気分だった。加えて、業の深い神社といい、神経を使う依頼内容といい、何とも刺激的な現場である。

と、そこに後方から慌しい足音が響く。さらに新たな刺激が来たのかもしれない。

5

やって来たのは若い男女だった。

どちらもジャージの上にペアルックのドクロ柄のスカジャンをまとっている。走ってきたらしく、顔が上気していた。雲のような白い息を吐いて呼吸を整えながら、こちらに歩いて来る。

二人とも俳優だった。二人とも、ヤブキ芸能ではなく「赤峰オフィス」の所属である。

男の方は富士井敏樹（ふじいとしき）。二十代後半。広い額に奥まった細い目、高校球児のようなスポーツ刈りが浅黒い肌によく似合う。顎が割れているのが特徴的だった。がっちりとした筋肉質の体格で胸板が厚く、肩幅も広い。今、「赤峰オフィス」イチオシの若手で、「赤峰」の最高峰になるように

「富士」を芸名に付けたらしい。

その富士井が行進のように両手を力強く振ってこちらに向かってくる。肩をいからせ、鼻息も荒い。何だか、調整中のターミネーターを連想させる。しかも、汗っかきらしく首筋の辺りがテラテラ光っている。この男、いつもこんな感じだった。すぐ気張る、というかテンパってしまう。

その場で足踏みしてから立ち止まり、両手を後ろに組んで「休め」の姿勢を取る。奥まった目を見開くと、唇を震わせてから、

「忍神さん、聞いてください」

やたら力んだ声でそれだけ言った。

妙な圧の強さに忍神は困惑の色を浮かべ、

「おっ、何だよ。君が話しかけてくる度に何だか刺されそうな気分になっちゃうんだよな。もっと気楽にさ」

「申し訳ありません。自分のモットー、全力投球、なもんで」

「ああ、解ってる。いいから、話って何？　さっさと言いなよ、要領よく簡潔にな」

すると富士井は眉間に深い皺を刻み、思い詰めたふうな顔になる。要領よく簡潔に、を全力で考えているらしい。やがて、んーんーと奇妙な唸り声を漏らし始めた。

危険信号らしい。傍らにいた女の方が身を乗り出してきて、鼻にかかった声で、

「ああ、もう、富士井君ったら、私が言うからいいわよ。世話焼けるなあ。喋んなきゃ、和製シュワちゃんもどきのマッチョ俳優で通るかもしれないのに」

誉めているのか、けなしているのか解らないまま富士井を押しのけ前に出る。

この白川(しらかわ)留里菜(るりな)はまだ新人同然の二十代前半。なかなか仕事が来ないので、ユーチューバーの活動で自己ＰＲに励んでいる。今も自撮り棒でスマホをかざし撮影していた。

顔の各パーツが小作りで、リスのような丸っこい目をしている。何が不服なのか、いつも拗ねたような表情をし、おちょぼ口をスズメのように尖らせるのが癖だった。

その唇を忍神の方に向けて、

「話というのは鳥居のことなんです」

「ん、鳥居とは神社の鳥居？」

「ええ、この報龍神社の鳥居です。北鳥居で妙なと言うか、変なと言うか、とにかく異様なことが起きたらしいんです」

「妙、変、異様？　何だ、そりゃ？」

忍神が表情を硬くし目を細める。

「さあ、何でしょう？　あ、クイズじゃないですよ、私も知らないんだから。実際に自分の目で確かめた方がいい、って、忍神さんにそう伝えるように命令されたんです」

と留里菜はスマホを振る。

「命令って、あいつからか？」

「あいつ、って、うちの社長ですから」

咎めるように口を尖らせ、

「社長が朝の散歩してて見付けたらしいんです。で、私と富士井君がジョギングしているの知ってたから私のスマホに連絡してきて。ちょうどこの近く走ってたところなのでこうしてやって来た、というわけ」

「そうか。それにしても、あいつ、直接、俺に電話すりゃいいのに」

忍神は不審げに首を傾げる。

留里菜はそれには答えず無視するように空を眺めている。

その背後から富士井が乗り出してきて、おずおずと、

「もし、リハの真っ最中だったら、電話すると邪魔になるから、ですよ」

「そこまで気を遣うことないだろうに。そんなことで俺、不機嫌になるかよ」

「はあ、でも、うちの社長、忍神さんのこと、気分もカメレオン俳優だって……、あ、失礼」

口をつぐみ、奥まった目を泳がせる。

その脇腹を留里菜が突っつき、

「んもう、だから、喋んなきゃいいのに、って言ってるのに」

と顔をしかめ、苛立たしげに口を尖らせる。

忍神はフンッと鼻息を吹いて苦笑いを刻む。肩をすくめると、

「とにかく、鳥居のことが気になるから、とっとと見に行くとするか。気分が変わらんうちにな」

カメレオンのように舌をサッと伸ばして、スッと引っ込めてみせた。

それから、俺の方を見て小さく頷き、続いて棺の反省会のメンバーらを振り返り、

「興味あるなら、諸君も来たらどうだ。どうせ気になって仕方ないだろ」

そう言って、目的地の方へと向かって歩き始める。その後ろ、俺を含む一団がぞろぞろと病院長の回診のように付き従うのだった。

6

リハを行っていた西エリアを横断するように抜けて、境内に入る。木立に囲まれた参道を辿り、幾つかの岐路を折れて、緩やかなカーブを過ぎたところで北鳥居が姿を現す。

境内には東西南北それぞれの参道入口に鳥居が配置されている。南参道の高さ十五メートルの朱塗りの大鳥居が本鳥居と呼ばれるメインの存在であった。

今、目の前にある北鳥居は高さ七、八メートル、石造りの地肌がむきだしのままだが、年季の染み付いた風格を漂わせていた。

その鳥居のもとに女性が一人立っている。連絡を寄越した「赤峰オフィス」の社長、赤峰千佳(あかみねちか)だった。

五十を過ぎていると忍神から聞いたが、ずっと若く見える。色白でレモンのような面立ち、肩にかかる漆黒の髪がよく似合う。切れ長の瞳は刺すような力があった。モデルさながらの均整の取れた身体をネービーのパンツスーツに包み、腕組みをした立ち姿には貫禄があり、辣腕の女社長といったところ。

その赤峰千佳のもとに富士井敏樹と白川留里菜が駆け寄る。富士井が何か言おうとするのを留里菜が押しのけて、

「カカ社長、言われた通り連れてきたよ。ああ、遠回りした分、疲れたあ」

スズメのように口を尖らせ、わざとらしく額を拭ってみせる。

カカ社長のカカとは母さんを意味するカカ。そう、白川留里菜は赤峰千佳の娘であった。「赤峰」に対し「白川」という芸名を名乗っているのは自立心や反抗心が窺えるが、カカ社長と呼んでしまうあたり、まだ甘えがたっぷり残っている。

そんな留里菜をカカ社長こと赤峰千佳は幼児でもあしらうように、

「はいはい、ご苦労さん。お使い、よく出来ましたねえ」

大仰に頭をクシャクシャと撫でてやる。

口をさらに尖らせ、むくれる留里菜。

赤峰千佳は視線を娘から剝がした途端、表情を冷たくし、眼差しを尖らせる。忍神に向かって小さく頷き、それから、俺を見て顔をしかめ、その後ろの一団に目を遣り、うんざりと溜息をついた。視線を忍神に戻し、

「金魚のフンみたいにゾロゾロ連れて」

「仕方ないだろ、やっぱり気になるもんさ。あれこれ妙なことが起きちゃな」

忍神が言うと赤峰千佳は肩をすくめて苦笑する。そして、鳥居を振り返る。

既にその光景に誰もが目を奪われていた。

異様な光景。

鳥居の柱に卒塔婆が結わえ付けられていた。

卒塔婆とは死者を供養するための細長い木の板、墓場に立てられるあの卒塔婆である。長さ一メートル七、八十センチほど。古いものらしく所々がひび割れ、欠けている。もともと達筆過ぎて読めない文字も長年の風雨でかすれ、汚れ、ますます解読できなくなっていた。

そんな卒塔婆が鳥居に結わえ付けられている。参道入口から見て向かって左の柱、およそ平均的な大人の肩の高さほどの位置。卒塔婆の真ん中のあたりが黒いロープで二重に巻かれている。よく見るとゴム製のロープだった。引越しや運送業などでよく使われる類だろう。

鳥居の柱は地面に対して直角で真っ直ぐに立っている形式のもの。その柱に対し卒塔婆は斜めになった状態で結わえられていた。武士が帯に刀を斜めに差している、そんなふうな感じだ。おそらく、先にゴムロープを柱に結わえて固定したところに卒塔婆を差し込んだものと推測される。

しかし、そんなことが解っても、目の前の異様な光景は謎のままだ。

この場にいる全員の思いを代弁するように忍神が呟く。

「解らん。さっぱり解らんよ。いやあ、しみるねえ。こんなことをして、いったい何を？」

赤峰千佳は腕組みしたまま口元を歪め、

「意味不明の上に気味悪い、しかも罰当たりかも。だって、卒塔婆って仏教系のアイテムでしょ。仏様サイドの卒塔婆と神様サイドの鳥居とがくっついているなんて、お互いに失礼じゃない？」

「確かに。触らぬ神に祟りなしか、仏の顔も三度までか、いやはや……。あ、そうだ、神様サイドの代理人に知らせないとな」

ジャケットのポケットからスマホを取り出す。

すると赤峰千佳が首を振り、

「あ、出ませんでしたよ。今、スマホ、手元に置いてないみたい」

「ああ、この時間、境内の掃除の最中だな。社務所か軽トラにでも置きっぱなしにしてるか。しょうがないな」

「大丈夫。もう、うちの者に呼びに行かせましたから」

「いつもながら手回しのよろしい。さすが出来る女社長、しみるねえ」

「あらら、忍神さんが誉めてくださるなんて」

「雪が降りそう、か」

「予報だとホントに午後から都内は雪が降るみたいだし」

だんだん灰色がかっている空を見上げてから、参道に視線を下ろす。

「あ、来たみたい」

参道の向こうから軽トラックが近付いてきた。後部の荷台が白い幌で覆われ、何だか巨大なカマボコが走っているように見える。断続的にエンジンがきしんでギュルンギュルンと腹下しみたいな嫌な音を立てていた。ずいぶんと古い型らしい。修理と改造を重ねた形跡が随所に見てとれる。掃除は行き届いているようで白い塗装は綺麗なままだが、車体はあちこちが凹んでいた。

確か、先代の宮司、つまり、忍神の父親の代から使用していると聞いた。どうせ神社の敷地とその周辺でしか乗らないのだから、動かなくなるまで使うつもりらしい。やはり、この神社、財政的にかなり苦しいようだ。

耳障りなブレーキ音と共に軽トラックが止まり、運転席から男が、助手席から女がそれぞれ降りてきた。二人とも白衣（はくえ）に栗色の袴の装い。神様の代理人たちだ。

男が宮司の貴倉貴（たかくらたかし）、つまり忍神健一の弟。

女の方が貴の妻、恭子（きょうこ）。宮司を補佐する禰宜（ねぎ）という役職だった。

見た感じ、夫が五十代後半、妻が五十前後といったところだろう。

夫の貴倉貴はギャラリーの多さに戸惑っている様子だった。眉が上下し、両耳も微妙に動いている。細面の顔に泣き笑いのような愛想笑いを浮かべて何度もペコペコと辞儀をする。

「皆様、ご苦労様です」

「よお、真打ち登場か」

と忍神がからかうと、貴倉は頭をかきながら、

「兄さん、口が悪いよ。でも、確かに宮司の私が一番遅いとは面目ない限りで」

そう言って恥ずかしげに首をすくめる。もともと泣いているような顔立ちなのが今にもベソでもかきそうな表情になっていた。

傍らでうつむいていた妻の恭子が瓜実顔を上げると、フォローするように、

「掃除していたものでして。南の本鳥居から東参道の方にかけて、ちょうど神楽殿の裏あたりを」

けだるい口調でそう説明した。鼈甲(べっこう)ブチの眼鏡の奥の目は眠たげである。耳の辺りで揃えたオカッパ髪をかきあげ、またうつむいてしまった。

毎朝、彼ら、宮司と禰宜の夫婦の日課は境内の掃除から始まる。本鳥居のある南参道から始まり、東、北、西と逆時計回りに各参道や植込みの周辺、そして、本殿、拝殿、社務所などが配置される中央へと進む。なかなかの重労働である。二人とも袴の裾が土埃や枯れ葉の切れ端などで汚れていた。

年始や七五三といった繁忙期は巫女さんや手伝いのバイトを雇うので人手があるのだが、普段は彼ら夫婦で全ての務めをやりくりしている。これも経済的にやむをえないのだろう。

貴倉がギャラリーを掻き分けるようにし、

「皆様、ちょっと失礼します」

など恐縮した口ぶりでペコペコ頭を下げながら鳥居に歩み寄る。その後ろを妻の恭子がうつむいたまま緩やかな足取りで従う。

貴倉は卒塔婆の結わえられた柱をじっと見つめ、

「いやあ、まいったなあ。何ですか、こりゃ？」

頓狂な声をあげて、しきりに眉を上下させる。首を傾け、腕組みをし、

「何で卒塔婆なんかを運んで来て、鳥居に？」

「そりゃ、鳥居を運んで行って卒塔婆に結わえ付けるわけにいかないから」

と、恭子がもっさりと返す。

「いや、そういう問題じゃなくて」

「まあ、そうよねえ」

恭子はフーンと溜息をつき、

「確かに、こんなことしてどうしろっていうんでしょ？　随分と変な犯人ね。どこから持ってきたのかしら、卒塔婆なんか」

「古いし汚いし」

「交差点の向こうの墓地から引っこ抜いてきたりして。後で聞きに行ってみようかしら」

「いつから、こうなっていたんだろう？」

「もしかして昨日から？」

「昨日の夕方、あれは五時半頃だったなあ、病院の帰り、ここから入ったけどさ、こんなもん無かったよ」

「私もいつものように六時頃、境内を一通り見て回ったけど、どこも異常なかったし」

「じゃ、六時以降か、犯人がこんな悪戯をしたの」

二人は頷き合う。

ここで俺が前に進み出て、口を挟む。

「いやいや、もっと遅くなってからじゃないですかね？」

二人とも眉をひそめ、不審そうな顔を俺に向ける。

俺は構わず説明を続ける。

「いいですか。夜の十時頃まで、少ないけどご近所の方たち、ほら、会社帰りの人たちとか、この前を通るじゃないですか」

鳥居に面した道路を指し示して、

「ならば、そんな時間帯、犯人は避けるんじゃないでしょうか」

「なるほど、それもそうですね。さすが鋭い。目を光らせる役目ですものね」

貴倉は小さく拍手の仕草をする。妻の恭子も眼鏡の奥で納得の色を浮かべていた。

探偵の観察眼というやつだ。

ギャラリーの真ん中では忍神がほくそ笑んでいた。依頼人として誇らしいのだろう。俺に向かって胸の前に親指を立てている。グッジョブ！　ミスター・クレナイモン、と。

貴倉夫妻はそんなことにはお構いなく二人で目の前の用事をさっさと済まそうとしている。

「じゃ、卒塔婆がくくりつけられたのはもっと遅い時間帯だな。深夜から今日の明け方にかけてとか」

「そういうことになるわね、でも、大雑把すぎてあまり役に立ちそうにないけど。ああ、もしかすると防犯カメラに何か写っているかも」

「うん、わりかし広く写してるみたいだし」

防犯カメラは警察署が設置したものだった。参道の傍らの外灯に取り付けられている。レンズは道路側に向けられており、主に路上を写すことが目的のようだ。鳥居より向こうの位置のため鳥居そのものは写らないが、参道の入口の石畳、その両端の木立の一部までカバーしているらしい。

忍神が口を挟んできて、

「だからさ、今さっそく警察に連絡しといてやったよ」

とスマホを掲げて、

「俺から言っておいた方がさ、連中、迅速に動くからね」

所轄署にコネがあることをアピールし、得意げに顎を上げる。

「さすが、兄さん、行動が早い」

貴倉は作り笑いを浮かべ、拍手の仕草をしてみせる。

恭子は防犯カメラに目をやったまま、けだるそうに、

「じゃ、また、警察の生活安全課が来るわけね」

「うん、そのつもりで」

貴倉は作り笑いの顔のまま頷く。

忍神は両手を上げて伸びをしながら、

「ま、あの連中がどれくらい役に立つか知らんがな」

そう言って、大きく溜息をついた。そして、顎の鬚をしごきながら神妙な表情を作り、

「それにしてもな、あれこれと奇妙なことが続いているところにまたこれだもんな、ああ、ホントしみるぜ」

感慨深げに目を細める。

忍神が憂鬱そうにボヤくのも無理はないだろう。そう、確かにこの一ヶ月、奇妙な出来事が続いているのだった。

そして、それこそが忍神の言う不安材料であり、俺が雇われた理由でもあった。いずれも異様な謎に包まれ、反応に戸惑うものばかりだった。それは次の三件である。

7

先ず一つは赤い雨だった。

およそ一ヶ月前、十一月の上旬の頃である。昼過ぎ、忍神が神社の敷地の東エリアを散歩している際、ベンチの並んだ休憩スポットの辺りがびしょ濡れになっているのに出くわした。あたかも、そこだけ雨が降ったような状況。ベンチや周囲の木々に水滴がまとわりつき、地面がぬかるんで所々に小さな水溜りが出来ている。

忍神は濡れそぼった木に触れ、その手を白いハンカチで拭いたところ、ハンカチが赤く染まった。屈みこんで水溜りに目を凝らすと、その水もうっすらと赤みを帯びている。また、小さな紙屑も散見され、それらも赤く染まっていた。

赤い雨でも降ったのか？　忍神は首を傾げ、近くを見渡すと水飲み場を兼ねた水道場が設けられている。おそらく、これを使い、絵の具でも溶かして誰かが悪戯したのかもしれない。が、こんなことをする目的も意味も測りかねる。実に不可解な出来事であった。

続いて妙な出来事が起きたのはそれから一週間ほど経ってである。こんどの発見者は宮司の妻の貴倉恭子。いや、正確に言えば、恭子が近所の住民から聞いたのだった。

場所は西エリアの駐車場に面した道路。普段から人気(ひとけ)の少ないさびれた雰囲気だった。朝の六時頃、その辺り一帯の電柱や樹木やガードレールなど十数箇所に妙な飾りつけがされている。何と、ドーナッツが紐やガムテープで吊るされていたというのだ。

散歩やジョギングをしていた数人が目撃し、後にその一人から恭子の耳に入った。そして、恭子が見に行った午前七時過ぎには既にドーナッツはカラスなどに食い荒らされた後で、わずかに数切れの破片が路上に散らかっているに過ぎなかった。ナンセンスと言うかシュールと言うか理解に苦しむ珍妙な出来事である。

三件目は先月末のこと。境内の神楽殿の裏辺り、木立の奥の銀杏の木に幾つもの穴が穿たれているのを宮司の貴倉貴が発見した。

穴はいずれも直径三ミリくらいでわりと深いところまで届いている。太い釘みたいな物でも差し込んだ跡のようだった。高さは胸くらいの位置で幹のあちこちに穿たれている。

そして、貴倉が目を凝らして観察すると、さらに異様なものを見付けた。鬱蒼と苔のこびりついた箇所にも穴が幾つかあるが、よく見ると、苔に人の形の窪みがうっすらと残されている。両手両足を広げた人の形。何かの人形を押し付けたような痕跡であった。また、木の周囲の地面には藁の屑が散らばっている。人形から落ちた可能性が高い。

藁人形？　誰かが呪い釘の秘儀でも行っているのか？

この神社の敷地全体には石造りの柵が巡らされているが、腰くらいの高さに過ぎず、簡単に乗り越えられる。よって、誰でも神社の敷地に出入りできるというわけである。

また、貴倉の推測によると藁人形の材料の藁は古い注連縄の可能性があるらしい。本殿、拝殿、御神木などに施された注連縄は古くなって不要となると、境内のお焚き場の脇にまとめて捨てられる。それらの一部が持ち去られ、材料に使われたかもしれないという。つまり、これも誰でも可能なのであった。そして、誰の仕業であろうと奇怪な行為であることに変わりはない。

これら三件の異様な出来事の起きた場所はいずれも防犯カメラの設置されていない箇所である。きっと、それを確認の上で実行に及んだのだろう。よって警察の生活安全課もほとんど手掛かりを得られず、型通りの捜査をするに過ぎなかったようだ。

赤い雨、吊るされたドーナッツ、呪い釘と藁人形……こうした三件の不可解な変事が神社とその周辺で連続して起こり、そして、今回の鳥居と卒塔婆の件である。実に意味が解らない。忍神が不安材料と言うのも無理もないかもしれない。

8

貴倉恭子が鳥居の柱を指し示し、

「この卒塔婆、やっぱり、警察が来るまで一応このままにしておいた方がいいわよねえ」

けだるそうに言うと、夫の貴倉貴は困惑気な顔で小さく頷き、

「現場保存ということな。じゃ、参拝客が不安にならないようシートを巻いて隠しておくとするか」

「参拝客なんか滅多に来ないじゃない」

「万が一だよ」

と弱気な返答をし、

「あ、立ち入り禁止のコーンも並べておくかな」

言いながら、ポンコツの軽トラックに向かった。

荷台の後部、白い幌の入口に両手を突っ込む。積まれていた数本の竹箒、高枝用の剪定鋏、二メートルほどの脚立などを掻き分ける。が、すぐに手を引っ込めて、

「わっ、まだ、いたの？」

驚きの声をあげて後退りした。

「はい、いました。それが何か？」

と抑揚のない口調で言いながら、荷台から身を乗り出してくる男がいた。ヌーボーとした面長の顔に虚ろな目付き。何だか木の杭にマジックペンをサッサッと引いて目鼻口にしたような顔だった。無表情のまま瞬きをまったくせず、

「中で休んでましたから。それが何か？　迷惑はかけていないつもりです」

そう言って胸を張ってみせる。

そして、ストラップで首から垂らした眼鏡をかける。白とグリーンの市松模様のフレーム。ヌーボーとした顔に眼鏡だけがやけに悪目立ちしていた。それからノロノロと鈍い動作で荷台から足を出し、恐る恐るといった感じで地面に降り立った。ちょっと足元が覚束ない。

この男も俳優である。槇誠次郎(まきせいじろう)。三十代半ばだが仕事にあまり恵まれず伸び悩んでいるらしい。赤峰オフィスの所属。

相変わらず単調な口ぶりで、

「仕方ないです。社長に電話で起こされて、急げって言われたんで宮司さんを捜しに走ったから気持ち悪くなったんです。それが何か？」

物怖じしない態度はまるで電柱が喋っているようだった。

さきほど、女社長の赤峰千佳が貴倉夫妻を呼びに使いを出したというのはこの槇誠次郎のことだったらしい。

人選を誤った、という顔をして赤峰千佳は槇に尖った視線を突き刺している。

槙はそれに気付かないのか、気にしていないのか無表情のまま話を続けている。

「やっと宮司さんたちを見つけたんで、ここまで荷台に乗せてもらって一緒に来たんですが、この軽トラ古いから揺れがひどくて余計気持ち悪くなって吐きそうで」

それで、ずっと今まで荷台で横になっていたらしい。

「しかも、今日はひどく寒いから」

幌の中から出たくなかったと言い添え、「それが何か？」と付け加えた。

貴倉貴は対応に戸惑い、眉を上下させながら、

「え、いや、それが何か？　と言われても何もないわけでして……。結局、私のために苦労かけさせたみたいで、すいません」

眉をハの字にしてペコペコ頭を下げる。謝る必要ないのに、この男の性分なのだろう。

槙は何ら反応を示さない。ヌーボーと立ったままだ。見ようによっては、頭を下げられて当然、という態度に取れる。

すると鳥居の前のギャラリーから、

「あのさ、それが何か？　って問題は槙君の方じゃないの」

と滑舌がやけにいいのに嫌味ったらしい声があがった。ＭＣ伊波である。しゃくれた顎を突き出して歩きながら、酒臭い息混じりに、

「ねえ、槙君、俳優ってさ知的肉体労働者のはずなのに鍛え方が足りないんじゃないの。吐きそうとか寒いとかさ、ほら、愛しの留里菜ちゃんに笑われるぜ」

そう言ってニタニタ笑いながら、尖った顎先で白川留里菜の方を示した。

いきなり話のネタにあげられた留里菜は一瞬、丸い目をさらに丸くする。すぐさまMC伊波を睨み返すとプイッと顔をそむけて口元をキツツキのように尖らせた。しかし、槙の方にはまったく顔を向けようとしなかった。そこに存在することさえ認めていないような態度。そして、傍らにいたペアルックのドクロ柄スカジャンの富士井敏樹の腕に右手を絡ませ、関係を周囲にアピールしてみせる。

そんな光景を目にしながら槙は相変わらず電柱のように無表情のまま、淡々とした口ぶりで、

「吐きそう、寒い、だけじゃないですから。痛いもありますから。この荷台の硬くて冷たい床であれだけ揺れると響きますから」

そう言って腰の辺りをさすってみせる。どうやら尻の穴の生活習慣病に悩まされているらしい。

すると今度はヤブキ芸能の社長、矢吹直人が黒ブチ眼鏡を鼻先まで下げ、

「ああ、きついだろうな、寒い日は特にな。解るよ。本当は槙君、キミが運転すれば良かったんだろうけどさ、でも、そうはいかんもんなあ、今のキミじゃ、さ」

皮肉たっぷりに責めるような言い方をする。

これに速攻で反応したのが赤峰オフィスの社長。赤峰千佳がキッと睨み付け、

「うちの槙にそれは無いでしょ。わざわざその問題、今言うことかしら？」

激しく抗議の声をあげる。

と、矢吹も素早く対抗し、

「ああ、いつだって言ってやるよ。こっちはそれだけ迷惑被ったんだからな。こいつの事故いや事件、轢き逃げ事件のせいでな」

吐き捨てるように言って、槙に指を突きつける。

轢き逃げ事件とは次のような顛末だったと聞いている。

四ヶ月前の早朝、都内の交差点で槙の運転する乗用車が信号を無視し、バイクに接触して転倒させてしまった。が、そのまま逃走。およそ二時間してから槙は警察に出頭した。逃亡や証拠隠滅の恐れのないこと、反省の態度が窺えること、また、幸いにもバイクの運転手が軽傷で済んでいたことなどから検察側は勾留請求をしなかったため、槙は釈放された。現在は起訴になるか否かの決定待ちの状態である。

「こいつのせいでよ、うちの哲平はよ、折角のチャンスをフイにされたんだからよ」

そう言って矢吹は地面を蹴り付ける。

槙の轢き逃げ事件によって、当の槙の出演していた映画が公開延期となっている。今後の目途は立っておらず、タイミングを逃せば劇場での公開は中止になるかもしれない。その上、最悪の場合、DVDなどのソフト化もされない恐れも考えられる。そして、その映画にはヤブキ芸能のイチオシ、宗方哲平も出演しているのだった。もちろん、そこそこ程度の脇役だが、次のステップにはなり得る。チャンスをフイにされた、と矢吹社長が憤るのも無理はなかろう。

しかし、一方の社長、赤峰千佳も黙っていなかった。

「それを言うなら、甚大な被害を受けたのはこっちの方よ！　あんたとこの老いぼれもどき、ヤク中のポンコツ役者のせいでね！」

舌鋒鋭く言いながら、当のポンコツ役者、スキンヘッドのランニングシャツ男を睨みつける。

その尖った視線に突き刺されたようにガクッと腰を折り、深々と辞儀をしながら、

「その節は誠に申し訳ありませんじぇす。わしの不徳の致すところで」

三十代なのに老人役専門の鷲津行彦である。二年前の大麻所持事件の際、やはり、出演映画が公開延期となっているのだった。

そして、その作品には赤峰オフィスのイチオシ、富士井敏樹も出演していた。出番の少ない脇役ながら、どれも印象的で重要なシーンだったらしい。結局、半年遅れで映画は公開されたものの、有罪判決を受けた鷲津の出演シーンはカットされ、その影響でストーリーが変わったため、富士井の出演シーンも無くなってしまった。甚大な被害、と赤峰千佳が激怒するのも当然だろう。

矢吹がドスの利いた声で、

「おいおい、うちのポンコツ役者とは聞き捨てなんねえな」

「じゃ、ヘボ役者」

「いや、そこじゃなくて、もう、うちの役者じゃないってこと、ポンコツでもヘボでも」

「フンッ、クビにすりゃいいってもんじゃないでしょ。それでカタをつけた気になってんの？」

「ケッ、少なくともマネージメントとして健全だろが。役者のクビもどうも出来ねえなんて、お前、腰が引けてんじゃねえのか」

「何言ってんの。とっくにクビにしてやったじゃない。あんたをね。夫ってクビをさ」

「バ、バカタレ、逆だろ。俺が愛想つかして出てったんだろが！」

「逆も逆。追い出したのはこっちでしょ！」

そう、この二人は元夫婦だった。かつては共同で芸能プロダクションを経営していたが、離婚し、それぞれ担当していたタレントを引き連れ独立した。

犬どころか野良犬でも食いそうもない元夫婦喧嘩を止めようと、

「カカ社長もトト社長もみっともないから止めてったら！」

と、白川留里菜が間に割って入った。

カカ社長に対し、トト社長とは矢吹のこと。つまり、赤峰千佳と矢吹が留里菜の両親であった。

「二人ともホント恥ずかしいからさ。大人げないし、何も得るところもないし」

留里菜はスズメのように口を尖らせる。

「うんうん、留里菜ちゃんの言葉、親の君たちにはしみるねえ」

と口を挟んできたのは忍神だった。説教でもするような口調で続ける。

「まあ、人間関係は丸くやろうじゃないの。リハも遅れ気味なんだし。もともと芸能プロってトラブル・イズ・マイ・ビジネスの世界じゃないか」

すると、赤峰千佳が呆れたふうに、

「はいはい、昔っからそれはしっかり身をもって学ばせていただきましたよ、忍神さん、あなたからね」

これに便乗するように矢吹が付け加える。

「そうそう、信じられるのは自分だけ、とも学んだし、忍神さんからさ」

皮肉たっぷりに言い放った二人は共犯者のように目配せを交した。

この背景については既に彼ら二人や周囲の人間から聞かされている。

かれこれ二十年くらい前、二人は忍神と同じ中堅どころの芸能プロダクションに所属していた。当時の赤峰千佳は売り出し中の女優であり、矢吹は忍神のマネージャーという立場。そして、その頃の忍神は女癖がひどく、あちこちのタレントやスタッフに手を付けては問題を起こしていた。そうしたトラブルの処理に矢吹は奔走する毎日。また、千佳も幾度となく忍神に口説かれ閉口していた。そんな忍神のせいで疲弊していた矢吹と千佳はお互いに同情を覚え、励まし合っているうちに惹かれ合う。そして、意気投合した二人は独立し、女優の千佳を矢吹がマネージメントする自分たちの事務所を立ち上げる。やがて、所属タレントが増えてくると、千佳も女優を諦めて転身しマネージャー業に腕をふるうようになった。そうした間に結婚、出産。やがて対立の末に離婚、それぞれ独立し、今に至っている。

つまり、二人の現況は忍神に振り回された苦い過去に端を発しているわけだった。

痛烈な皮肉を言われた忍神だが役者だけあって平然とした態度を取り繕い、

「じゃ、学んだことを活かして、このホリウッドを盛り上げてもらわんとな。君らのためにも、なあ」

意味深な目付きを二人に向ける。

赤峰千佳は冷ややかな眼差しを返し、

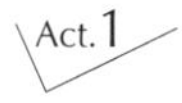

「ええ、盛り上げていきたいですよ。うちの将来に確かなメリットがあるならば、ね」

「うちにこそ、先ずは」

矢吹が血走った目を鋭くする。

鍔迫（つばぜ）り合いのように三人の視線が交錯していた。

この三すくみのような状況にノソノソと小太りの身を乗り出して来たのは小尾カンだった。記念セレモニーの演出を任されている責任を彼なりに感じているのかもしれない。この場を仕切るように、

「皆さんでこう睨み合っちゃ、現場は上手く回りませんったら」

垂れた目にへつらいを滲ませる。それから海亀のように首を伸ばして上目遣いに、

「特にお二人の社長、いずれ忍神さんからイイ話をもらうためにも目の前のことを成功させなきゃ。そのためにこそお二人とも合宿にガッツリ参加してるわけだし。足を引っ張り合ってると、その隙に漁夫の利を持ってかれますよ」

「漁夫の利？」

「誰が？」

元夫婦が問う。

すると小尾カンは悪戯げな表情で振り向き、

「例えば、あの人とか、ええっと、確か……、萌仲ミクリさん……でしたよね？」

と嘲笑を向けた先には……セーラー服の奇観獣。

ミクリ、とまたも間違った名前で呼ばれたため、憤然と鼻息を荒くし、

「ミ・ル・キ。ミルキ、萌仲ミルキですったら！」

と、きっぱり否定し、訂正する。それから、セーラー服のリボンを伸ばして胸を張り、

「俳優の名前は正確に覚えましょう！」

文句を垂れながらも、口角をいっぱいに上げてミルキースマイルを浮かべ、

「ミクリって言ったら、ドラマの『逃げ恥（にげはじ）』じゃないですか、ガッキーの演（や）った」

「ああ、そうだった。ガッキーに失礼すぎる」

「失礼すぎるって何です？　それこそ失礼ですよ！　もう、アッタマ来たっ、これでも食らえ、ミルキーフラッシュ！」

そう言って、セーラー服のスカートの両裾を摘んで、足の付け根ギリギリいっぱいまで引き上げる。オッサンの剛毛だらけの太腿が剝き出しにされ、今にも下着も見えそうだ、いや見えている？　おぞましい光景。

引き攣ったような表情がギャラリーに並ぶ。そっぽを向く者、目を覆う者。俺だって正視したくない。

ただ、萌仲ミルキのプロデューサーたる忍神だけが一人大声をあげて笑っていた。「ミルキ万歳」と拍手すら送っている。このミルキーフラッシュという必殺技（？）を考案したのも忍神であり、逆バージョンで尻を突き出すのをミルキースパークというらしい、ああ、どうでもいいわい！

鳥居の前というのに何だか風紀が乱れ、混沌とした雰囲気が漂ってきた。空もどんよりと曇り

始めている。

「あのお、すいません」

おずおずと宮司の貴倉が周囲に伺いを立てる。泣き笑いの顔で申し訳なさそうに、

「もう、よろしいでしょうか？」

妻の恭子が後を引き継ぎ、

「そろそろ、警察も来ますし」

迷惑そうな面持ちで溜息混じりに言った。

一同、退散するしかあるまい。

9

時間が経つにつれ空は灰色がかり、雲が厚みを増していた。天気予報の通り今にも雪が落ちてきそうだ。空気も冷たい。

リハーサルは再開されたが、先程の棺の坂下りの場面は延期となった。

棺に破損した箇所が見つかったからである。また、棺の内側に何かクッションになるものを貼るべきだと判断された。中に入っていた宗方哲平が痛打した頭部や腰などを大仰にさすりながら訴えたのが受け入れられた。本番では忍神が中に入るのだから、当然の結果と言えよう。

棺の場面に代わって執り行われたリハーサルは神棚の場面だった。これは神棚を模した舞台セットで忍神が今まで演じてきた死のシーンの数々を再現するパフォーマンスである。粒よりの名シーンばかりを集めた、いわば神シーンのセレクションなので神棚で披露されるらしい。

舞台奥の神鏡の前に鎮座する忍神を讃えるようにして、俳優たちがパフォーマンスを演じる。舞台セットにも工夫が凝らされ、張りぼての徳利・水玉・榊立ては真ん中で割れるようになっている。その中から出演者達が現われては様々な死……斬殺、銃殺、溺死、感電死、病死、憤死、切腹などのデフォルメしたシーンを繰り広げるのだった。

が、やはり、棺の場面と同様、まだ完成には程遠く、舞台運びの段取りが悪い上、各人の演技も拙い。何度もリテイクを繰り返し、文句と愚痴を飛ばし合いながら、グダグダのまま午前のリハは終了した。

合宿中の食事は朝昼晩、弁当が支給される。映画やドラマの撮影時に世話になった仕出屋に発注していた。いわゆるロケ弁。忍神とは長い付き合いなので融通がきき、値段も中身もサービスしてもらっているらしい。そうした弁当は宿泊施設に届けられ、各人がそれぞれの自室か、サロンに集まって食べる。保温ボックスに入れて配達され、ちゃんと温かい食事が出来るのでありがたい。

十二時半過ぎ、俺は割り当てられた自室で温かい酢豚弁当の昼飯で満腹し、ふと窓の外を見ると白いものが落ちていた。雪の粒は結構大きい。

一時から始まるリハーサルは中止となり、午後は自主練と準備と休養となった。予定通りである。時間の無駄にならないよう、雪が降っていても、出来ることを各自の判断で積極的に行う、あるいは明日のために英気を養う、ということだ。リハーサルとは打って変わってのんびりとした雰囲気が漂う。ほとんどの者にとっては恵みの雪といったところだろう。それでも粒が大きいのでみるみるうちに積もってゆく。記念セレモニーの舞台となるこの西エリアも白く塗りつぶされていく。

そんな降雪の中、様々な作業が展開されている。あずま屋の屋根の下、棺の改造にいそしんでいるのは小尾カン。先ほどの失敗を鑑みて、本番で棺に入る忍神の安全を図るためなのだろう、随分と熱心な様子だ。

神社のポンコツ軽トラックを借りてきたのは赤峰オフィスの方のイチオシ、富士井敏樹。セレモニーの舞台セットの道具を雪で傷めないように東エリアにある倉庫に運び込むためである。また、移動の困難な大道具には防水シートを被せる。これらの肉体労働は体力に自信のある男たちが手分けして行った。

俺も呑気に見物しているわけにはいかない。休憩を挟みながらタイミングを見計らって手伝う。両手を空けておきたいので傘を差している者はいなかった。俺も撥水性のウインドブレーカーを羽織っていて良かった。もちろん、この寒さなので大量の使い捨てカイロを身体のあちこちに貼るのも忘れない。

合宿メンバーらが代わる代わるポンコツ軽トラックのハンドルを握り、倉庫と西エリアとを数往復して、なかなか時間のかかる作業となった。加えて、濡れた道具を拭いて乾かすインナーワークを行う者、また、律儀にパフォーマンスの自主練に励んだ者もいたらしい。各自それぞれの都合に応じて時間を有効に使おうと努めていたようだ。

　夕刻の四時近くになって雪は次第に小降りになってきた。

10

　雪の粒がだいぶ小さくなってきた頃、俺は忍神の住処である離れにいた。

　宮司の貴倉夫妻の暮らす母屋は境内の中、社務所から一分ほどの場所にある。そこから文字通りだいぶ離れて境内の外、西エリアの東端に忍神の離れは位置していた。

　壁面に羽目板があしらわれた平屋の日本家屋で何かの道場を連想させる。先代の宮司、忍神の父親がバブル華やかなりし頃、書院と称して建てたものだった。が、ほとんど昼寝の場所だったらしい。

　玄関を入ってすぐリビングが広がり、奥に大きな本棚がしつらえられている。今も並ぶ百科事典はネットの無かった時代の遺跡のようである。世界文学全集も壮観だった。いずれも綺麗なまで読まれた痕跡は見当たらない。

　そんな本棚の前、セーターに瓢箪柄のどてらを羽織った忍神とテーブルを挟んで俺は向かい合っていた。手元には温かい甘酒。ただし、自販機の缶入り。忍神から甘酒をご馳走してやると電話があって来てみればこれだった。けれども、雪の冷気にさらされ、肉体労働で疲れたせいか、このしつこい甘さがやけに身にしみる。忍神に勧められ、缶の開け口からチューブの生姜を少し垂らすとキレが出て妙に美味かった。昔、冬のロケ現場で流行ったらしい。

話題はやはり鳥居の卒塔婆の件である。先ほど新たな情報が入っていた。宮司であり弟の貴倉貴から聞いたらしい。

「防犯カメラには特に怪しいもんは写ってなかったようだよ」

と忍神は肩をすくめ、

「東西南北、いずれの入口にも昨日の夕方六時以降、誰も足を踏み入れておらん、ということだ」

「なるほど。もう夜といっていい時間ですから参拝する人もいないでしょうし。たしか、防犯カメラは主に外の道路をカバーしているんでしたよね」

「ああ。もちろん、道路を通る人たちは写っていたらしい。下校の生徒、会社帰りや買い物帰りの連中、深夜の酔っ払いとかかな」

「そして、正式の入口以外からも神社に入れますし」

「そりゃそうだ。敷地の周縁には腰の高さほどの柵を巡らしているだけだからな」

俺は甘酒を一口すすり、

「だったら、防犯カメラの無い場所から侵入して、敷地内部から北鳥居に近付いて、卒塔婆を結わえ付けることは可能ですよね。帰りも同じルートを辿ればいいんだし他にもあるし」

「うむ。外部の者の犯行という可能性が充分に考えられるな」

そう言って一拍置いてから苦笑いを刻み、

「なあ、紅門さん、あんたも気を回してくれるよなあ。内部の者、つまり、この神社の敷地内にいる者の仕業かも、って俺が気にしていることを考えてくれてさ」

「いえ、ただ、あらゆる可能性を想定しておきたいだけですよ。警戒するのはいいですが不安があるのは判断を誤る元ですから」

「だな。『ゴッドファーザー』にこういう台詞があるんだ。『友は近くにいる。敵はもっと近くにいる』ってな。俺はどうかなあ、友も、敵も」

目を細め、何だか寂しげに微笑んだ。この男にとって最大の敵は孤独なのかもしれない。

壁時計の音が響く。エアコンの温風の流れが重奏するようだった。外からは工事の響きが聞こえてくる。北側の道路を挟んだ隣の区画一帯で再開発のために空き家や古いビル、倉庫などの取り壊しが進められていた。

俺は窓の方に目をやり、

「いつもより賑やかに聞こえますね。雪で外が静かなせいかな」

「交通量も少ないしな。市は再開発を急いでるのかもよ。今は取り壊し作業の段階だから、これくらいの雪なら工事続行しちゃうんだろうよ。建物の内部の作業もあるだろうし」

「近所もうるさくて大変でしょうね」

「あっちの隣接する区画は特にな」

と工事現場の方をぐるりと指し示す。

Act.1

しばらく忍神は窓の向こうから聞こえる騒音に耳を傾けていた。そして、溜息をつくと、眉をひそめ、

「そうそう、あの工事現場にも奇妙というか奇怪な噂があるんだよな」

不安げな口調でそう呟いた。

俺は甘酒の缶を口から離し、

「噂話というのは？」

「うん、それがな、工事現場にな、死体が埋められているというんだ。男の死体がね」

「そいつは物騒な。聞き捨てなりませんね。昔からそう言われてたんですか？」

「さあ、知らん。そんな話がしきりに噂されるようになったのは最近みたいだ。一ヶ月ほど前、先月の上旬あたりりか。俺も詳しいことは解らんが、この近辺の連中の話によれば、ネット掲示板に書き込みがあったり、町内ゴシップの話題に上ったりしたのは工事が開始される少し前頃からだったらしい」

「その死体の身元については？」

「いやあ、よく解らんようだ」

「じゃあ、まっさらな純然たる噂ってとこ」

「まあ、そうだな……。ただ、あと、妙な尾鰭というか変な話もついてて、怪談まがいの」

「幽霊とか？」

「そう、その埋まってる死体の亡霊が徘徊しているとか」

「実際に見た人でもいるんですか？」

「いや、俺の周りにはいない。まあ、目撃者を直接知ってるって奴もいないが」

「怪談はそういうもんですね」

「加えて妙なのは、その亡霊の姿なんだが……、腹から虹が出てるらしい」

「えっ、な、何です、それ？　腹から虹が出ている男の亡霊って」

「ああ、変だろ」

「シュールというかナンセンスというか」

「そう、何だか、考えると気がおかしくなりそうだ」

「どう考えていいのか考え込んでしまいますね」

「そうなんだよ。真面目に考えるのが悩ましいくらいだよ。思うに、この件にあまり気を取られると本筋を見失いかねないな。ああ、紅門さん。かえって悪かったよ、余計な話をしちまったかもしれない」

「いえいえ、興味本位で生きてますから」

「興味は本筋たる依頼内容に向けてくれたまえよ」

　そう言って窓の外に目をやる。そして、話題を軌道修正するように工事現場の方角より西側を指差して、

「そうそう、今朝の卒塔婆がもともとあった場所が判ったんだよ。交差点の向こう側の墓地だったらしい。竜延寺の墓地」

「あ、判明したんですか。その墓地から卒塔婆を引っこ抜いてきてここの鳥居に結わえ付けた？」

「うむ。正確には盗人が引っこ抜いたんじゃないんだ。寺の方で処分するつもりだった。新しいのと取り替えるために無縁仏の古い卒塔婆を抜いてまとめて墓地の隅に置いていたというんだ。どうせ、春の彼岸に檀家の卒塔婆も取り替えるから、その際、一緒に処分する予定だったらしい」

「まとめて捨てられていた卒塔婆の一つを失敬してきたというわけか」

「墓地は出入り自由だしな」

「無縁仏ということは何者の卒塔婆か解らないということですね」

「ああ、墓参りする者もいないだろうよ。何か気になることでも？」

「いや、誰を供養する卒塔婆なのか、それが明確ならば、そこから犯人の手掛かりが得られるかもしれないじゃないですか。また、鳥居に結わえ付けられた理由とも関わってきそうだし」

「そうだな。だが、無縁仏ではそこから何も辿りようが無いか。相変わらず謎は謎のまま、スタート地点で足踏みってとこか」

忍神は甘酒を含み、口をへの字にする。

俺は明るい口調に努め、

「いえ、考え方ですよ。誰の卒塔婆かは関係ない、それが解ったのは一歩前進です。ありがたいことですよ、調べてくれたのは宮司の貴さんですか」

「いや、嫁の方、恭子さんだよ。恭子さん、竜延寺まで訊きに行ったんだよ。生活安全課の若い警官に卒塔婆を担がせて、な」

「お手柄ですね、恭子さん。そういえば、最初から寺の墓地の卒塔婆かも、って推理してたし」

「ああ、こういう時、貴よりよっぽど気が回るし役に立つ」

「貴さん助かりますね、普段から」

忍神はしみじみと頷きながら、

「ああ、ホント貴は助けられてる。普段どころか最初からな」

「最初って結婚当初？」

「もっと前、初対面の時、かれこれ二十数年前か、貴の奴な、恭子さんのおかげで命拾いしたのさ」

「へえ、それは何か事故とか？」

「まあ、事故と言えばそうかもしれんがマヌケな話だよ。夜中、貴の奴、酔っ払って川に落ちて溺れそうになったのさ。あいつ、泳ぎが苦手、ほとんどカナヅチだしな」

「川って、町内を流れてる牙利川（きばりがわ）？」

「ああ、もっと上流だがな。岸が急斜面で足を滑らして痛めて、そのまま転げて川に落ちてしまったらしい。マヌケだろ。酔っ払いのくせにそんなとこ行って」

「むしろ、酔っ払いだから」

「だな。で、たまたま通りかかった恭子さんが果敢にもずぶ濡れになりながら救助してやって、近くの病院に連れてったのさ。貴の奴、足首を骨折してたらしい」

「ホント恭子さんのおかげで助かったわけか」

「ああ、命の恩人だな。貴の落ちたところ、そこだけ深くて、それ以前に二度ほど自殺者が出たらしい。だから、貴の奴、もし死んでたら自殺と見られたかもしれん、宮司の跡取りのくせに」

「え？」

「宮司と坊主は自殺しちゃいかん」

「そういうもんですか？」

「そりゃそうだ。自殺に限らず変死はいかんよ。ましてや貴の奴は宮司である前に俺の弟だ。ダイプレイヤーと呼ばれるこの忍神健一の、な。そんな兄を持つ貴が変死したら洒落にならんだろ」

「ニュースで、実兄は死のショー人、とかって」

「マヌケ過ぎる。それにな、だいたいむかつくぜ。血縁はもちろん、俺の身近の奴が変死なんかしやがったら生意気だろ、腹立つぜ。変死の名人なら、この俺だろ。そんな俺をさしおいてよ、喧嘩売ってんのか！」

声が熱を帯び、肩が細かく震えている。

俺は話を軌道修正すべく、

「ホント、貴さん助かってよかったですね。カミサンと神様のご加護といったところ」

「そうそう、貴の奴、それでカミサンとくっついたんだからな。命の恩人を口説いてさ、命のついでに人生まで助けてもらっちゃって、運のいいやっちゃ」

「日頃の神様への奉仕のおかげ、とか」

「あの頃は半人前だったくせにな。まだ親父が宮司として現役だったから、貴は家を出てイラストレーターやってたけど、それだけじゃ食えなくてな、結局、隣り町から通いで親父の手伝いやってたのさ、情けないやっちゃ」

「じゃ、もしかして、運よく恭子さんに助けられたことで信仰を深くした？」

「あるかもな、なんせ命拾いしたんだから」

「それで無事、宮司を継げたことだし」

「ああ無事で何よりさ。変死なんかされたら堪らないぜ、クソッ、身の程知らずだろ、デススターの俺をさしおいて……」

眉間に皺が寄り、語調が荒くなってくる。えっ、また、蒸し返す気？

その時、スマホが鳴った。救いのゴング。

忍神はどてらの袂から面倒臭そうにスマホを取り出す。

俺は席を立ち、忍神からなるべく離れて部屋の隅に行く。壁の時計を見ると五時半をちょっと回っていた。夕闇が降りている。窓から外を眺めると雪は既に止んでいた。

三十秒ほどで背後の通話が終わり、俺は振り返る。

忍神の目に動揺の色があった。表情が硬い。乾いた唇を開いて、

「嫌なことになった。死人が出たらしい。しかも、変死みたいだし」

不機嫌そうな口ぶりでそう言った。

Act.
2

11

俺と忍神は現場へと急いだ。

急ぎながらも慎重に足を運んだ。積雪は十センチくらい。二人とも午後からレインシューズに履き替えていたので助かった。また、午後の作業のおかげで道のほとんどは踏み荒らされ、幾重にもタイヤの轍が走っている。結果的に大雑把な雪かきがされたふうな様相となっていた。随所に外灯の明かりが点っているので注意していれば足を取られることはない。西エリアを横切るようなルートで数分。敷地の周縁の木立が迫る辺り、目的の場所に辿り着いた。

それはバンガローのような造りだった。切妻屋根の平屋建て。壁にはフェイクの樹皮の模様があしらわれている。雪で白く覆われたネービーブルーの屋根からは鉄梯子の付いた煙突が二メートルほど突き出ていた。この煙突はあくまでも装飾用であり穴は開いてない。当然、屋内の暖房はもっぱらエアコンでまかなわれていた。このハウスもバブル期に先代の宮司、貴倉昇造が建てたものだった。趣味で絵画を描いていた昇造がアトリエとして使っていたらしい。

今では「シアターハウス」と呼んでいる。忍神がホリウッドの施設としてホームシアターのような内装に改造したからである。DVDソフトや衛星放送などの映画を鑑賞するための専用ハウスだった。

そのシアターハウスから十メートルほど手前のところに白川留里菜が立っていた。右手のスマホをこちらに向けながら、左手を振っている。小鳥がエサをついばむようにピョコッと頭を下げて忍神に挨拶し、

「何だか大変そうなんです。私はここで待機だけど」

「君はまだ見てないの？」

「あの二人が近付かない方がいいって」

不服そうに口を尖らせてシアターハウスを指し示す。

正面入口のベランダに二人の男が立っていた。

鷲津がスキンヘッドを深々と下げて辞儀をする。相変わらずランニングシャツのままだが、さすがにジップパーカーを羽織っていた。

もう一人はヤブキ芸能のイチオシ、宗方哲平。両手を広げてこちらに振ってみせる。陽気な顔立ちのせいか、ステージで観客の声援に応えているように映る。おまけに挨拶のつもりか、ヒュルルッと口笛を鳴らしやがった。

見渡すと、シアターハウスの周辺はまっさらな純白の雪に覆われていた。踏み荒らされた跡がない。ただ一本の道を除いて――。ここから正面入口に至る約十メートルの道。二組の足跡が続いているだけだった。鷲津と宗方のものに違いない。

忍神は俺に頷くとシアターハウスへと歩を進めた。俺はその後に続く。既に刻まれている足跡を踏まないようになるべく端を歩く。三段のコンクリート製のステップからベランダに上がり、

出迎えの鷲津と宗方に目礼した。二人は忍神に改めて挨拶し、俺には怪訝な目を向けるだけだった。まだ探偵として本領発揮してないのだから、まあ、そんなもんだろう。

　忍神は入口のドアを指し示して、

「中か？　さっき言ってたのは」

「はい。まさかこんなことに、ですよ」

　先ほどの電話は宗方であった。踊るような手振りを交えながら、

「僕と鷲津さんでMC伊波さん捜してたんですよ、今日の晩飯のことでね。仕出し弁当の他にデリバリーのピザを頼むことになってたんですが、あの人、トッピングに凄いうるさいから、一応リクエスト訊かなきゃ、後でどんなイヤミ言われるか解らないでしょ。それで、電話したんだけど出ないんです。だもんだから、もしや、この雪でどうかなっちゃったかって心配になって」

　脇から鷲津が口を挟み、

「MCさん、以前から昼間なのによくちびちび飲んでおったんじぇす。こっそりウイスキーのスキットル隠し持ってんのわし見たし」

「これくらいの雪でも酔ってゴロ寝して凍死しちゃうのって時々ニュースでやってるじゃないですか」

「それでわしらもちょいと心配になって探索に出かけたって寸法じぇす」

「あちこち見ながらここに辿り着いて。あ、ここに来る途中であの娘（コ）も付いてきちゃって」

　と、雪道の向こう、スマホで撮影しているらしい留里菜を指し示してから、

「で、このシアターハウスを覗いてみることにしたんだけど、万が一のこと考えて、ほら、凍死した酔っ払いなんて若い女の子に見せるもんじゃないでしょ、だから、僕と鷲津さんだけで中に入ることに。そしたら、さっき電話で話したように」

「死んでたんだな？」

忍神が確認する。

二人は黙って大きく頷いた。

「ＭＣ伊波の死体が中にあるわけだな？」

「……」

二人は返答に詰まる。しばし困ったように顔を見合わせてから、フットワークの軽そうな宗方が茶髪頭を掻きながら口を開いて、

「たぶん、十中八九」

「何だっ、たぶん、って？」

「どうぞ、ご自分の目で」

そう言って宗方は室内の方に恭しく手を差し向ける。おまけに指をパチンッと鳴らしやがった。

忍神は眉をひそめながら俺の方を向いて頷く。

俺は念のためポケットから手袋を出して手にはめてからノブを握り、木製のドアを押し開いた。

狭い三和土（たたき）で靴を脱いで上がる。すぐ後ろから忍神も続いた。

玄関のコート掛けに白いダウンジャケットが掛けられていた。見覚えがある。確かにＭＣ伊波

の着ていたものだ。

さらに室内に歩を進める。エアコンの温風が頬を撫でる。

フローリングの床が広がり、その三分の二くらいにアイボリーの絨毯が敷かれていた。天井が高く、屋根裏部屋のような大きなロフトが設けられ、壁際に梯子のような簡易な階段が延びていた。

シアターハウスの名の通りの内装である。奥に八十五インチの大型モニターが設置され、その周囲にAV機器が配備されている。見上げると巻き上げ式のスクリーンも吊るされている。壁にしつらえられた棚にはDVDなどのソフトが収められ、数多の映画、ドラマのタイトルが並ぶ。その中には忍神の出演作品を揃えたコーナーもあった。

大型モニターの手前に客席となる革張りのソファがコの字の形にレイアウトされている。

俺と忍神は慎重に壁際から回り込んで、ソファの方へと歩み寄った。

そして見えた。コの字の形のソファに囲われるような位置にそれはあった。

男の死体。仰向けになった死体。

左の胸元にナイフ状の刃物が刺さっている。かなり深く入っているようで僅かに覗く刃が天井灯に鈍く反射していた。ナイフの刺さった周辺、紺色のスウェットシャツが流血で赤黒く染まり、絨毯にも小さな血だまりがあった。

一目で死体と解る。状況から見て、おそらく殺されたのだろう。

しかし顔は解らなかった。見えなかった。顔が袋に覆われている。頭部にすっぽりと袋が被されているのだった。白いポリエチレンの袋。いわゆるレジ袋などに利用されるものだ。

そして、袋の表面、顔に当たる部分に落書きのようなものがある。黒のサインペンか何かで手書きしたらしい。十文字に交差する二つの直線。縦線の真ん中よりやや下の方で横線が交差している。

「何だよ、これ？　漢数字の十か？　紅門さん、どう思う？」

忍神が首を傾げ、俺は肩をすくめ、

「さあ、プラス・マイナスのプラスにも見えるし、逆さに見ると失敗したTの字のようにも取れるし、そもそも、この袋自体に何の意味があるんでしょう？」

「さあな。やっぱり、顔を隠すためか？」

「まあ、覆面の状態ですからね。で、顔を隠されたこの死体ですが、体型とか服装などからすると」

「ああ、ＭＣ伊波の奴だと思うがな、たぶん」

「ですね、十中八九。では、警察には内緒ですが一応確認」

と、俺は屈みこんで死体の後頭部の下に左手を滑り込ませ、そっと持ち上げる。右手で袋を静かにずらしてゆき、取り外した。

中から現われたその顔は予想通りだった。細面にしゃくれて尖った顎。ＭＣ伊波。

12

それは確かにMC伊波の死の形相だった。

ゆで卵のように白く目を剝き、黒目がずり上がってしまっている。半開きの口からはナメクジのように舌が垂れていた。凶器のナイフがかすったのか額の左と右耳の上部に切り傷があり赤黒く血が固まっていた。

忍神が俺を押しのけるようにして立膝をつく。そして、シルバーフレームの眼鏡をかけ、じっと死体を覗き込む。

「うーん、しみるぜ。殺されるとこんな顔をするものなのか」

真剣な眼差しで凝視していた。

そして、ホトケの顔と同じように茫洋とした表情を作り、目を剝いて黒目を上げ、舌をダラリと伸ばしてみる。死の演技。ダイプレイヤーの血が騒いで抑え切れないらしい。

「こうか？　いや、違う。こうか？」

忍神は死体と睨めっこでもするように顔を歪めたり引き攣らせたりしている。

付き合ってられない。俺は俺の役目を果たすだけである。スマホを取り出して動画撮影を開始。もちろん忍神の変顔ではなく死体とこの事件現場の光景である。

まだ手に持っていた例のポリエチレン袋もしっかり記録しておく。落書きは表側の十文字だけだった。袋の口を大きく広げて内側も観察したが何も描かれていない。汚れ一つない真っ白なままだった。

「この袋はどこから？」

呟きながら俺は周囲を見回す。

「あそこじゃないかな」

ようやく変顔を解いた忍神が指差したのは奥の棚の下段。録画用ＤＶＤ、ブルーレイのディスクが大量に買い置きされていて、まだポリエチレンの袋に入ったままのものも多かった。

「なるほど、あそこから一枚拝借した可能性はありますね」

「まあ、犯人が自分で持参したのかもしれんしな」

「有り得ます」

と頷き、慎重にポリエチレン袋を死体の頭部に戻してから、

「あと、この十文字を落書きしたペンは」

俺は床に目を落とした。

ガラステーブルが引っ繰り返っていた。ソファのすぐ傍の定位置から大きくずれている。普段テーブルに載っていた磁器の灰皿、メモ帳、ＡＶ機器のリモコンなどに交じって筆記用具も散乱していた。黒のサインペンも数本あった。

「この中のどれかで書いたのかもな。それにしても荒らしてくれたな。犯人とＭＣ伊波はここで

大立ち回りをやらかしたってわけか」

「大立ち回りか小競り合いか解りませんが、きっと争ったんでしょう。つまり、ここで殺された。死体の様子や血痕から見ても、そう考えられます」

「ここが殺人現場、な」

鼻っ柱に皺を寄せて、改めて室内を見渡していた。

俺は死体の胸元を注視し、

「凶器となったそのナイフ、見覚えがあるんですが」

「そりゃそうだよ。そこにあったものだからな」

と、近くの棚の中段を指し示す。そこには忍神が映画、ドラマなどで実際に使用した小道具が数点、飾られていた。モデルガン、木刀、鞭、注射器、ハンマー等、何やら物騒なコレクション。それらに交じってこの凶器があったわけだ。

アウトドアナイフ。キャンプで食材のカットや薪割りなどに使用するナイフである。木製の柄で刃の長さは十数センチ。今、その刃のほんの一部しか見えない。

「五、六年前の映画だったな、『仁義の焚火(たきび)』で使ったナイフだよ」

「あ、知ってます、その映画。たしか、キャンプ・ノワールとか、野宿バイオレンスとかってキャッチコピーの」

「そうそう、飯盒(はんごう)で兄弟盃を交わす名シーンの」

嬉しそうに忍神は何度も頷く。

さらに詳しく語ろうとする忍神を押し止めて俺は床を指差す。

「これ、きっと死体から落ちたものですよね？」

パチンコ玉くらいの大きさの木製の玉が十個ほど血だまりの上に落ちていた。確かウッドボールと呼ばれているものだ。

俺は屈んで死体に目を近付ける。ナイフの刺さったスウェットシャツの胸元の裂け目のちょっと上にそれより大きな裂け目がある。きっと、犯人と争った際、ナイフがかすったのだろう。その裂け目からネックレスらしきものが覗いていた。細いチェーンに複数のウッドボールが数珠のように通されている。チェーンは途中で切断されていて輪になっていない。

スウェットシャツの二つの裂け目を指して、

「どうやら、ここからこぼれ落ちたようですね、ウッドボール」

忍神は頷きながらしげしげと眺め、

「これな、思い出したよ、御利益ネックレスとかって言ってたっけ。だいぶ前だけど、確かに、このMC伊波が首から下げてるの見たことあるよ」

「胸元の傷やナイフの位置から見て、刺された際にこのチェーンも切断されたようですね」

「なるほど。御利益も期限切れみたいだし」

と忍神は肩をすくめた。

「あと、これ、御利益関連ではないと思いますが、何なんでしょう？」

俺は死体の腹部を目で示した。

ベルトのバックルの近く、ズボンから半円の形のキラキラした銀色の物体が覗いている。手のひら程のサイズ。どうやらディスクのようだ。

「ディスクを半分に割ったものか」

「ええ」

俺は室内を見渡し、奥の棚に歩み寄る。先ほど死体の顔に被されていたポリエチレン袋の在り処と推測した場所だ。録画用のＤＶＤやブルーレイのディスクが買い置きされている。既に開けられているパッケージの傍らに半分に割られたＤＶＤディスクの断片が落ちていた。俺はスマホを向けるとズームでアップにして撮影する。

脇から忍神が覗き込み、

「これが残りの半分だな」

「きっとそうでしょう」

死体の方に戻って再び屈みこみ、腹部のディスクを凝視する。切断された箇所の割れ具合をスマホ画像と見比べて確認した。

「ＤＶＤディスクであることは解りましたが、いったい何の意味なのか、何の目的なのか、意図がさっぱり解りませんね」

「うむ。殺されたＭＣ伊波が自らしたことじゃないと思うが、いや、それとも、ダイイングメッセージとか？」

「ちょっと考えられません。ディスクのもう半分があっちの棚にありますしね。もし死に際のＭ

Ｃ伊波さんが割ったなら、死体の近くに残りの半分もあるはず」

「俺もそう考えたんだよ。となると、やはり、犯人がディスクを割って、その半分を死体のズボンの腹に差し込んだってことになるか」

「しかし、何のためにそんなことを？」

立ち上がりながら問題のディスクを見つめる。銀色のアーチを描く半分のディスク。眺める角度によって、光沢がカラフルに変わりプリズムを連想させられ、何だか謎を象徴しているようだった。

俺は頭をブルンッと振り、

「しかも、アレもありますし」

死体の頭部、十文字の描かれたポリエチレン袋に目をやる。

「あれやこれやと謎の盛り、なかなかだな、いったい、どうしたものやら？」

忍神は答えを求めるように高い天井を仰いだ。

俺は話のアングルを切り替え、

「ＭＣ伊波さんはこのシアターハウスにどんな用事があって来たんでしょうかね？」

「ああ、それなら何となく解る気がする。おそらく、予習みたいなもんさ。俺との打ち合わせの準備のためだよ。今晩、夕食の後、俺と打ち合わせをすることになっていたのさ。ほら、四十周年セレモニーの第二部、俺のトークショーでＭＣ伊波は司会進行を務めるだろ、その打ち合わせだよ」

「そうか、そのための予習。忍神さんの出演作品のＤＶＤを観て知識を頭に叩き込んでおかなきゃならなかった」

「ああ、ちゃんと観ておくようにって前から言ってたのにな。作品のリストアップまでしてやったし」

「でも、その予習をサボっていた？」

「みたいだな。今日の午後、雪でどうせリハも中止になってエネルギー余ってるだろうからと思って、『今晩打ち合わせやるぞ』って言ってやったら、あいつ青くなって焦ってやがったな」

そう言ってサディスティックな笑みを刻む。

俺はソファの傍らに置かれたエコバッグに歩み寄り、中を覗き込む。市販のＤＶＤソフトが二十本ほど並んでいる。いずれのタイトルも忍神の出演した映画のようだ。

「これ、ＭＣ伊波さんがここの棚からかき集めたものみたいですね」

「ああ、ほとんど俺がリストアップしてやった作品だな。ったく、ＭＣの奴、慌てふためいてここに来て、にわか勉強するつもりだったんだな。しかも酒飲んでやがったし。さっき、あいつの顔を間近で見たら酒臭かったぜ」

「鷲津さんたちも話していたようにもともと酒好きだった上に、打ち合わせのストレスもあったんでしょう」

「もしそうなら、そのストレスからは解放されたようだな」

忍神は改めて死体を見下ろし、肩をすくめた。

Act.2

このシアターハウスを出る前に念の為、全体をチェックする。先ず、梯子のような階段を使いロフトに上った。天井裏のような部屋は簡易ベッドが二つ置かれているだけの質素な内装だった。いつも所持しているペン型ライトでベッドの下を照らし、また、掛け布団をめくってみたが、もちろん、犯人の姿は無かった。

一階に下りて、窓を巡回する。さっき入ってきた正面ドアは南にあり、東西と北には引き違い窓が設けられていた。いずれも閉められているが、クレセント錠はかけられていない。

西側の窓を開き、外に目を遣る。ハウスに備え付けの大型の懐中電灯で周囲を照らすが白い地面が広がっているだけだった。積雪には足跡らしきものは無く、不審な乱れも見当たらない。

東側の窓も開けてみるが、やはり、同じような結果である。七、八メートル向こうに先ほど通って来た道があり、クヌギの大木のところで緩やかにカーブし、ハウスの正面である南方向へと延びている。その道に至るまで白い雪の地面にはまったく荒らされた痕跡は無かった。

残る北側もチェック。やはり同様だった。窓の近くに誰かが潜んでいたような痕跡はないし、十メートルほど先の雑木林まで綿のような積雪がなだらかに広がるだけだった。

俺は窓を閉め、もう一度室内を見渡す。頭部に袋を被され、腹に半欠けのＤＶＤディスクを差し込まれた死体の異様さに改めて溜息が漏れてくる。合掌をして現場に背を向けた。

忍神はハウスを出る直前、振り返って、しげしげと眺め、

「ふん、変死とはな。この俺をさしおいて」

不機嫌そうに口走り、ドアを閉める。さらにブツブツと呟く中に（犯人も被害者も許せねえ）

などと物騒な声も漏れ聞こえた。

外は夕闇が重くたれこめていた。ハウスのベランダに宗方と鷲津の姿はとうに無く、先ほど留里菜が待ちぼうけを食わされた場所に三人で固まっていた。

俺と忍神は三人に合流する。

「あの足跡、あなたたちのですよね？」

俺がハウスに至る雪道を指差す。

「ハーイ、もちろんですったら」

と、宗方がその場でリズミカルなステップを踏んでみせた。

鷲津がフォローするように、

「なんせ、わしらには証拠だってあるんじゃからな。いざ、頼もう」

そう言って恭しく留里菜の方に両手を差し向ける。

「ちょっと、あんたたちの証拠とやらのために撮ったんじゃないからね」

とスズメのように唇を尖らせるが、満更でもなさそうにこちらを振り向き、

「事件の捜査の役に立って、私、実録ユーチューバーとかって注目浴びたりして」

スマホを突き出して、動画を再生する。

なるほど、確かに立派な証拠となっていた。

最初、シアターハウスへと至る目の前の道は白い積雪に覆われているだけで、足跡は一つも無い。不自然な凹凸も見当たらず、まさにまっさらな状態だ。そこに宗方と鷲津が登場し、ハウス

へと歩を進め、処女雪の上に二組の足跡を残した。それから一旦映像が途切れて、別の動画が再生される。ついさっき、宗方と鷲津がハウスのベランダを離れ、この場所に戻って来るまでが記録されていた。また、俺と忍神がハウスとここを往復する動画もしっかり撮影されていた。

俺は大きく頷き、

「うん、この道に残されている足跡は、確かに動画に記録された四人の往復の足跡だけだね」

「そういうこと。で、この動画、留里チャンネルにアップしたら、バズるかなあ？」

と小首を傾げる。留里チャンネルとはもちろん留里菜の運営する動画サイト。

「うーん、どうかな？　今のところこの動画から解ったのは、おそらく犯行は雪が降っている間に行われたということくらいだからね」

「あ、足跡が無いから」

「そう。それなのに、もし、雪が止んでからの犯行だってことになったら妙なことになっちゃうもんね」

「足跡の無い殺人……、あ、だったら、バズりそう」

リスのような丸っこい目をキラキラ輝かせる。

そこに大きなクシャミが響く。忍神がハンカチで鼻をこすりながら、

「冷えてきたよ。警察に通報したら、あっちで待機するとしよう」

そう言って、東の方を指差す。

ちょっと離れたところにガラス張りの温室があった。これもバブル期に建てられ、蘭（らん）や南方の

植物が栽培されていたらしいが、今では空っぽのプランターと錆びたベンチが放置されているだけである。ただ純粋に温室としての機能だけは残されているので、とりあえず移動し、暖を取ることになった。

忍神は身を縮こまらせ、

「外じゃ死体より冷えちまう。ダイプレイヤーの俺でもそこまでは付き合えないよ、っと」

再び大きなクシャミを放った。

13

俺は温室へは行かず、別の場所へと向かった。寒いのでもう一枚着込んでくるとか、トイレとかテキトーな言い訳を並べ立て、さっさと単独行動を取る。というのも忍神から密命を帯びたからである。

「警察の来ないうちにMC伊波の部屋を調べてみてくれ」

と、秘密裏にマスターキーを渡されたのである。

こういう際どい調査は今まで何度もやったことがあるし、個人的に満更嫌いでもない。なんせ、古い仲間からは「興味本位で生きている」とか「出来心で出来ている」なんてよく言われるくらいである。忍神もそうと知って、そういう探偵としてこき使うつもりなのかもしれない。それが俺の運命(さだめ)ってやつか？　ちなみに、私立探偵とは「タフでなければ生きていけない、優しくなければ生きる資格がない」が理想像らしいが、俺の場合、「タフなふりして疲れている、優しい真似して損している」といったところか。今日も風が笑ってら。

そんな雑念を巡らせて寒さを紛らわしながら、雪道を急いだ。警察が来て捜査を開始するまでわずかな時間しかない。先ほどのシアターハウスへの道筋を逆に辿って西エリアを横断する。途中で左に折れて、しばらく北へ進み、目的の場所に到着した。

寂れた二階建ての鉄筋コンクリートの建物。これもバブルの遺物である。かつては温泉を楽しめるプチホテルとして評判の施設であった。ライトブルーだった壁面は今ではグレイを帯び、所々に稲妻のようなヒビが走っている。神湯「偉宝陣(いほうじん)」と描かれた看板もすっかり錆び付いている。そして現在は合宿の参加者たち、ホリウッド・メイツの宿舎となっていた。

俺はガラスドアを押し開いて中に入ると、かつての受付ロビーのラウンジを通り抜け、廊下に向かう。その廊下の左右に各人の泊まる部屋が並んでいた。念の為、ポケットからメモ帳を取り出し、覚書と照らし合わせる。

廊下の右側は手前から、赤峰千佳、白川留里菜、富士井敏樹、槙誠次郎、萌仲ミルキ、左側は矢吹直人、宗方哲平、鷲津行彦、ＭＣ伊波、小尾カン、という部屋の並びであった。

俺は間違えないように左側の四番目の部屋の前まで足音を忍ばせて進む。耳を澄まし、廊下を見渡し人気が無いのを確認すると、素早くマスターキーで開錠して、室内に滑り込んで、そっとドアを閉めた。大きく深呼吸する。雪道の疲れが出ている。が、遠くでサイレンが聞こえてきた。

急がねば。

室内の明かりは点いたままだった。廊下に並ぶ部屋はどこも同じ造りである。フローリングの四畳半くらいのスペースにベッド、小型冷蔵庫、デスク、ロッカー、DVDデッキ付きのテレビなどがコンパクトに収められている。

MC伊波は持ち物が少ないようだ。部屋の中がガランとして殺風景である。ベッド脇のボストンバッグの中身をチェックするが、着替えの衣類が詰め込まれているだけだった。冷蔵庫は缶ビールだらけで、あとはコンビーフの缶詰のみ。デスクの引き出しを順に開ける。やはり、ほとんどが空っぽでめぼしいものは見つからない。下段の最も大きい引き出しにはウイスキーのボトルだけが七本も転がっていた。こんなにあっても酒好きの持ち主をもう温めてやることは出来ない。ならば俺のハートを温めてくれ、と持ち帰りたくなる誘惑をかろうじて抑える。

ロッカーには鍵がかかっていた。これはルームキーと共通なのでマスターキーを差し込んで開けた。ハンガーにはジャンパーやダウンジャケットなどの防寒用の上着があったので、それらのポケットを調べるが収穫は無し。上の棚に目をやる。奥の方に濃紺のショルダーバッグが何やら大切そうに仕舞いこまれていた。

俺はそのショルダーバッグを取り出し、ファスナーを開いて中を確かめる。底に小型の名刺ホルダーがあった。五、六十枚収納できるもので半分以上が埋まっている。めくってみると、ほとんどが雑誌やウェブニュースの編集者、ライターの連絡先。それも、確か芸能関係の媒体であり、スキャンダルを売り物にしているものだった。ホルダーの各ページをスマホで撮影しておく。

続いて、バッグの他の収納ポケットもチェック。その一つから手帳が出てきた。スケジュールが書き込まれているので、合宿が始まったこの一週間に注目する。と、明日、十三日の項目に何やら数字が記されている。

２２、ちょっと間を空けて六桁の数字、８１９６＊５。

何だろう？　ＰＣ関連のパスワード？　どこかの金庫かロッカーの暗証ナンバー？　それとも、電話番号だろうか？　例えば、この数字の前に０７０とか０８０を付ければ、ちょうど携帯番号の十一桁になり得る。

あるいは、スケジュール表に記されていることから考えると、最初の２２は二十二時つまり午後十時であり、待ち合わせとか約束の時間といったセンもあるかもしれない。

後の８１９６＊５は会う相手を意味する何かの略号、記号、もしくは暗号とか。可能性はいろいろ広がるが如何せん手掛かりが少なすぎる。とりあえず撮影しておき、俺の脳内の未決ボックス行き。

もう一つ。別のポケットからは手のひらくらいの小さなビニールのジップ袋が見つかった。中に多量の黒い粒が入っている。植物の種らしい。これも撮影。

外のサイレンの音が大きくなっていた。それも複数の台数が次々とやって来ているようだ。そろそろタイムリミット。

俺はショルダーバッグを元の場所に戻し、ロッカーの鍵をかける。室内をひとわたり眺め、何か見落としがないかをチェックする。外に人気がないのを確認してから素早く廊下に出て、自動ロックのドアを閉めた。そして、何食わぬ顔を作って宿舎を後にし、再び事件現場の方へと向かった。

先ほど来た道を戻って西エリアを西へと進む。空は暗く重く、寒風が切りつけるように頬をかすめる。

既にシアターハウスの近くは警察車両がひしめいていた。回転灯の群れが夕闇を裂き、キビキビと動き回る捜査員の吐く息が小さな雲となっては流れて消える。

合宿メンバーも顔を揃え、現場のシアターハウスの方を眺めながら話し込んでいる。ちょっと離れたところ、温室の前では忍神が二人の男と話を交わしていた。彼らは所轄の三鷹南署の刑事であった。

年嵩の四十代半ばくらいの方が片桐（かたぎり）警部。目の間隔が狭く、鼻の穴と耳が大きい。しかも、日焼けの名残なのか赤ら顔をし、喋ると何やらキーキーと甲高い声を出すので猿を連想させる。

一方の三十代と思しき相棒は部下の真田（さなだ）巡査部長。頬骨の目立つアバタ面で蟹を彷彿とさせる。二人並んでサルカニ合戦の刑事（デカ）コンビといったところか。

忍神が直々（じきじき）に雇っている私立探偵として俺のことを紹介してくれたが、やはり、両刑事は胡散臭そうに冷ややかな視線を突き刺してくる。それでも渋々ながら受け入れてくれたのは忍神の持つバックグラウンドのおかげだろう。

というのも、忍神は警察に貸しがあるようだった。かれこれ三年前、三鷹南署は或るアイドル女優を一日署長に任命し、オレオレ詐欺撲滅キャンペーンを開催することになっていたが、当日になって、女優が急病で倒れてしまった。その際、以前から署長と同じ飲み屋の常連で顔見知りだった忍神が急遽代役を引き受け、窮状を救ったのである。しかも、それ以降、この手のイベントの際には忍神が仲介して俳優に声をかけてやるなどサポートし、署から大いに感謝されている。という100%自慢話を忍神は滔々と語ってくれた。

「署長は相変わらずですか？」

「はい、おかげさまで元気にやっております。忍神さんにはいつもお世話になっていると恐縮してました。ついさっきも出しなに、よろしくお伝えするように、と」

片桐警部が甲高い声で拙い敬語を並べる。その傍らで真田刑事がアバタ面に作り笑いを浮かべ頭を下げてみせていた。

忍神も満更でもなさそうに柔和な微笑を返し、

「こちらも捜査には全力で協力しますよ。私の主催する現場で起きた事件なので、責任を感じずにおれません。そのためにも、捜査で解ったことは出来る限り教えてくださいよ。なんせ、ここは未来の映画の聖地・ホリウッドなんですから」

丁寧な口ぶりだったが、頑ななまでの圧が込められていた。さらに続けて、

「そして、どうか、何よりも、必ず犯人の奴を引きずり出してほしい……。なんせ、この俺の前に変死体なぞを転がしたんだから」

語気を強めてそう言った。そして、その言葉は俺にもしっかり向けられていた。

14

それから小一時間ほどして俺は事情聴取を受けていた。

場所は例の元プチホテルだった宿舎のサロン。合宿の参加者たちがよく集まって弁当を食べる食堂でもある。大小のテーブル席が配置され奥にはかつてのキッチンが見える。普段は外の風景が広がる大きな窓にはブラインドが下ろされていた。

俺は四人掛けテーブルで二人の警察官と向き合っていた。相手は先ほどの猿蟹コンビの刑事、片桐と真田だった。

念のため、俺は忍神に雇われた探偵であることを自分の口からも改めて説明した。今回の任務の目的や経緯について正直に語り、今後も調査を続けなければならないので、その理解と了承を求めた。

二人は溜息を漏らしながら小さく頷く。憐れんでいるようにも見えた。

片桐警部は赤ら顔に苦笑いを浮かべ、

「ああ、さっきも忍神さんに念を押されたから解ってますよ。しかし、探偵って、そこまでやるもんなのですか、こんな状態で」

と同情の口調に侮蔑を滲ませ、

「まるでブラック企業ならぬブラック依頼という感じ。私だったらとっくに投げてますね」

「俺も無理っす」

真田刑事もイヤイヤをするようにアバタ面を振ってみせた。

俺は「興味本位で生きている」とも言えず、

「この業界も不況でうちも台所事情が厳しいもので」

と泣き言を理由にあげて微笑み、軽く受け流す。探偵に必要なのはＩＱよりも愛嬌かもしれない。

殺人事件の聴取は先ず被害者のＭＣ伊波との関係を問われ、今回の合宿で初対面であったことを説明する。その後、今日の出来事について順を追って問答が続いた。主に片桐警部が話し、真田刑事が記録するフォーメーション。

「午後三時から五時までは何をしていました？」

片桐警部のこの問いに俺は食いつき、

「つまり、それって犯行時刻ですよね？」

「探偵だけに気になりますか。ま、そう考えていいでしょう。正確には死亡推定時刻」

その時間帯、俺は雪の降る中、肉体労働に参加したこと、その後、忍神のいる離れで甘酒を飲んで雑談していたことなどを答えた。

それから、シアターハウスで死体と対面した経緯に話題が移る。足跡や指紋に注意を払ったことを強調してから、現場で気付いた点や印象を交えながら順を追って語る。

ただ、死体の頭部のポリエチレン袋を取り外したとは言わず、袋の隙間から覗き込んでＭＣ伊波の顔を確認した、ということにしておいた。もちろん、忍神がＭＣ伊波の死に顔を懸命に真似していたことも省略する。

また、質疑応答の過程でこちらも知りたい情報を先方から引き出した。ＭＣ伊波の死因はやはり胸部をあのアウトドアナイフで刺されたことによるショック死であった。ナイフは抜かれなかったが、倒れる際に傷口が開いたようで、そのために少量ながら体外への出血があったということ。殺害現場は発見時の状態の通り、シアターハウスのリビングのソファ近辺と推察される。そこでＭＣ伊波は犯人と少し争った末に刺殺されたわけである。

現場から疑わしい指紋は検出されていない。犯人が手袋をしていたことはほぼ間違いないようだ。凶器のナイフの飾られていた棚には埃が薄く積もっていて、そこに犯人と思しき手の一部の跡が残されていたが、手袋をしていたことが明瞭であったという。

また、現場に残されていた血痕は被害者のＭＣ伊波のものだけだったらしい。それ以外の疑わしい血痕は発見されず、拭い取った痕跡も無かったという。

俺は懐中電灯を使って窓からシアターハウスの周囲を注意深く見渡したが、足跡や積雪の乱れなど不自然な痕跡は見当たらなかった、と報告する。これ、サービスのつもりだった。なのに、特に礼を言われることもなく、シアターハウスを出た後の話へと聴取はさっさと移る。なので、俺は余計なサービスは控え、ただ聞かれたことに淡々と答える。もちろん、ＭＣ伊波の部屋にこっそり忍び込んだことなど言うはずがない。

最後に、

「紅門さんはコンタクトレンズを使用してますか？」

と問われた。

やんわり問い返してみると、現場のシアターハウスの室内にコンタクトレンズの片方が落ちていたらしい。もちろん、今のところ、持ち主は特定されていない。

嘘をつく理由もメリットも無いので俺は、

「いえ、使ったことはありません。ぼちぼち老眼鏡は考えようかと思ってますが」

と正直に答えておく。こうして三十分ほどで最初の事情聴取は終了、特に怪しまれることもなく解放された。とりあえず安堵の溜息。

15

サロンを出て玄関へ向かうと、ロビー前のラウンジに鷲津と宗方がいた。ＭＣ伊波の死体を最初に発見した二人である。お疲れ気味の様子に見えた。

俺は向かいのソファに座り、ねぎらいの言葉をかける。

二人とも既に警察の事情聴取は済んでいるらしい。

若い宗方の方が大きな目をさらに大きく開いて、

「もしかすると僕ら二人、生きているＭＣ伊波さんを見た最後の人間かもしれないって」

「へえ、死んだＭＣ伊波さんを最初に発見した上に」

「ええ、本当にそうなったら、嫌な因果ですよね。いやあ、参った参った」

おどけたふうに茶髪の頭を叩く。声もいつもながら陽気なのでちっとも参ったように見えない。

俺は興味をそそられ、

「せめてどっちかにしてほしいですよね。それで、生きてるＭＣ伊波さんを最後に見たというのは？」

「画廊ですよ。正確には元画廊か。あの画廊ハウスにＭＣ伊波さんいたんです」

宗方は重要な目撃証言が誇らしいのか、聞いてほしくてたまらなそうに次のように語る。

午後三時十五分頃、朝リハの反省会のために例の坂道をチェックしに行った帰り、宗方と鷲津は画廊ハウスの前を通った。

この画廊ハウスはやはり先代の宮司・貴倉昇造が建てたもので、当時、絵画に凝っていた昇造が自分の作品を展示するためのギャラリールームであった。

西エリアの南側に位置し、寄棟屋根を載せた横長の平屋建てで壁には北欧をイメージしたという煉瓦模様があしらわれている。かつては洒落た橙色の壁も随所が黒ずみ、室内から既に展示物は片付けられている。

現在では忍神のホリウッド構想のために、ワークショップの個人レッスン場として使うことが多く、さもない時は刹那的な物置と化していた。

東西に長いこの建物は西に出入り口、北と南に窓が設けられている。屋内は中央の展示用の壁で仕切られ、北部屋と南部屋とを構成していた。

宗方と鷲津はこの画廊ハウスの前を通った際、南側の窓に目をやり、中にＭＣ伊波がいるのを見たという。

「中央の展示用の壁の前に立ってましたよ」

「それは間違いなくＭＣ伊波さんでした？」

俺が念を押すと、宗方は勢いよく指をパチンと鳴らし、

「ええ、保証しますよ。あの三日月のような顎のしゃくれた顔といい、今朝も着ていたモコモコの雪だるまみたいな白いダウンジャケットといい、ＭＣ伊波さんに絶対に間違いありませんったら。で、僕ら挨拶もしました」

「挨拶？」

「ええ、目が合ったので手を振ったら、ＭＣ伊波さんも振り返してきましたっけ。ちょっと不機嫌そうだったけど」

鷲津が相槌を打ちながら口を挟んできて、

「そうじゃったな。うーん、やはり、あの人、ひどく焦ってたんじゃろう。ほら、急遽、忍神さんからトークショーの打ち合わせをやるって決められてしまってな」

「それは言えますね。渋い表情だったのは緊張してたせいでしょ。心労で頬もこけてる感じだったし」

「血色がよくなかったのも二日酔いのせいばかりじゃあるまい。プレッシャーじゃ」

「それでますます飲んじゃったのかも。これぞディス・イズ・悪循環」

鷲津はスキンヘッドの頭をさすりながら、

「まあ、さすがに隠れて飲むためだけに画廊ハウスにいたわけじゃなかろう。トークショーで使う衣装や小道具のチェックとかな」

「ああ、映画会社やテレビ局から借りてきたやつですね、忍神さんの出演作品の」

「うむ、どのアイテムでどういう話題を振るか進行シナリオを想定しておかんと」

「ワオッ、打ち合わせで忍神さんに鋭く突っ込まれそう、コワッ」

「さらにその後、忍神さんの出演作品を観るためにシアターハウスへ行ったわけじゃ、何とも忙しい」

「死にそう、あ、いや、死んだんだし」

宗方は透明のナイフを胸元に突き刺す。

俺は質問を挟む。

「ＭＣ伊波さんが画廊ハウスから出てくるところは見なかった？」

「ええ、それは見てませんね」

と宗方は即答し、

「僕ら、画廊ハウスの前を過ぎると、すぐ近くのあずま屋で小尾カンさんと立ち話してたんですがね」

「ああ、小尾カンさんは棺の修理を一生懸命やってましたっけ。あのあずま屋の場所、確かに画廊ハウスの近くでしたね」

「そう、出入り口の見える位置なんです。だから、MC伊波さんが出てくれれば解るはず」

「でも、三人とも見てない」

「そう。だから、さっき言ったように、結局、僕と鷲津さんが生きているMC伊波さんを見た最後の人間みたいなんです。殺害犯人を除いて」

そう言ってまたナイフを突き刺すポーズをとる。

「最後に会ったのが窓越しに手を振るだけとは何か寂しすぎるのぉ」

鷲津がしみじみ言って目を細め、

「一杯くらい付き合ってもよかったかのぉ」

俺はそれを受け、

「MCさんとは親しかったんですか？」

「以前はよく飲んだもんじぇすよ。結構、人懐っこくて、ヤブキ芸能を解雇された後も飲みに誘ってきて」

「へえ、MCイヤミなんて言われてるわりに」

「そうそう、ホント懐っこい、奈良公園の鹿みたいじゃ。いつか酔った挙句、うちにノコノコ泊まりに来たことも」

「随分と飲み歩いたようですね？」

「遊び慣れてるっていうか詳しくて、いろいろ面白い店に案内してくれたもんじゃった」

「もしかして、あなたが最初に大麻を買った店も」

「えっ？　ああ、そういえば……、嫌なことを思い出させますね。わしは更生したんじぇすから」

エラの張った面立ちを強張らせ、エイのような顔になる。

「失敬」

と俺は添えてから話題のアングルを変え、

「これ何かご存じですか？」

スマホの画像を差し出した。

殺人現場のスナップである。床の血だまりに落ちているウッドボールと、チェーンの切れたネックレスの画像。

鷲津は覗き込んで、

「ああ、これね。御利益ネックレスじぇすよ。玉がだいぶ落ちちゃったみたいだけど、もとはチェーンの半分くらい連なってましたっけ。これらの玉はパワーウッドボール。確か屋久杉から作られていて、大地のエネルギーと天の恵みが込められているとか」

「ほお、シャーマニズムみたいなものなんだ」

「数十個のウッドボールのうちでもメインとなる八つは惑星に見立てられておって、水・金・地・火・木・土・天・海の文字がそれぞれ刻まれていて、宇宙のパワーを取り込んでいるとか」

「肝となる八つ星というわけですか」

「ええ、これらが揃ってないとネックレス自体の御利益が無くなるそうで」

「詳しいですね」

「そりゃ、以前、わしも持ってましたからね。かつて、ヤブキ芸能に占い師タレントでノストラ田村っていうのがいたんじぇすよ。結構当たってね、その筋では人気ありましたっけ。そして、今から七年前じゃったっけな、ヤブキ芸能の創立十周年の記念にノストラ田村がデザインを担当して、この御利益ネックレスを作って、事務所のメンバーに配ったんで、当時はまだ所属タレントだったわしももらったというわけじぇす」

宗方も覗き込んできて、

「へえ、こんな記念グッズがあったんだ」

「ああ、そりゃ宗方君は知らんじゃろ。君がヤブキ芸能に来る前じゃったんだから」

「じゃ、二十周年の時にはパワーストーンのリングとか」

「いや、もうそっち方面はないじゃろう」

俺は素早く口を挟み、

「鷺津さん、御利益ネックレスですが、以前持っていた、とか言いましたよね」

「ああ、そりゃそうじゃよ、もう捨てたんだから。五年前、ノストラ田村の奴め、いきなり韓国に活動の場を移したんじぇすよ。黙ったままヤブキ芸能飛び出してね、韓国のプロダクションに移籍して」

「いわゆる引き抜き」

「そうそう、ヤブキ芸能に何の相談もせず、ホイホイ移っちゃったんじぇすよ。おまけに韓国で売れっ子だとか。じゃから、社長を始め、みんな怒っちゃって」

「なるほど。それで、あんな奴の作ったネックレスなんか、と」

「そう、みんなも捨てるなり、もう身に着けなくなった、当然でしょ」

「けど、MC伊波さんはこうして身に着けていたんですね」

鷺津は腕組みをし、

「まあ、あの時にはMCさん、既にヤブキ芸能を解雇されてたし。あ、それより、MCさん、もとからネックレスの御利益をかなり信じていたフシがありましたから」

「ああ、そのノストラ田村って韓国で売れているわけですしね」

「穿った見方をすれば、あんなネックレスに頼るくらい、MCさんは困窮していたのかも」

鷺津は暗澹と顔を曇らせる。明日は我が身、と思いを馳せているのかもしれない。

と、その時、着信音がして、鷺津がスマホをジップパーカーのポケットから取り出して立ち上がった。ラウンジの隅に行き、簡単な通話をすると、

「警察から。もう一度、聴取をしたいとか、いったい何じゃろ?」

驚きと不安の混じった面持ちで首を傾げる。

「じゃ、僕も御一緒した方が?」

宗方がピクニックにでも行くような口ぶりで言うと、鷺津は葬式の遺族のような声音で、

「いやいや、わしだけで、ということじゃ。では」

Act.2

そう言って、一人、奥のサロンへと重い足を引き摺って行った。

そのタイミングで俺も立ち上がり、この場を離れ、宿舎を後にした。それから、俺はもう一度、西エリアを回ってみる。

既に夜の帳は下り、積雪のせいもあって、めっきり冷え込んでいる。が、事件現場のシアターハウスの辺りはまだ煌々と明かりが満ちていた。警察関係者も増え、広範囲にわたって捜査が続行されている。雑木林のあちこちにも懐中電灯のライトが見え隠れし、蛍の群れが舞っているようだった。

ちなみに、西エリアを地図のように俯瞰するとおよそ次のようなレイアウトになる。

北に宿舎が位置し、そこから逆時計回りに進むと、西に殺人現場のシアターハウス、南に画廊ハウス、東に忍神の住む離れ、といった配置だ。これらの他にもアミューズメント施設の遺跡が点在し、幾つもの道が縦横を縫っている。また、随所には石灯籠が立ち、それらには報龍神社にちなんで、龍の巻きついた意匠が施されている。

俺はシアターハウスの前を過ぎ、逆時計回りに道を進んで画廊ハウスに行き着いた。

宗方と鷲津が生きているMC伊波を最後に見た、という場所である。二人の話にあったように、南側の道に立つ。建物まで三、四メートルほどの距離。中央の窓から室内が見える。充分に誰の顔か判別できるだろう。今は室内を真ん中で仕切る壁が見えるだけだった。

建物を一周してみる。東側は壁があるだけだが、北側には採光のためだろう、南側より大きな窓が設けられている。西側は出入り口があり、これも北欧調を意識したのかドアは羽目板の造り。

顔の高さにコインほどの覗き窓がある。さらに上の方に洒落たカウベルが吊るされ、時折、寒風に揺れてチリンチリンと悲しげに鳴っていた。

この出入り口から南西方向、十メートルほどのところにあずま屋があった。四方に黒い鉄製の柱を立て、藍色の方形屋根を載せただけのシンプルな造り。小尾カンが例の棺の修理にいそしんでいた場所だ。俺はそこから画廊ハウスの方に目を向ける。出入り口がよく見えるし、南の壁の辺りも視界に入っていた。

俺はこれらの情景を頭によく入れてから、次は東の方角へと歩を進めた。冷たい夜風が足腰にしみる。

16

忍神の住まいである離れをまた訪れた。室内に入ると寒さで強張った身体が暖房でほぐれるようだった。

「ご苦労さん」

と、忍神が大きめの湯呑みを差し出してくる。

焼酎のお湯割りだった。礼を言って受け取り、そっと口に運ぶ。芋の豊かな香りと共にほのかな甘みが舌にまとわりつき、ゆるりと喉を滑り落ちる。腹の底からぬくもりがじんわり広がる。

ありがたい。

忍神も湯呑みの残りを飲み干すと、また新たにポットの湯を入れ、焼酎を注いだ。そして、その焼酎の五合瓶を背後の棚に戻す。

俺は指差して、

「その棚、いつのまに？」

昼間、見た時には百科事典や文学全集が収まっていた本棚があった。それが消え失せ、代わりに、ウイスキー、日本酒、焼酎など様々な酒のボトルの並ぶ棚となっている。しかも、年代物のモルトや純米吟醸酒といった垂涎の品揃え。

忍神は含み笑いをして、

「簡単なカラクリだよ」

言いながら、左サイドの壁に手を伸ばし、何やら操作してから横に引いた。すると、壁の陰から本棚が滑り出てくる。反対側の壁まで行き着くと、その背後に酒の棚はすっかり覆い隠されてしまう。昼間、見た時の光景に戻っているのだった。

俺は拍手の手振りをし、

「隠し棚ですか」

忍神は頷き、また本棚を滑らせて壁に仕舞いこみ、酒の棚を出現させ、

「ああ、親父の奴、脱税の準備していたらしい。きっと、ここに預金通帳や実印、それに現金の札束、証券、金目の物なんかを隠すつもりだったんだ。でも、結局、バブルが弾けて、隠すもの

なんか無くなったというわけさ。三年前、俺がこの隠し棚を見付けた時は空っぽだったもんな」

「お父様は脱税し損なった、ということですね」

「脱税で逮捕されるよりカッコ悪いよな」

「しかし、よく出来てますね。ちょいと驚きました」

「紅門さんも見るの初めてだもんな。考えてみりゃ、みんな、そうなのかも。俺も積極的に見せた覚えないし、何せ親父の恥なんだからな。そういえば、MC伊波の奴も見て、カンドーした、なんておどけてたな」

「殺されたMCさんが？」

「ああ。昼過ぎ、俺、空模様を見て、今宵は雪見酒かもって思ったんで、酒の在庫をチェックするために、この棚を出してたんだよ。ちょうど、そこにMCの奴が来てな、舌なめずりしてたっけ」

「でも、結局、この美酒にはありつけなかった」

「無念だろうに」

忍神と俺は湯呑みを掲げ、MC伊波のために献杯した。

それからテーブルでちびちびとやりながら、事件について語り合う。忍神は合宿メンバーから各人の今日の行動や警察の事情聴取の内容などを報告させていたらしい。また、先ほど、猿蟹コンビの刑事と約束したように、可能な限り捜査過程の情報を得ているようだった。

俺は警察の聴取について語ってから、密命の件、そう、MC伊波の部屋を密かに探索した結果を報告した。

ＭＣ伊波のメモ帳に記されていた八桁の数字「２２８１９６＊５」については忍神にも心当たりがないということだった。やはり、まだ手掛かり不足なのだろう。また、その数字が十二月十三日の欄に書かれていたが、誰かと会う約束を意味していたにせよ、今のところ、合宿メンバーの中からは名乗り出た者はいないようだ。不利になることだけに今後も期待できないだろう、と意見が一致した。

「これが気になったんですよ」

と俺はスマホの画像を示した。ＭＣ伊波のショルダーバッグのポケットに入っていた小さなジップ袋。

「中身は何かの種のようだが、もしや」

「はい、たぶん当たりでしょう。さっきググってみたんですが」

検索画像を呼び出して、

「やっぱり、これと同じですよね」

「うむ、大麻の種な。しかし、ＭＣ伊波の死体から大麻を使用した痕跡があったなんて、警察は言ってなかった」

「使用するなら種でなくて、葉っぱか樹脂、たいていは乾燥大麻」

「だな。それに、大麻と言えば、ＭＣ伊波ではなくて、鷺津だが」

「はい。で、鷺津さんが最初に大麻を入手したクラブなんですが、そこはＭＣ伊波さんの紹介した店だったとか」

先ほど鷲津と話した内容を伝えた。

忍神は目を鋭く細め、

「うーん、しみるなあ。そうか。そういえば、鷲津は大麻の栽培もしていたということで罪状が加算されたんだっけな。だけど、本人は栽培に関しては最後まで認めなかったが……、つまり、そうか、仕掛けられたわけか、MC伊波がひそかに種を植えた」

「MC伊波さんは酔って鷲津さんの自宅に泊まったことがあるらしいし」

俺はさらにMC伊波の名刺ホルダーについて画像を添えて話した。

忍神はその画像を凝視すると鼻皺を寄せ、

「どれも芸能スキャンダルがお得意の編集部ばっかし。うーん、なるほど」

「ええ、どうやらMC伊波さんの裏稼業が透けて見えてきたようですね」

「事件のネタを作ったり、ネタを膨らませたりして、スクープの素を提供、か」

「常習的にやってたんでしょうね」

「この名刺の数からしてな。しかし、こんなことするくらいMCの奴め、金に窮してたってことか」

「鷲津さんをターゲットにしたのは自分を解雇したヤブキ芸能へのしっぺ返しかもしれません」

「人間関係ますますこじれてきたな」

そう言って湯呑みを呷る。

俺も飲み干すと二人分のお代わりを作って、テーブルに置いた。芋焼酎の新たな湯気が鼻をくすぐってくれる。熱いのをすすりながら話を再開する。

忍神が警察に確認したところによると、やはり、犯行現場はシアターハウスの室内だと断定したらしい。どこか外で殺害した後、死体を運び入れた可能性はないということだ。犯人が手袋をしていたことも確定と見ている。なので、指紋の手掛かりは期待できない。

俺は記憶を辿り、

「警察によると現場にはコンタクトレンズが落ちていたそうですが？」

「ああ、結局、被害者、ＭＣ伊波のものだったと判明したとさ」

「じゃあ、犯人と争ってる最中とかに外れて落ちたんでしょうね」

「警察もそう見てるよ。ちなみに、ここにいる人間でコンタクトを使用しているのは赤峰千佳と娘の留里菜だそうだ」

「疑いが晴れて、二人ともホッとしたでしょうね」

「いちいち動揺するタマじゃないだろ、あいつら。ま、結局、大した手掛かりじゃなかったようだな」

そう言って忍神は肩をすくめ、話を続ける。

ＭＣ伊波の死亡推定時刻は午後三時から五時の間。この時間帯、合宿メンバーは集まって雪の中の肉体労働に励んでいたり、各人が自分の用事に取り組むなどしていた。全体リハーサルのような集団行動と違って統一性がない。時間によって、数人でいることもあれば、一人でいることもあった。常に他人の目に触れていたという者はいなかったようだ。つまり、誰にでも、一人で行動する時間があったわけである。

忍神は警察からの情報を引用し、

「犯行に要する時間は十分から十五分もあれば事足りるらしい」

「それなら誰だって犯行は可能じゃないでしょうか？」

「ああ、十五分くらい一人で行動することなんかたやすいだろうよ」

「つまり、誰もアリバイがないということ」

「そういうことになる、俺や紅門さんも含めてな。しかし、それはあくまでもこのホリウッドの内部の人間に関してのことだ。犯人が外部の人間である可能性も五分五分とみていいだろうよ」

期待を込めるように強い言い方をした。

「今のところアリでしょう」

と俺は相槌を打っておく。それから、先ほど聞いた話を取り上げ、

「生きているMC伊波さんを最後に見たのが宗方さんと鷲津さんだったようですね」

「ああ、そうみたいだな。画廊ハウスの中にMCがいるのを見たという件だろ」

「ええ。それが三時十五分頃だったそうです。で、その画廊ハウスの出入り口の近く、あずま屋では小尾カンさんが例の棺の修理をしていたらしいんです。そこに宗方さん、鷲津さんの二人がすぐ合流」

「で、画廊ハウスからMC伊波が出てくるのを小尾カンたち三人は見ていない、ってことだな」

「そう。あのあずま屋の位置からなら、画廊ハウスの唯一の出入り口はしっかり見えますからね。三人が見逃すことは考えられません。それに、南北に窓はありますが、確か、はめ殺しのＦＩＸ窓で開閉できなかったはずです。なので、つまり、彼ら三人があずま屋を去ってからＭＣ伊波さんは画廊ハウスを出たことになります。その後、シアターハウスに赴き、殺された」

「うむ、となると、重要になってくるのは、小尾カンたち三人があずま屋を去ったのは何時頃か？」

この問いに対して、突如、入口のドアが開き、

「四時を充分に過ぎてましたね」

聞き覚えのある声が飛び込んできた。

17

そこには話題の主の一人、小尾カンが立っていた。

小太りで猫背の身体をブルッと震わせて、

「ドアを開けようとしたら、ちょうど話が聞こえたものでして。お邪魔します」

言いながらおずおずと中に入ってきた。そして、ボトルの並んだ棚を指差し、

「これが噂の隠し棚ですか。結構な品揃えですね。ＭＣ伊波さんが吹聴してましたっけ。なので、彼に盗み飲みされないよう、ご注意申し上げようと思ってましたが、その必要もなくなりました

ね」

へりくだった口調で言いながら、その垂れた目が羨ましそうに芋焼酎の湯呑みをじっと見ている。

忍神がその視線を払うように
「飲むんだったら、自分で勝手にやれ」

「あ、すいません。私だけいただかないのも無粋というものですから、お言葉に甘えて」

言い訳しながらもすこぶる手際よく焼酎のお湯割りを作る。腰を落ち着け、実に美味そうに湯呑みをすすった。

テーブルを挟んで忍神と俺が向かい合い、サイドに小尾カンが座る格好となった。

「さっき、あずま屋を去ったのは四時を充分に過ぎていた、と言ってたな。どれくらい充分だったか覚えてるか？」

忍神が訊くと、小尾カンは数秒考えて、

「そうですね。十分から十五分くらいは過ぎてましたね。自分の部屋に戻った際、四時半近くだったのを覚えてますから」

「なるほど。じゃ、お前ら三人があずま屋を去ったのは四時十五分くらいとしよう。となると、ＭＣ伊波が画廊ハウスを出たのはその後というわけだ。つまり、その時までＭＣ伊波は生きていた」

そう言って、俺に視線を向ける。

Act.2

俺は頷き、

「死亡推定時刻は午後三時から五時ということでしたがさらに絞り込むことが出来ますね。つまり、四時十五分から五時、と」

「この四十五分間が犯行の時間帯ということになるな」

「しかし、そうなると、気になってくるのが」

と俺は首を傾げる。

忍神が少し怒ったように、

「気になる、とは何だ？」

「雪ですよ。その犯行の時間帯だともう雪が止んでいたはずでは？」

「うむ、確か今日の雪は昼頃から降り始めて、夕方の早い時間、四時ごろには止んでいたような。おい」

と、忍神は小尾カンの方を向き、

「おい、どうだった？　お前ら三人があずま屋を立ち去る時、雪は？」

「止んでました。あそこを出る以前、忍神さんの言う通り、四時頃には既に止んでましたし」

そう言って、頬をババロアのようにプルプル揺らしながら何度も頷いて強調した。

忍神は眉間に皺を寄せてこちらに向き直り、

「犯行時間帯にはもう雪は止んでいた、となると、おかしなことになる」

「ええ、不可思議なことになります」

と、俺は首をひねり、

「そう、足跡です。犯行現場のシアターハウスに通じるあの約十メートルの道には足跡が残っていませんでした。犯人と思しきものも、被害者のMC伊波さんのも、どちらの足跡もありませんでした。あの道に限らず、シアターハウスの周辺には足跡は一切ありません」

「足跡の無い殺人……。言い換えると、雪密室か。どうやって、犯人はシアターハウスに出入りしたというんだ？」

「謎です。まるで犯行現場から犯人は消失したよう」

「不可能犯罪が立ち塞がったか」

忍神は舌打ちをして、冷めかけた湯呑みを呷った。

するとそこに横から小尾カンが口を挟んでくる。

「なんだか、二人してホームズのワンシーンみたいですね。よろしければ、私も交ぜていただければ、いくらかお役に」

上目遣いで忍神の方に訴えかける。

「ん、小尾カン、お前がホームズを？　事件について何か考えでもあるのか？　あるなら言ってみろ」

忍神が不審そうに促すと、小尾カンは嬉しそうに身を乗り出してきて、

「ありがとうございます。じゃ、遠慮なく。今の足跡の無い殺人についてのことです。犯行は雪が止んでから、ということですが、この前提が違うのではないか、と」

「違うとは、つまり、殺人が行われたのは、雪がまだ降っている時間帯だった、と」

「ええ。確か死亡推定時刻は三時から五時でしたよね。そのうち、雪が降っていたのは三時から四時まででした。そして、それこそが犯行の時間帯だった」

「いや、それはないだろ」

と忍神は眉をひそめ、

「いいか、MC伊波が画廊ハウスを出たのは四時十五分以降、既に雪が止んでいた時間なんだぞ」

「しかし、それは三時十五分頃にMC伊波さんが画廊ハウスにいるのを鷲津さんと宗方さんが窓越しに見た、という証言に基づいての解釈です。しかし、その証言が間違いだったとしたら」

「間違いとは？」

「画廊ハウスにMC伊波さんはいなかった」

「何言ってる？　あの二人はMC伊波を見ているんだ」

小尾カンは上目遣いのまま首を振り、

「それは錯覚だったんです。そして、その錯覚とは犯人の仕掛けたトリックだとしたら」

「トリックだと、どんなトリックなんだ？」

忍神が身を乗り出す。

小尾カンは勿体ぶるように一拍の間を空けてから言った。

「映像ですよ。予め撮影しておいたMC伊波さんの動画の映像。ほら、あの画廊ハウスの中央には展示用の壁があるじゃないですか。部屋を二つに仕切っている壁。スクリーンの代わりにあの壁にプロジェクターでＭＣ伊波さんの映像を映したんですよ。それを鷲津さんと宗方さんに目撃させた」

「あの二人が見たのはＭＣ伊波の実像ではなく虚像だった……」

「はい。ご存じのように今では随分と小型でリモート操作可能のプロジェクターもありますし、それにかなり高画質の映像も作れますから」

「確かに」

「このトリックによって、犯行時刻を偽ることが出来たわけです」

「犯行は雪の降っている時間帯だった。それ故に犯行現場のシアターハウスの周囲一帯の足跡は雪で覆い隠された」

「それが足跡の無い殺人の正体というわけです」

そう結論し、小尾カンは垂れた眦をさらに下げる。

「なるほど。一つの推理だな。足跡の無い殺人の解明として成立している」

忍神はゆっくり頷いてから、

「どう思う？」

と俺の方に向き直る。

それに対し俺はあっさりと、

「駄目ですよ」

首をしっかり横に振る。続けて、

「だって、宗方さんと鷲津さんはＭＣ伊波さんを目撃しただけじゃなくて、挨拶を交わしているんですからね。二人が手を振ったら、ＭＣ伊波さんも手を振り返してきたとね。それ、ＭＣ伊波さんが映像だったら無理でしょ」

「おお、そりゃそうだ」

と忍神がすぐさま賛同し、

「映像をそこまで臨機応変かつ即座に操作することは出来まい。おい、どう思う？」

と今度は小尾カンの方に挑戦的な目を向けた。

小尾カンは顔を歪めている。猫背をさらに丸め、首を亀のように引っ込めて、

「え、いや、そういうことなら……話が変わってくるわけで……ええ。そもそも、挨拶を交わしたなんて、私聞いてませんから。まあ、情報不足だった故、半端な推理でお耳汚しをしてしまい、お恥ずかしい限りで、ええ、なんせ情報不足で」

気まずそうに引き攣った笑みを浮かべながら、負け惜しみをこぼす。その一方で恨めしげな眼差しを俺にチラチラ投げてくる。

「ま、初歩だな、ワトスン君、ってとこか」

と忍神は俺に頷いてから、大きく溜息をつき、

「ああ、しかし、また、スタート地点に戻っちまった。謎は謎のまんまか」

小尾カンがすぐに相槌を打ち、

「ええ、仰る通りです、まったくの謎です。こういう時、映画だと不可能は無くなるんですがね。

犯人がＣＧなら、雪に足跡を残さずに済みますし。例えば、酔っ払って気を失ったＭＣ伊波さんをＣＧの犯人が抱えてシアターハウスに運びこんで殺す、なんちゃって」

「エフェクトラの犯行ってか。俺の前で冗談でもＣＧを使うな」

忍神が釘を刺してから、

「おい、ところで、小尾カン、そもそも、お前、何の用で来たんだ？」

「あ、すいません、うっかり」

小尾カンは小太りの身をダンゴ虫のように丸めながら、

「そうでした。ＭＣ伊波さんの部屋から大麻の種が発見されたそうです。それで、鷲津さんが警察に随分と絞られたみたいで」

それをキッカケに先ほど忍神が心配したように人間関係がこじれてきているようだ。

「ちょいと様子を見に行くか」

と、忍神は湯呑みを飲み干して立ち上がった。小尾カンもすぐに続き、俺も名残を惜しみつつ湯呑みを呷って腰を上げた。

18

雲に覆われた夜空はいつもより暗さが増していた。冷え込みも鋭く、足を切るようだ。時折、

風になぶられた木々から雪の粉が舞い散って外灯に煌いた。

宿舎は随分と騒々しかった。入ってすぐ、ロビーのラウンジでは罵詈雑言が飛び交っている。真ん中で二人の社長が睨み合っていた。元夫婦喧嘩はやはり激しいようだ。エアコンの暖房よりも二人の放射する熱量の方が多いかもしれない。夫の矢吹が男にしては小柄なのでちょうどお互いの目の高さが合っていて、そのせいか火花の散るのが見えるようだった。

赤峰千佳が眦を吊り上げ、

「だいたい、コトの発端はあんたのとこのＭＣ伊波じゃないの」

「んなこと解ってら」

と矢吹は黒ブチ眼鏡の奥の目を尖らせ、嚙み付くような口ぶりで、

「だけど、今回解ったろが。うちも被害者だったんだよ。ＭＣ伊波の奴はスキャンダルの仕掛け人であり捏造屋だったんだからな。鷲津はその餌食にされちまったのさ」

「結果は同じじゃないの。そのせいで、うちの富士井の映画がズタズタにされちゃったんだからさ。巻き添えにするんじゃないわよ」

「こっちのせいじゃねえって。ＭＣ伊波はもううちの所属じゃなかったろが。とっくにケジメつけてたんだから。お前、って言われる筋合いはないわよ」

「お前んとこみたいに甘くねえんだよ」

双方が勢いよく詰め寄って行く。

その狭間に素早く入り込んで、

「ちょ、ちょっと、カカ社長もトト社長もいい加減にしてっ。落ち着いてったら」

白川留里菜が懸命に両親をいさめようとする。

が、娘の頭越しに双方は一触即発の睨み合いを続けている。

この修羅場を取り巻くようにして見物のギャラリーが出来ている。その中から、

「あーあ、ＭＣ伊波さんに狙われる前に自首しといてよかった」

と声があがった。

槙誠次郎である。例の轢き逃げ事件のことを言っているのだった。電柱のようなヌーボーとした面持ちで続けて、

「だって、ＭＣ伊波さんに絡まれたら、轢き逃げどころか、ラリってたなんて罪状まででっち上げられそうだし。あーあ、俺、正直者で助かった。それが何か？」

いつものように平然と言い放った。

すると、それまで元妻の赤峰千佳を睨んでいた矢吹が槙の方に鋭い視線を向ける。そして、シャドーボクシングの構えで歩み寄りながら、

「おい、お前がそれ言うか。うちのイチオシ、宗方の映画をガタガタにしといて」

「ちょっと、うちの槙は確信犯じゃないでしょ、そちらのＭＣ伊波と違って」

赤峰千佳が庇おうとすると、当の槙は相変わらずの鉄面皮で、

「そうですよ。確信犯じゃありませんよ。故意の悪意はありませんから。それが何か?」

「ちょっと、槙君ったら」

と、赤峰千佳も眉をひそめ、

「それをやめろって言ってんのよ。少しは殊勝な顔でもしなさいったら」

きつい口調でそう言った。

槙は元夫婦の二人に詰め寄られ、後退りする。が、ソファの端に左足を引っ掛け、バランスを崩してしまう。身をよじって後ろの壁にもたれかかり、かろうじて転倒は免れた。

が、その際、鼻を壁に強打してしまった。

「あたたた……」

槙は涙目で鼻を押さえ、ソファに腰を落とす。

「ああ、ち、ち、ち、ち……」

言いながら差し出した左手に赤いものが付いている。鼻血。最もカッコ悪い出血は鼻血かもしれない。タラタラと赤い筋が鼻の穴から滴り、半開きの口に流れ込んでいた。一部は顎まで垂れている。

「ああ、し、し、しまった、さっき初めて袖を通した新品なのに」

なるほど、ダウンジャケットの鮮やかなライトブルーはまだ真新しい。なのに、右袖と胸元の辺りが赤く汚れている。手でこすった鼻血をうっかり付けてしまったらしい。

普段はヌーボーとしている槙が慌てふためいて、ジャケットの内ポケットからティッシュの袋を取り出した。残り少ない中から数枚まとめて引き抜くと、胸元と袖と交互にこすり付け、懸命に鼻血を拭い取ろうとする。赤い汚れが薄れ、その周囲が濡れたような光沢を帯びる。ウェットティッシュのようだ。

槙はストラップで首に吊るしていた市松模様のフレームの眼鏡をかける。じっと目を凝らして汚れの落ち具合を確認しながら手を動かす。それから、ふと思い出したように残りのティッシュをすべて引き抜くと今度は自分の鼻と口の周りの血を拭う。そして、一枚を棒状に巻くと鼻の穴に押し込んで止血した。根元がだんだん赤く染まってゆく。

そんな様子を赤峰千佳は呆れ顔で見下ろし、

「ほら、バチが当たったんじゃない？　だから、あんたも少しは殊勝なフリでもしなさいって言うのよ」

矢吹がその言葉尻を捕らえ、

「おい、フリって何だよ。そっちはうちへの謝罪も反省もフリなのか」

「ああ、んもうっ、うるさいわね！　誠意を込めてれば関係ないでしょっ！　フリもムリも通せばアリだし、ブリは出世魚よ！」

「何、わけのわからん、てめえ」

ますますカオスじみた収拾のつかない状況に陥っていった。

そんな父と母の狂騒を呆然と眺め、

「お手上げ」

留里菜は本当に両手を上げている。

するとそんな彼女に小尾カンが同情と冷やかしの混じった口ぶりで、

「留里菜ちゃん、苦労するね。本来なら、カカさんからもトトさんからも、両方から協力して売り込んでもらうところなのに」

「これじゃ却ってマイナスかも」

と留里菜はスズメのように口を尖らせ、

「あーあ、私、やっぱしフリーでやってこうかな」

「それはそれで別の苦労するかもよ。フリーの皆さんそう言ってるし。ほら、自分で自分を売り込まなきゃならないからね。例えば」

とギャラリーの方を振り返り、

「自分をアピールするためにあんな極端なマネまでしたりさ」

そう言って口元を綻ばせる。皮肉めいた口調で、

「ねえ、大変ですよね、萌仲ミキリさん」

嘲笑まじりの声を浴びせた矛先はもちろん……セーラー服の奇観獣。

またも、いや、もはや、わざとに違いない、間違った名前で呼ばれて、眉を鋭くひそめ、

「ミルキ、萌仲ミルキです！　ミキリって、ナニ勝手に見切りつけて、もうっ」

ウインクしながら睨み付ける、人呼んでミルキービームを放射し、

「それに、極端、って言い方」

「極端でしょ、セーラー服のオッサンって」

「……まあ、少なくともポピュラーではないか」

自分の身なりにしげしげと目をやる。

それからセーラー服のスカートを両手でつまんでヒラヒラさせながら留里菜の方を振り向き、

「いい？　フリーでやっていくにはそれなりの覚悟が必要だし、この格好がその証し。だから、この格好をしていて他人様に笑われるのは私の勲章」

胸を張って言い放ち、ミルキースマイルを浮かべた。

留里菜は感動するところなのか判断に苦しんでいる様子で複雑な顔をしている。瞬きを繰り返してから首をブルンと振り、

「じゃあ、私の勲章って、警察に睨まれたことかな」

あっけらかんとそう言った。

たちまち周囲の視線が集まる中、留里菜はどこ吹く風とばかりに続けて、

「さっきさ、私、事件のレポーターやって、ネット中継したんですよ。もちろん、留里チャンネル、でね。殺人現場のシアターハウスをバックに。事件の情報と捜査状況なんかを配信してたら、刑事さんに見つかってこっぴどく叱られちゃった」

そう言ってペロリと垂らした赤い舌がまるで勲章のようだった。

Act. 3

19

翌十二月十三日の朝もグレーの厚い雲に覆われ、刺すような寒気がはびこっていた。積雪から立ち上る冷気が足にまとわりついてくる。予報によると夜にはまた雪が降るらしい。なので、いつもより多めに使い捨てカイロを身体のあちこちに貼っておいた。

昨日の捜査は深夜遅くまで続き、その範囲は殺害現場のシアターハウスのある西エリアのみならず、東エリア、境内にも及び、神社の敷地全域をカバーしたようだ。

午前八時過ぎに俺は宿舎を出て、自分なりの調査活動を開始する。強張った全身をほぐすための散歩も兼ねている。昨夜は四、五時間くらい寝たつもりだったが、やはり神経が高ぶって眠りが浅い上、何度も目を覚ましたせいか頭も体も重い。冷たい風がかえって眠気覚ましにちょうどいいくらいだ。

シアターハウスの周囲には規制線が巡らされている。随所に数人の制服警官が立っていた。俺は「ご苦労様」と挨拶の声をかける。が、一様に反応は冷たい。探偵活動をしている俺に対し不審の眼差しを向けてくるのだった。まあ、予想通りなので静かに微笑んで受け流そう。ＩＱより愛嬌。

規制線をくぐって、宮司の貴倉貴と妻の恭子が出てきた。ちょうど、シアターハウスのお祓い

を終えたところだった。今まで玄関前のベランダに立ち、殺人現場を清めていたのである。よく見るとドアの脇に白いものが置かれている。おそらく盛り塩だろう。

宮司の夫妻は通常通り白衣に袴の装いだった。が、雪の残る寒気の中ではさすがに厳しかったようだ。儀式を終えるや、上からフリースジャケットを引っ掛けていた。夫は顔色がすぐれず、妻の方は寒風にさらされた頬が赤かった。

俺はねぎらいの言葉をかける。と、警察と違って二人とも挨拶を返してくれた。神に祝福あれ。

貴倉は恐縮したように頭をかきながら、

「いえいえ、極めて略式のものですから」

「お祓いは警察からの要請？」

「ええ。それより前に兄に命じられまして。警察も兄から話を振られて、という経緯ですよ」

「ほお、忍神さんが。そうか、忍神さんにとっては大切なホリウッドだから」

「ま、兄はそういう人ですからね。仕方ないですよ」

泣き笑いのような表情で肩をすくめる。それから人の良さそうな照れ笑いを浮かべ、右手に持ったお祓い用の道具を振ってみせる。たくさんの紐状の和紙を付けた木の棒で確かオオヌサという。

「あれこれ捜査協力、大変ですね。お祓いまでして」

俺は素直に同情を示す。

恭子は鼈甲（べっこう）ブチの眼鏡の位置を直しながら、

「でも、考えてみるとそもそも変ですよ。殺人現場を清めることは穢れを取り除くことですから、つまり、そこに残された罪も消すことになっちゃいますよね。それ、むしろ、犯人のためになってしまうんじゃ？」

「なるほど、それも一理あるか」

俺は腕組みをして、宙の一点を見つめる。

貴倉がオオヌサを激しく振って、その疑問を打ち消すように、

「いやいや、恭子、そこまで考えたらキリが無いって。ちゃんと神様は心得ているだろうから」

「まあ、もう清めちゃったし、清らかな殺人現場というのもおかしいわね」

そう言って一人納得したように何度も頷く。

俺はそれを受けて、

「あ、清らかな殺人ってどういう殺人でしょう？　想像がつかない。それにしても、ここでとう殺人が起きたんですからね。妙なことが続いていたと思ったら」

貴倉がオオヌサを軽く一振りし、

「ああ、妙なことって昨日の朝の件、鳥居の卒塔婆のことですか、あれも結局ワケが解らない」

「あと、以前から他にもあったでしょ、妙ちくりんな出来事が、ここや近辺で」

「はあ、赤い雨が降ったとか、あと、ええっと……」

恭子が助け舟を出すように、

「裏の道沿いのあちこちにドーナッツが吊るされていたとか、うちの木立の銀杏の木に釘がねじ込まれていたとか」

「そうそう、そこらへんのこと」

と俺は大きく頷き、

「そうした奇妙な出来事が続いて、そして、この殺人事件ですからね」

貴倉が泣き笑いの顔になって、

「ああ、確かに考えてみたら何か嫌な流れですね」

その言葉に頷いてから恭子はハッとして眉をひそめ、そして俺の方を向き、

「ああした奇妙な出来事と今回の殺人とは何か関係があるんでしょうか？　どう思います？」

「さあ、皆目見当が」

俺は静かに首を振る。

「もし、殺人と関係がある、ということになったら」

と、恭子は溜息を漏らし、

「やっぱり、ああした奇妙なことが起きた現場も全部お祓いすることになるんでしょうかね、私たちが……ああ、大変」

「え、そっち？」

思わず脱力する。

しかし、この夫婦にとっては大問題となっている。

「いや、そりゃ、確かに面倒、いや忙しくなるな」

「ホント、この寒いのに、あっちゃこっちゃで、勘弁してよ、もう」

そして、貴倉は口を覆って大きくクシャミを放ち、

「ああ、さっきの御祓いで冷えちゃったみたい。何かあったかいもの飲まなきゃ。それじゃ、失礼します」

宮司の夫婦はそそくさと立ち去っていった。二人の淡い影が積雪に滲むようだった。

20

俺は西エリアを一通り見て回ってから、忍神の住居である離れに赴いた。昨夜、焼酎のお湯割りを飲んだリビングはさすがに朝飲みの酒場モードではない。ボトルの棚は仕舞われ、壁面は通常モードの本棚となっていた。

テーブルを挟んで忍神の向かいに二人の先客の姿があった。

昨夜もスマホを片手に過激に活動していた白川留里菜。俺を見て「ヤッホ」と馴れ馴れしく手を上げる。

隣りに座っているのが赤峰オフィスのイチオシ、富士井敏樹である。背筋を伸ばし、肩をいからせ、両手を膝の上にきちんと置いた姿勢。相変わらず奥まった目が力んでいる。適当な言葉が見つからなかったのか、口からシューと空気漏れのような息を吐き、黙ってスポーツ刈りの頭を下げるだけだった。

俺は三人に簡単な挨拶をしてからテーブルの端につく。昨夜、小尾カンが座っていた席である。

「わりと詳しく報道されてましたね。死体の頭に被された袋とか、半分に割れたＤＶＤディスクとか触れてましたし。ネットニュースと朝のワイドショーを見た限りですが」

俺はそう振ってから、留里菜の方を向いて、

「もしかして、君のせい、と言うべきか、君のおかげ、と言うべきか？　昨日の夜、君がフライングしてどこよりも早くネット配信したから、警察も情報を開示せざるを得なかったとか」

「それって、スクープということ？　え、私、すごいじゃん、やったー」

森の小動物のように無邪気に目を輝かせて万歳をする。

その傍らで富士井がガッツポーズで、

「頑張った甲斐あったね。警察に叱られながらもさ」

「あんた、ビビッて何もしてくれなかったじゃん。警察来たらすぐ俯いちゃってさ」

不服そうに唇を尖らせる。

富士井はたちまち狼狽し、奥まった目を泳がせ、

「え、いや、ビビッたんじゃなくて考えてたんだ、何を言ったらいいかを」

「結局、思いつかなかった？」

「こ、今度は全力で君をガードするよ、全力で」

言いながら広い額に汗を滲ませる。

留里菜は暑苦しそうに手を払い、

「いやいや、やっぱし黙ってて。考えてみたら、あんたが余計なこと言って警察を刺激しなかったから、上手くいったのかもしれないし。その結果、私のスクープが警察を動かした、というわけ」

ヘヘへと悪戯げに笑い声をもらし、Vサインを突き出す。

そんな若い二人のやりとりに忍神は苦笑いを浮かべ、

「まあ、考え方だよな。でも、実際のところはどうだろう。奇妙な殺人事件だけに警察は情報を求めようとして現場の状況をメディアに公表したということだから、いずれにせよ留里菜ちゃんがネット配信した内容は警察も発表するつもりだったらしい。さっき、刑事がそう言ってたぞ」

俺が口を挟み、

「でも、それ、負け惜しみとか、不手際を取り繕うための言い訳、とも勘繰れますよね」

「うん、あり得るな」

皮肉めいた笑みを刻んで頷いた。

それから、忍神は咳払いをして喉を整える。そして、神妙な面持ちになって話題を変え、

「で、さっき、刑事と情報交換してたんだけど唐突に妙な話を振られてね……」

「妙な話というのは？」

「あのな……、ギャクロスって覚えているか？」

「え？　ギャクロス、って……何でしたっけ？」

俺は記憶の底を漁り、

「うーん、聞き覚えがあるけど、ああ、それって、もしかして、二十数年前の」

「そう、強盗団だよ。九〇年代後半だったっけな、世間を騒がせた」

「あのギャクロスですね。凶悪犯グループで警察が血眼になって追ってましたよね。連続強盗事件で。確か、最後には海外逃亡した」

「そう、メキシコで全員死亡した」

「あのギャクロス……」


ギャクロスとは六人組の男から成る強盗団であった。銃器類を所持し、一九九六年の貴金属店襲撃事件を皮切りに、現金強奪などの凶悪犯罪を繰り返した。その過程において、抵抗した者を容赦なく殺害する非情さを幾度となくアピールし、世間を震撼させる。

そうした凶暴性の一方で巧妙な側面も見せていた。例えば、反社会的勢力のフロント企業、マルチ商法の団体、カルト的な新興宗教の施設などをたびたびターゲットにした。襲われた側は後ろ暗いところがあるため、警察との十全な連携を図ろうとせず、その結果、捜査は行き詰まりとなるからである。

常に犯行の際には全員がズタ袋のような白い覆面を頭から被り、その姿はどこかアメリカのＫＫＫの儀式を彷彿とさせ不気味さを漂わせていた。また、その覆面には逆さの十字架をイメージしたクロスの模様が描かれ、それは地獄の使者を意味していたという。そんな漫画めいた無邪気さも犯行の残虐性とのギャップと相まって恐怖感を増幅させた。また、実際、殺害した死体の顔には犯行声明のようにナイフで大きく十字のマークを刻んでいた。いつしか、逆さの十字架（クロス）のギャングから「ギャクロス」と呼ばれるようになる。

しかし、彼らの活動期間は三年ほどで終焉を告げた。警察の捜査網に追い詰められ、海外に逃亡。メキシコの地方都市で犯行を再開させるが、地元のシンジケートとの縄張り争いに敗れ、六人全員が無数の銃弾を浴び蜂の巣にされたという。

かろうじてまだ息のあった一人が搬送先の病院で死ぬ間際、警察の聴取を受け、自分たちの身元を明かした。その調書ならびにアジトから発見された証拠品が日本に送られ、警察がこれまでの捜査記録と照合した結果、死亡した六人が件の指名手配犯であることは間違いないと断定。これをもって、ギャクロスの事件は終結となった。

そんな概要を忍神は語ってから、警察との遣り取りに戻し、

「ギャクロスがMC伊波と何か関わりがあったのを知らないか、とか、この地域でギャクロスにまつわる噂を耳にしたことないか、とか妙なこと訊かれてな」

「何かご存じだったんで？」

「いや、まったく覚えがなかったので、聞いたこともない、と答えたよ。最初その時は」

「今は？」

「ちょっと気付いたことはある、まだ曖昧模糊としているがな」

「でも、どうあれ、何やらギャクロスがキイのようですね」

「そう。妙な噂がネット上で流れているらしいんだ」

「ギャクロスの妙な噂って」

「ああ、一応、警察が簡単に説明してくれたんだが、それよりも、このコの方が丁寧に教えてくれるんでな」

と留里菜を指し示す。

指名された留里菜は得意そうに顎を上げ、

「さっき調べたことをスマホでちょっと知らせたら、是非来てくれ、ってリクエスト」

「で、こうして来てもらった」

さあ、どうぞ、とばかりに両手を広げてみせた。

21

留里菜は椅子を引いてやや身を乗り出し、スマホをスクロールしながら、

「ネットのいろんな掲示板、犯罪関連とか、サイコホラー系とか、あるいはこの町のとか、とにかく様々なネット掲示板にギャクロスの或る噂というか都市伝説みたいな話が書き込まれているんです。それがツイッターやフェイスブックなどのＳＮＳで引用され、さらに他の掲示板でも語られ、拡散して広がっているって状況なんです。あ、ちなみに私も自分のブログで触れましたし、

後で留里チャンネルでも取り上げるつもりで」

俺は素早く口を挟み、

「それらの掲示板で書き込みがされるようになったのはいつから？」

「昨日の夜遅くからだと思います。いろんなメディアでMC伊波さんの殺人事件について報道されてから、ということですね。もちろん、私の配信もその一つですけど」

「で、問題のギャクロスの噂って？　あ、もちろん、留里チャンネルも楽しみにしてるけど」

「ありがとうございます。じゃ、オンエア本番前にリハーサルのつもりで」

咳払いして声を整え、語り始めた。


ギャクロスの国内における活動が最も過激さを増していた一九九七年から九八年の頃のことらしい。彼らは或る反社系のオフィスを襲撃し、金庫ごと強奪して車で逃走中、警察の検問を察知する。アジトへの経路はいずれも閉ざされ、また、うかうかしていると追跡の警察車両に発見されかねない。やむなく、金庫と銃器類を一時的に隠して、各人分かれて逃走する手を取り、かろうじて難を逃れた。

そして、翌日の深夜、隠し場所である空き地を訪れ、地面を掘り返したところ、金庫はあったものの、中身は空っぽ。憤る彼らは近くの染物工場跡にホームレスの男が隠れているのを見付けた。怯える男を暴力的に脅したところ、白状する。

男は日頃からこの一帯をねぐらに定め生活していた。その晩、地面の不自然な箇所に気付き、

掘り返したところ、金庫を発見。扉を開くと、大量の金のインゴット、メイプル金貨など貴金属や宝石類が現われ、仰天する。金庫の鍵がかかっていなかったのはギャクロスが強奪の際に中身を確認し、そのままにしていたからである。男はそれらのお宝をかき集めて自分のものにし、ねぐらに持ち帰る。が、そこに、折悪しくギャクロスが金庫の回収にやってきた。男は慌てて身を潜めるが、結局、見つかり捕まってしまい白状させられたという顚末である。

大きめの貴金属類は工場跡の床下から発見されたが、小ぶりのインゴットや宝石類は他の場所にあった。ギャクロスの気配を察し、男は咄嗟にそれらを飲み込み、一時的に自分の腹の中に隠していたのである。

そこからギャクロスの凄絶なリンチによる奪還劇が展開された。ただ、銀行襲撃のようなあけすけな犯行現場ではないので、当初は大量の出血など余計な痕跡を残さない方策を取った。

先ず、工場跡に転がっていたホースを男の口に入れ、喉の奥、さらに内臓へと強引に突っ込んでゆく。反対側は水道の蛇口に繋ぐ。そして、栓をいっぱいに開いて、水道の水を勢いよく流し込んだ。鉄砲水のように送りこまれた激流に男の腹はみるみる膨張してゆく。血管が透けて見えるくらい丸く膨らんだところで、いったんホースを抜き取り、力任せに腹を踏みつける。すると、男の口から間欠泉のように水が高々と吐き出された。これが幾度も執拗に繰り返されたが、吐き出される水柱の中からお宝は見つからない。

何度目かだったが、とうとうしびれを切らした一人が、水の出るホースを突っ込んだまま、バルーンのように膨張した腹にナイフを突き立てた。すると、その裂け目から、これまで以上に勢いよく、滝が逆流するように水が噴き出し、鮮血に彩られながら宙を舞う。そして、その中には金のインゴットや宝石も交じって飛んでいた。大きく弧を描いて噴き上るその水流はキラキラとカラフルに輝き、まるで死体の裂けた腹から美しい虹が立ちのぼっていくようであった。

当初の計画より手荒な方法を採る結果になったものの、ギャクロスは無事にお宝を奪回することに成功した。それから、ホースの水で現場の血などを洗い流し、死体を空き地に深く埋めて隠す。金庫はもう不要であり、銃器も予備がまだ充分にあるため、そのまま土中に捨て置くことにした。こうして後始末も万全に仕上げるとギャクロスは現場を立ち去ったのであった。


「ずいぶんと凄惨な話だけど、あの頃のギャクロスならさもありなん、ってとこだな」

俺はいささか嫌悪感を覚えながら感想を述べた。

留里菜も自分で詳しく語りながら、やはり、グロテスクな内容に辟易していたらしい。顔をしかめて、

「あちこちの掲示板で、『腹裂きレインボー』なんてタイトルで呼ばれてるし……。そして、この残酷ショーが行われた現場というのが、すぐそこ、今の工事現場、交差点の角のところだそうです」

振り向いて窓の外を指し示した。

22

留里菜の言っている場所とは、報龍神社にほど近い一帯、西エリアに面した交差点を挟んだ斜め向かいの区画であった。現在、ホームセンターの建設のために古い建造物などの解体作業が進行中であり、今日も朝から工事の騒音が鳴り響いていた。

かつては染物工場がその区画の大半を占め、いつも旗印として藍染めの帯用の布を屋上に掲げていたらしい。その青い布が風にたなびく様がまるで妖怪一反木綿(いったんもめん)が飛んでいるようだったことから、この区画一帯をアオタン地区と呼ぶようになり、今もその名で通じているという。

ギャクロスがホームレスを拷問死させた現場がつまり終業した染物工場の廃墟であり、工場の前庭だった空き地に死体や銃、金庫などを埋めたということになる。

現在は工場も前庭も跡形もなく消え、駐車場となっている。また、染物工場の時代から隣接していた商工会議所の古いビルももはや使用されなくなって久しい。東日本大震災の際、随所に大きなひび割れなどの損傷が生じたためである。こうした現況のアオタン地区を丸ごと整地して、ホームセンターを中心とした再開発のための建設工事が進められているのだった。

そのため、先月から、昼休みと午後三時の休憩時間を除き、朝から晩まで精力的な作業の騒音が近辺に響き渡っていた。

俺は窓の外、工事音の聞こえて来る方向を一瞥して言った。

「そうでしたね、あの妙な噂がありましたね。工事現場に男の死体が埋められている、って。その亡霊が徘徊してるとか」

「腹から虹の出ている亡霊なんて気味悪い話とか、な。そう、それらの噂なんだよ。さっき言った気付いたこと、っていうのは」

「昨夜のMC伊波殺害事件より以前から、そんな都市伝説めいた噂が流布されていたことになるわけか、ネットとか口コミで」

「ああ、先月、工事が着手されようとしている頃からな」

「それにしても、今回の殺人事件とどんな関わりが……?」

「さあな、そこが問題、曖昧として謎のままなのさ」

そう言って忍神は肩をすくめた。それから、頭と腹の辺りを順にポンポンと叩き、

「しかし、君も既に気付いているだろうが、MC伊波のあの奇妙な死体の装飾の意味が解ってきたようだな」

俺は頷き、

「つまり、見立て、だったわけですね」

「ああ、見立て殺人だ。頭に被されていた袋はギャクロスの覆面」

「袋に描かれていた十文字みたいなのは逆さの十字架。あと、腹に置かれていた半欠けのDVDディスクはきっと虹を意味しているのでしょう」

「やはり、そうだよな。ギャクロスのリンチでホームレスの腹から噴き上げた水」

「宙に弧を描いて舞い上がる水流は血に染まり、宝石や金のインゴットも交じってカラフルでまるで虹のようだった、か。まさしく『腹裂きレインボー』……」

「実際、DVDディスクっていうのはシルバーの面が角度によってカラフルに光って見えるしな。虹が溶けたみたいに」

　そう言って右手で半円を描いてみせた。

　俺は頷き、

「あと、例の噂話にあった亡霊のイメージ」

「腹から虹の出ている亡霊な、そう、あれも腹裂きレインボーがベースになってるってことだ。何だか嫌な因果だな」

　言いながら忍神は顔をしかめる。

　俺は頭に引っ掛かる疑問を口にする。

「それにしても、何の目的でMC伊波さんの死体にあんな見立てを施したのか皆目見当がつかない」

「警察にも問われたんだが、MC伊波とギャクロスの接点なんか聞いたことも無いし」

「ギャクロスって六人の組織でしたよね。メキシコで全員死亡したということですが、本当にそうだったんでしょうか？　ひょっとして生き残りが」

「いや、それは無いそうだ。さっき俺も一瞬そう思ったんだが、警察はきっぱり否定している。

当時、ギャクロスの死亡状況や遺体の詳細なデータと日本での捜査資料とを照合させて入念に確認したらしい」

「なるほど。じゃ、もし、この都市伝説が事実だとすれば、ホームレス殺害の現場にいた六人の他にこの話を知る者がいたということになる」

「ま、そうだな。例えば、ギャクロスと闇取引をしていた者とか」

「ああ、盗品の宝石やインゴットなどを買い取る闇のブローカーのような存在は当然いたはずですからね。そういった連中にギャクロスのメンバーが武勇伝のように語ったとか」

「嫌な武勇伝だな」

と忍神は苦笑いし、

「でも、そういうことだ。さらにその話が他のブローカーなどに語られ、やがて、裏社会では都市伝説のようになる」

「それが今回、工事と殺人事件とをキッカケにして表の社会に洩れ出た」

「最初どういった奴が掲示板に書き込んだのかな？」

そんな疑問に対し、留里菜が素早く反応し、

「それはきっと解りませんよ。特定するのはかなり困難、というかほとんど不可能だと思います」

忍神はホウと声を漏らし、

「ま、裏社会の人間なら所有者不明の違法スマホやケータイやＰＣを使ってるからな」

「そうでなくても、複数の海外の中継サーバーを経由して書き込めば追跡は無理に等しいですし。

そもそも、どの犯罪掲示板が最初だか見極めるのも難しいでしょう。違法サイトの掲示板もあるし、また、いったん書き込んでも削除すれば、それを発見するのは困難ですしね」

留里菜は他にも裏技の例を幾つか挙げた。本人確認の義務の無いデータ通信用のＳＩＭカードや、商業施設の公衆無線ＬＡＮサービスを使用するなど。

俺も意見し、

「まあ、もし掲示板に書き込んだのが殺害犯人だとしたら、殺したＭＣ伊波さんのスマホを使うかもしれませんね」

「なるほど。ＭＣ伊波のスマホはまだ発見されてないようだからな。それに、あいつ自慢していたらしい、所有者不明の偽名のスマホだかケータイを持ってるって」

「ああ、ＭＣ伊波さん、裏稼業に使ってたんですね。芸能スキャンダルを書き込んだり、もしかして密かに脅迫したり」

「かもな。そのスマホとかも見つかってないから、きっと犯人が持ち去ったんだろうよ」

留里菜はお手上げとばかりに両手を広げ、

「そんなこんなじゃ、警察でも特定することはほぼ完全に不可能ですよ」

そう断言し、両手で×マークを作ってみせる。

忍神は感慨深げに宙に目を遣り、

「そもそも、この都市伝説、どう考えたらいいのか？　当時、ギャクロスが調布市とか立川市で事件を起こし、西東京のあちこちに検問が敷かれたことはあった、って警察は言ってたけどね。

しかし、それにしても、この『腹裂きレインボー』、これってどこまで事実なのかな？」

「ホント、グロくてエグい話」

と留里菜は鼻皺を作り、

「現代の『黄金餅（こがねもち）』なんて言われ方もされてますしね。落語の。私、さっき初めて知ったんだけど、キモい話」

「ん、『黄金餅』？　ああ、なるほど」

古典落語「黄金餅」は確かにグロテスクな噺である。小金を貯めてケチに暮らしていた僧侶の西念はある時、風邪をこじらせ寝込んでしまう。隣家に住む商人の金兵衛が見舞いに行くと「あんころ餅が食いたい」と言うので買ってきてやるが、今度は「人が見ていると食えない」と言われた。仕方なく金兵衛は家に戻るも、不審を感じていたので、こっそり壁の穴から覗く。すると、西念は貯めていた二分金や一分銀をあんころ餅にくるんで食べているうちに喉に詰まらせて死んでしまった。金兵衛は寺で経をあげてもらってから、遺体を焼き場に運ぶと「ホトケの遺言で腹だけ生焼けにしてくれ」と頼む。そして、翌朝、遺体の腹を包丁で裂いて金銀を取り出し、自分のものにしてしまった。それを資金に餅屋を開き繁盛したという。

忍神は首をひねり、

「でも、ギャクロスの話は笑えないな。経も上げてないし、火葬もしてない」

「オチもないし」

と留里菜が相槌を打つ。

俺は窓の外に目を遣り、

「もし、本当なら工事中のアオタン地区から何か出てくるはずですね」

「そうなんだよ」

と忍神は大きく頷き、

「それで、警察から要請があって工事現場は作業の工程を変更しているらしいんだ。かつては空き地だったところを優先する方向で」

「ああ、ギャクロスが死体やら銃やらいろいろ埋めたということになっている空き地」

「今の駐車場な。そこを掘削する作業を先に進めているということだ」

窓の外から重機の響きやドリル音が心なしか大きく聞こえていた。

すると、その音に負けじとばかりに留里菜は声を張り上げ、

「そう、そうなのよ。何か出てくるかもしれないのよ。ああ、のんびりしてられないわ。しっかりスクープして配信しなきゃ」

キリリと表情を引き締め、丸い目を輝かせる。

隣りで富士井が両手を腰に当てて、

「うん。こんどは妨害されないよう全力でガードするから、全力で」

「ん、ああ、ありがとう、こんども全力で黙っててね、お願いだから」

と留里菜はテキトーにあしらってから、忍神の方を向いて小さく頭を下げ、

「じゃ、もう用が無ければこれで」

勢いよく立ち上がり、返事を待たず、さっさとドアの向こうへと飛び出して行った。その後を富士井が慌てて追いかける。

二人の後ろ姿を忍神は見送ってから、

「ああ、健康っていいな」

と腰の辺りをさすりながら、

「湿布でも貼っておくか。工事現場で何か発見されたら、俺もすぐ行ってみたいし」

「湿布って、腰痛ですか？」

「ああ、今朝からな。寒さのせいだろうよ。難儀な持病さ」

疲れたような自嘲を浮かべる。

それから、大きく溜息をつくと、神妙な口調で言った。

「犯行時間の件なんだがな、やはり、我々の中でアリバイのある奴はいない、ということらしい」

「十数分あれば犯行が可能ということでしたからね」

「ああ、死亡推定時刻が午後三時から五時の時間帯。このうち四時十五分から五時が犯行時刻と推定されているが、我々の中でアリバイの成立する者は誰一人いないし、また、他の時間帯も同様だそうだ」

俺は首をひねり、

「でも、だからといって、我々の中に犯人がいるということにはならないでしょ。外部の人間の犯行という可能性も充分に」

「いや」

と、忍神は遮り、

「詳細な捜査の結果、こういう事実が判明したそうだ。ここ神社の敷地の人間の出入りに関してな」

そう切り出した忍神の話とは次の通りである。

神社の敷地全体、つまり、境内、東エリア、西エリア、これらの入口すべてに防犯カメラが設けられており、その撮影範囲は入口の左右五メートルほどの領域までカバーしている。そして、犯行のあった昨日の二十四時間の映像をチェックした結果、外部から来た人間はすべてMC伊波の死亡推定時刻より前に神社の敷地から退出していることが判明した。

また、そうした入口の他はヒノキ、シイ、カシなど常緑樹の木立が続いている。つまり、神社の敷地全体の周縁は木立で覆われ、輪郭を描いているわけだ。そして、鬱蒼と枝葉が重なり合い、屋根のような役割を果たしている。そのため、昨日も木立の下は雪がほとんど積もらなかった。

その代わり別のものがあった。昨日の早朝から地面は霜柱に覆われていたのである。一日中、寒気に包まれていたため霜柱は存続していた。もし、防犯カメラの及ぶ入口を避けて、木立から侵入しようとしても、必ずどこかに足跡が残ってしまうわけである。霜柱が防犯カメラの役割を果たしていたのだ。入念な捜査の結果、足跡は発見されなかった。

以上こうした状況は今朝に至ってもまだ同様であるという。

俺は溜息をつき、

「つまり、外部の人間の犯行は考えられない。神社の敷地内にいる人間の仕業ってことか」

「ああ、犯人は我々の中にいる」

忍神はそう言って表情を硬くする。

23

俺は話題になっていたアオタン地区の工事現場へと向かっていた。

その途中、奇妙な一団に出くわした。葬式の一幕のような光景。四人の男たちが棺を運んでいるのだった。棺は例の記念セレモニーで使用される白い布張りのもの。宗方哲平、鷲津行彦が左右を持ち、小柄な矢吹社長が後部を支えている。棺にはキャスターが付いているのだが、昨日のリハ失敗のせいで破損して役に立たない。三人は残雪に足を取られぬよう慎重に運んでいた。四人目の男、小尾カンが棺の前に立ち、「オーライ、オーライ」などと声をかけながら先導役を務めている。

素通りするのも気が引けるし、後々何か言われかねないので、俺は駆け寄り、棺の後部の端を持って補助する。手袋をしていたので軍手代わりになって丁度いい。これで、四人で支える格好となり、棺は安定した。三人の表情が微妙に和らいだ感じもするし。

誘導していた小尾カンだけが俺を皮肉るように、

Act.3

「得意なのはホームズごっこだけかと思ったら、力仕事もいけるんですね」

何やら、昨晩の推理合戦のことを根に持っているらしい。

こういうのは無視しておいて俺は棺を囲む面々に、

「これ、どうしたんですか？」

一番近い矢吹社長がフンッと鼻を鳴らし、

「警察に睨まれちゃってよ。ふざけてんのか、って。棺をイベントの道具なんかにして」

「ああ、ホンモノの殺人が起きたのに、か」

「ま、不謹慎って言えば、そりゃそうかもな。あいつらの神経を逆撫すると何かと厄介なんでな、とりあえず仕舞っておこうとな。あそこに」

数メートル先の画廊ハウスを顎で指し示した。

そう、殺されたＭＣ伊波の生きている最後の姿を鷲津と宗方が目撃したのがこの画廊ハウスであった。こうして棺を運んでいると、黒ずんだ煉瓦壁の細長い建物が霊廟に見えてくる。

先導する小尾カンが板張りのドアを開けるとカウベルがチリンチリンと場違いの音を響かせた。狭い入口なので、左右で支えていた鷲津と宗方が位置を変え、棺の前部を持って後ろ歩きになり、そろそろと中に運び入れて行く。俺と矢吹社長も並んで後部を支え、鷲津と宗方のスピードに合わせながら、慎重に歩を進めた。先に中に入っている小尾カンが映画監督ならぬ現場監督の役を務め、動線を指示している。

細長い造りの室内は結構狭い。それは先代の宮司・貴倉昇造の狙いであり、自信の無さの表われである、と忍神から聞かされたことがある。つまり、昇造は自分の描いた絵を展示するためにこの画廊ハウスを建てたわけだが、広々としていると、客が少ない時、閑散としてみっともないと考えたらしい。実際、当時、見物人はごく稀であり、西エリアのプチホテルの宿泊客もせいぜい窓から覗いてすぐに立ち去ったという。それも失笑を浮かべて。一体どんな絵だったのか、すこぶる気になるところだが。いずれにせよ、結果的に昇造のヨミは正しかったということだろう。

そんな狭い画廊ハウス内に棺が運び込まれる。現在は個人レッスン用のスペースか物置の代わりなので使用法としては正しい。

中央に展示用の壁が設けられ、細長い部屋がさらに細い二つの部屋に仕切られている。それぞれの部屋の幅は二メートル程ですれ違うのがやっと。奥行きは十メートルくらい、ウナギの寝床さながらである。

かろうじてドア枠に掠らずに入口を通り抜け、玄関を過ぎ、二つの細長い部屋のうち右の方へと入っていく。南側の部屋である。奥の方には既に衣装掛けなど荷物があったので、それより手前、真ん中辺りに置くことにする。

棺を下ろす態勢になった時、いきなり、

「あじゃじゃじゃ」

頓狂な声が響き、それと共に四人のバランスが崩れる。

そして、棺が傾き、雪崩れるようにして、中央の展示用の壁に激突してしまった。

矢吹社長の怒声が飛ぶ。

「おいっ、大事な棺なんだからな、気を付けろ！」

その叱責に鞭を入れられた荷馬のように皆、持ちこたえ、踏ん張りを見せる。ゆっくりと腰を落としながら棺を下ろし、床にそっと着地させることに成功した。いっせいに溜息が漏れる。

小尾カンがノソノソと歩み寄ってきて、

「おやおや、棺、大丈夫ですか？　本番で使えなくなったら何もかもアウトですから」

愚痴をこぼしながら肥満体を丸め、棺を見下ろす。無事を確認してから、粘着質な眼差しをこちらに向け、

「やっぱし肉体労働は向いてなかったようですね」

俺の責任と決め付けたように因縁を付けてくる。

「えっ、俺？」

否定しようと言いかけた時、脇から、

「いえいえ、わし、悪いのはわしじぇす」

鷲津が割り込んできた。申し訳なさそうにスキンヘッドの頭を搔きながら、

「自分で自分の足を踏んで、もつれてしまって。すいません。どうもあまり寝てないせいか」

その目は充血していた。大麻の件で昨夜から警察の厳しい取調べを受けたせいだろう。

相変わらずジップパーカーの下はランニングシャツの薄着だが肌色が悪い。

矢吹社長が舌打ちして、

「お前が壊れてるからって、棺まで巻き添えにするんじゃねえぞ。どっちが大事だと思ってんだ」

冗談交じりの口調だが本気にしか聞こえない。そして、ボディバッグから取り出した黒ブチ眼鏡をかけると目を凝らして棺の状態を細かくチェックする。

トントンと音がして、皆そちらの方に顔を向けた。

宗方哲平が片膝ついて壁を軽く叩いていた。棺がぶつかった辺りだ。トトントトトンとリズミカルに叩き、ついでに指もパチンッと鳴らす。そして陽気な口ぶりで、

「ほらほら、棺はきっちり無事だけど、こっちの壁は傷ついてますよ、気付いてます？」

下手なラップのように言いながら指摘する。

近寄って棺がぶつかった箇所に目を凝らすと、なるほど、白い板張りの壁に五百円硬貨ほどの陥没とささくれた引っかき傷が見て取れた。

「さあさあ、どうします？」

と宗方の問いに矢吹社長はあっさりと、

「ほっとけ。下手に忍神さんに知らせたら棺を壊しかけたことまで言わなきゃならねえだろ。そしたら、何言われるか解ったもんじゃないぜ」

その場にいた全員が一斉に頷く。俺も頷いていた。

頷いたついでに視線がリノリウムの床に向き、ある物を捉えた。俺は手を伸ばし拾い上げる。それは半分に欠けた茶褐色のボタンだった。もとは十円玉くらいの大きさ、素材は合成樹脂だろう。表面に木目模様が施されている。

「今、コケそうになった時、誰か服のボタン、取れませんでした？」

言いながらボタンの欠片を掲げる。

周りが近寄って来て凝視する。一応、自分の服の袖や前部などをチェックする者もいる。が、誰も彼も首を横に振るだけだった。念の為、俺もさりげなく全員の着衣に目をやったがやはり結論は同じだった。

「えっ、さっきは落ちてなかったのか？」

矢吹社長が眉をひそめ、

「さあ、解りません」

「解らないって、じゃあ、今、誰かが落としたものか解らんじゃねえか」

「解らないから訊いてみたんです」

矢吹社長は苛立たしそうに、

「で、結局、今、落としたものじゃねえみたいだな。あそこのどれかじゃねえの？」

投げやりに言って、部屋の奥を指差した。

そこには衣装ラックがあった。校庭の鉄棒にキャスターをつけたような形状。そこに今度のセレモニーで使用予定の多彩な衣装がハンガーで吊るされていた。

俺は近付いて目を走らせる。一通りチェックしてみたが、いずれもボタンの取れた様子はない。また、拾ったボタンと同じ種類のものを付けた衣装も無かった。

「どうやら、いつか、出入りしているうちに誰かが落としたんでしょうね」

そう言って俺が肩をすくめると、小尾カンが口を挟んできて、

「それは殺されたＭＣ伊波さんかもしれない、そう思ったりして？」

「一応、可能性はアリでしょ」

「フッ、根っからホームズごっこが好きですね」

と皮肉めいた笑みを浮かべた。嫌な予感。

24

小尾カンは垂れた目に挑戦的な光を点し、フランクフルトのような太い指で揉み手をしながら、

「折角だから、こちらもホームズごっこに交ぜてもらいましょうかね」

「はあ、何のことで？」

俺は嘆息交じりに問う。

小尾カンは粘っこい口ぶりで、

「もちろん、昨日の続きですよ。ＭＣ伊波さん殺しのこと、不可解な謎について」

「謎って足跡の無い殺人？」

「そう、そのトリックの新解答。『新』は新しいと同時に真相の真かもしれませんよ」

よほど語りたかったのだろう。こちらの返事も待たず、周りが戸惑っているのも無視して語り始める。

「先ず、あの現場をよく思い出して下さい。シアターハウスの中だけでなく、外も、周囲の光景もです。東側、七、八メートル離れたところに大きなクヌギの木がありますね」

「道がカーブしたところの？」

「そう、カーブの出っ張りのすぐ近くのあの木。犯人はそれを利用したのです。このトリックには相応の準備が必要でした。その一つが長いロープ。両端を繋いで大きな輪にしてから伸ばして二重のロープにします。そして、雪の降っている最中、あるいはそれより前、犯人はクヌギの木に上り、二重ロープの一端を高い位置の枝に引っ掛けました。もう一方の端はシアターハウスの屋根の煙突に引っ掛けます。煙突には鉄梯子が付いてますから、その先端辺りが都合いいでしょう。こうして、クヌギの木とシアターハウスの屋根にロープが張り渡されたことになります」

「橋ということ？」

「というか、ロープウェイ。ほら、バブル時代、この神社が先鋭的な結婚式場として隆盛を誇った頃、新郎新婦がゴンドラならぬロープウェイで境内に降臨するという演出が人気を博したそうじゃないですか。犯人はそれをヒントにしたのかもしれません」

「ロープウェイのトリック？」

「まさに。犯人はMC伊波さんに大好きな酒を飲ませ、泥酔させて眠らせます。おとなしくなったMC伊波さんを背負って赤子のおんぶ紐みたいな要領で固定し、それからクヌギの木に登ります。MC伊波さんは細身で体重は軽い方ですからね。そして、犯人は張り渡されたロープを伝って、シアターハウスの屋根へと移動します。その際、滑車を使ったかもしれません。

屋根には雪が残っているところと落ちてしまっているところがありました。当然、足跡などを残さないよう、雪のないところを選んで、屋根の下端へと移動。一応、屋根にも別のロープが垂らされていて、それを伝った可能性が高いでしょう。屋根を伝い降り、東の窓から、あるいは正面のベランダ経由で入口から、室内へと侵入することに成功したのでした。そして、犯人はMC伊波さんを床に下ろすとナイフを突き刺して殺害。もちろん、その前後にかすり傷を負わせたり、テーブルを引っ繰り返すなど争ったように見せかける細工も忘れません。酔って眠っているMC伊波さんを運んできた、という事実をカムフラージュし、ロープウェイのトリックを気付かれないようにするためです。

こうして殺人を終えると部屋を脱出し、さっきと同じルートで再び屋根に上ります。それからロープの橋を伝いクヌギの木へ移動。MC伊波さんを背負っていないので行きの時より楽だったし素早かったはずです。クヌギの木に辿り着くと、二重のロープを切って一重にしてから巻き取って回収します。橋を消滅させたわけです。そして、木を伝い下り、着地すると地面の雪を拾ってばら撒いて、木の周りの足跡を消しておきます。こうしておけば、木の枝に積もっていた雪が地面に落下した、その痕跡にしか見えませんからね。木の近く、カーブの迫った道は普段から人も車も通るので問題ありませんし、実際、雪が止んでから既に足跡やタイヤ跡も残っていたのでしょう。こうして犯行の仕上がりを確認すると犯人はさっさと現場を立ち去ったというわけです」

一気に語り終えると喉の奥をゼーゼー鳴らし肩を上下させる。そして深呼吸してから、

「いかがです？」

覗き込むような上目遣いで鋭く俺のことを見つめた。

俺は小さく頷き、

「まあ、それなら、足跡は残りませんね。足跡の無い殺人は成立します。でも、駄目でしょ」

すぐさま結論を突き付けた。

あまりにあっさり否定され、

「え、えっ、なに？」

小尾カンはつんのめるように首を突き出す。

俺は淡々と続け、

「犯人が殺人を終えてクヌギの木に戻り、ロープの橋を撤去する時ですよ。張り渡していた二重のロープを切って、地面に落として回収しますよね。その際、積雪の上にロープの跡が付くはずです。片道七メートルくらいとしても二重だから十四メートルもの長さのロープ、それなりの重さがあるでしょう。しかし、実際、そうした痕跡は見当たりませんでした。殺人現場に赴いた際、念の為、何か手掛かりはないかとシアターハウスのすべての窓から周囲を観察したんです。しっかり懐中電灯で照らして。しかし、そんなロープの跡はどこにもありませんでした」

両手をさっと広げ、雪の上はまっさらだったと告げた。

小尾カンは顔を曇らせ、肩を落とした。しばらく口が半開きだった。首を引っ込め二重顎になると居直ったように胸を張り、

「まあ、そういうことでしょうね。私も今ひとつピンときてなかったんで、ウィークポイントを

指摘してくれて得心がいきましたよ。おかげで見えてきました」

「何が？」

「もちろん、解答に決まってるでしょ。犯人は別のトリックを使ったということです。私ももう一つの方のトリックではないかと感じていたので迷いが吹っ切れましたよ」

「トリック、もう一つあるんですか？」

「そう言ったでしょ」

二重顎を倍にして小尾カンは深々と頷き、

「こういうことです。途中までは先程の方法と同じく、ロープの橋のトリックでした。MC伊波さんを背負った犯人はロープを伝い、クヌギの木からシアターハウスの屋根へと移動します。しかし、その途中、ちょうど真ん中あたりでロープを切ってしまうのです。二重のロープを重ねて両方とも切断。犯人は二重のロープを二重ごと握っています。そして、空中ブランコのようにシアターハウスへと振られます。シアターハウスの壁面にぶつかる格好となりますが、予めクッションになるものを準備していたんでしょう。例えば、シアターハウスのロフトには簡易ベッドが置かれてますからマットがあるはず。そのマットを窓から外壁に垂らしてクッションの代わりにするわけです。こうして犯人は足跡をつけずシアターハウスへと移動することが出来たわけです。

それと問題のロープ。途中で半分に切断されました。一方のロープは犯人の空中ブランコとしてシアターハウス側に行きました。もう一方のロープですが、これも振り子のようにしてクヌギの木へと戻ったわけです。そして、ロープを真ん中で切ったのでそれぞれの長さは三、四メートルでしょう。ロープを引っ掛けていたシアターハウスの煙突の位置は地上から優に五メートルはありますし、一方、クヌギの木もそれくらいの高さの枝にロープを掛けていたはずです」

「なるほど、それぞれのロープが振り子の軌道を描いて戻っても地上には触れない」

「そう、雪の上にロープの跡は付かないことになります。ついでに言うと、シアターハウスの側のロープはそのまま犯人が持ち去りますし、一方、クヌギの高い枝に引っ掛かっているロープには予め長い糸でも結わえて垂らしておいたのでしょう。犯行を終えた犯人が現場を去る際、糸を引いて回収したのだと考えられます」

俺は腕組みをし、

「しかし、行きの段階で既にロープの橋を切断してしまって、じゃあ、犯人はどうやってシアターハウスから脱出できたんです？」

「そこに大胆不敵なトリックが仕掛けられていたんです」

小尾カンは上目遣いに不敵な笑みを浮かべ、

「MC伊波さんをシアターハウスに運び込んで殺害した犯人は再び屋根に上ります。そして屋根に隠れたのでした」

「えっ、屋根に隠れるところなんて無いでしょ。あの煙突はただの飾りで穴は塞がってるし」

「ええ、そうですね」

「じゃあ？」

「犯人は雪に隠れていたんです」

「雪に？　なら、痕跡が残るはず」

「正確に言うと、雪になって隠れていたんです。雪に化けて、じっと身を潜めていた。白いシーツを被り、身を隠し、周りの雪と同化していたのです。一種の迷彩。屋根という高い位置なので簡単に近寄れませんし。さっきも言ったようにロフトにはベッドがあるから予備のシーツくらいあるはず。また、屋根には雪の落ちてしまっている箇所もあるのでそこに潜んでいれば痕跡は残りません」

「そうやって犯人はいつまで屋根に？」

「あなたたちが立ち去るまでです。鷲津さん、宗方さんたちが死体を発見し、忍神さんとあなたも呼ばれてきて、そして、警察を迎えるために皆さんがいったん現場を立ち去るまで、ですよ」

言いながら挑発するように周囲を見渡した。

鷲津がスキンヘッドを両手で押さえ、

「え、じゃあ、わしらが死体を見付けてあれこれ騒いでいる間、犯人はわしらのすぐ上、屋根に」

「状況を想像すると、ああ、何だか、すっごいマヌケじゃん」

宗方はおどけたように言って、ヒューッと口笛を鳴らす。

確かにマヌケな光景を思い浮かべながら俺は、

「ずっといたのは解りました。でも、その後、犯人はどうやって脱出を？」

「歩いて、ですよ」

と小尾カンは胸を張り、

「皆さんがいなくなると、犯人は屋根を降りてベランダに立ちます。それから、皆さんと同じく、あの入口の前の一本道を歩いたのです。犯人は皆さんのうちの誰かと同じ種類の靴を履いていたのです。そして、その同じ靴跡の間を歩いたのでしょう。大股になったり、ジャンプしたり。自分の靴跡を同じ種類の靴跡の群れに紛れ込ませたのです。積雪を歩く時って、足を取られて歩きにくいですから、歩幅が乱れても不自然ではありません。それに自分がどんな歩幅で歩いたかなんていちいち記憶している人はいませんからね。犯人は自分の足跡を誰か他人の足跡として刻んだ、これが見えない足跡の正体だったのです。こうした犯行全体を俯瞰してみると、雪の屋根に隠れ、雪の足跡に紛れ、雪ならではの特性をフルに活用した巧妙なトリックだったことに感動すら覚えてしまいます」

それを見事に解き明かしたんだぞ、と言いたげに会心の微笑を浮かべる。

しかし、俺はあっさりと、

「でも、駄目でしょ」

容赦なく否定した。

小尾カンは何を言われたのかしばし理解できなかったのかもしれない。口をポカンと開けたまま瞬きを繰り返してから、

「な、何と？」

「駄目だと言ってるんです」

「え、え、どうして？」

「どうして、って証拠が物語っているんですから」

言いながらスマホを取り出すと画面に指を走らせて、

「ほら、この画像、死体発見後、我々が現場を立ち去った時の足跡です」

俺は自分で撮影した画像を差し出してみせる。

小尾カンは鼻息荒く身を乗り出してきて睨みつけるように凝視する。

俺は幾分身を引きつつ、

「それから、こっちは警察が到着してから、同じくあの道を撮影した画像。これ、留里菜ちゃんが自分で撮ってブログで使っていたのをコピーさせてもらったんですがね。ちょっと暗いですが外灯と警察の照明で雪の表面は見えますよね。部分的にアップにしますよ」

二つの画像を交互に見せる。

「どうです。足跡の状態、同じだと思うんですが。もし、さっき言っていたトリックのように我々が現場を去った後に犯人が歩いたのなら、その分、足跡が増えているはずですよね。でも、変わってない。ということで、駄目でしょ」

俺は極めてシンプルに結論を告げる。

小尾カンは肩を落とし、空気が抜けたように丸っこい身を縮める。ボソボソとした声で、

「ま、ホームズごっこはあくまでも遊びですから……。私だって間違えますよ、ホームズだって滝から落ちることもあるように」

自虐的な笑みを浮かべながら、恨みがましい目で俺をねちねち睨むのだった。

25

件のアオタン地区の工事現場を訪れてみると、騒がしさの真っ只中であった。建物の解体や地面の掘削の響きに混じって、いつにない人々のざわめきが加わっている。工事の作業員の他にスーツや普段着のヘルメット姿も多い。警察関係者であろう。何やら発見があったようだ。

工事現場は金網と鉄柵に囲われ、我々一般人は中に立ち入ることは出来ない。最も見通しのいい場所はトラックなど工事車両の出入り口であろう。踏切の遮断機のようなバーで仕切られている。

その前に白川留里菜が立っていた。自撮り棒に装着したスマホを自分に向け、しきりに何か喋っている。留里チャンネルの実況中継、あるいは配信のための録画をしているのだろう。

すぐ傍らでは富士井敏樹が制服警官の一人と揉み合っていた。留里菜のゲリラ撮影を注意しに来た警官の前に立ちはだかっているのだった。その奥まった目が力み過ぎて、ほとんど白目を剝き、しかも、先ほど留里菜から釘を刺された通りじっと黙ったままなので、ネジの足りないターミネーターを連想させる。明らかに警官が不気味がっていた。

ちょっと離れた所から留里菜と富士井の様子を呆れた面持ちで眺めているのが女社長の赤峰千佳であった。腕組みをし、切れ長の目を細め、苛立たしそうに二の腕を指で叩いている。

俺は歩み寄り、

「やっぱり、娘さんの活動、気になります？」

赤峰千佳はきつい目で俺を見て、

「留里菜だけならまだしも、下手すればうちの事務所そのものが警察に睨まれそうで」

「それはそれで留里チャンネルのネタにされかねない」

「それ洒落にならないわよ、ホントにあのコやりかねないから」

忌々しそうに溜息をつく。

俺は金網の向こうに目を遣りながら、

「今はどんなネタを配信中なんでしょうかね？　何やら現場が賑やかだけど」

「見つかったからでしょ」

「見つかった？」

「ええ。銃と金庫」

右手の指をピストルにして、

「駐車場跡から銃と金庫が掘り出されたとか」

「へえ、本当に埋められていたんですね。何年くらい前のものでしょう？」

「さあ？　私、ニュースソースじゃないから。詳しいことはあちらで訊いたら？」

そう言って指のピストルを区画の角の方に向ける。

そこには忍神の姿があった。

二台の警察車両の間にいて二人の刑事と言葉を交わしている。例の猿蟹コンビ、片桐と真田である。

俺が近づくと二人の刑事は相変わらず侮蔑混じりの冷ややかな視線を突き刺してくる。それでも忍神の前ということで一応の挨拶を寄越してくれた。ありがとよ。

忍神はというと杖をついていた。銀色で軽量のステンレス構造、木製の持ち手が付いている。今朝からの腰痛のせいで歩行が少々しんどいらしい。年に何度かこうした状態になると嘆いていた。

三人の話題はやはり先ほどの発見についてであった。耳を傾けていると次第に詳細が摑めてきた。また、忍神が俺のために改めて解説を加えてくれる。おそらく、いずれの情報もまもなく記者発表される内容なのでこうして立ち話も出来るのだろう。

発見場所は駐車場跡の東部分。全体の三分の一くらいの範囲。舗装の層を剝がし、下の土の層を掘り返したところ出土したという。

発掘されたのは銃と金庫。銃は南東寄りの位置、金庫はそれより西寄りで、いずれもかつての染物工場前の空き地に埋められていたということになる。

銃は計四丁。ロシア製と思われるトカレフとマカロフ、各二丁。まとめて新聞紙にくるまれた上、油紙に包まれていた。その新聞紙の日付から、一九九七年か一九九八年頃に埋められたと推測される。

金庫は一人暮らし用の小型冷蔵庫ほどの大きさ。開錠されたままの状態。メーカーの製造ナンバーから一九九〇年代後半に販売されたものと判明。銃を包んでいた油紙と同じ種類の油紙の切れ端が中に落ちていたことから、やはり、銃と同じ時期に埋められたと見られる。

また、いずれからも指紋は検出されていないということだ。

忍神が杖で地面を数回突っつき、

「ああ、しみるぜ。本当に出てくるとはな」

俺は頷き、

「ええ、例の『腹裂きレインボー』の通りになってきました」

「もし、さらに死体まで出てきたら、こりゃホンモノだな」

駐車場跡はまだ三分の二が手付かずのままだった。これから掘削作業が再開されるという。

「あのお、俳優の忍神健一さんですよね」

と、近付いてきた者がいる。

白髪交じりの初老の男で歳は忍神よりちょっと上だろう。肩幅の広い四角い上半身、四角い顔立ち、何やら全体が四角形で構成されている。そして、棒タワシのようにやたら太い眉毛が印象的で五月人形を連想させた。

「あ、先輩」

この老けた五月人形のような男に向かって、片桐と真田の両刑事は、

「ご苦労様です」

揃って敬礼を向ける。

二人の紹介によれば、この先輩は市原雄二（いちはらゆうじ）、元警察官。最終的な階級は警部補。五年前まで三鷹南署の交通課に所属していた。また、九〇年代の後半、この牙利町一帯を管轄とする派出所に勤務していた。当時の町の状況に精通しているため、今回の発掘に関わる捜査にサポート役として署から参加を要請されたという。

「忍神さんのことは署長から度々聞いております。一日署長の件などでお世話になってるようで」

と人懐っこそうに四角い顔を綻ばせる。

「いやいや、昨日の事件、私が一日署長でなくて助かりました。今度はこっちがお世話になって」

「こちらは一日副署長さん、じゃなくて、お弟子さん？」

そう言って好奇の目を俺の方に向ける。

「いえ、紅門さんです、私が雇った私立探偵」

忍神がこれまでの経緯を丁寧に説明し、今後の協力を求めると、市原元警部補は興味深そうに俺に笑いかけ、

「ご苦労が多そうですね。何かありましたら遠慮なくお尋ねください、お気軽に」

どこか楽しんでいるふうに言った。そして、俺と忍神に作ったばかりの名刺を手渡してくれた。肩書きには「三鷹南署準署員」とある。自分で考えたのかもしれない。久しぶりに仕事が出来ること、署から頼りにされることが嬉しくてたまらないのだろう。太い眉が下がり気味である。

そんな様子に忍神も話しやすかったようで世間話でもする口ぶりで、

「ここの風景も昔に比べだいぶ変わりましたよね」

「ええ、だんだん人気が無くなって寂しくなっちゃって」

市原元警部補は頷いて、

「ほら、当時あそこなんかはアパートと材木屋の倉庫がありましたっけ」

懐かしそうに目を細めて指を差す。

指の向けられた先は発掘の行われた駐車場跡の右隣りだった。解体作業が進行中の商工会議所ビルの向こう側。およそ半月前にブランコとベンチが撤去された公園跡で今は更地となっている。

九〇年代後半の当時、そこには二階建てのモルタル塗りの古いアパートがあり、隣接して材木店の倉庫があって日中は職人がよく出入りし賑わいがあったという。

市原の目には二十数年前の光景がまざまざと映っているのだろう。

忍神が訊いた。

「ざっくばらんに言って、実際のところどう思われます？」

「あれですね、『腹裂きレインボー』のこと」

「はい。実際、ここであのギャクロスの事件が起きたのでしょうか？」

一拍の間をおいて市原はコクリと頷く。

「可能性は充分にあると思います」

静かだが毅然とした口調で言った。

忍神は身を乗り出す。猿蟹の刑事二人も合わせたように、また、俺も同様のリアクションをしていた。

市原はこちらのリクエストに応えるように語り始める。

「その根拠はギャクロスの犯行のクセというか傾向にあります。ギャクロスは貴金属店や信用金庫、富裕層の邸宅などを主に襲撃していましたが、他にターゲットの選び方に特徴がありましたね」

忍神が即答し、

「ああ、反社会的勢力のフロント企業とか違法カジノなんかを襲ってたらしいですね。あと、マルチ商法や先物取引などの悪徳商法の事務所、あと……」

俺が引き継ぎ、

「それから、新興宗教、カルトなど怪しげな宗教団体とかですね。要するに後ろ暗いところがあって、襲われても警察に助けを求めにくい企業や組織」

「そういうこと」

市原は大きく頷くと強い口調で、

「そして、ここはJR中央線の沿線ですが、荻窪から三鷹にかけて、昔から宗教団体の施設が多いことで知られています。その分、中には怪しげな団体も複数ありました」

「ギャクロスが狙いたがるような」

「ええ。当時、九〇年代後半はあの崩壊したオウム真理教の余波で全国的にポスト・オウムの存在が注目される時代でした。実際、オウムほど派手ではないにしろ武装化していた団体も都内に二つほどあって、摘発されましたし。そして、オウム事件により法が強化されたことを機に解散する団体や、また、信者らが逃亡をはかる団体も多かったようです」

「断末魔だった」

「そこをギャクロスが襲っていたわけです。弱体化するカルト教団などを餌食にしていた。組織が解体しないうちにまとまった財産を狙っていたわけです。さっきも言ったようにこの中央線沿線の地域は新興宗教の教団施設が多い。だから我々も警戒するよう本庁から達しがあったんです。まあ、実際、結果的には、ギャクロスに襲われたのは品川区、渋谷区、板橋区の三つの団体でしたがね。いずれも武装化してなかった上に解散寸前だったので標的にされたのかもしれません。しかし、この中央線沿線の団体も奴らが視野に入れていた可能性は充分にあったと考えられます」

俺は周囲を見渡し、

「となると、奴らは下調べをしていたかもしれない。ターゲットの状況を把握し、襲撃と逃走の経路を検討するためにロケハンをしていた。つまり、土地勘を持っていた可能性が」

「そういうことなんです。だから、中央線沿線でギャクロスが何か事を起こしても意外じゃありません。むしろ、さもありなん。ここであの『腹裂きレインボー』みたいなことがあったとしても不思議ではないのです」

「じゃ、ここから死体が出てくる可能性が」

「あっても驚きませんよ」

市原は平然とそう言った。

Act.
4

26

夕方の五時半近く、忍神の住まいである離れのリビングで喋っている時だった。

忍神のスマホが鳴り、しばらく通話する。そして、強張った表情を俺に向け、

「槙君が死んだらしい」

静かな口調で告げた。

赤峰オフィスの中堅俳優、轢き逃げ事件で謹慎中だった槙誠次郎である。もし、自分の死を知らされても、「それが何か?」と言いそうなあのヌーボーとした顔が目に浮かぶ。

「死んだ、とは、殺された?」

俺の問いに忍神は頷き、

「ナイフで刺されたようだ。とにかく行ってみよう。迎えが来るから」

「迎え?」

「車で迎えに来るよう頼んだ。俺、腰がこれだし、緊急だし。ま、弟の貴の奴にゃ面倒かけるがな」

腰をさすりながら少し恥ずかしそうに言った。

それから数分ほどして エンジン音が聞こえ、迎えの車が到着した。車は例の神社のポンコツ軽

Act.4

トラックである。雪のせいで地面のあちこちがぬかるんでいるのだろう、車体の下部に泥が撥ねていた。

先程、忍神に電話してきたのは宮司の貴倉貴だった。いつもの白衣と袴の装いの上にフリースジャケットを羽織っている。車から降りてくると眉を上下させながら、

「兄さん、お迎え、だよ」

「臨終みたいに言いやがって、まだピンピンしてるって、腰以外はな」

ちょっと悔しそうに答える。

すると、軽トラの後ろの方から別の声が、

「ホント、お大事に」

鷲津行彦が荷台から降りてきた。相変わらずのランニングシャツにジップパーカーを引っ掛けただけの薄着である。スキンヘッドをさすりながら、

「ちょいとこの軽トラに便乗させていただいたんじぇす」

言いながら貴倉の方に頭を下げるとまた忍神の方に向き直り、

「いやあ、わし、昨日に続いて今日も死体発見者の一人になっちゃったんじぇすよ、もう、うんざり。慣れないもんじゃから、どうにも持病の頭痛がひどくなって」

「慣れるのも問題だがな」

「ええ、で、頭痛薬を飲もうと」

「これは効かないのか？」

と、忍神は鷲津のこめかみを指差す。

絆創膏で貼られた梅干の皮を鷲津は情けなさそうに押さえ、

「限界みたいで。なので、市販のちゃんとした頭痛薬を宿舎に取りに行こうと思って」

それで、死体発見現場を後にしようとしたところ、ちょうど、貴倉も現場を離れて、忍神を迎えに軽トラを発進しかけていたので、途中まで乗せてもらったというわけだ。なるほど、この離れまで来れば宿舎は歩いてすぐの距離である。

「でも、何で荷台に？」

忍神が問うと、鷲津は恥ずかしそうに、

「いやあ、これなもんで」

背を向けて腰の辺りを指し示す。ジーンズの右足の所々が泥水で汚れていた。それは尻の下部にまで至っている。よく見ると黒靴の右がグッショリと濡れていた。

「うっかり、水たまりに足入れちゃって」

ちょうど発進しようとしていた軽トラックを見つけて、鷲津が乗せてもらおうとダッシュした際、うっかり雪解けの水溜りに右足を突っ込み、泥水を撥ね上げて、自ら浴びてしまったらしい。

鷲津は濡れた尻にそっと手を当て、

「これじゃ助手席が汚れてしまいますから」

「それで荷台にか」

「ええ、だって、忍神さん、これから助手席に坐りますよね、そう思ったもんじぇすから」

「おお、そうか、なるほど」

鷲津の心遣いに忍神は満更でもなさそうに微笑んだ。

ポイントを稼げて安堵したふうに鷲津は表情を緩め、

「では、また後ほど、わしは一旦これで失礼させていただきます。なんせ、これとこれなもんで」

こめかみの梅干と尻の泥水を順に指差すと、ペコリと頭を下げて宿舎へと向って行った。

その後ろ姿を忍神は笑いながら見送り、肩をすくめる。それから、貴倉と俺の方を向き直り、

「じゃ、我々も行くとするか」

軽トラへゆっくりと足を進める。

貴倉は歩み寄り、

「あ、腰、大丈夫?」

言いながら手を差し出し、兄の腕を支えようとする。が、忍神はその手を振り払い、

「だから、それほどじゃないって」

杖をつきながら歩を進める。セーターの上にどてらを羽織り、そうやってノロノロ歩く忍神の姿は珍しく高齢者に見えた。

半開きのドアを大きく開け、ステップに足をかけて助手席に乗り込もうと膝を上げた、その時、

「あ、いててて……」

苦悶の声を上げ、腰に手を当てる。激痛が走ったらしい。顔を引き攣らせ、上体をよじる。足がステップから滑り落ちた。大きくバランスを崩し、真後ろに倒れる。

危ない！　貴倉貴と俺が飛び込むようにして両手を伸ばした。そして、かろうじて忍神の背中を受け止める。間に合わなければ後頭部から地面に激突するところだった。これから死体を見に行こうとしている人間が死体になっては意味が解らない。ミイラ取りがミイラになる……ちょっと違うか？

貴倉と俺は背を押しながら、腕を取って持ち上げ、忍神を立たせる。背筋に冷汗を覚えていた。忍神もさすがにこめかみの辺りに脂汗を滲ませている。呼吸も荒い。バツが悪そうな苦笑いを浮かべ、

「いやはや、すまん。俺としたことが。年々、腰痛も進化してるらしい、このヤロめっ」

腰をそっと叩きながら強がってみせる。それから慎重に杖をつきながら助手席に乗ろうと試みる。こんどは弟が腕を取って手伝うのを拒まなかった。

無事に忍神が助手席に収まったのを確認してから俺は車の後ろに回り、空っぽの荷台によじ上った。ここが俺の特等席。しがない私立探偵にはお似合いだろう。運転席の覗き窓をノックして合図を送り、お迎えの軽トラックは出発した。

既に夕闇が降り、空気が刺すように冷たい。荷台は白い幌に覆われているが寒々としていた。鉄の床にじっと座っていると尻が凍てつくようだ。しかも、激しい震動を食らう度に身体ごとジャンプする。積荷の竹箒、剪定鋏、脚立なども跳ね上がり、度々ぶつかってくるのには閉口した。後ろを見ると、外灯に浮かぶ残雪の道が遠ざかってゆく。

やはり年季の入った車なので時々、妙な音を上げていた。それに呼応するように工事現場の騒

音が聞こえる。あのアオタン地区の発掘作業が進行中なのだろう。そろそろ死体が出てくる頃か？

そんなことを考えているうちにこっちの死体の現場に到着した。軽トラックが停車すると俺と貴倉は忍神が助手席から降りるのをサポートする。悔しそうな顔をしながらも大人しく従ってくれた。

ここは東エリアだった。昨日、ＭＣ伊波の死体が発見されたシアターハウスは西エリア、それと境内を挟んで反対側の敷地である。

新たな現場は五階建ての建物。エントランスに「神睦館」と看板がかかっている。やはり、これもバブルの遺跡。結婚式の参列者のための待合室を収めたビルである。一族の、あるいは婚姻する両家の親睦が深まるよう神様に祈念して建てられたということで「神睦館」のネーミング。茶褐色の壁面の細長いフォルムは御神木のイメージらしい。しかし、この建物も長年の風雨にさらされて色あせ、随所に苔がはびこっている。神木というより古木といった味わいとなっていた。現在は空きビルも同然の状態であり、たまにレンタルルームとして町の自治会やどこかの老人クラブなどの会合で使用される他は倉庫と化していた。

両開きのガラスドアを抜けて黒ずんだ赤絨毯のロビーに入る。随分とスロースピードのエレベーターに乗り込み、四階で降りる。右側の「菊の間」が目的の場所だった。

ドアの周辺に宗方哲平、富士井敏樹の二人が待機していた。

この「菊の間」は例の記念セレモニーのための専用ルームとして使われている。会議室であり、作業室であり、物置でもあった。

忍神がドアに歩み寄り、

「この中か？」

「ご覧になります？　よね」

門番のように控えていた宗方が踊るような手振りでドアを指し示す。

「当たり前だろ。そのために来たんだ」

「ですよね」

宗方が指をパチンと鳴らしてから肩をすくめて、

「なんせ、僕としちゃ、昨日に続いての死体発見でして、もうこりごりなもんで」

「ああ、さっき、鷲津も『うんざりじゃ』みたいに言ってたな」

「そりゃそうでしょうよ。ホント、マジ、ゾッとしますから」

スタジアムジャンパーの上半身を大仰に両手でかき抱いて震えてみせる。

昨日、ＭＣ伊波の死体を発見したのが宗方と鷲津の二人。今回もまた発見者となってしまったわけで、まあ、辟易するのも当然だろう。

「なので、僕はここで失礼させていただきます」

と宗方は辞儀をしてから、富士井と貴倉を横目でチラ見し、

「ご案内は別の者が。それじゃ、ごゆっくりと」

ショービジの司会のような芝居がかった身振りでドアを引いて開けた。

「別にゆっくりもしたかないが」

Act.4

と、言いながら忍神は「菊の間」に足を踏み入れる。その後に俺も続き、案内役を買って出てくれたのか、貴倉と富士井も連なって入る。

広々とした部屋に数台の長机が二列に配置され、折畳みのパイプ椅子が適当に置かれていた。片側に並んだロッカーの扉には映画チラシや雑誌の切り抜きなどが無造作に貼られ、まるで落書きでもされたようだ。セレモニーの装飾や小道具などを製作する作業場であり、保管する倉庫でもあるので様々な物品が散らかっていた。壁の棚には工具類、材料となる木材、金属パイプ、段ボール、カラフルな布生地などが乱雑に押し込まれている。

奥にはワゴンテーブルがあり、休憩タイムに使うためのエアポットやティーカップなどが載っている。ご丁寧なことに、ビニール袋に包装された紙おしぼりも積まれていた。

室内全体を一望すると、まるで、オープニングの準備中の店舗、あるいは、客が引き揚げた後のパーティー会場を連想させる。

そんな乱雑な部屋のガラクタの一つのように、それはあった。

正面奥の窓の近く、ワゴンテーブルに隠れるようにして死体が横たわっていた。

忍神は歩み寄ると眼鏡をかけ、じっと見下ろし、

「槙の奴め……、こいつもダイプレイヤーの俺を差し置いて変死しやがって」

独特の追悼をし、残念そうにうなだれる。

確かに死体は槙誠次郎であった。うつ伏せに倒れ、左の横顔をこちらに見せている。あの茫洋とした顔つきのまま目を閉じ、スリムな長身を伸ばして横たわる様は丸太を連想させた。

左脇下と背中の間にナイフが深々と突き刺さっている。これが死因と推察される。出血がほとんど見当たらないのは、ナイフが抜かれておらず、栓の役をしているからだろう。昨夜も着ていた真新しいライトブルーのダウンジャケットがマントのように広がっていた。

左手の甲にはかすり傷が見て取れる。犯人と争った際、凶器のナイフが触れたのだろう。床まで垂れた出血の細い痕跡は固まっており、赤い蠟を連想させた。

そして、死体は異様な状況を呈している。

「ああ、しみるぜ。また、妙な飾りつけをしやがって」

忍神の指摘に俺は相槌を打ち、

「ええ、またもギャクロスの再現ですね」

そう言って肩をすくめる。

死体の口にはホースが押し込まれていた。青いビニールホースの切れ端で口から三十センチくらい覗いている。ホースの端の傍らにはガラスのコップが置かれ、透明な液体が半分ほど入っていた。鼻を近づけて嗅いでみたところ真水と推測される。また、死体の着衣の脇腹辺りがビショビショに湿っている。どうやらコップの水をかけられたようだった。

忍神は顔をしかめながら、

「そう、『腹裂きレインボー』だな。ホームレスの口にホースを突っ込んで、パンパンになるまで水を送り込んだ、あの見立て」

「見立て殺人……。なぜ、わざわざこんなことをするんでしょう？」

「さあな。でも、何かこだわりがあるんだろうよ」

溜息交じりにそう言って、腰をいたわるようにトントンと軽く叩き、伸びをする。そして、振り返り、

「おい、死体、動かしてないだろうな？」

案内役の二人に確認する。

いきなり問われた富士井は全身を硬くして気を付けの姿勢を取り、奥まった目を力ませ、白目を剝きそうになる。んーんーと唸った末に何度も頷きながら、

「動かしてません！」

それだけようやく絞り出した。

フォローするように貴倉が言い添え、

「誰も指一本触れてませんよ。発見した時のままですから、兄さん、ご安心を」

「ならいい。安心して警察呼べるな。変なことで突っ込まれたくないからな」

そう言って苦笑いする。どうやら、容疑者がこの神社内の人間に絞られていることで神経質になっているようだ。

27

警察の到着を待つ間、死体の発見者たちからその前後の経緯を説明してもらった。次の通りである。

午後四時過ぎ、富士井は槙を捜しにこの神睦館にやってきた。社長の赤峰千佳に頼まれたのである。例の轢き逃げ事件のことで近日中に社の顧問弁護士を交えての会合を開くため、その事前打ち合わせを今の暇なうちに行っておきたいらしい。

赤峰千佳がスマホで何度も連絡を取ろうとしたものの槙は一向に応答しない。たびたび、槙はこの神睦館の「菊の間」でヨガに取り組んでいるのを目撃されている。身体のあちこちの弱さを克服するために最近始めたという。この四階でヨガを行うと空が視界いっぱいに広がり心地いいらしい。

そうしたことから、富士井は赤峰千佳に使いを頼まれ神睦館にやってきたのだった。そして、エントランスの前で鷲津と宗方に遭遇した。

鷲津と宗方は小尾カンに頼まれた用で来たという。例のセレモニー用の棺のキャスターを調べたところ、当初は修理する予定だったのが不可能と解り、丸ごと全て取り替えることになった。そのため、予備のキャスターと工具などを取りに来たのである。

Act.4

目指す場所が同じと解った富士井、鷲津、宗方の三人は揃ってエレベーターで四階に赴いた。そして、「菊の間」に入ろうとドアを開けようとしたが、ビクともしない。中から施錠されているようだ。普段はいつでも速やかに作業できるよう開錠されたままなのに、これは珍しい状況だった。

ドンドンと拳でドアを叩きながら、

「おおい、誰かいるのか。いるなら、開けてくれ」

などと代わる代わる大声で呼んでみるが、まったく反応が無かった。

そこで、先ずはドアを開錠するために神睦館全体を管理している宮司の貴倉に宗方がスマホで連絡を取った。

貴倉は午後からずっと軽トラックで神社の敷地の各入口を見て回っているところだったらしい。天気予報によれば今夜また雪が降るようなので破損の恐れのある箇所や残雪の状況などをチェックしていたのである。

宗方からの知らせを受けると、貴倉はそうした作業を中断して、神睦館へと車を向けた。もちろん、途中で社務所に立ち寄り、必要な鍵を持ち出すのを忘れない。常時、境内の各施設と自分の管轄する建物の鍵はガラス棚の中に収めて施錠し、厳重に管理しているのだった。

電話を受けてしばらくして貴倉は到着する。軽トラックから降りるとすぐに神睦館の四階の「菊の間」の窓を見上げたが、室内の明かりは点いているものの、人影が動く様子は無かったという。加えて、ロープなどが地上へと吊るされていることも無かったようだ。既に一帯は夕闇が迫って視界は暗かったが建物は目の前であり、念の為、運転席のルーフに上って高い位置からも確認したという。

また、富士井たちも同様の証言をしていた。貴倉の到着を待っていた彼ら三人も、その間、いったん外に出て、神睦館を見上げ、同じようなチェックをしているのだった。一階ロビーの物置から二メートルほどの脚立を持ち出し、上って観察するなど入念に行ったらしい。こうして現場に集まった全員の調査結果が一致しているのだから間違いないだろう。

車を離れると貴倉は四階へ上り、三人に合流する。そして、鍵を取り出し、「菊の間」のドアを開錠した。が、手前に引いたところ、ドアは途中までしか開かない。わずか十センチほどの隙間を見せるだけ。内側からチェーンが掛けられているのだった。数人がかりで力を込めてドアを引いてみるもビクともしない。やむを得ず、ロビーの物置から今度はチェーンカッターを持ち出してきて、問題のチェーンを切断し、それでようやくドアを全開することが出来た。それが四時四十五分頃だったという。

富士井、貴倉が先ず「菊の間」の中に足を踏み入れ、それから数歩遅れて鷲津と宗方が恐る恐る続いた。この後ろの二人は昨日の死体発見の二の舞になるのが嫌でたまらなかったのだという。

そして、その嫌な予感は的中してしまった。入って正面奥、窓の近くの床に槙誠次郎の死体は横たわっていた。それも、口にホースを差し込まれ、傍らに水らしき液体の入ったコップが置かれた異様な状況。脇腹と背中の間に突き立つナイフが天井灯の明かりに鈍く光っている。

殺されている、と四人とも一目で直感したらしい。そのため、彼らは死体に触れようとしなかった。富士井と貴倉が一メートルほどの距離まで近寄って状況を確認し、その数歩後ろから鷺津と宗方が覗き込むという具合であった。

続いて彼らは現場全体を見渡した。まだ他に誰か、つまり、犯人が室内にいるかもしれない。なんせ出入り口は先程のドアだけであり、しかも内側から施錠された上にチェーンが掛けられていたのである。ガラクタだらけの周囲や壁際の棚、さらにロッカーの中にも目をやるが人の姿はどこにも無い。南側に当たる部屋の奥に大きな引き違い窓があるが、クレセント錠が下りて施錠されているので、ここから逃亡したとは考えられない。

そして、この「菊の間」は三つの部屋から構成されていた。死体の横たわる部屋は中央に位置するので、普段から「中部屋」と呼ばれている。この中部屋の左右の壁にドアがあり、それぞれ隣りの部屋に通じている。左が「東控え室」、右が「西控え室」。これら二つの部屋は行き止まりで、出入り口は中部屋との間のドアのみ。また、それぞれに窓はあるが嵌め殺しのＦＩＸ窓なので開閉は不可能であった。

闇雲に「菊の間」を調べて回っても、隙があれば犯人に逃げられてしまうので、それを避けるために包囲シフトを敷く方策を取った。東控え室を富士井が、西控え室を貴倉が、それぞれチェックすることを担当。「菊の間」全体の唯一の出入り口、あのチェーンを切ったドアを閉めて逃走経路を塞ぎ、宗方が外に立って門番の役割を果たす。

また、そのドアの斜め上、天井近くには換気口があった。およそ五十センチ四方。金網がボルトではめ込まれており、室内から操作する換気扇が回っている。念の為、鷺津が宗方より後方でこの換気口を見張っていた。同時にその位置からエレベーターと非常階段が見えるので、四階の出入りそのものにも目を光らせていた。もっとも、宗方と鷲津が自ら進んでそれらの役を買って出たのは死体から離れていたいからかもしれない。

こうした水も漏らさぬフォーメーションのもと、富士井と貴倉はそれぞれ東西の控え室を念入りに調べたが、いずれも何ら異常は見られなかったという。これら二つの部屋は中部屋と同様、記念セレモニーの作業場兼倉庫なので、やはり、ガラクタの陰を探したり、ロッカーの中をチェックするなど余計な手間がかかったようである。

一方、宗方、鷲津もそれぞれの担当エリアを厳重に警戒していたが、「菊の間」のドアは一ミリたりとも動かず、また、換気口に何ら変化はなく、そして、四階に出入りしようとする人間の姿も無く、気配すら感じられなかったと報告している。

このように可能な限りの綿密なチェックをして現況を把握すると、彼ら四人は相談の末、先ず忍神に知らせることを決定した。

かくして、貴倉から連絡を受けた忍神は俺を伴ってこの現場へと赴き、今に至るというわけである。

28

念の為、忍神と俺は自分たちの目で彼らの証言を確認する。「菊の間」の板張りのドアは鍵によってちゃんと開錠、施錠が出来る状態にあった。また、切断されたチェーンも両端は留め金で固定され、何ら細工された痕跡もない。ドアは正常な機能を果たしていたということである。

中部屋の窓は南側の奥の引き違い窓だけであり、クレセント錠が掛けられ、ここも不自然な痕跡は見当たらない。一応、開いて外に目をやるが、ロープなどは確かに垂らされていなかった。窓枠も怪しい箇所はなく、開閉は極めて滑らかで、妙な仕掛けを施す余地は無さそうである。

中部屋の左右の部屋、つまり、東控え室と西控え室も見て回る。いずれのドアも北寄りの位置。先ず、左の東控え室に入り、山積みのガラクタをかき分け、並んだロッカーも開けてみるが異常無し。南側の奥の嵌め殺しのＦＩＸ窓も固定されたままの状態であり、力を加えても微動だにせず、改造などを施された様子も無かった。続いて西控え室にも足を運ぶが同じ結果だった。

「不思議なことになってきたじゃないか」

一通りの確認を終え、西控え室から中部屋に戻るなり、忍神が首をひねりながら声を上げ、

「犯人は槙を殺害した後、どうやってこの『菊の間』から逃亡したというんだ？」

俺は頷き、

「いわば不可能状況」

「つまり、これって要するにアレ」

「密室殺人」

「しみるなあ。またも犯人は忽然と姿を消してしまったことになるのか。ＣＧかよ」

「あ、わざわざ大嫌いなことを言って、自虐趣味ですね」

「しかし、こんだけワケ解らんと、そうとでも考えたくなるだろ」

「犯人はエフェクトラ」

「ああ、どうせ消えちまったなら、ずっと消えたままでいやがれっ」

自棄気味にそう言って天井を仰いだ。

俺は屈みこみ、さらに詳しく死体と周辺の状況を調べてみる。

うつ伏せになった死体がまとっているライトブルーのジャケットはマントのように広がった状態だった。なので、表側の全体が見える。前面の左、胸元あたりが斜めに五センチほど裂けていた。おそらく凶器のナイフが掠って出来たのだろう。

「失敬」

とホトケさんに囁いてから、俺は手袋をした手でジャケットをそっとめくり、裏側を見てみる。左の胸元に内ポケットがあった。それに指をかけ、中を覗く。表に面した側が五センチほど斜めに裂けている。そう、さっきの前面の裂け目を裏側から見ているのだった。

ジャケットから手を離し、周囲を見渡す。死体の傍ら、五十センチほどのところに白くて四角いものが落ちていた。目を近づけてよく見るとビニール袋に入ったティッシュだった。

さらに目を近づける。よくあるタイプのもので、真ん中のミシン目を開いて中身を取り出すようになっており、これは未開封の状態だった。しかし、ミシン目とは別のところに裂け目があった。斜めに五センチほど。

そこに指をそっと入れ、俺は這い蹲るような格好で顔を寄せて、中を覗き込む。ツンとアルコールっぽい消毒液の匂いがする。ただのティッシュではなくウェットティッシュであった。目を凝らすと、なるほど、まっさらな白い雪のようなティッシュペーパーには湿り気をおびた光沢が見て取れた。

俺は床すれすれから顔を上げる。そして、ティッシュ袋の裂け目の両端にそれぞれ親指と人差し指の先をコンパスのように当て、長さを測る。その長さをキープしたまま、両の指先を先程の死体のジャケットの裂け目に当てる。ほぼピッタリだった。

「何か手掛かりになりそうか？」

忍神が興味深げに見下ろしていた。

俺は頭をかきながら立ち上がり、

「さあ、まだどうなることやら」

と答えて肩をすくめる。そして、改めて全景を見渡した。

死体の顔の近くに眼鏡が落ちている。殺された槙のものだった。白とグリーンの市松模様のフレームは開いた状態で、鼻当てパッドは天井を仰ぎ、両の耳当ての先端は顔の方を指し示していた。そして、耳当てから延びたストラップの紐は途中でよじれることなく広がって首にかかっていた。

まるで、眼鏡とストラップが歪んだ輪を作って持ち主を捕らえ、この世に繋ぎとめようとしているかに見えた。

この輪を指し示して、

「これがそのまま天使の輪になったのかも」

「背中に羽が生えてりゃな。さもなきゃ、あっち行き」

と、忍神は床の遥か下、地獄を指し示し、苦笑いを浮かべた。

外からサイレンの音が次々と近づいている。警察が到着したようだ。相変わらず工事現場の音も聞こえていた。

いつのまにか、ちらほらと新たな人の姿があった。警察に通報する際、ついでに連絡したのだろう。

赤峰千佳が槙の死体を前にして手を合わせていた。

髪形が変わっていた。襟足にウェイブのかかったショートカット。そういえば、富士井に槙を捜すよう指令を送ってきたのは近所の美容院からだったらしい。カットを終えてレジを済ませるや颯爽とすぐさま仕事モードの電話連絡。なるほど、忍神の言うところの出来る女社長はやはり違う。今日もネービーのファー付きブルゾンとパンツスーツがキマっていた。

が、凜とした美しい顔にも動揺の色が滲んでいる。やはり、所属タレントの変死は重いのだろう。

疲れ気味の溜息を漏らし、

「槙君、あなたって、こないだは加害者だったのに、今度は被害者なんて忙しい人ね。それくらい仕事も忙しかったら良かったのに」

墓碑銘を読み上げるように死者に語りかける。そして、首を小さく横に振ると静かにその場を離れた。

中部屋のドアの近くではいつものドクロ柄のスカジャン姿の留里菜がいつものようにスマホを前に突き出している。

するとペアルックの富士井が大股で歩み寄り、そのスマホの前に手をかざした。

留里菜が目を吊り上げ、噛み付きそうな勢いで、

「何すんのよ！」

怒声を飛ばし、キツツキのように口を突き出す。

んーんーと唸ってから富士井は口を開き、

「あ、あれを撮影するのはちょっと……」

死体の方を指し示す。

留里菜は顔をしかめ、

「当ったり前じゃないの！　するわけないでしょ！」

ダメージジーンズの足を突き上げ、膝蹴りをくらわす格好をする。

富士井はよけることなく太い腿で受け止め、

「そ、そうだよね、やっぱり、不謹慎だし、死者に失礼」

「それより、リアルな死体なんかネットにアップしたら、留里チャンネルごと削除されちゃうわよ！」

「え、そっち」

「そっち、って、にっちもさっちもいかなくなるでしょ、アカウントを停止処分されたらさ。だから、今、撮ってるのは現場の空気ってものよ。死体を直接映さずに死体の存在を感じさせるって、ホラー映画でよく使うテクでしょ。あんたも俳優ならそれくらい勉強しなさいよ、はい、どいてどいて」

留里菜は富士井を押しのけ、移動撮影を始める。

いつの間にか、鷲津も戻ってきていた。泥水まみれのジーンズを穿き替え、スキンヘッドのこめかみからは梅干の絆創膏が消えていた。ちゃんとした頭痛薬を飲んだせいだろうか、さっきより顔色が良さそうに見える。死体のある室内にはまったく入って来ようとせず、ドアの向こうで死体発見コンビの相棒、宗方と立ち話をしていた。

中部屋のあちこちを歩き回っていたのは小尾カンであった。独自の現場検証を行っている様子だ。モスグリーンのダウンジャケットの背を丸めて這い回るように動く様は懸命に餌を漁る冬眠前の亀を連想させた。窓をチェックし終えると、再び死体に歩み寄りつぶさに観察する。

そして、おもむろに立ち上がって周りを見渡すと垂れた目を輝かせる。獲物を見付けたように

Act.4

ずんずんと接近し、

「あ、候補だった人、萌仲ミロクさん」

と、粘っこい笑みを向けたその先は、もちろん……セーラー服の奇観獣。

毎度ながらわざと間違えた名を呼ばれたので、眦を吊り上げ、

「ミルキ、萌仲ミルキですったら！　ミロクなんて仏様に失礼」

と、鋭く睨みつけてミルキービームを小尾カンに突き刺し、

「だいたい、候補って何の候補ですか？」

「それこそ、ホトケですよ」

「ホトケ？　私が？」

「そう、死体の方の」

陰湿な微笑を浮かべる。

それを再びミルキービームで撃ち返しながら尖った口調で、

「どういう意味ですか？」

「てっきり、あなたが第二の殺人の被害者候補と睨んでたんですよ、私の推理では」

「え、どうして？」

「見立ての件です。『腹裂きレインボー』って現代の『黄金餅』とも喩えられてますよね」

「ああ、落語の『黄金餅』のこと」

「そう、あんころ餅に小判をくるんで飲み込む噺。だから、殺害した死体の口の中にコインでも

詰めて『黄金餅』の見立てなんてありそうじゃないですか。だったら、名前からして、萌仲さん、あなたがぴったりな感じでしょ。あんころ餅とモナカでさ」

「え、それ、ちょっとこじつけじゃ」

反論の声を上げると小尾カンはますます嬉しそうに、

「ま、見立てってそういうもんでしょ。次は気を付けた方がよろしいのでは？」

「次って、次の殺人？」

「まあ、あればですが、ね。それは犯人しか知らないわけですから、ホントくれぐれもお気を付けて」

嗜虐的な笑みを満面にたたえながら、そう言った。

29

警察の現場検証が進められている。

それと並行するようにして、死体の発見者及び現場に集っていた者たちの聴取も行われた。そのための部屋として「菊の間」と同じフロアにある「鶴の間」が使用され、それぞれ順に呼ばれ質問に答えていた。

もちろん、俺も捜査協力は惜しまない。猿蟹コンビの刑事の質疑応答に素直に対応する。おかげでその過程で幾つかの事実を確認することができた。

被害者・槙誠次郎の生きている姿が最後に目撃されたのは午後三時頃だったようだ。西エリアを散歩している槙を見たという複数の証言が得られたらしい。それと検視による結果とを総合し、三時から死体発見の四時四十五分までが死亡推定時刻とされた。

死因はやはり左脇下と背中の間を刺されたことによる失血死。凶器に使われたナイフはもともと「菊の間」の中部屋にあったものらしい。例の記念セレモニーの小道具などを作る工作室でもあるため、幾つかの刃物類が置かれており、その中の一つの作業ナイフだったと関係者達が証言している。

よって、そのナイフは既に連日のように使用されているので、合宿メンバーのほとんどの者の指紋が検出される結果となり、犯人を特定するための手掛かりとはならない。

加えて、死体ならびに周辺の検証から、今回も犯人は手袋を着用していたと推測される。そのため、被害者である槙が身に着けていた物から疑わしい指紋は発見されていない。当然、現場で俺が関心を持った品々も同様で、ウェットティッシュの袋や眼鏡のフレーム、レンズに残されていたのは槙の指紋だけだったようだ。

また、見立てに使われた青いホースはこの中部屋の水道場にあるものを切り出した断片であり、切断面がぴったり一致したという。犯行時に切ったのか、あるいは今日よりもっと以前から準備していたのかは不明。もう一つの見立ての道具、ガラスのコップも同じく水道場に常備してあるものの一つである。

また、死体の後頭部、肩、背中など複数箇所に打撲痕や引っかき傷が見られる。さらに、死体から近い距離に数台のパイプチェアが倒れており、破損した文具類、ペットボトルなども散乱していた。このように犯人と争ったと思われる痕跡も残されているため、犯行現場、つまり、被害者が殺害された場所はここであると断定して間違いないだろう。

そして、「菊の間」のドアについてであるが、錠に奇妙な点はなく、開閉の具合も正常な状態であった。また、チェーンロックは確かな強度がキープされており、留め金にも何ら細工の痕跡は無かった。カッターで切断する際にも死体発見者たちは鎖部分に不自然な繋ぎ目などはなかったと証言している。

中部屋の窓のクレセント錠も通常通りに作動し、西控え室・東控え室のそれぞれのＦＩＸ窓も綿密に調べたが妙な仕掛けは発見されず、固定されたままの状態であることが確認された。

「やはり、密室、ということですね」

俺が念を押すと、片桐警部が大きな耳を摘みながら渋面に苦笑いを刻み、

「探偵はいいですね、気軽に言えて」

「いえ、気軽なつもりはありませんよ。むしろ重く見てます。まさしく出口が見えない」

「何かムカつく」

片桐が顔を曇らせ、メモを取っていた真田のアバタ面にも影が差す。

俺は手を左右に振って、

「いや、そういうつもりじゃ」

「まあ、確かに犯人の出口の見当がつかないわけですからね」

「もし、仮に、何らかの方法でドアの錠だけは開けられたとしても、チェーンがかかっているわけですよね。そのチェーンの隙間を利用した可能性は」

「無いです、当然。たとえ犯人が身体の関節を外しても、十センチの幅を抜けるのは無理でしょ。頭蓋骨があるし。それとか、その隙間からナイフを飛ばそうにも、あの位置からじゃ左側の壁にすぐ突き刺さって、それまでですよ」

「なるほど。あと、窓も出口ではないなら、やはり、ロープを垂らした跡などは」

「あるわけない。そもそも、ロープを吊るすための手摺りとか無いんですから。それに、ロープを伝って降りたなら、必ず外壁に跡が残りますよ、あの外壁は苔だらけだし」

「そうですか……。あ、そういえば、ドアの斜め上、天井近くに」

「換気口ですね。金網が室内側から複数のボルトでしっかり固定されてましたよ、はい、残念」

「……じゃ、やはり、ますます密室」

「だから、いちいち言わないで」

うんざり顔の片桐の甲高い声に伴奏するように真田が重い溜息を漏らした。やはり、二人ともこの件はあまり話題にしたくないらしい。なので、ここでは俺も深追いしないのが賢明だろう。

この後、幾つか形式的な質問が続き、最後に念の為、アリバイについて訊かれた。

死亡推定時刻が午後三時から死体発見の四時四十五分までの時間帯。また、鷲津たち三人が神睦館の「菊の間」の前に到着したのが四時十五分。これらを総合して、午後三時から四時十五分までを犯行時刻と警察は見ているようだ。

その時間帯、俺は忍神の住居である離れにいて、今回の事件や二十数年前の「腹裂きレインボー」について語り合っていた。ということをありのままに話し、無事、解放された。

30

聴取を終えて「鶴の間」を出た時には夜の七時近くになっていた。

同じフロアの「菊の間」の前では宮司の貴倉が立っていた。いつものように白衣に袴の姿。開いたドアの向こう、中部屋に向かって辞儀を繰り返す。多数の紐状の紙を垂らした木の棒、オオヌサを手にして、それを規則正しく左右に振る。殺人現場の御祓いをしているのだった。また警察に頼まれたか、兄の忍神に命じられたのだろう。さっき死体を発見したと思ったら、今度はその死に場所を清めているとは何とも忙しい。横顔に疲れが滲んでいた。

貴倉の傍らには妻の恭子の姿があった。セーターにジーンズというカジュアルな格好で盛り塩の皿を掲げ、サポート役を務めている様子だ。ほんのり顔が赤らんでいるのは暖房のせいかもしれない。時折、眠そうにしきりに目を瞬いていた。さびれた神社だと何かと苦労も多いのだろう。

俺もそろそろ疲労を覚えていたのでこの現場から離れることにする。出口の方へと足を運んだ。エレベーターの手前にはロビーがあり、応接セットが配置されている。そのソファに小尾カンが悠然ともたれていた。嫌な予感。

　粘着質な眼差しで小尾カンは俺を手招きすると、

「やはり、事情聴取はなかなか疲れるもんですね。大して面白い話も出ないし」

「まあ、さっきみたいな、モナカとあんころ餅と『黄金餅』でしたっけ」

「ああ、あれは戯言みたいなもの」

「聴取じゃ戯言も言えませんからね」

「そういうこと。だから、退屈だった聴取の口直しでもしようじゃありませんか。ねえ。逃げませんよね。昨夜といい今朝といい、私の推理に対し、あなたは言いたい放題でしたし」

　そう言って、向かいのソファを指し示す。嫌な予感は的中、それも大当たりらしい。

　何やら因縁つけられて押し切られるように仕方なく俺はソファに腰を下ろした。

「ホームズごっこの続きというわけですね」

　小尾カンは嬉しそうにタレ目をさらに垂らして、

「さっそくですが、さっきの殺人に関して」

「え、槙さんの密室殺人？」

「そう、その密室の謎について」

「解いたと？」

　小尾カンは静かに頷いた。たるんだ頬がフルフル揺れる。そして、上目遣いに睨みながら、

「いいですか、先ず、大前提として、死体発見時、槙誠次郎は死んでいなかった」

「え、どういう意味？」

「言った通りですよ。槙君は死んでなかった。生きていた。死んだふりをしてた。そう、あれは演技だったんですよ」

「死体を演じていた、と」

「その通り。犯人と組んで狂言を演じていたんです。なんせ、槙君は俳優ですしね。しかも、このホリウッドを主宰する忍神さんはダイプレイヤーの異名を誇るほどの死に役の名人。だから、その偉業を讃えて、リスペクトを込めたパフォーマンスを演じてみせようということになったんでしょう。折りしもリアルな殺人事件が起きて臨場感たっぷりだし。今度の記念セレモニーの前哨戦ということで密かに企てた」

「それが槙さんと犯人とが演じた狂言」

「そのはずだった。しかし、犯人が裏切ったのです。というより、最初からそういう計画だった」

「狂言殺人だと槙さんを騙しておいて本当に殺害した、というわけか」

「ええ。こういう展開だったはず」

小尾カンは舌なめずりをするように唇を湿らせて、

「いいですか。先ず、槙君は『菊の間』のドアを施錠し、チェーンも掛けてから、刺殺された死体として中部屋に横たわった。そこへ、犯人を含む人間達がやってきて異変を察知。ドアを開錠しチェーンを切断して中部屋に入り、床に横たわる槙君を発見した。その際、槙君の演技力と犯人の指摘によって、槙君が死んでいるとその場にいる皆に思わせた。さらに、きっと犯人の巧みな仕切りによって、誰も死体に触れないようにさせたのです」

「実際、死体に触れた者はいなかったし、近づいても一メートル手前までだったそうで」

「まさしく犯人の術中ですよ。それから、発見者たちは手分けをして『菊の間』全体をチェックしました。富士井君が東控え室を、貴倉さんが西控え室をそれぞれ担当。その間、『菊の間』のドアを閉め、外で宗方君が門番を果たし、鷲津君が換気口、それにエレベーターと階段を監視した。そうでしたよね」

「確かにそのフォーメーション」

「その段階で、いよいよ犯人が犯行を実行したのです。東控え室、あるいは、西控え室から出てきた犯人は中部屋に横たわる槙君にそっと歩み寄ると、ナイフを突き刺して殺害したわけです。凶器のナイフはもちろん死体のフリをしていた槙君に刺さっていると見せかけていたあのナイフ。それを抜いて今度は本当に突き刺した。ほんの瞬時の出来事だったのでしょう。槙君は驚きの声も苦悶の悲鳴も上げる間も無かったはずです。そして、犯人は素早く東控え室、あるいは、西控え室に戻って作業を続けていた、というか、そのフリをしていた。『菊の間』のドアが閉まっているので、外にいる鷲津君と宗方君に犯行を目撃されることはなかった。また、東控え室であれ、西控え室であれ、中にいる人間は室内のチェックに忙しくて気付く間もなかったでしょう。しかも、どちらのドアも手前つまり北寄りに位置している。だから、南側、奥の窓近くに横たわる死体は離れていて、ほぼ死角の位置というわけです」

俺は状況を思い浮かべ、

「なるほど。東控え室、西控え室、いずれの部屋の中にいても、死体の位置は見えないでしょうね」

「そういうこと」

「となると、今の推理によれば、東控え室か西控え室にいた者が犯人ということになりますね。つまり、富士井さんか、貴倉さんか、どちらかが」

「ま、そういうことになります」

と小尾カンは得意げに大きく頷いてから、

「が、それはどっち？　なんて訊かないでくださいよ。さすがにそこまではまだ絞り込めていないので。まあ、それも時間の問題でしょうけどね。今の段階では密室トリックの解明まで、ということでご勘弁」

言いながら余裕の苦笑いを作り、大仰に両手を合わせてみせた。

俺はそれには反応せず淡々と、

「はあ、ところで、そのトリックですが、犯人の目的は何なんでしょう？　つまり、このトリックを使って犯人にとってどんなメリットがあるんでしょうか？　わざわざ狂言殺人の段取りを組んだり、複数の人たちの隙を突いて素早く殺害つまり早業殺人を行ったり、この仕掛けにどんなメリットが？」

小尾カンは憮然とした顔をして、

「そ、そりゃ、アリバイに決まってるでしょ。生きている槙君を死体だと思わせて、それ以前に殺害されたように誤認させるためのトリックなんですから」

「死体が発見されたのは四時四十五分。犯人はそれ以前に殺害されたと思わせたかった。ということは四時四十五分より前の時間帯のアリバイがしっかりしている者が容疑者ということになりますね」

「ああ、犯人を特定する条件の一つになるだろうな」

「そこで、もう一つ気になる点が出てくるんです」

人差し指を立てる。

小尾カンは不安そうな面持ちとなり、

「気になる、とは？」

「ナイフの位置ですよ。トリックの狂言殺人の段階においても凶器のナイフは死体の左脇下と背中の中間に突き立っていましたよね。ナイフが突き刺さったと見せかけていたわけですが、その細工はなかなか面倒なものじゃないでしょうか？　なんせ、あの位置ですからね。左脇下と背中の中間、おそらく一人じゃ無理ですよ」

言いながら、俺はその位置を指し示そうと腕や上半身を無理してひねってみせる。すぐに筋肉痛を覚えたので元の姿勢に戻り、上腕のあたりを揉みながら、

「加えて、現場の検視によれば死体からは争った痕跡も発見されています。擦り傷や打撲痕など、その幾つかは後頭部と背中にもありました。それらも偽装とすればやはり一人で行うのはかなり難儀だったと思われます。いずれも協力者が必要でしょう」

「だ、だから、犯人がそうした準備に協力したということだよ」

「でも、その準備作業って、当然、死体の発見より以前ですよね。四時四十五分より以前。しかも、槙さんの生きている姿が最後に目撃されたのが三時頃でしたね。となると、三時から四時四十五分までの間に準備作業を行わなければならない。つまり、犯行時刻と目される時間帯。もし、犯人がその作業の協力者だったのでは、万全のアリバイ作りの邪魔になりますよ。アリバイに穴が出来てしまいます。アリバイ作りのためのトリックなのに矛盾しているでしょ。もはや、無意味になってしまいます」

小尾カンは口をイソギンチャクのようにモゴモゴ蠢かして、

「それは、まあ、じゃ、準備のための別の共犯者がいたとか……」

「えっ、もう一人、共犯者がいたというんですか？　いやあ、そりゃないでしょ。そこまで大掛かりで面倒なトリックを使うんだったら、その準備の最中に殺害しちゃった方が効率がいいでしょ。わざわざ狂言を演じておいて周囲の人々の隙を突いて早業殺人を行うよりも簡単で安全じゃないですか。このトリック、ますます意味がありません」

俺はそう言って、両手を左右に大きく振った。

しばらく黙り込んでから小尾カンはたるんだ頬をさすりながら、タイヤの空気漏れのような声で、

「いや、まあ、現実的な結論としてはそうなりますがね……けど、純粋に物理的な側面から仮説を試み……、それによって、密室トリックの解明は決して不可能じゃないことを言いたかったわ

けで、だ、だから、当初の目的は達成したので、満足です……」

垂れた目を細くして恨めしげに俺を睨む。それから、強張った作り笑いを浮かべ天井を見上げた。

小尾カンの粘着質な視線が逸れた隙に俺はすぐさま立ち上がり、

「ちょっと野暮用が」

早口で言うと、ほとんど小走りでソファを離れる。エレベーターで一階に降り、足早に建物の外に逃れた。途端に刺すような冷たい夜気になぶられる。が、すこぶる心地よい。

神睦館の周囲のあちこちでは蛍のように幾つもの光が揺れている。警察の懐中電灯であった。到着してからずっと屋内のみならず、建物の周辺も入念に捜査している。が、まだめぼしい収穫は無いようだ。武運を祈る、いや、ホントに。

いつの間にか雪が落ち始めていた。

俺は腰に巻いていたウインドブレーカーを羽織り、肩をブルッと震わせた。

31

夜の八時を回っていた。

湯呑みをすすると汁粉の甘さが口いっぱいに広がる。肩の力が抜け、疲れが少しずつほぐれていくようだ。ありがたい。この汁粉を供してくれたのは忍神だった。

自販機で売っているような缶入りの汁粉ドリンクを数本まとめて小鍋に移して温め、おたまで一杯分すくって湯呑みに注いでくれたのである。これも冬のロケ現場で流行ったらしい。徹夜明けの早朝、大量の缶入り汁粉で鍋パーティーをやった思い出を懐かしそうに語っていた。

ここは忍神の住居、例の離れのいつものリビング。片隅の小さなレンジにかけられた小鍋から汁粉の甘い香りが漂っている。

先程の殺人事件についてあれこれと意見を交換していると、猿蟹コンビの刑事がやってきた。汁粉の匂いに誘われてきたわけではないだろうが、やはり、入ってくるなり物欲しそうな顔をする。

なので、忍神の指示で俺は二人分を用意する。二人は形ばかりの遠慮をしながらも湯呑みを受け取り、一口するとホッと嘆息を漏らした。片桐警部は鼻の穴がさらに広がり、真田刑事のあばた面は血色が増して茹で蟹っぽくなる。

テーブルを挟んで、忍神と俺の向かいに彼らは腰を落ち着けた。舌鼓を打ちながら雑談を始め、湯呑みの残りが減るにつれ次第に話題は殺人事件へと流れて行った。

検視官の報告によると、やはり、槙の死はナイフによる刺殺と確定。また、死斑の移動が見られないことや、現場の争った形跡を精査した鑑識の報告などから、死体が他の場所から運ばれたことは考えられず、つまり、神睦館の「菊の間」の中部屋が殺人現場であると断定された。

それから、第一の事件、MC伊波の殺人に続いて、容疑者はこの神社の敷地内にいた人間に限定されるようだ。昨日と同様、各入口を写す防犯カメラを解析した結果、及び、敷地を囲う木立の地面に霜柱を踏んだ足跡が無かったこと、以上二点を総合した結論である。

こうした話はまだ挨拶代わりであったようだ。落語で言うところのマクラみたいなもの。ここからが本題らしい。

一拍の間を空けてから、片桐警部が声をやや硬くして、

「ところで、殺された槙さんにお金を貸してませんでした？」

「いや」

忍神は怪訝な面持ちで首を振る。

当然ながら俺も黙って首を振る。

「なんで、そんなことを訊くんです？」

忍神が問うと片桐警部は咳払いをしてから、

「いやあ、妙なんですよ。槙さん、持ち物がずいぶんとリッチな感じでしてね。ほら、こう言っちゃ何ですが槙さんってそんな売れっ子じゃないじゃないですか」

「遠回しな言い方しますすね、ストレートにズバリ売れない役者ですよ。しかも、最近は例の轢き逃げ事件で干されてるし」

「ですよね。それなのに、ブランド物の高級品なんかを所持してるんですよ。先ほど、彼の部屋、ここの宿舎と自宅の部屋を調べたらいろいろ出てきましてね」

ここで隣りの真田刑事がスマホを差し出してきて、

「どれも結構な値がするみたいですよ」

複数の画像を次々と表示させる。そこには、衣類、腕時計、バッグなどのブランド品が写し出されていた。

忍神は目を凝らして、

「確かに。有名なマークが随分とありますな。しかし、これらをあの槙ごときが？」

「そうなんですよ」

片桐警部がチンパンジーのように下唇を突き出し、

「妙ですよね。どこにそんな金の余裕があったのか皆目見当が付かない。所属事務所の赤峰オフィスからは最低限の生活費しか支給されていないということですからね。預金通帳は宿舎の部屋で見つかったものだけだし、しかも、その残高の履歴ときたら悲惨なものですからね」

「まあ、想像はつくよ」

「そんなだから、槙さん、誰かから借金をしてるんじゃないかって思って」

「なるほど。残念だが、俺じゃない。だいたい、あの男に金を貸す気なんかになりませんよ。絶対ろくなことに使わんだろうって以前から思ってたけど、今の話聞いてやっぱりと得心がいきましたよ。あんな無駄にブランドもんなんか買い漁って。もともとスノッブというか見栄っ張りというか」

「ナルシスト？」

俺が口を挟むと忍神は頷き、

「そう、それ。そういえば、あいつ、ロケ現場に来るのにたびたび車で乗り付けてたっけ。いつかなんか、帰り際、共演していた同じ事務所の白川留里菜に『送っていきましょうか』なんてカッコつけて誘ってたけど、あっさり無視されてたし。そもそも、あのランクの役者なら電車と徒歩が普通。なのに、これ見よがしに」

「まさか、自分の車？」

片桐警部の甲高い声に忍神は大きく首を振り、

「なわけないでしょ。それこそ、そんな金どこにある？　ですよ。兄貴の車ですよ」

「あ、商社マンの」

「そう。車二台か三台持ってるらしくて、それを槙の奴、時々借りてた」

「けど、お兄さん、お金は貸してなかったみたいで」

「ま、当然でしょう。弟のこと、よく解っておられる。今じゃ、たびたび車を貸してたことも後悔してるでしょうよ。下手したら、その車で轢き逃げ事件を起こしたかもしれないんだから」

「なるほど。事件を起こした時は赤峰オフィスの車でしたからね。あの事件で当然これから裁判やら罰金やら出費がかかって、槙さんますます困窮するはずだった」

「金がいくらあっても足りないのに、もともと無かったのに、なのに、あんなブランド品なんかを持ってたわけか……、ホント実に妙ですな」

「そうなんですよ。槙さんの金の出所、これが今回の殺人と深く関わっているかもしれません」

「借金をめぐるトラブルとか、それで俺にさっきの質問をしたわけか。まあ、期待に添えなかったわけですが」

皮肉めいた笑みを刻み、鼻皺を寄せる。

「いえ、何もそんなつもりは」

と片桐警部はバツが悪そうに苦笑いを浮かべ、

「まあ、今後、誰かが槙さんに金を貸していたとか耳に入りましたら、すぐにご一報をお願いします」

そう言って軽く頭を下げると立ち上がった。

数秒遅れて隣の真田刑事もメモ帳を閉じて立ち上がる。

「汁粉、ごちそうさんでした」

名残惜しそうに小鍋を一瞥すると片桐警部の背を追ってドアの向こうへと消えた。

32

それから三分ほどして、慌しげな足音が響き、ノックと共にドアが開けられた。

姿を見せたのは宗方哲平だった。踊るような仕草でスタジアムジャンパーに張り付いた雪を払い、乱れた茶髪を器用に整えると中に入る。しかし、いつもより表情に余裕がない。大きな目を丸くし、厚ぼったい唇を開いて荒い息を漏らしていた。それでも室内のぬくもりでホッとしたせいか、いからせていた肩が下がる。

そして、周囲をキョロキョロして鼻を突き出し、

「あ、何これ？　いい匂い」

表情が次第に緩んでくる。

俺は小鍋からおたまで汁粉を一杯すくい、

「ま、これでも」

湯呑みを差し出してやる。

「え、いいんですか。サンクスです。やったー！」

指をパチンと鳴らすと大仰に両手を伸ばして受け取り、口に運び、

「ああ、うっめえ、これ。あったまるぅ」

大きく吐息をつき、その場でクルリとターンをしてみせた。宗方は続けざまにすすりながら、今にも感涙にむせびそうに眦をたらす。

忍神は含み笑いをして、

「まあ、突っ立ってないで」

そう言ってテーブルの向かいの椅子を勧める。

が、宗方はハッとした様子で表情を引き締め、背筋を伸ばすと、

「いや、折角ですけど、すいません。ゆっくり座ってる場合じゃないんです」

「汁粉はいいのか」

「あ、これは別腹で」

ワケの解らないことを口走ってから、

「ちょっと訊きたいことありまして、あのお、社長を見かけませんでした？」

「社長って、きみんとこの、ヤブキ芸能の？」

「はい、矢吹社長です。昼飯の後に会ったきりで。夕方頃から姿が見えなくなって……」

「そういや、さっきの槙の殺害現場でも矢吹の顔見てないよな……」

忍神がこっちを振り向くので、俺は頷き返し、

「ええ、確かに姿はありませんでしたね。死体発見者ではないし、警察が来る前に何人か現場に駆けつけてきたけど、その中にもいませんでしたし、それに、警察が臨場してからも、神睦館で矢吹社長の姿を見ることはありませんでした」

「だよな。で、その後、今に至るまで見てないが、なあ」

忍神は俺の同意を確認してから訝しげな眼差しを宗方に向ける。

宗方は残念そうに表情を歪め、

「やはり、そうですか。さっきの殺人の件で警察も矢吹社長の聴取をしたくても出来なくて」

「そりゃ困るだろうな、連中も」

「困るだけならまだしも、疑ってるみたいで」

「ああ、逃亡したと考えられるかもな、事件と重大な関わりがあって」

「はい。こっちも困りますよ、いろいろと。下手すれば逃亡の手助けをしたんじゃないかとか、

逃亡先を知ってるんじゃないかとか勘繰られるかもしれないし」

「難儀だな」

「はい。ホント困ってます。ああ、他を当たって捜さなきゃ」

「いったい矢吹の奴どこに消えたんだろう？」

「ですから、こうしてる場合じゃないんです」

そう言いながらも湯呑みを逆さにして数回振って飲み干し、

「じゃ、これで失礼します。何か社長のことで解ったらお知らせください。お願いします」

数回頭を下げるとすぐさま踵を返しドアへと向かう。が、行きかけて、足を止め、振り向くとこちらへ戻って来る。まだ持ったままだった湯呑みを恭しくテーブルに置いた。

「汁粉、ご馳走様でした」

そして、来た時と同じく慌しく出て行った。

俺と忍神は顔を見合わせて苦笑いを刻む。

33

それから一分も経たないうちにまたもノックの音がして数秒後、

「すみません」

テンションの低い声と共にドアが開いた。

俺は条件反射的に、

「汁粉ですか？」

「え、何のこと？」

入ってきたのは宮司の貴倉の妻、恭子であった。鼈甲ブチの眼鏡の奥でキョトンとした目をしていた。

俺は念の為、

「あ、汁粉の匂いに誘われて来た、なんてことは？」

「いえ、まったく」

と恭子はあっさり否定する。が、着古したフリースジャケットを脱ぎ、大きく息を吸うと、

「あ、でも、いい匂い」

即座にいい匂いの発信源の小鍋を見付け、視線をじっと注ぐ。

俺は立ち上がり、熟練の接客業のような手際で汁粉を用意し、湯呑みを差し出す。

この流れるような動きに、

「じゃ、遠慮なく」

ごく自然に恭子は湯呑みを受け取り一口すする。そして心地良さそうにフーッと息をついた。

さっきからの昭和な展開に苦笑いしつつ俺は尋ねた。

「エアコン、暑いですか？」

「え？　別に。何で？」

「いや、お顔が赤いから」

するると、恭子はちょっと照れた面持ちで頬に手を当てながら、

「午後ずっと町の春祭りの準備委員会に出席していたものですから」

駅前の蕎麦屋の二階で行われたらしく、親睦会も兼ねてアルコール類も供されたという。

なるほど、道理で神睦館の「菊の間」のお祓いの時から顔が赤かったわけである。また、いつもの白衣と袴の姿ではなく、セーターとデニムだったのも春祭りの会合から帰って来たばかりだったからであった。

恭子は酔い覚ましでもしているように、

「何か居心地いいですね、ここ」

けだるげにそう言って湯呑みを傾ける。目が細くなり、まるで今にも眠ってしまいそうだった。

「うちは甘味処でもやった方がいいのか」

忍神が首をひねり、失笑しながらこぼす。

俺が向かいの席を勧めると、恭子は、

「あ、どうもです」

と、椅子に腰をおろし、

「さっきまでいらしたの、宗方さんですよね？」

俺は頷き、

「ええ。出ていくところを見かけたんですね？」

「はい。宗方さんは矢吹社長の件で来たんですよね？」

もっさりとした口ぶりだが真剣な響きがあった。

俺はテーブルの上にやや身を乗り出し、

「ええ、矢吹社長の姿が見えないので捜し回ってるそうです」

「やはり、そうですよね。さっき、私も尋ねられましたので」

「それで何か心当たりでも？」

「いえ、そういうのは無かったんですが……」

「ですが？　では、どういうのが？」

「宗方さんには言わなかったんですが、気になることが」

「ほお、宗方さんには言いにくいことだったんですね？」

「どちらかというと」

「そうですか。じゃ、警察には？」

恭子は首を横に振り、

「それ迷ったんですが、まったく見当違いかもしれないし、それに、あんまり大事に取られると迷惑がかかる人たちもいるかもしれないし……。で、あれこれ悩んじゃって」

「ま、人生の八割は悩みで出来てますから」

「なるほど」

Act.4

「ご主人にご相談は？」

「一応」

と顔をしかめ、

「でも、私より悩んじゃって頼りにならなくて」

「そうですか。それでここに来た」

「ええ、このまま黙って放っておくのも気が重いんで。誰かに言わなきゃと思って」

「なるほど。で、ホリウッド・メイツの件だから、ホリウッドの責任者の忍神さんに、と」

「はい、そういうことです」

「筋の通った人選だと思います」

そう言ってから、念の為、

「あの、私も同席して構いませんか？」

「ええ、どうぞ。シャーロックっぽいですし」

「恐れ入ります」

誉められたのか皮肉られたのか判断しかねるが、ありがたく参加させてもらうことにした。

忍神は名指しされて責任を感じたのか姿勢を正し、顎の鬚をしごきながら、

「それで気になっていることというのは？」

劇中の台詞のように朗々とした声音で先を促す。

恭子は残り少ない汁粉を大切そうにすすって口を湿らせてから、いつものけだるい調子で、

「私、見たんですよ。矢吹社長が槙さんを恫喝してるところを」

「え、槙さんって槙誠次郎ですよね？　今日、殺害された」

俺が確認すると恭子はコクリと頷き、

「はい、轢き逃げ事件で謹慎中のあの槙さん」

「いつ？」

「一昨日の夜のことでした。九時頃だったと思います。私、買い忘れたもんがあったので自転車でコンビニに買い物に行った帰りでした。自転車を押しながら東エリアを通って境内に向かっていると神睦館の入口が目に入ったんです。中のロビーに二人の人間がいて、それが槙さんと矢吹社長でした」

「明かりは点いていました？」

「ええ、あの時間、普段は消えているので、あれ、と思いました。でも、明かりのおかげで二人の顔に見間違いはありません。距離は十メートルくらい離れていたせいか向こうはこっちに気が付かなかったと思います」

「で、入口越しに二人を見たんですね」

「はい、話の内容まではよく聞こえませんでしたが矢吹社長が槙さんを怒鳴りつけていて、そして、胸倉を摑んでたんです」

そう言って右手で摑む仕草を加えた。

俺は嘆息交じりに、

Act.4

「ほお、かなり激昂していたようですね。それから？」

「それから……、それから後は解りません。二人は奥の方へ行ってしまって、私からは見えなくなってしまったので」

「死角になってしまった、か」

「ええ。覗きに行くのも気がひけるし、私も急いでたし、なので、そのまま、帰って来ちゃったんです。それに、矢吹社長が怒鳴っていたのはまたあのことだろうと思ったので、ほら、ヤブキ芸能の俳優さんの出演映画が台無しになったこと」

「ああ、槙君の轢き逃げ事件のせいで宗方君の出演映画が公開延期になった件ね」

「そう、そのことを矢吹社長がまた蒸し返してるんだろう、って、その時は思ったもんですから。けど、今日の夜になって、矢吹社長の姿が見えなくなったと聞いて……」

「気になってきたわけですね、なるほど」

　俺は頷き、忍神と顔を見合わせる。それから、事情はよく理解できる、と恭子に頷き返した。

　恭子は安心したのかさらに話を続ける。

「気になってきたことはもう一つあるんです」

「え、もう一つ？」

　と俺は首を伸ばし、

「矢吹社長のことで？」

「いえ、別の社長、矢吹社長の元妻の」

「赤峰千佳さん」

「そう、女社長の方、赤峰千佳さんのこと。さっきの矢吹社長の件は一昨日でしたが、その前日には赤峰千佳さんと槙さんが言い争っていたんですよ」

「それも目撃した？」

「はい。夜の七時過ぎでした。町内の自治会に出ていたのでいつもより遅く境内の見回りをしてたら、神楽殿近くの参道で赤峰さんと槙さんが何か激しく言い合いをしてたんです」

「外灯があるから顔が見えたわけですね」

「はい、その通り。でも、何だか見ちゃ失礼かもしれないって変に気を遣ってしまって、私の方が慌てて神楽殿の陰に身を隠したんです。その際、玉砂利を踏む足音が大きくなって、それが聞こえたらしくて二人はすぐに逃げるようにどこかへ行ってしまって」

「じゃ、向こうはあなたの姿を見てない」

「ええ、きっと」

「何の話をしていたかは？」

「ほんの数秒ほどのことだったんで。『冗談じゃないわよ！』とか『ふざけんじゃない！』みたいな、そんな感じのことくらいしか。あの時も、また、槙さんの轢き逃げ事件のことかな、と思って」

「まあ、赤峰オフィスの社長と所属タレントの間のことですからね」

恭子は小さく頷いてからおずおずと、

「あの、話ってこれくらいなんですが、何か役に立ちますか？　どれくらい重要なことかホント解らないし。まあ、私の方は話してしまって、おかげでスッキリしたんですが」

「何よりですよ」

と忍神が柔和な微笑で受け止め、

「こちらも情報に感謝していますから」

丁寧に礼を言ってから次のように告げた。

話してくれた内容については検討して、どこかのタイミングでこちらから警察に報告するかもしれない。その段階で警察が恭子に聴取を行うだろうが、先程の経緯をよく説明しておくから心配しなくていい、と。

恭子は安堵した様子で礼を言ってからゆっくりと立ち上がり、

「お汁粉、ホント美味しかったです。おいくら？」

ポケットから財布を取り出そうとする。

「だから、甘味処じゃないって」

忍神が顔をしかめて、さっさと帰れ、と言わんばかりに両手で払う仕草をする。

追い出されるようにして恭子はドアの外へと出ていった。

忍神は苦笑いと共に大きく溜息をつく。

そこにスマホの着信音が鳴り響いた。

「おいおい、今度は汁粉の出前か？」

文句を垂れながらスマホの方に手を伸ばす。

34

忍神は着信音の鳴り響くスマホを手に取り、画面をタップし、耳に当てる。

三十秒ほどで通話を終えると強張った顔をこちらに向ける。そして、くぐもった声で言った。

「おい、工事現場で死体が見つかったみたいだぞ」

それは白川留里菜からの連絡であった。例のアオタン地区の発掘作業で白骨化した死体が発見されたらしい。そういえばいつのまにか工事の騒音が止んでいた。

俺は窓の外に目をやり、

「あの都市伝説の通りですね」

「みたいだな。まあ、どうせ現場には立ち入らせてもらえないだろうが、興味あるなら、紅門さん、あんた一人で様子を見に行ってくれ。俺は遠慮しとく、これだから」

そう言って腰の辺りをさすった。先程、湿布を貼り替えたばかりらしい。

外灯の光を散らしながら雪が舞っている。時折、凍てついた風が尖る。雪のせいか車道の交通量はまばらだった。白い屋根の街並みも静かにうずくまっているようだ。

ただ、アオタン地区の一帯だけが不夜城のような騒々しさを呈していた。警察車両が連なり、赤色灯やサーチライトの明かりが混じり合って溢れている。

やはり、件の発掘現場にはまったく近寄ることが出来ない。金網の鉄柵越しにかろうじて眺めやるだけである。

比較的視界の開けている車両出入り口の近辺が最も人だかりが多い。遮断機のバーの前で白川留里菜が懸命に背伸びをしながら、スマホを高く掲げ撮影している。その傍らでは、富士井敏樹が群集に押し潰されないように、頑健な身体を盾にし、白目を剝いて懸命にガードしていた。

俺は人込みを避けるため工事現場の角の方へと足を運ぶ。

すると、通用口の一つが開いて、見知った顔が現われた。四角い顔立ちに棒タワシのような太い眉。老けた五月人形のような男は元警察官の市原雄二であった。

この機を逃す手はない。俺はすかさず挨拶の声をかける。

市原元警部補は一瞬身構えるがすぐに相好を崩し、

「あ、忍神さんのところのホームズこと紅門さん」

「大きい声で言わないでくださいよ。警察の方に言われると照れるし」

「元警察です」

「同じことです」

と俺は笑みを返し、

「何やら新展開があったみたいで」

「お、情報、早いですね」

「ええ、速報が入って」

「ほう、もしや、ユーチューバーのあのお嬢さんから？」

「留里チャンネルの白川留里菜ちゃん」

「やっぱし。あのコ、午後もずっとこの現場に一人張り付いて粘ってましたからね。一度なんか、工事の休憩時間を狙って中に侵入してきちゃって。警備の警官と追っかけっこの挙句、とっ捕まって、懇々と説教されてましたよ。しかも、スマホの画像をチェックされるのを頑なに拒むから、また警官と口論になって一悶着あって、何だか夕方頃まで延々とやり合ってましたっけ」

「あのコなら、さもありなん」

「それで懲りたかと思ったら、また、今も来てるんですからね、呆れるやら感心するやら」

「まあ、あのコも粘った甲斐があったみたいで」

俺は騒々しい工事現場の方を一瞥する。そして、咳払いをしてから、

「やっぱり、出てきたようですね、白骨死体」

「昨日も言ったでしょ。出てきても驚かないって。想定内の結果ですよ」

市原元警部補はちょっぴり得意そうに顎を上げた。

「だいぶ古いもので？」

「ええ、時代的には合ってるようです、あの都市伝説の頃の、ね」

「じゃあ、九〇年代の終わり頃？」

少し黙考のそぶりを見せてから、慎重に言葉を選んで、

「まもなく記者発表するようだけど、白骨化した死体にはボロボロの衣類と靴が張り付いていたんですよ。ただ、身元を特定できるものは発見されませんでしたがね。でも、靴底に財布代わりのビニール袋が隠されていて、僅かな小銭の他にどこかで拾ったんでしょうね、宝くじとスーパーのポイントカードが入ってましてね」

「ああ、それらに記された年代」

「そう、それらから推測して死体が埋められたのは一九九七年か九八年頃だろうと」

「まさしくあの時代ですね」

「ええ」

と頷いて声を低くし、

「あの伝説がますますリアルになってきたようです」

「ギャクロスの伝説……」

俺の脳裏を惨劇のシーンがよぎる。

市原元警部補は片手を上げ、

「じゃ、急ぐので」

足早に行きかけ、つと立ち止まり振り向くと、

「あ、よかったらどうぞ」

そう言ってポケットから何やら取り出し、俺の右手に手渡してくれる。そして急ぎ足で立ち去っ

て行った。
手の中に残されたほんのり温かい感触。見ると、缶入りの汁粉だった。
大きな雪粒が頬に当たり、静かに溶けてゆく。

Act. 5

めまぐるしい展開の夜だったせいか、俺は妙に頭が冴えて寝つきが悪く、眠りも浅く、早々と目覚めてしまった。充血した目がヒリヒリする。そんなふうに迎えた朝も昨夜に劣らずめまぐるしい展開が待ち受けていた。

35

それは新たな死体で幕を開けた。行方をくらましていた矢吹社長の死体。

夜明けから朝へと移ろいかける午前七時ちょっと前のことである。昨晩降り続いた雪は深夜零時頃には止み、今は灰色の雲の隙間から微かに陽が見え隠れしていた。

ほんのり淡い陽光を受けて、矢吹社長の死体は右側を下にして白い積雪に横たわっていた。腰が九十度くらいに曲がり、膝は畳まれた状態なので、まるで「く」の字を描くような体勢だった。

黒い革ジャンに黒いスーツ、いつもの黒ずくめのスタイルがやけに映える。昨日の午後、最後に生きている姿を目撃された時の通りの装いだった。所々が雪の欠片にまみれていた。静かに目を半分閉じて、あの攻撃的なキャラクターとは裏腹に死に顔はおとなしい。

場所は東エリアが境内に接する辺り。死体は道から五メートルほどの位置にあった。この一帯は小さな庭のような空間で灯籠やベンチが置かれ、桜、楓、ねむの木など多彩な木々が植えられている。境内の北側の木立も近くまで迫っていた。

また、道を挟んでかつてのフォトスタジオがある。もちろん、これもバブルの遺跡で結婚式の晴れ姿などの記念撮影を行う写真館であり、背景や装飾の道具が豊富に準備されているらしい。しかし、二階建ての白い教会のような建物は今ではグレイにくすんでいた。

死体が横たわっている辺りも記念撮影によく使われ、いわば屋外スタジオとして機能していたということだ。ベンチや季節の植物もそのために設けられたのだろう。

あともうしばらくしたら、矢吹社長の死体も警察のカメラにさらされるはずだ。

今はホリウッドのメンバーが顔を揃えていた。そして、五メートルほど先の死体を眺めていた。現場保存を心掛け、遠巻きにして見ているわけである。それでも、横たわるその姿かたちや風体、こちらに向けられた顔から死体の主が矢吹社長であることは充分に識別できた。

最初の発見者の一人が矢吹社長の元妻・赤峰千佳に連絡し、それから瞬く間に他のメンバーにも伝わり次々と集ってきたのだった。

忍神の腰痛がだいぶ治まり、自力で歩けたのは幸いである。補助や車の送迎などの手間が省け、俺は助かった。昨夜の湿布が効いたらしい。

こうして集った面々が死体を前にして立ち尽くす様はまるで墓標の群れを連想させる。

元妻の赤峰千佳は気丈に表情を引き締めているが、目元に悄然とした影を宿していた。肩も下がっている。

一歩前に出ると横たわる元夫の方に向かって、

「あなたはずっとストレスの種、それ以外の何モノでもなかったわよね……。でも、おかげで他のストレスを全部忘れさせてくれたじゃないの」

と、声にわざとらしいくらい力を込め、

「どうすんのよ。もう張り合いが無くなったじゃないのさ」

責めるようにそう言うと寂しげに微笑み、そして静かに手を合わせた。

その傍らでこの元夫婦の娘、留里菜が顔を俯け、リスのような無邪気な目を赤く潤ませている。

いつも通り右手にスマホが握られているがどこにも向けられていない。持っていることさえ忘れているようだった。

そして、身を乗り出して震え声で、

「ねえ、トトさん……、私さ、カカ社長に見限られたら、トトさんの事務所に移籍しようと思ってたのに……。だから、安心して好きにやってこれたんだよ……」

言葉が途切れ、しゃくりあげると足元をふらつかせる。

崩れそうになる留里菜を近くにいた富士井敏樹がすぐに駆け寄り、両手で支えた。

「あ、ありがとう」

珍しく留里菜が素直に礼を言ったので富士井はむしろ戸惑っている様子だった。

赤峰千佳が合掌を終え、顔を上げた。切れ長の瞳を大きく開いて周囲を見回し、視線を一点に定めると歩み寄る。右手の親指で背後の死体を指し示し、

「あの人を最初に発見してくれたのはあなたね、ありがとう、萌仲ミルキさん」

礼を言って、セーラー服の肩に優しく手を置いた。

萌仲ミルキ、と正確なフルネームで、しかも、さん付けで、好意的に呼ばれたため、穏やかなミルキースマイルを返しながら、

「あ、そんな、ご丁寧に恐縮です」

「いえいえ、電話してくれて、ホント感謝してるわ。それに、すみませんでした、とんだお目汚しを。あの人ったら、いきなり死体になって他人様を驚かすなんて、最期まで攻撃的なキャラを全うしたってことなのかしら。でもね、本性はとても臆病だったんですよ。よく吠える犬と同じ、過剰な防衛本能がああした性格になって」

と赤峰千佳はここでいったん言葉を途切らせ、

「あ、死んだ人の生前の言い訳なんか……。それにしても、びっくりしたでしょ」

「そりゃ、まあ。でも、ホント単なる偶然だったんです。タッチの差で私が最初に発見しただけなんです。ちょうど私がここで矢吹社長のボディバッグが落ちているのに気付いて、周囲を見渡したらあそこに死体、いえ、ご遺体が横たわっているのを見付け、驚いて目を奪われて、そう、十秒か十五秒くらいした時、あっちの反対方向から」

と東方向の十メートルくらい先を指し示し、

「あの曲がり角から二人が姿を現してやって来たんです」

そう言って、件の二人、小尾カンと宗方哲平に手を差し向けた。

赤峰千佳は機敏に振り向くと、

「そうでしたか。お二人にもお礼を申し上げます」

折り目正しく頭を下げる。

普段はキツい女社長から丁重に礼を言われたせいか小尾カンはいささか調子を狂わせた様子で、

「あ、いえ、慣れてないものでいろいろ不調法を。今度からはちゃんと」

などワケの解らない言葉を連ね、自ら勝手に混乱していた。

もう一人、宗方の方はおどけた口調で、

「ああ、慣れとかクセとかご勘弁、結局、僕ってこういう運命なのかなあ。また、発見者になっちゃったもんなあ」

空を見上げてヒュルルと口笛を鳴らし、大きな溜息をついた。

すると、傍らから鷲津行彦がスキンヘッドを突き出してきて、

「今回は宗方君に付き合わなくて、わしは助かったよ」

前の二回の死体発見に関わっているので妙に本気の響きがあった。

それに対し宗方は泣きそうなくらい顔を歪め、

「鷲津さん、薄情だよなあ。一緒に社長を捜そうってあんなに誘ったのに」

「社長たって、君にとってはそうじゃが、わしはその社長にお払い箱にされた身じゃがな」

「ま、それはそうだけどさ」

「それに、また死体の発見者になるの嫌じゃったし」

「ひどいな、まるで僕が巻き込んでるみたいに」

「でも、結局、わしじゃなくて小尾カンさんを誘ってもこういう成り行きに」

「それは結果論であって」

そこに富士井も歩み寄ってきて、

「じゃ、昨日の槙さんの死体の時、自分が発見者の一人になったのも」

言いながら、奥まった目を剝いて宗方をじっと見つめる。

宗方は困惑の表情で激しく両手を振り、

「だから、僕のこと、そういう体質みたいに言うなってば。たまたま、なんだし。僕は単に行動的で、何でも参加したがりで、要するに社交的な分、そういう確率が高くなっちゃっただけなんだったら。それに、今回は、ほら、一番初めの発見者じゃなかったし」

自己分析しながら弁明に努めると疲れたらしい、嘆息し、茶髪の頭をかきむしった。

すると今度は小尾カンが言葉を継ぎ、

「一番初めなあ」

そう呟いて、垂れた目に粘っこい笑みを滲ませる。そして、ゆっくりと振り返り、皮肉めいた眼差しを輝かせる。視線の先はもちろん……セーラー服の奇観獣。

「一番初めの発見者とは、あなた、喪服ミルキさん」

「喪服じゃありません！　萌仲、萌仲ミルキ、またわざとらしい間違いをして」

チッと舌打ち一つ、片方の眉を吊り上げながら必殺のミルキービームを浴びせて、

「昨日、私のことを次の被害者だって予言してたのに、残念でしたね」

「いえ、ご無事で何より」

「でも、その予言が気になってろくに眠れなくて早起きしちゃいましたよ。折角だから散歩に出て、そうしたら、こんなふうに死体の第一発見者に。いわば、予言のおかげかも」

「ものは考えようですね。でも、大事なポイントはそこじゃない」

もったいつけるように一拍置いて、

「第一発見者ということはつまり容疑者とも考えられるということ」

「何ですか、それ？　さっきも言ったように、私が死体を発見し、目を奪われているところを、小尾カンさん、あなたが見てるじゃないですか」

小尾カンはタレ目を底意地悪そうに鈍く光らせ、

「果たして、その時、あなたが初めて死体を発見したとは限らないでしょ？　犯行後いったん現場を離れ、それから、初めて死体を見付けたフリをしたとか、ね。あるいは犯行直後そのもので、現場の仕上がりにうっとり見惚れていたとも、ね」

この挑発的な粘っこい眼差しをミルキービームで撥ね返すようにして、

「あきれたゲスの勘繰り、いい加減にしてください！」

と拳を握り、勢いよく頭上に掲げる。そして、相手めがけて振り下ろそうと構える。

その手首を俺は摑んだ。そして、芝居がかった仕草でゆっくりと下ろしながら、

「おっとっと、物騒なことはいけませんね」

極めて冷静というかキザったらしい口調で言った。そして、俺は頭の中で三秒数えてから、握っていた手首を離して、

Act.5

「セーラー服なんだからパンチじゃなくてヨーヨーでしたね」

スケバン刑事を引用した薄っぺらなジョークを流して、肩をすくめる。俺の背筋も、周りの反応もひんやりとしていた。

この寒さ、積雪のせいにしたい。

萌仲ミルキ特有の口をUの字に曲げた作り笑いが無理矢理なオチのようだった。

それから、俺は小尾カンに向かって鋭い視線を飛ばし、

「しかし、あなたも言い過ぎ。さっきの仮説もどきは単なる可能性でしかありませんよ。推理のための何ら根拠もないし」

小尾カンは顔を陰気に曇らせ、

「ほう、またもホームズごっこですか？」

恨めしげに睨み返してくる。

俺は苦笑いを浮かべ、

「だから、まだそんなことをするにはデータ不足だって言ってるんですよ。さっき、死体を発見したばかりだし、警察の現場検証もこれからなんだから」

聞こえよがしに溜息をついて、小尾カンに背をむけた。

そこに忍神が口を挟んできて、

「そういうことだ」

と俺に同調し、よく響く声音で、

「ホームズも頭を抱えそうな現場なんだからな。ああ、しみるなあ」

そう言って、しみじみと目を細めた。

36

忍神は死体の横たわる方を見つめながら、数歩前に出た。杖をつきながらも割りとしっかりした足取りだった。それでも何度か腰をさする。さっきの「しみるなあ」は腰痛のことも掛けているのかもしれない。

俺は忍神の傍らに付いて歩く。足元の道路は残雪に覆われているがかなり乱れていた。深夜、雪が止んでから、帰還する警察車両や捜査関係者らが通ったためだろう。数多のタイヤの轍や足跡が刻まれていた。

その道の端で忍神は立ち止まる。

傍らに桜の木がそびえ、小枝や樹皮の切れ端などを白い地面に散らしている。

見上げると、二メートルほどの高さの太い枝に何かこすれたような傷跡があった。さらにもう少し上、横に大きく張り出した枝には三十センチほどの間隔で二箇所、やはりこすれたような傷跡があった。どうやら、樹皮の一部が剝がれ落ちた痕跡のようだ。

そして、視線を下にやると桜の木の近くにバッグが目に入る。使い込んだ黒いボディバッグ。

大きさは、縦横が三十×十五センチくらい、厚さが七、八センチ。見覚えがあるのはいつも矢吹社長が持ち歩いていたからだった。

報告の通り、最初にこのボディバッグ、それから死体、というのが発見の順。

先ほど、相変わらずの興味本位と出来心に従い、俺はこのバッグを検めさせてもらった。もちろん、手袋をした手で。そして、内側にネームが記されているのを見付け、間違いなく矢吹社長のものであることを確認した。中身は所属タレントのスケジュール帳や文具など事務用品が数点。

気になったのは眼鏡であった。矢吹社長がたびたび太い黒フレームの眼鏡をしている光景は見かけている。その眼鏡がボディバッグの外ポケットに入っていたのだが、見るも無惨な状態だった。

両のレンズの表側が傷だらけ。まるで霜でも張ったよう。これではまったく役に立つまい。うっかり落としたのを踏みつけてこすってしまったふうな感じだった。

もう一つ気になったのはボディバッグそのものだった。部分的に塗料が剥がれており、しかもベトベトしている。おそらく、ガムテープが貼られ、そして、剥がされた跡だと推察される。バッグの表面の真ん中辺りから両サイドにかけて、幅五センチほど帯状にであった。記憶を辿ってみるが、昨日の午前中、矢吹社長の姿を見た際、バッグはそんな状態にはなかった。また、バッグに破損した箇所は見当たらない。なのに、なぜ、ガムテープを貼った痕跡があるのだろう？　不可解である。

桜の木の下には死体が埋まっている、と言うが、この木の周りには謎が散らばっているようだ。

忍神はそんな桜の太い幹に左手をつくと、右手の杖を器用に操ってスノーシューズの底にへばりついた雪を掻き落とす。ようやく落ち着いた様子で深々と息をついた。

そして、目を細め、死体の方角をじっと見つめる。忌々しげに首を振りながら、

「矢吹の奴も俺を差し置いて変死体になんかになりやがって」

「どうやら絞殺の可能性のようですね」

死体の首の辺りを指し示す。青白い喉元の周囲に赤黒い線状の痣のようなものが遠目にもくっきりと浮かび上がっていた。くの字になって横たわる死体は「苦しい」のくの字を描いているようにさえ思えてくる。

忍神は鼻皺を寄せ、

「それもまた格別マトモじゃない絞殺ときてやがる。いったい、どうなってんだい」

呆れたのと驚いたのとが混ざった口ぶりで言った。

我々の立つ道から死体の位置まで五、六メートルの距離。その間、雪の上に足跡は見当たらない。また、そこだけでなく、死体の周囲一帯に足跡がまったく存在しない。

「こんども不可思議な状況ですね」

言いながら俺は忍神の横に歩み寄り、

「またも足跡の無い現場」

忍神が不機嫌そうに頷き、

「ああ、足跡の無い殺人な。最初のと似てるな。殺す方も殺される方も足跡を残さない。忽然と

Act.5

現われ忽然と消える殺人者」

「犯人はＣＧで描いたエフェクトラか」

「だから、もう言うなって」

つくづくうんざりした口ぶりでこぼした。

俺は少し話のアングルを変えて、

「不可思議だけじゃなく、また異様なのも繰り返してますね」

「そのようだな。ご苦労なことだ」

忍神は溜息混じりに苦笑いを漏らす。

死体の腹や胸の上、それに身体の近くの二、三箇所に何か黒っぽい物体が置かれていた。ゴルフボールほどの大きさで、どれも丸っこい形である。死体の所々が雪の欠片にまみれ、周囲が積雪なので、その物体の黒さがよく目立っていた。

忍神は首を傾げながら、杖でそれらを指し示し、

「何なんだろうな？」

俺はそれらに目の焦点を合わせながら、

「まあ、正体は何かを黒いマジックで塗ったとか、黒い紙でくるんであるとか、黒いガムテープでグルグル巻きにしたとか、そんな感じでしょうが」

「で、それが何の見立てなのか、ってことだな。俺には団子のようにもおはぎのようにも見えるが」

「なるほど、おはぎ、か……。別名ぼた餅ですね。ああ、それ正解に近いんじゃないですか？」

「え、おはぎ、なのか？」

「よく似たものですよ。あんころ餅。餅をあんこでくるんだ和菓子。おはぎは餅ではなく餅米ですが」

「あんころ餅の見立てだと……ん、あんころ餅……、そうかっ！」

と忍神は目を輝かせ、

「あれか、落語か、『黄金餅』だな」

「ええ、金銀をあんころ餅にくるんで飲み込み、喉を詰まらせて死んでしまう」

「そうだよな。となると」

今度は杖を回すようにして死体の周辺を指し示す。

淡い陽光に反射してあちこちがキラッキラッと光っている。よく目を凝らして見ると五百円や百円などの小銭と思われるものが散らばっているようだった。

「あれらはあんころ餅にくるまれる金銀の見立てということになるな」

俺は大きく頷き、

「ええ、間違いないでしょう」

「ああ、現代の『黄金餅』、ギャクロスの『腹裂きレインボー』か」

例のシーンが脳裏をよぎったのか、おぞましそうに呟いた。

助け舟のように遠くからサイレンの連なる音が聞こえてきた。

37

Act.5

午前中いっぱい警察の初動捜査が進められた。

ホリウッドの参加者らの聴取が行われた場所は第一の殺人の時と同じく宿舎のサロンだった。猿蟹コンビの片桐、真田の両刑事の質問に応対しながら、返答にかこつけて俺も問いを挟む。その過程で現状における警察の捜査結果の概要を知ることが出来た。

矢吹社長の死因はやはり絞殺によるもの。死亡推定時刻は昨日十二月十三日の午後五時から八時の間。凶器は発見されておらず、索条痕から電気コード、塩化ビニール製の細いロープなどではないかと推定される。

また、身体の複数箇所に打撲痕が見られ、そのうち三箇所が頭部だった。そうした打撲によって失神や脳震盪（のうしんとう）の可能性も考えられるという。おそらく、犯人は被害者を何らかの鈍器で強打して衰弱させた後、背後から首を絞めて殺害したものと推測される。

殺害現場はまだ特定できていない。死体の発見された場所かもしれないし、あるいは、どこか別の場所で殺害し、死体を運んできた可能性も有り得る。

また、死斑に関し注目すべきことがあった。死斑とは死体に現われるアザのような斑点。血液が自重で沈降し、下側になった部位に生じる。矢吹の死体には死斑の移動の痕跡が複数見受けられた。頭部においてはうなじと顔面右、胴体においては背部と右脇腹、下肢においては指、膝の後部、右足の外側という具合に。つまり、殺害後、死体は幾度か動かされたと考えられる。

見立ての道具について。アンコロ餅は計五個。数個の玉砂利と一枚の百円硬貨を黒いビニールでくるんで作られていた。玉砂利は神社の敷地のあちこちで入手可能。黒いビニールは撮影用の遮光ビニールであった。これは、現場近くの例のフォトスタジオの裏に撮影用の機材や背景画などを保管した物置があり、そこに立てかけられた遮光ビニールのロールから切り取られたものと見て間違いないだろう。

また、死体の周囲に撒かれた金銀の見立てとして五百円硬貨は七枚、百円硬貨は十九枚ということ。いずれも出所不明。

足跡の無い殺人の謎に関しては目下検討中らしく、こちらから話題を仕向けても両刑事に冷たく黙殺されるだけであった。

昨日の被害者の死亡推定時刻、及び、今朝の死体発見の時間帯の自分の行動を詳細に説明し終えると、俺はようやく解放された。

サロンを後にして宿舎の出口に向かっていると嫌な予感がしてきた。

そして、やはり、その予感は当たった。

ロビーラウンジのソファに小尾カンの姿があった。手ぐすね引いて待っているとはこのことだろう。俺を見つけるやタレ目を怪しく光らせ、鋭い視線を火矢のように放ってくる。

小太りの身をやや前傾させながらゆっくりと立ち上がった。向かいのソファを指し示し、

Act.5

「さあ、どうぞ」

と、ニヤニヤ笑いながら頬をプルプル揺らす。

俺は溜息をつき、仕方なく腰をおろす。

「例によって、ホームズごっこ、ですよね」

小尾カンもソファに腰を落とすと、

「そろそろいい頃合いと思いましてね」

イモムシのような太い指を絡ませ、しきりに蠢かしている。話したくてうずうずしているらしい。

「さっきの矢吹社長殺害の件で？」

俺がのんびり訊くと小尾カンは苛立ち気味に、

「ああ、もちろん、足跡の無い殺人ですよ」

「謎を解明できた、とでも？」

「も、もちろん」

声が上擦り気味だった。

どうぞ、と俺は先を促した。

すると、「マテ」を解除された犬のように小尾カンは目を輝かせ、身を乗り出し、

「いいですか、あの現場を思い出してください」

と、早口なのに気付いて、口調を整えながら、

「こちら側、道の近くに桜の木がありましたよね。わりと大きな立派な奴」

「ああ、今朝、忍神さんが靴の雪を杖で払い落とす時、幹に手をついていたけど、あの木のこと？」

「そう。あの桜の木の下に小枝と樹皮の切れ端が幾つか落ちていたんですよ」

俺は情景を思い浮かべ、

「そういえば、確かに」

「あれらが手掛かりなんです」

「手掛かり？」

「そうです、トリックの手掛かり。どうやって、積雪にまったく足跡を残さずに犯行を成しえたのか？」

と、もったいつけるように一拍置いて、

「それは、堂々と歩いたのです。犯人は雪の上を堂々と歩いた。しかし、死体は雪の上に置かれたんじゃありません。死体は雪の中から出現したと考えるんです」

「何だかトリッキーな説明ですね」

「ま、丁寧に解説すればこういうことですよ。先ず、犯人は矢吹社長をあの死体発見現場か、あるいは別の場所で殺害して、あの場所まで死体を運んできた。それはトリックにとってどちらでもいいのです。いずれにしろ、犯人は雪の上を堂々と歩いたのには変わらない」

「つまり、雪が降っていたということ？」

「その通り。雪が降っている間に犯人は死体を置いたわけです。だから、足跡が残っていない」

「ま、当然ですね」

「そして、ここからがトリックの要。犯人は予め準備しておいた長いロープを死体に取り付けたんです。おそらく、ズボンのベルトなんかがちょうどいいでしょう。ロープをベルトに通すと、そのロープの両端を持ったまま死体から離れて道のところに行く。それから、ロープを例の桜の木の枝、二メートルほどの高さの枝、こすれた跡がありましたが、そこに引っ掛けておいたのです。そうしている間にも雪が降り続いているから死体の上にも積もって、死体を覆い隠してしまいます。もちろん、足跡も消してしまう」

「確か、雪が降っていたのは午後七時頃から深夜の零時過ぎまで。その間の出来事か」

「そう。だから、多少の犯行の痕跡があったとしても暗くて見えにくいし、時間と共に雪でかき消されてしまうんです。桜の木に掛けられたロープにも雪がまとわりつくし、背景の木立も雪で白いから、つまり、迷彩になって見えないという寸法です」

「用意周到ですね」

小尾カンは両手をこすり合わせ、

「で、いよいよトリックの仕上げ。それは雪が止んでからの作業でした。おそらく、未明のことだったのでしょう。犯人は例の桜のもとに赴き、枝に掛けておいたロープを引いたのです。すると、雪の下に隠れていた死体が引き上げられ、出現する。頭のある上半身の方が重いから、頭が積雪の上に着いて逆さの格好となっていたはず。なので、身体を覆っていた雪はほとんど落ちてしまいます。それから、犯人はまたロープを下げ、改めて積雪の上に死体を横たえたのです。

それからロープの回収ですが、さっき言ったように、ロープは死体のベルトに通してあって、犯人はその両端を握っている状態。だから、一方の端を離し、もう一方を引き、ロープを地面に落とします。二メートルばかしの高さからですから雪の上に目立った跡は付かないでしょう。あるいは脚立を使えば、手で持ったまま地面に下ろせますから問題なし。そして、一方の端をそっと引いてスルスルと手繰り寄せ、ロープを回収して証拠隠滅をはかり完了」

「そうやってロープをあれこれ操っていた際、桜の小枝や樹皮が落ちた」

「正解。それが手掛かりとなってしまったのは犯人にとっては実に不運でした。あと、どうしても死体には多少の雪が残ってしまったことも」

「ああ、確かに死体の所々に雪の欠片がくっついていましたね」

「ま、積雪の下に隠されていたんだから仕方ないですけどね。で、話を戻すと、トリックのフィナーレ。最後に犯人は用意しておいた見立ての道具を配置しました。遮光用の黒ビニールと玉砂利で作ったアンコロ餅、あと、五百円や百円の硬貨、これらを死体とその周囲を目がけて投げて、『黄金餅』の見立てを作り、現場を飾ったというわけです」

「道から死体まで約五メートル、それくらいの距離なら投げても大きく外れることはないでしょうね」

「ま、そうでしょう。あと付け加えると、警察車両や捜査関係者の帰る際のタイヤ跡や足跡での道の積雪は既に乱れてるから、犯人の足跡も紛れさせることが出来たということです、念の為」

と咳払いをしてから誇らしげに二重顎を上げ、

「こうして、死体の周囲には足跡の無い不可思議な殺人現場が完成したというわけです」

強い口調で言い放ち、垂れた目の奥を爛々と輝かせる。その挑発的な眼差しは不安と期待を滲ませている。首を突き出し、肩をいからせて身構えていた。

俺は天井を見上げ、数秒ほど黙考してから、

「うん、いいんじゃないですか」

あっさりと結論を告げた。

小尾カンは一瞬、何を言われたのか解らない様子で口を半開きにし、呆気に取られている。それから、目を見開き、しきりに瞬きを繰り返してから、

「え、いいって……、そ、それだけ？」

調子の狂った様子で舌をもつれさせながら問う。

「はい、いいものはいいですよ。可能性の一つとして」

俺は淡々と即答した。

小尾カンは猪首をひねり、

「その言い方、何か引っ掛かるなあ。素直に喜べないんだよなあ」

「だから、いいったらいいんですってば。想定しうるトリックの一つとしてアリだということ。ホームズごっこの解答としては模範的ですし。いいったら、いいですよ」

小尾カンはますます困惑し、

「いや、そういう言い方されると」

どう反応していいのか混乱している様子で俯き、両手で頭を抱える。

「ただ、いいことと正しいこととは違いますがね」

俺はそれだけ言い添えると、岩のように固まった小尾カンを放置し、さっさと立ち上がり、その場を後にした。

38

昼過ぎ、救急車のサイレンが遠ざかってゆく。木々の隙間から小さくなる白い車体と赤色灯が僅かに見えた。

搬送されているのは宮司の貴倉貴であった。つい先程、矢吹社長の死体発見現場の御祓いを行っている最中に倒れたらしい。連日の奇怪な事件で疲労が重なっているのかもしれない。そういえば、昨日、槙誠次郎の殺人現場の御祓いの時も顔色がすぐれなかった。何か持病でもあるのだろうか。

気になったので他の用件がてら忍神の離れを訪れ、その話題を振ってみた。

しばしの沈黙の後、

「だいぶ進行してるようだな」

忍神は籠るような低い声で言った。

Act.5

「やはり、貴さんは病気を抱えて？」

俺の問いに静かに頷き、右の下腹部に手を当て、

「肝硬変から悪化しちまったらしい」

「肝臓癌ですか」

「どうやら結構なステージに行ってるようだな。まあ、あんだけ飲んでたんだから」

「そんなにお酒を？」

「意外に思うかもしれないけど、若い時分から随分と飲（や）ってたんだよ。あいつ、飄々（ひょうひょう）としているふうに見えて、実際のところ神経がえらく細くてね」

「ええ、繊細で優しい印象です」

「いい言い方すればな」

と苦笑いし、

「ま、これからが大変かも。貴の奴もそうだが、恭子さんにかかる負担が大きくて、苦労しそうだし。さて、どうなることやら」

まるで遠い国の出来事のように語る。しかし、宙を見上げる目には物憂げな影が漂っていた。この話はもう触れたくない様子なので俺は別の話題を振ろうとした。そのタイミングでノックの音がしてドアが開いた。

入ってきたのは猿蟹コンビの刑事、片桐と真田、それに、元警察官の市原だった。

俺は席を移動し忍神の隣りに座り、テーブルを挟んで片桐警部を真ん中にして三人が顔を並べる。

先ず、矢吹社長の殺人について、既に午前中の聴取の際に問われたことを再度訊かれた。俺と忍神は飽き飽きしながらも、死亡推定時刻の時間帯の行動などを律儀に報告し、捜査協力を惜しまない。

その過程で、今回もやはり容疑者は神社の敷地内にいる者に限定される、と知らされた。理由もこれまでと同様、周縁の木立のエリアに足跡が無いこと、及び、各入口の監視カメラのデータ分析の結果によるものである。

それから、猿蟹コンビの刑事は忍神にごく簡単な礼を述べた。

貴倉恭子が目撃した件、つまり、赤峰千佳が二番目の被害者の槙誠次郎と口論していたこと、及び、矢吹社長が槙誠次郎の胸倉を摑んでいたことを今朝、忍神は警察に報告したのである。警察は貴倉恭子から目撃の内容を確認した上で赤峰千佳を聴取。結果的には、今回の殺人事件とはまったく関係ない事務所レベルの口論だった、と赤峰千佳は冷静に主張するだけで、新たな展開を迎えることはなかった。また、もちろん、既に殺された矢吹社長に問うことは叶わない。なるほど、刑事二人の忍神への礼が簡単だったわけである。

こうした遣り取りがまるで前座に過ぎないようにさらりと終わり、話は本題へと移っていった。

話題は「腹裂きレインボー」であった。

猿蟹コンビの猿の方、片桐警部が大きな耳をつまみながら、

「映画とかドラマに、ギャクロスをモデルにしたようなギャングが登場することってありますよ

ね？」

忍神が顎鬚をしごきながら数秒ほど黙考し、

「うーん、露骨にギャクロスそのものという例は見たことないけど、参考にしたとか、覆面の形など部分的に真似たようなのは何作かありましたね」

「じゃ、今回の事件の被害者、MC伊波さんや槙誠次郎さんがそういった映画、ドラマに出演したことってありませんかね？　あ、あと、矢吹さんが何らかのスタッフとして参加したことも？」

「なるほど、やはり、そう考えるよなあ。そういう作品に関わったから、彼らがああした見立てを施されて殺されたんじゃないかとね」

「そう、まさにそのセン」

片桐警部は鼻の穴を広げて期待の表情を見せる。

忍神は腕組みをし、

「実は俺もそれを考えていたんですよ。で、ここんところずっと記憶を辿ったり、あいつらの経歴を調べ直して、知人のプロデューサーとか業界の仲間に連絡とって尋ねてみたんですけどね……」

「ああ、結果は芳しくない……？」

「ええ、どうも引っ掛かるものはないんだなあ」

「そうですか、そのセンも無理そうか……ますます、あの見立てが謎になってくる」

悔しそうに甲高い声を絞る。隣りでメモを取っている真田刑事も口をへの字に曲げる。

忍神も二人の刑事に同調するように眉間に深い皺を刻み、

「そう、どうにも解らない。今回の一連の殺人と『腹裂きレインボー』の結びつきがどこにあるのか、それに見立ての目的やら意味やら、一体どう考えればいいんだ？　しかも、工事現場からは実際に死体も出てきたというのに」

天井を仰ぎ溜息を漏らす。

俺が後を引き継ぐような形で、

「工事現場から発掘された死体なんですが、その後、どれくらいのことまで解ったんでしょう?」

可能な限り言えること、出来ればそれ以上のことを教えてほしい、と期待を込めて話を差し向ける。

右端の元警察官、市原が太い眉をピクリと微動させた。やや身を乗り出し、隣りの片桐警部と目配せを交わす。そして、小さく頷くとこちらに向き直り、

「まだ記者発表はしてませんが、問われれば答えても差し支えないという範囲でお話ししましょう。そちらからも協力をいただいていることですし」

今朝や先ほどの忍神の情報提供などがそれなりに功を奏しているらしい。

こちらが礼を言うと市原は老けた五月人形のような顔をクシャと崩し微笑を返す。その顔の前で両の手を組み、

「発見された白骨死体ですが他殺だった可能性が考えられます。肋骨の下部の方、位置で言うと胃の辺り、そこの骨に大きな切り傷が残っていたんです。つまり、死因は刃物による刺殺の可能

性」

「腹を裂かれた……」

神妙な面持ちで忍神が呟く。

「死体の身元は判明したんですか？」

俺が問う。

市原は一瞬躊躇ってから、

「途中までは」

と小さく頷き、

「まだ具体的な氏名などは不明だけど、どこのどいつみたいなことは解ったつもりです」

「え、それって、知られている顔だった、とか？」

「ええ、見覚えのある人間だったということです。私が駐在所勤務の頃、たびたび見かけたことのあるホームレスの中年男でこの辺りを根城にしてました。歯に特徴がありましてね、前の歯の数本が部分的に欠けていたんですが、その高さが順番になってて、形がまるで階段みたいなんですよ。笑ったりすると、階段状の歯がニュッって覗くみたいな。それも、上の歯、下の歯、共にね。おまけに、その欠け具合が上下でほぼぴったし合うから噛むのには困らなかったらしくて」

「なかなか珍しいですね」

「それで覚えていたんです。階段の歯なので、ダンバさんとか呼ばれてましたっけ。この一帯を中心に半径一キロくらいの町内をうろついていたもんです。でも、ある時期からぷっつりと姿を見かけなくなりましてね」

「いつくらいから？」

「当時の手帳を見返したところ、どうやら、一九九八年の秋頃」

「やはり、ギャクロスの時代なんですね」

「そういうことになります。ダンバさん、姿が見えなくなったと思ったら、まさか、あんなところに埋められていたなんて……。縄張りを変えたくらいにしか考えなかったなあ」

少し悔しそうに太い眉をひそめた。

俺はフォローするように、

「放浪者のような存在ですから、そう考えるのが自然じゃないですかね。それに、当時は都内のホームレスの数も多かったし」

これに市原は反応し、

「そう、他にもホームレスがいたんですよ。やはりダンバさんと同い年くらいの中年男で、耳の穴から長い白髪が生えていたんで耳ヒゲさんって呼ばれていて。その耳ヒゲさん、ダンバさんと行動範囲が被っているようで、縄張り争いみたいになってましたっけ、ねぐらとか食料調達の場所を巡って」

「その耳ヒゲさんは、その後？」

「死にました。死体で発見されたんです。現場検証で歩道橋から落下したことが解りました」

場所は町の北東部を通る街道だったらしい。

「何か事件性はあったんですか？」

「深夜のことだったので目撃情報はありません。でも、死体からアルコールが検出されて、死亡当時かなり酔っ払っていたと考えられるから、歩道橋から身を乗り出してバランスを崩して落下したんだろうと判断されて、事故として処理されました。ただ、ちょうど、その事故の前後からダンバさんの姿が見えなくなりましてね」

「ああ、縄張り争いの敵同士」

「ええ、そうなんです。ダンバさんがその耳ヒゲさんを歩道橋から突き落として殺してしまい、怖くなって、町から逃げ出したんじゃないかって説も一時浮上したようなんです。でも、死体から争った痕跡は見つからず、現場の歩道橋からも他殺を匂わせる手掛かりは検出されなかったので、やはり、結論はそのままで決着されたということです」

と市原は嘆息する。

忍神が勢い込んで口を挟んできて、

「その耳ヒゲさんの方もギャクロスに殺されたなんてことは？　『腹裂きレインボー』の現場を目撃したのがうっかり見つかって、口を塞がれたとか？」

「説としてアリですが、状況が否定的でしょう。死体や現場の歩道橋に他殺の痕跡が無いわけですから」

「ああ、そうだよなあ」

気まずそうに鼻の皺を撫でる。

俺は質問を続け、

「ダンバさんのことをよく知っていた人とかは？」

市原はウーンと唸ってから、

「おそらく探すのは難しいでしょうね。たいてい、ホームレスの人と会話を交わすなんてことありませんからね。まあ、せいぜい例外的にいたとすれば、あのアパートの管理人くらいだったでしょうね。十五年以上も前に解体されて今はもう無いけど、当時、アオタン地区にあったボロアパートの」

「ああ、たしか、商工会議所の裏にあったと言ってましたよね、二階建てのモルタル塗りの」

「そう、材木倉庫の隣りにね。そのアパートの住み込みの管理人、初老の婆さんがね、とても人間が出来ているというか慈悲深くて、たびたび、ダンバさんや耳ヒゲさんに握り飯とか食料を恵んでいたらしいんですよ」

「へえ、マザーテレサみたいな人がいたもんですね」

「まさにそんな感じ。そのアパート、八部屋くらいあったかな、いずれも居住できるのは単身者だけという規則らしいんですが、東南アジアかどこかの貧しそうなカップルが住むのを見逃してやったりしてたそうで、オーナーに内緒で」

「じゃあ、ダンバさんもその管理人さんには心を開いていろいろ話していたかも」

「ま、そうでしょうが、残念なことに、いい人ほど早く亡くなるのが世の常で」

「やはり、そうでしたか。念の為ですが、その管理人さんは」

「自然死です。市内の病院で病死したと伺ってます」

そう言って肩をすくめた。

数秒ほど沈黙が続くが、市原はそれを嫌がったのか場繋(ばつな)ぎのように、

「あ、そうそう、三週間ほど前には、アオタン地区の工事現場からウサギの白骨死体が発掘されたらしいですよ」

「え、ウサギって？」

俺は両手を頭にかざし、長い耳を作る。

市原は頷き、

「そう、三体ほど。駐車場の北側の角のあたりにまとめて埋められていたそうです。ボロボロのビニールシートに包まれた状態で。三体とも白骨化しているので、かなり昔のものでしょう」

「さっきのダンバさんの白骨死体と同じ頃とか？」

「可能性はあるみたいですね。しかも、ちょっとした因縁のようなものもあって」

「ウサギとダンバさんに？」

「ええ。度々、ダンバさんは小学生の悪ガキどもにからかわれることがあったらしいんです。そんなある時、近くの小学校の飼育小屋からウサギがいなくなりましてね、三匹。夜中、何者かが校庭に忍び込んで盗み出したようなんです」

「それ、ダンバさんがからかわれた仕返しに？」

「一部でそう思われたこともありました。でも、何ら証拠も無く、手掛かりも見つからず、うや

むやのままに……。結局、三匹のウサギも発見されなかったわけですし」

「で、三週間前に発掘された三つの白骨死体がその時のウサギというわけですか？」

「その可能性が考えられます。決定的な結論は出なかったんですが、いろいろと調べたみたいで」

　この調査に関しては或る市議会議員が中心となって行ったらしい。ウサギ盗難事件の折、この議員は件の小学校の教員を務めており、事件当時の生徒たちのショックをまざまざと記憶しているという。そして、もし発掘された死骸がそのウサギならば、学校にある飼育動物の供養場に埋葬してやりたいと申し出てきたのだ。そのために当該のウサギかどうか調べる必要があり、議員は市の有力者の人脈を辿り、大学の研究室に検査を依頼したわけである。ウサギの種類、年齢、食事環境などを始め、狩猟、実験動物、ペットショップの廃棄の可能性など死因に関わる情報に至るまで追及したようだ。議員のこうした熱心な行動は当然、イメージアップ、教育関係者や当時の生徒と家族らに向けたパフォーマンスを兼ねていることは言うまでもない。

　そんな経緯を説明してから市原は、

「まあ、結果的に小学校に埋葬されることになりそうな感じですがね」

　そう言った後、一拍の間を置いて、

「ちょっと気になることがありましてね。発掘現場のウサギの白骨死体の傍らで注射針が発見されているんですよ」

「えっ、じゃあ、もしかして、何か毒物が使用されたとか……。ウサギは何者かに毒殺された、と」

「その可能性は考えられますね」

と市原は頷き、それから首を捻り、

「しかし、毒物や注射器なんてホームレスのダンバさんが所持していたとは考えにくい」

「なるほど。となると、別の何者かが？」

俺も首を捻る。

そこに忍神が身を乗り出してきて、

「ギャクロスは、どうだろう？」

周囲の反応を窺う。

市原は腕組みをしてしばらくウーンと唸ってから、

「ギャクロスのやり口とは考えられませんがね。連中は一度も犯行に毒物を用いていませんから」

もっともな意見である。

俺もそれに同調し、

「そもそも、ギャクロスのようなトップクラスの強盗団がウサギなんかターゲットにしませんよ」

これももっともな意見だと思うが。

Act. 6

39

刑事二人と元警察官が立ち去ると、室内は急に静寂を取り戻す。

俺は水道の水をコップに注いで喉に流し込んだ。清冽な冷たさが体内のセンターラインを滑り落ちる。細胞の一つ一つが覚醒するようだ。先程から頭の中にちらついていたものを素早く捕まえ整理する。

そして、コップの冷水をもう一口呷（あお）ると忍神に向かって口を開いた。

「さっき、ギャクロスの話題になった時、考えたことがあるんですよ。ほら、殺人事件の前にいろいろと珍妙やら奇怪やら異様な出来事が起こりましたよね」

「ん、ああ、赤い雨とか、鳥居の卒塔婆とか？」

「はい、それらのこと。そうした一連の変事の幾つかもギャクロスと関わっているのではないかと」

忍神は眉をひそめ、

「おい、ギャクロスの仕業だ、なんて言うんじゃないだろうな」

しかめっ面を突き出してくる。

俺は手を振って否定し、

「いえ、もちろん。そうじゃなくて、ギャクロスをキイにすればあれらの奇妙な謎が解明できると思う、そう言ってるんです」

忍神は目を鋭くし、

「なに、つまり、ああした異様な出来事の真相が解ったと？」

「おそらく」

俺はゆっくりと頷いてみせる。

忍神は一拍の間を置いてから頷き返し、無言で先を促す。

俺はコップの冷水で口を湿らせ、

「じゃ、先ず、記憶も新しい一昨日のこと、鳥居と卒塔婆の件から。あれは鳥居の一方の柱に卒塔婆が結わえ付けられているという状況でしたね。細かく言うと、引越しなどによく使われるゴム製のロープを巻きつけて結わえ、そこに卒塔婆を差し込んだ状態。武士が刀を帯に差すみたいに、卒塔婆は斜めになっていました」

「うむ、確かにその通りだが、それで？」

「また、あの鳥居の形ですが柱が地面に対し直角であり、真っ直ぐに伸びている様式のものです。このことと斜めに結わえられている鳥居を合わせると、これってまだ未完成の状態ではないか、と考えられるんです」

「未完成って……？　何をもって完成なんだ？」

「縦の線に対して横の線、つまり、鳥居の柱に対して卒塔婆が真っ直ぐ横に交差した状態、そう、十文字の形ですよ」

「十文字……、十字架か……、ギャクロス」

忍神が目を大きく見開く。

俺は頷き、

「そう、ギャクロスの十字架。卒塔婆が結わえられていた位置はおよそ大人の肩くらいの高さ、鳥居の柱の全体からすると下の方です。つまり、逆さの十字架のバランス」

「まさにギャクロスのマークだな」

「鳥居の柱と卒塔婆の組み合わせで作った十文字の形ならば、やはり宗教アイテムの十字架であることを強調できますし」

「インパクトもあって効果的だな」

「おそらく、この犯人、いや、犯人と言うのか、まあ、作り手とでも呼べばいいのか」

「面倒だから、ここは犯人でいい」

「了解。犯人はおそらくゴムのロープをもう一本使って卒塔婆を鳥居の柱に対し十文字にクロスした形で結わえて固定させるつもりだったんでしょう。しかし、何らかの邪魔が入った、例えば、誰か人が近づいてきたとか、それでやむを得ず途中で作業を放棄して退散した、その結果、未完成のものが残されたというわけです」

「未完のオブジェといったところか」

「ええ、オブジェとかパフォーマンスの類でしょう。目的は不明ですが、犯人はギャクロスを表

現したかったわけです」

　俺はそう言って、いったん溜息をつく。

　忍神は休む間も与えないように興味津々の顔を突き出してきて、

「おい、さっき、一連の、って言ったよな？」

　期待の声を響かせる。

　俺はドウドウと馬をいさめるみたいに片手を突き出し、頷く。

「ええ、この件だけじゃありません。そもそも私が依頼されるキッカケとなった件も考察してみました。先ず、一番初めに起きたやつ」

「赤い雨、な」

　一ヶ月前、東エリアの屋外休憩スポットが水でビショビショに濡れていた。地面には水溜りが点在し、ベンチも木々の枝葉も水滴にまみれている。しかも、その水はうっすらと赤い色を帯びている。まるで、そこだけ赤い雨が降ったような様相を呈していた。

　俺はその光景を思い浮かべながら、

「また、その一帯には濡れた小さな紙片が散らばっていました。そして、近くには水飲み場を兼ねた水道場があります。まあ、素直に考えて、この水道場の水を使ったのでしょうね。水が赤いのはインクか何か塗料を混ぜたか、あるいは、紙片が赤い折紙だったとか、赤い塗料を染み込ませたものだったか、いずれかでしょう」

　忍神は苦笑いをし、

「うん、まあ、それくらいのことは見当がついてたさ。まさか、本当に赤い雨が降ったなんて考えるわけない。しかし、これって何なんだよ、何の目的で赤い雨なんて降らせたんだ？」

「これもギャクロスですよ」

「えっ、つまり、ギャクロスを表現したと？　どこが？」

「腹を裂いて飛び出してきたのは宝石や金のインゴット、そして、血に染まった赤い水」

「あっ、『腹裂きレインボー』かっ！」

忍神は大声をあげる。その声に自分でも驚いたのか、いったん口をつぐみ、それからトーンを抑えて、

「犯人は『腹裂きレインボー』を表現したオブジェ、いや、パフォーマンスを行った」

「というより、行うために実験を試みた、しかし、思うように上手くいかなかった」

「予行演習で失敗したという感じか」

「まさに」

俺は頷き、

「想像ですが、例えばこんなふうでしょう。犯人は大きなビニール袋に水道場の水を注いで膨らませてゆきます。袋の中に赤インクなどの塗料を仕込んでおいたので水は赤く染まるわけです。また、小さく切った紙片も入れてありますが、おそらく本番の際には金色や銀色の紙片を使うつもりだったのではないでしょうか。あと他にもカラフルな紙片も」

「インゴットや宝石を表現するためだな。なるほど、まだ実験だからそこまでやらなかったわけ

か」

「そして、水は注入され続け、ビニール袋はどんどん大きくなり、パンパンに膨らみます。上の方にどこか切れ目でもあって、そこがテープで塞がれている。そして、膨張する水の圧力で遂にテープが外れ、そこが裂けて、水が噴き出す、と、まあ、そんな目算だったんでしょうね。しかし、思い描いていたようには上手くいかなかった。テープが自動的に剝がれず、結局、その場で犯人が手を下して袋に穴を開けたとか、あるいは、まったく別の箇所が破けてしまい、水があらぬ方向に噴き出したとか」

「水道のホースから袋が丸ごと外れて吹っ飛んだとか」

「ええ、まあ、そんなこんなの失敗だったのだと想像されます。もし、実験が上手く成功したなら、犯人はどこかもっと人目を引く場所、例えば公園などでこれを密かに仕掛けて披露するつもりだったのかもしれません。未明とか早朝のうちにセットしておけば、あとは時限装置みたいに水道場の水が自動的にやってくれます」

「うむ、パフォーマンスなんだから人に見られてなんぼだものな」

そのシーンを思い描いているのか宙に目をやっていた。

俺は次の話に移る。

「あと、もう一つあります。それはドーナッツの件」

「あれも珍無類だったな。意味づけなんか出来るのか？」

確かにクレージーでナンセンスな出来事であった。赤い雨のおよそ一週間後の早朝、報龍神社の西エリアの駐車場に面した道路が奇妙な様相を呈していた。電柱や、木々、ガードレールなどに十数個ものドーナッツが紐で吊るされていたのである。散歩者やランナーたちに目撃されたが、それから数十分のうちにカラスに食い尽くされ、欠片やカスが路上に散らかっているだけとなっていた。

俺はその状況を簡単に整理してから、

「これもパフォーマンス、あるいはオブジェのための実験だったのだと考えられます。おそらく本番は別の場所で行うつもりだったのでしょう」

「ああ、あの道路の辺りは結構さびれてるもんな。やっぱり、もっと人目に触れるところじゃなきゃな。で、何のパフォーマンス？　ドーナッツ？　オブジェ？」

「はい、それですが、先ず、ドーナッツは別の物の代わりだったと」

「代わりだと？」

「ええ。あんころ餅の代わり」

「ん？　え？　そうか、『黄金餅』のあんころ餅か。『腹裂きレインボー』は現代の『黄金餅』って呼ばれているってことな」

「餡まみれの丸い菓子に対し、砂糖まみれの丸い菓子といった感じでしょう。この件だけ単体で考えるとピンとこないかも知れませんが、前の二件と合わせると連なりで考えられるはずです」

「なるほど、赤い雨、鳥居の卒塔婆、いずれもギャクロスの表現で解釈できた。それら二件があっての流れだと、これもか、なるほどな」

「ま、本番では実際にあんころ餅、ないしは、おはぎを使うつもりだったのかもしれません。あるいは餡ドーナッツという手もアリだし」

「さらに、それらの中にコインを入れてもいいしな」

「まさに『黄金餅』ですね、有り得るでしょう。ま、なんであれ、実験の段階においてはドーナッツで事足りたのだと思います。結果は得られたわけですから」

「結果というのは？」

「カラスですよ。おそらく、ドーナッツを屋外にさらしておいて、果たしてカラスに食われてしまうのか、あるいはそれはどれくらいの時間なのかを知るのが実験の趣旨だったんじゃないでしょうか」

「わりと短時間のうちに全部やられちまったな」

「本番ではまずい。なんせオブジェが消滅しちゃうんだから」

「つまり実験は失敗」

「そういうことになります」

忍神は顎鬚を引っ張り、

「なるほど、この件もギャクロスのキーワードで解けちまったな」

感心したふうな声を漏らし、拍手のポーズをしてみせる。

俺は片手でそれを制するように、

「いや、しかし、ここまでなんです。今のところは。すべての件をクリアすることは叶いませんでした。まだ、もう一件、奇妙な出来事は残ってますから」

忍神はいったん天井を仰いでから、

「うん、あれだな。呪い釘の一件」

人差し指で宙を突き刺すポーズをする。

四件のうち時系列から言えば三番目、先月の末のこと。神楽殿の裏の銀杏の幹に幾つもの穴が穿たれているのが発見された。いずれも直径五ミリほどで、わりと奥深くまで届いている。その木の周囲には藁屑が散乱。そして、幹に生えた苔には人形が押し付けられたような窪みが残されていた。まるで何者かが藁人形で呪い釘の儀式でも行っていたかのような不気味な痕跡であった。

俺は肩をすくめ、

「この一件だけは解らない」

「ん？　藁人形の腹をかっさばいて、腹裂きレインボーってことじゃないのか？」

「そういう考えはあるでしょう。しかし」

「しかし？」

「釘ですよ。刺しているんです。裂いているんじゃなくて刺している。腹裂きレインボーを表現するなら、釘で刺すんじゃなくて、もっとそれらしい方法を選びそうな気がする」

「素直にナイフで裂くとかな」

「ええ。それに、そもそも、藁人形をわざわざ用意するのが解らない。この藁人形という存在は濃いですよ。何か意味を持つような気がしてならない。全体にパフォーマンスというより儀式のイメージが強いんです。穿たれた穴の数からして何度も行っていて儀式っぽいし」

「まあ、気になると言われりゃな、そうかも」

「直感的かもしれませんが、どうもギャクロスの要素と結びつけにくいんですよ。他の三件とは違うアプローチが必要なのかもしれません。何と言うか、これだけ謎のカテゴリーが異なるみたいな、そんな気がする」

忍神は眉間を押さえながら、

「うーん、ギャクロスの犯行の手口に『呪い』なんて聞いたことないし、無さそうだし」

「絶対、無いと思います」

「ま、そうだよな」

カラリとそう言って、表情を緩め、微笑む。

その笑みを深くしながら、

「まあ、それはそれで改めて検討しようや。とりあえずここまで謎が解けたんだから先ずそれを寿ぐとしようじゃないか」

そう言って、奥の壁に歩み寄り、端っこに手を伸ばして何やら操作する。そして、本棚を横に滑らせて壁に収納すると、隠れていた酒の棚が出現した。

忍神はどのボトルにしようかと目を走らせながら、

「いったん乾杯といこうじゃないか」

「いや、それは」

俺はたしなめる。

忍神はハッとした様子で振り向き、自分の頭を軽く叩く。

「あっ、そうだよな。殺人事件の最中だものな。既に三人死んでんだよな。乾杯じゃなく、献杯か」

「いや、そうじゃなくて、まだ真っ昼間ですから」

40

どうにか忍神を説得し、アルコールの祝杯を諦めさせた。代わりにノンアルコールビールの缶を鳴らして乾杯する。まだ日は高く、これから捜査関係者と接触するかもしれず、また、工事現場からは新たな出土があるかもしれず、予断を許さないのである。

ノンアルコールビールはしっかり冷蔵庫で冷やされており、加えて、忍神を言いくるめるのに一苦労して喉が渇いたせいか、やけに美味かった。

その忍神はまだ不服そうであるが仕方あるまい。だったら、一人でウイスキーでも焼酎でも飲ってくれればいいのに、そうはいかないらしい。「祝杯は二人から」という妙な定義を唱え、頑なにこだわっているようだ。

ノンアルの缶を傾けながら、

「ああ、殺された三人とも酒好きだったなあ。あっちの世界は飲み放題なんだろうなあ」

などと未練がましく呟いたりしている。

さらに、眼鏡をかけると、いつもテーブルに置きっ放しのタブレット端末を手元に引き寄せ、

「槙の奴、死ぬ間際は金回りよかったらしいから、いい酒飲んでたのかもしれん」

指先で弾くように画面をスワイプする。

ちょっと興味を惹かれて俺も横から首を伸ばして覗き込んでみる。

そこには槙誠次郎の様々な遺品が映し出されていた。なるほど、自宅アパートの室内を撮った一枚だろう、高級ウイスキーの並んだ棚がある。

槙は殺される直前の数ヶ月、やけに金回りがよかったという。その金の出どころを調べるため、人脈の豊富な忍神は警察から協力を求められている。端末タブレットのこれらの画像も参考資料として警察から提供されたものだった。

忍神は画像をアップにしてウイスキーの銘柄を確認し、それを肴のようにしてノンアルの缶を傾ける。何度か味わい深げにウーンと唸り声を漏らしていた。その画像に飽きると、またスワイプして画像を切り替えてゆく。様々な遺品の数々、アングルを変えた室内の光景などが写し出される。

ふと、俺はそのうちの一枚に目が惹きつけられ、

「あ、ちょっと待った、前に戻って……ください」

つい身を乗り出して大声をあげた。

忍神は驚いたふうに肩をピクッとすくめ、こちらに怪訝な目を向けると、

「了解」

ちょっと怯えたような声で答え、タブレットをスワイプする。

「そう、それ、ストップ！」

俺の声が鋭かったせいか、忍神は「はい！」と兵隊のように反応してしまう。キビキビと指示に従ってから、ハッと我に返り、慌ててこちらを睨み返すのだった。

俺は気付かなかったふりをして、タブレットの画面に集中する。

その画像には衣装ラックが写っていた。宿舎の部屋に備え付けられたものである。槙の衣類がハンガーに吊るされて並んでいる。

俺は手を伸ばして、

「ちょいと失敬」

とタブレットにタッチ。指を広げ、画像の一部を拡大する。

そこにはカーキ色のダウンジャケットが大写しになっている。肩に有名ブランドのロゴが入っており、なかなか高価なものらしい。

俺はさらに袖の部分をアップにした。

大きめの木目模様のボタンが付いている。そのちょっと下に糸がほつれて垂れていた。ボタンが取れた跡だろう。本来は二つ並んで付いていたわけである。

「おそらく、きっと」

思わず呟きながら、俺はポケットをまさぐり、折畳んだメモ用紙を取り出した。

はやる気持ちを抑えつつ丁寧に広げると、半分に欠けたボタンが現われた。合成樹脂のもので表面には木目模様が施されている。

それを画像のボタンと比べる。

「どうやら同じ種類のようだな」

と、忍神が興味津々の眼差しで首を伸ばしてきて、

「一体これは？」

「拾ったんですよ。画廊ハウスで」

昨日の昼頃、例の棺を画廊ハウスに運び込むのを手伝った際、床に落ちているのを偶然見付けた、その経緯をコンパクトに説明する。

忍神は苦笑いを滲ませ、

「で、ポケットに仕舞いこんで、そのまま忘れていた」

俺は否定できず、

「まあ、うっかり」

「飲んでたのか？」

「いえ。でも、結果同じなら飲んでた方がよかったかも」

「まあまあ、まだ事件の渦中なんだし、まだ真っ昼間だったんだし」

さっきの仕返しをされてしまった。

俺は右手を掲げ、乾杯のポーズをしてみせる。それから、早口気味に、

「このボタン、見ての通り欠片なんですよね。残りの半分が問題です」

「ほお、それ、そんな重要な手掛かりなのか？」

「かもしれません。ちょっと思いついたことがあるので早速調べてきます、失敬」

画廊ハウスに向かうことを告げ、すぐさま俺は旋風のように身を翻し、突風のように離れを飛び出して行った。寒風が心地いい。


早歩きと小走り、大した違いはないが交互に繰り返したので画廊ハウスに到着した時には少し息が上がっていた。

室内も外と同じくらい空気が冷えている。が、汗ばんでいる俺には何ら関係ないし、そんなことはどうでもいい。息を整える寸暇も惜しんで、すぐさま取り掛かる。

目を向けたのは中央の展示用の壁。室内を細長い二つのスペースに分ける仕切り壁である。

俺は入口近くから部屋の奥へと横歩きしながら、仕切り壁の表面を隅々までつぶさに観察する。場所によっては手袋をはめた指で触れ、軽く叩いたりする。

よく見ると仕切り壁全体は入口側、中央、奥側と三つのブロックで構成されている。入口側と奥側は中央より一センチほど出っ張っており、段差が出来ている。

俺は中央ブロックを改めて調べ始める。膝の高さくらいの位置に引っかき傷と窪みがあった。昨日、棺を運び込んだ際、うっかりぶつけた痕跡だった。

Act.6

ふと、その下、床に近い箇所に目を惹かれた。光の反射の具合なのか溝のようなものが見える。俺はしゃがみ込んで、顔を近づけ、視線を凝らした。確かに溝である。五センチくらいの縦の溝が床まで届いている。いや、壁に微かな隙間が出来ているのだ。爪糸ほどの細い隙間。なるほど、例の棺をぶつけて凹みが出来たせいで壁の表面が微かにたわみ、その影響で今まで隠れていたのが見えるようになったのだろう。

俺は指をこの隙間の周囲に当てる。場所を変えながら数回押してみる。すると、左側を押した時、反応があった。こちらに跳ね上がるような感触。隙間が広がっている。

小さな扉のように開いているのだ。ハムスター専用かと思うくらいの小さな扉。俺は指先を隙間に差し込み、こちらに引いて、扉を開いた。

ポッカリ小さな四角い穴が開く。

俺は身を伏せるようにして中を覗き込む。そこに見えたのはハムスター……ではなく、金属製の棒状のもの。取っ手とかレバーの類である。

俺はそのレバーに指を当て動かしてみる。右に倒れ、カチャッと軽やかな音が響いた。ビンゴ！

俺は立ち上がる。そして、壁に手を置くと右方向へと押した。

すると壁が動き始めた。横に滑っている。

中央ブロックの壁が奥側ブロックの壁へと吸い込まれるように移動する。仕切り壁の内部はすべて空洞になっているらしい。

俺は両手で左から右へと壁を送り出す。

カラカラと車輪の音を立てながら滑ってゆく。隠れていた床にはレールが敷かれていた。やがて、カタンと軽くぶつかる音がして、壁は停止し、それ以上は動かなくなった。移動した中央ブロックの壁はほぼスッポリと奥側ブロックの壁の中に収められていた。

室内が広々とした感じとなっていた。なんせ、部屋を二つのスペースに仕切っていた壁の一部が消えたのである。全体がガランとして、さらに冷え冷えとしてきた。

中央ブロックの壁が無くなったので、向こうのスペースの窓からも淡い光が入ってくるのが見える。こちら側の窓の陽光とあいまって、部屋の真ん中辺りが明るくなっていた。そのスポットライトを浴びたような場所に視線を注ぐ。

さっきまで中央ブロックの壁があった場所。

今はただの空間。そう、中央ブロックの壁の中は空洞であり、そして、その空洞こそが隠し部屋だったのだ。幅わずか二十数センチの隠し部屋。まあ、人間が隠れようと思えば出来なくはないだろうが、それが目的で作られたものではなく、物品を隠すための金庫代わりの部屋である。きっと、これも、先代の宮司、貴倉庄造が脱税を計画して作ったバブルの遺産であろう。秘密の金庫。

41

俺はその「金庫」たる空間をじっと見つめる。

今まで隠れていた幅二十センチほどの床には小ぶりなショルダーバッグが置かれていた。俺は手元に引き寄せ、ファスナーを開いた。中の仕切りやポケットなどをつぶさに調べ、入っていたものを取り出し、床に並べる。

ジップ袋に入った一枚の写真。ファイルノート。貯金通帳。以上、三点の品。

貯金通帳の名義は槙誠次郎だった。これは予想通りである。ページを開いて故人の経済状況を覗き見る。

と、突如、入口のドアが開いて、驚きの声が響き渡った。

「おお、こんなところにも隠し金庫があったとは！」

忍神がステンレスの杖を突きながら入ってきて、目を丸くしていた。口も半分開いたまま、室内を呆然と見渡している。それから、持参してきた先程のタブレット端末を隠し金庫の方に向け、シャッターを数回切る。

そのレンズの前に俺は貯金通帳を差し出し、表紙に記された名前を示して、

「槙誠次郎でした、このバブルの遺物たる隠し金庫を活用していたのは」

忍神はグッジョブ！　と親指を立て、

「しかし、プロの探偵とはいえ、こんな隠し金庫よく発見したな」

「これですよ」

そう言って、ポケットからボタンの欠片を取り出した。

忍神は目を凝らし、

「さっき、見せてくれたものだよな。昨日、ここで拾ったという」

「ええ。しかし、その時、残りの欠片は見つかりませんでした。でも、さっき、離れの隠し棚の酒を見たら、ふと閃いて」

「で、これか」

と移動した仕切り壁を指差す。

俺は頷き、

「で、ここにありました」

と、ショルダーバッグの置かれていた場所の近くを指差す。

壁の移動用のレールの傍らにボタンの欠片が落ちていた。合成樹脂のもので表面には木目模様。俺はポケットに入れていた方のボタンの欠片を近づける。二つはピッタリと合った。

忍神は一つになったボタンを感心したふうに見つめ、

「なるほど。これって酒の棚の導きじゃないか、やっぱし、乾杯しなきゃ」

「だから、それは早いって」

俺は両手でバツを作る。

忍神はからかうような苦笑いを返してから、

「そのボタン、槙のダウンジャケットに付いていたやつだよな。つまり、この隠し金庫を使ってる最中に落ちたわけか」

「そういうことになります」

忍神は目を細め、

「槙の奴､何かと理由つけてはしょっちゅうホリウッドに出入りしてたからな｡普段はボロアパート住まいなせいか、こっちの宿舎の方が居心地よかったんだろう。ワークショップの出席率も高かったし。そんなだから、この金庫見つけたわけだ」

「偶然の賜物でしょうね」

「ああ、きっとそうだろう。まさか、こんなところに、だものな。これほどの隠し金庫なら奴のアパートやここの宿舎よりもずっと安全だろうよ。槙が身に付けるのと同じくらいかもな」

「それ以上かもしれませんよ。人間の場合、殺されたらアウトですから」

「ま、金庫は死なないか。それにしても建てた張本人、親父の奴もよくやるよ」

「画廊でカムフラージュとは大胆不敵です」

忍神は改めて室内全体をしげしげと眺め回して、

「しかし、考えてみるとなかなか工夫されているよ。隠し金庫のスイッチが発見される確率が極めて低くなるよう設定されている。つまり、こういうことだ。先ず、そもそも下手な絵を飾るんだから、あまり客は来ない。しかも狭い作りだから、大勢は入れない。万が一、大勢来ても、細長い構造にしてあるから、じっと一箇所に立ち止まることが難しい」

俺も室内をぐるりと見渡し、

「それで、こういう形状の画廊なわけか。最初から隠し金庫を作ることを前提として建てられている。あっ、となると、もしや、お父様の下手な絵もわざとかもしれませんね。本当は大した実力の持ち主で」

「いやいや、それは無い。絶対に無い。神に誓って無い」

忍神は歯痛のように顔をしかめ、激しく首を横に振った。それから咳払いをして話題を変え、

「で、隠し金庫を利用していた槙は何を隠していたんだ？」

「なかなかのものですよ」

俺は貯金通帳を手渡す。

忍神はページをめくりながら眼鏡の奥の目を剝いて、

「おいおい、結構な数字じゃないか。売れない役者のくせして。ここ数ヶ月で一気に金額が脹らんでる」

「振り込んでいるのは所属プロダクションの赤峰オフィスなんですが、これは不自然ですよ」

「裏があるな。槙の奴やけに羽振りがよかったの、金の出所はここだったか。灯台下暗しという感じだが、何か秘密があるってことだ」

「社長の赤峰千佳さん、何か隠してますね」

「あの雌狐め、大したタマだぜ」

感心したふうに嘆息する。それから、タブレット端末で通帳の写真を数枚撮った。

俺は床に置いたままのファイルノートを取り上げ、パラパラとめくる。各ページに雑誌の切り抜きやウェブ記事のプリントアウトが差し込まれ、ノート全ページの半分くらいが埋まっていた。

忍神が脇からタブレット端末を向けながら、

「このファイルノートも隠し金庫に収められていたものだな」

「ええ、どれも芸能関係の記事ですよ。それも黒い方」

「事件とか犯罪とか？」

「ええ。ほら、我らが鷲津行彦さんの大麻事件の記事も幾つかあります」

「なるほど。こうしてまとめられると壮観だな。何か鷲津の奴、生意気に見えてくる」

「いや、犯罪者は犯罪者ですから」

言いながらさらにページを繰り、

「ここ、我らが槙誠次郎さんの轢き逃げ事件も登場」

「我らが、っていらないから、いちいち。しかし、ホントだ。結構、あっちこっちで記事出てたんだ」

「ええ、しかし、なんでこんなファイルノートを槙さんは持ってたんでしょう？」

「自分の轢き逃げ記事を集めて、他の芸能事件と一緒に並べてるしな。まるで自分を犯罪者コレクションに押し込んで喜んでるようにも見えてくる。何か自虐的で意味解らん」

「不可解です」

そう言って首を傾げ、いったんノートを閉じて床に戻した。

それから、俺は文庫本ほどの大きさのビニール袋を拾い上げる。中身はL判サイズの写真一枚。

「それが隠し金庫の最後の宝物か」

首を突き出してくる忍神の眼前に俺は写真を差し出す。

「ええ、興味深いものが写ってます」

忍神は数秒ほど凝視してから顔を上げ、

「おい、これ、轢き逃げ事件の現場じゃないか。槙の奴が起こしたあの事件」

明け方らしき薄い陽光の路上、走行する白い車の後ろ姿が画面の真ん中に写っている。そのちょっと後方の端に何か黒いものが横たわっている。横転したバイクのようだ。

俺は指差し、

「この白い車のナンバー」

「ああ、赤峰オフィスの車だよ」

「これと同じですね」

俺はスマホを取り出して操作し、一枚の画像を選び出した。

メモ帳のページのアップ。一昨日、MC伊波の死体が発見された直後、忍神の指令で警察の来る前にMC伊波の部屋をこっそり探索した、その時に撮った一枚である。

画像のメモ帳の一部を拡大する。そのページの十二月十三日の項目に数字が並んでいる。

22、ちょっと間を空けて六桁の数字、８１９６＊５。
後ろの三つ「６＊５」は写真の白い車のナンバーと同じであった。

忍神はタブレット端末でこの写真を複写しながら、俺の説明に頷き、

「確かに。ついでに教えてやるが、その前の三つの数字８１９は」

「八月十九日、轢き逃げ事件の起きた日ですね」

チッと忍神は舌打ちし、

「そういうこと。おそらく、これＭＣ伊波の奴にとって覚書の代わりなんだろうよ」

「ええ、ファイルナンバーみたいなもの。裏稼業のスキャンダル漁りでは各案件にこうした略号を振っていたのかもしれません」

「安全対策を兼ねてだろうよ、うっかりメモ帳を落としたり盗られた時のためにな。なんせ死後こっそり部屋に忍び込む奴がいるくらいだし」

「それ誰の指令ですか」

忍神は悪戯気にニヤリとしてから、

「ＭＣ伊波の奴、この轢き逃げ事件に興味あったようだな。そのことで槙に何かアプローチしていたのかもしれん」

俺は再びメモ帳の画像を指して、

「あと、最初の数字22はやはり時間じゃないでしょうか、二十二時、夜の十時。で、数字のすべてが昨日の十二月十三日の項目に書かれているということは」

「轢き逃げ事件のことで十二月十三日の夜十時に誰かと会う予定、ま、密会か」

「ということだったと思います」

「だな。しかし、当のMC伊波がその前日に殺されちまったため約束は果たされなかったわけだ。思うにMC伊波が会うつもりだったのは槙だったんじゃないか？」

「うーん、それは何とも言えません」

「ま、その槙も殺されちまったしな、確かめようがない」

忍神は恨めしげにフッと鼻を鳴らした。

俺は改めて轢き逃げ現場の写真をしげしげと見ながら、

「そもそも、どうして槙さんがこの写真を持っているんでしょう？　轢き逃げ事件の犯人である槙さんが」

「ご丁寧にプリントアウトしたのをな」

「ええ。それについて一つ考えられるのは、元の画像を守るためであるのと、人に見せることを目的としているためかもしれません。それで、プリントアウトしたものを用意した」

「プレゼン用か、ま、それが一番安全だな」

「カタログみたいなものですね。まあ、槙さんが入手した画像を自分でプリントアウトしたのか、あるいは、既にプリントアウトされたものを入手したのか、どちらとも考えられますが」

「もし、前者とすると、その画像の方は？」

「仮に槙さんのスマホの中に収められていたとすれば、殺された時に奪われた可能性が考えられます」

「なるほど、槙の遺品からスマホは発見されてないようだからな。他の二件の殺人と同様に」

忍神は頷いて、顎を撫でる。

俺は目を細め、

「それにしても誰がこの写真を撮ったんでしょう？」

「位置からすると路上から、という感じだな。車道から」

「ですね。何か全体にうっすらと透明な膜がかかってる感じなのは窓ガラス越しに撮ったからだと思います」

「車のフロントガラス越しにか」

「ええ、車に乗ってる人間が撮ったということ」

「轢き逃げの車の後方を走っていた車から」

「そうですね」

言いながら、俺は轢き逃げの車の方に注目する。

そして、顔を上げ、忍神のタブレット端末の方に目を向ける。画面には先ほど複写したこの現場写真が写し出されていた。

「ちょいと失敬」

と、俺は画面に指を当て、クローズアップ。そして、じっと目を凝らす。

「あ」

つい小声が漏れ、息を呑んだ。大きな発見をしたかもしれない。

42

ブラインドの隙間から淡い陽光が差し込み、赤峰千佳を照らしていた。レモンのような顔立ちの美麗な陰影を浮き彫りにする。相変わらず凜として姿勢がいい。

鋭い眼差しで腕組みをし、

「よっぽど大事な用みたいね」

やや力んだ口調で言った。警戒しているふうでもある。

先程の画廊ハウスの探索から三十分ほど経っていた。ここは宿舎のサロン。何度か警察の聴取で使われた場所である。今回の用件にはふさわしいかもしれない。スマホで赤峰千佳と連絡を取り、至急会いたいと告げ、ここに呼び出したのである。

俺は軽く頭を下げ、

「ご足労いただき恐縮です。でも、確かに大事な話ですので」

そう言って、テーブル越しの対面の椅子を勧める。

赤峰千佳は顎をクイと上げ、

「立ち話で結構よ」

Act.6

「長くなるかもしれませんので」

じっと相手の目を見据える。

千佳は不機嫌そうに鼻先で冷笑し、しぶしぶ腰を下ろした。

俺も着席し、改めて目礼する。

「話というのは、そちらの赤峰オフィスに所属する槙さんが起こした轢き逃げ事件のことなんです。さっきですね、興味深いものを見つけたんですよ」

画廊ハウスで隠し金庫を発見した経緯を説明すると、やはり、千佳は驚きを隠せない様子で形の良い眉を上げ、

「壁の中に隠し部屋なんて……、それを槙君が使っていた？」

「はい。そこに隠していた物からいろいろと解りました」

忍神から借りてきたタブレット端末を操作して、画像を見せながら、

「預金通帳です。羽振りのよかった槙さんの金の出所は赤峰オフィス、あなただったんですね」

千佳は妙に冷めた表情を能面のように張り付かせて沈黙した後、

「だったら、どうだと言うの？　槙君の口癖を借りれば、それが何か？　かしら」

挑戦的な口ぶりで余裕を見せる。口端に微笑さえ刻んでいるが、強張っていた。

俺は千佳の反応を受け流し、先を続ける。

「それから、写真を見付けました」

タブレット端末に映し出し、

「赤峰オフィスの車が写ってます。これ、八月十九日の早朝、例の轢き逃げ事件のまさに直後の現場写真ですね。横倒しになったバイクを置き去りに白い車が逃走しようとしているところ。そして、気になるところがあります。よく見ると、助手席の背もたれの上、右側に何かが写ってます。ここ」

二本の指を当てて開く。画像が拡大され問題の箇所がクローズアップされる。

「ほら、人の頭です。助手席から右横に身を乗り出すような格好になっているんで頭が見えてるんですね。つまり、早い話が助手席にも誰かいたということ。この車には二人の人間が乗っていたわけです。しかし、あの轢き逃げ事件は槙誠次郎さん一人だけが乗っていたことになっていたはず。おかしいです。矛盾しています」

いったん言葉を切り、相手を見据える。

千佳は表情を強張らせ口を開かない。テーブルに目をじっと落としている。そのまま彫像になってしまいそうだった。

俺は口を開き、

「これにはカラクリがあるわけですね。先程の貯金通帳、槙さんの大金の出所はあなただったという件、それと併せて考えると、こういうことだったのだと思います。槙さんは轢き逃げ事件の犯人ではなかった。つまり、あの白い車に乗っていたのは別の人間。そして、その真犯人を庇うため、槙さんに身代わりになってもらい、警察に出頭してもらった。その見返りの報酬をあなたから槙さんの口座に振り込んでいたというわけです」

一気にそこまで言って、俯いたままの千佳をじっと見つめる。呼吸による肩の微動が窺えるだけだった。静けさが垂れ込める。

口を湿らせてから、

「では、白い車に乗っていたのは誰か？　この写真から乗っていたのは二人だったことが判明しています。あなたが法を犯してまで必死に守ろうとした二人、それほどまで大切な存在とは……それはやはり自然と答えが出ますよね、はい、今あなたが最も力を注いでいる俳優、富士井敏樹君、それと、あなたの最愛の娘の留里菜ちゃん、となるはずです。それ以外に考えられません。この二人が白い車に乗っていた。そして、ハンドルを握っていた富士井君が轢き逃げ事件を起こしてしまった。あなたは二人を守るためにあんな苦し紛れの奇策を講じた、そうですね？」

強い口調で言い切った。

千佳がゆっくりと顔を上げた。いつのまにか疲れが滲み出ている。それでいて、眼差しは鋭い。いつもの悠然とした強い眼差しではなく獣のそれのようだった。冷ややかな作り笑いを刻み、

「よく見抜いたわね。まあ、これだけ手掛かりが揃えば答えは自明の理ということかしら。ええ、そうよ。あの朝、富士井が轢き逃げをしてしまったと泣きついてきたの。だから、私は自分のプロダクションを守るため、その時の最善と考えられる対策を遂行しただけ、それが代表たる私の務め。今でも正義ではないけど正解だと思ってる」

「しかし、正当ではないですね、人に対して」

「それ、考え方じゃないの？　罪を被ってもらった槙君には相応の礼はしたつもりよ。とても普

段の槙君じゃ稼げない破格の報酬を与えたのは知っての通りね、それに復帰してからの優遇も考慮すると約束したし。あの槙君レベルのタレントパワーじゃ一生かかってもこんな幸運にありつけないわよ、何もなく平穏のままじゃね。むしろ、轢き逃げ事件のおかげで人生ブレイクしたってとこかしら。無実の罪は禁断の果実みたいな」

そう言って両手を打ち鳴らすといきなり表情を崩し、ヒステリックに笑い始めた。目を剝いて口をいっぱいに広げ、まるで何かの発作のようにも見える。

その時、音を立ててドアが開かれた。

「もうやめて！」

きしるような大声が響き渡る。

43

叫びながら飛び込んできたのは白川留里菜だった。

引き攣った形相でこちらに向かって来ながら、

「嘘はもうたくさん、いい加減にしてよ、カカさん！」

その声は震えていた。目を赤くし、涙をこぼしている。

その後ろから富士井敏樹が追うように付いてくる。うろたえた様子で浅黒い顔にうっすら汗をうに見える。

滲ませていた。

突然、娘に詰め寄られ、千佳の顔から笑いは引いていた。目の中の狂的な光が揺らいでいるよ

そんな母親を留里菜は睨むように見つめ、

「カカさん、やめよう、こんなこと。さっさと認めよう。私だって耐えられないよ」

そう言って、振り返って俺の方に顔を向ける。真っ直ぐに訴えるような眼差しだった。肩のあたりが震えている。思い詰めた表情をして、

「そうです。運転していたのは私でした。轢き逃げの本当の犯人は私です。あの日、酔って気分が上がって、わがまま言って、強引に富士井君に代わってもらい、私、調子こいてハンドル握ったんです。ほとんどペーパードライバーのくせして。そしたら、あの結果。パニクってカカさんに助けを求めた自分が情けない……。もう逃げも隠れもしません」

吐き出すように一気にまくしたてた。

すると、その背後から富士井が前に出てくる。押しのけるようにして留里菜を脇にやると、奥まった目を剥いて、んーと唸り、

「い、いえ、違います。自分です。ハンドルを握っていたのは自分です。彼女は庇おうとして、んー、この不肖、富士井敏樹の俳優としての将来を守るためにそんな嘘を」

鼻息荒くしながら、拙い口調で言葉を搾り出す。

そんな富士井の脇腹に留里菜が肘打ちを食らわし、

「だから、やめなって、そういうの。台詞クサいし、相変わらず下手だし。説得力ないよ。だいたい、私があんたのこと庇うわけないでしょ。そもそも、それほどの俳優ってさ、あんた自分でそう思ってるわけ？　恥ずかしいよ、聞いててさ」

眉をひそめて言い立てた。

富士井は脇腹を押さえたまま、返す言葉を見付けられない。んー、んー……。

俺は留里菜の言葉に頷き返してから、タブレット端末を指して、

「この現場写真、警察の専門の科学分析にかければ、助手席に写っていたのがどちらかくらいは解るでしょうし」

そう言って肩をすくめる。さらに話を続けて、

「それに動機ですよ。槙さんの動機。彼は留里菜ちゃんに想いを寄せていました。そんな彼なので、留里菜ちゃんを庇うからこそ、身代わりの犯人を引き受けたのでしょう。富士井君のためにというのでは動機が薄いと思います。そもそも、ハンドルを握っていたのが留里菜ちゃんだったことを槙さんは知っていたんですよ。この現場写真を撮ったのも槙さんだと思います。おそらく、あの朝、槙さんは留里菜ちゃんの乗った車をそっと尾行けていたのでしょう。一種のストーカー行為とも言えるかもしれませんが。そうしたら、幸か不幸か偶然にも事件現場に遭遇し」

指でシャッターを切る仕草をしてみせる。

口を挟んできたのは赤峰千佳だった。

「いいところ突いているわね。そう、結局、槙君は知ってたのよ」

先程とは変わって穏やかな口調だった。冷め切った眼差しをして、

「こうよ。あの朝、轢き逃げ事件の直後、事務所で私はこの二人から報告を受けたの。興奮状態の留里菜は泣きじゃくるだけで埒が明かない。そんな様子を見て、富士井は自ら犯人として出頭することを申し出たわ。運転を代わってやった自分にも責任あるとか言ってさ。私、それ聞いて激怒した。頰をひっぱたいてやった。どんだけの思いであんたを育てているのかって。うちのプロダクションの将来を背負う存在なのに、もっと自覚を持てってね」

厳しい目で富士井の方を一瞥する。

富士井は萎縮したように筋肉質の広い肩をすぼめ、うなだれて小さく頷いていた。

千佳は話を続ける。

「で、とりあえず二人を私の部屋に待機させた。事務所と同じマンションにあるからね。その後すぐに槙君を事務所に呼び出したの。そして、説得と懇願を繰り返し、身代わりで警察に出頭させたわ。もちろん、多額の報酬と復帰後の厚遇などの条件を約束して。その際、轢き逃げ事件について、運転していたのは富士井君だったと説明した。槙君はそれで納得している様子だった、その時はね」

「しかし、相手の方が一枚上だった」

俺は合いの手のように入れる。

千佳は形のいい鼻に皺を寄せ、

「そういうことね、悔しいけど。何度か金を振り込んでいたんだけど、しばらくして、要求額を

上げてきたの。怒りの声を上げる私に対して、槙君は隠していたカードを突きつけたのよ。轢き逃げの現場を目撃し、留里菜が運転していたことを知っている、と。その写真をちらつかせてね」

「実に狡猾なやり口ですね。既に轢き逃げ事件の偽装工作が成され、もう引き返せない段階になって仕掛けてくるなんて……。あなたは追い込まれた形になって、相手の要求を飲むしかなかった」

「ええ、どうしようもなかったわ。それで、矢吹、元夫の矢吹にも打ち明けて、場合によっては金銭的なサポートをしてくれるよう頼んだ、恥を忍んでね」

「娘の留里菜ちゃんのことですから、矢吹社長も了解したでしょ」

「それは当然」

「あと、赤峰オフィスの槙さんの轢き逃げ事件のせいでヤブキ芸能の宗方君が迷惑を被ったという件で矢吹社長とあなたが喧嘩する、そんなお芝居を度々演じてましたっけ」

「カムフラージュのためにね、クサい芝居だった。でも、矢吹もああして死んでしまったわけで、結局、私の恥はかき損だったかも」

寂しげに苦笑いした。

俺は先日の貴倉恭子の目撃談を思い出して、

「そういえば、あなたも、矢吹社長も、槙さんを激しく罵っているところを目撃されたようですが、きっと、その過剰な要求を巡ってのことだったんでしょうね」

「ええ。矢吹もそうだったようです。いずれも、槙は聞く耳を持ちませんでしたが」

「今ではもう永久に」

「正直言って、槙が死んだ時、ホッとしたものでした」

居直りと諦めの入り混じったふうな響きだった。

俺はタブレット端末を操作し、メモ帳の画像を映し出す。轢き逃げ事件の日付と車のナンバーなどの数字が暗号のように記されたページ。この画像について簡単に説明し、

「これ、最初に殺されたMC伊波さんのメモ帳です。ここの数字、22とあるのは、二十二時に誰かと会う予定、と推測されるのですが、もしかして、赤峰さん、あなたでしょうか？」

千佳は画面から顔を上げるとあっさり、

「ええ、そうだと思います。MC伊波さんから、殺される前日だったかと記憶しますが、スマホに電話があって、槙のことで話したいことがあるから、と。話が話なんで気になるのでOKしたら、この十三日の十時を指定されました。場所は当日連絡すると」

「でも、結局、十二日の午後にはMC伊波さんは殺されてしまったから、十三日の約束は自然消滅」

「今では何の話をするつもりだったのか」

「やはり、轢き逃げ事件に関することでしょうがね」

「おそらく」

千佳は小さく頷き、

「それにしても、こういう形で事件のことがバレるとは……、それも、よりによってあなたに明かされるとはね。ただ、ちょっと運が良かったんじゃないの、あのタイミングで留里菜が飛び込

んできて、洗いざらい喋っちゃったんだから」

とシニカルな笑みを刻む。

俺はゆっくりと首を横に振り、

「いやあ、運とグルメ情報はあまり当てにしない性質でしてね、たぶん、あなたが思ってるより、私は慎重かもしれませんよ」

言いながらスマホをかざし、

「あなたがこの部屋に姿を見せてから、このスマホ、ずっと通話状態にしてあるんですよ。留里菜ちゃんのスマホと繫がったまま」

「えっ」

千佳は目を吊り上げる。

俺は淡々と続け、

「だから、最初から私とあなたとの会話はずっと留里菜ちゃんの耳に届いていたわけです。それより前に予め、この部屋であなたと重大な会見をする由は彼女にメールしておきましたし」

「だから、この部屋の前で」

「はい。そうやすやすと家政婦や温泉女将のドラマみたいに絶妙のタイミングで立ち聞きなんて出来るものじゃありませんから」

両手をクロスさせてバッテンを作った。

千佳は大きく溜息をつく。舌打ちをして苦笑いを浮かべ、

「あざといわね」

恨めしそうな視線を俺に突き刺す。それから、悪戯を見付けたような眼差しで娘の留里菜を軽く睨み付けた。

留里菜はしおらしく俯き、上目遣いでピョコッと小さく頭を下げた。

ちょっと遅れて、傍らにいた富士井が、気を付け、の姿勢で大きな辞儀を二度ほど繰り返す。

俺はフォローするように千佳に言った。

「確かにあざといですね。ただ、あなたが真相を打ち明けやすいようにと思って」

千佳はフンッと鼻を鳴らし、

「まんまと乗せられたというわけね。ま、おかげで全部吐き出してすっきりしたけど。ホント、嘘って疲れるから」

と言って自嘲を滲ませた。そして、何もかも投げ出したくなったように大きく伸びをする。どこか寂しげな表情だった。

すると、留里菜が溜息まじりにポツリと呟いた。

「嘘って難しい……」

俺は小さく頷いて、

「そうだね。泣き真似するよりも作り笑いの方が悲しく見えちゃうもんだし」

「あ、それ解る」

そう言って作り笑いを浮かべた。

突然、富士井が全身を硬直させたまま修理中のターミネーターのようにギクシャクと千佳の方に歩み寄った。奥まった目を白く剝いてテンパっている。口元を蠢かし、んーんーと唸ってから、ようやく口を開き、

「社長、申し訳ありませんでした！　自分がいながら、留里菜さんを守り切れなくて」

思い詰めた表情で声を震わせ、深々と頭を下げた。

千佳は面倒くさそうに微笑む。軽くいなすように手を振りながら、

「今さら気にしなくてもいいわよ。何よりも、実際に事件を起こしたのが富士井君じゃなくてよかった、それはホントよ」

そう言って小さく頷いてみせた。

留里菜がおずおずと口を挟んでくる。上擦った声音で、

「でも、カカさん、さっき、私が入ってくる直前、轢き逃げ犯は富士井君だと嘘ついて、私のこと庇ってくれたわよね……私、嬉しかった」

目を潤ませて千佳をじっと見つめる。

千佳は目を細めて見つめ返す。が、呆れたふうな笑みを浮かべ、

「甘いわね。何言ってんの、違うわよ。そんなんじゃないの。天秤にかけた一瞬の判断だっただけ」

「天秤って」

「あのね、富士井君よりも留里菜、あなたが犯人である方が被害は大きい、そう判断したのよ。

だって、私、犯人の母親ということになるのよ。だったら、私も大きくダメージを被ることになるじゃない。同時に、赤峰オフィスの社長としての私もね。ダブルのダメージ。そうしたらこの事務所全体に影響することよ。富士井君に限らず所属しているタレント全員にね。どれだけ大きい影響か、どう、解るでしょ？」

言い含めるように言った。

留里菜は身をすくめ、強張った面持ちで足元に目を遣っていた。やがて、ゆっくりと顔を上げると、

「カカさん、ごめんなさい。私、最悪のケースを引き出したみたいね」

千佳は眉を上げ、大きく頷き、

「そう。そういうことよ。ホントいい迷惑なんだから。しっかり自覚してね」

あっけらかんと言い放ってから、

「まあ、もしや、こういうふうにバレることもあるかと思ったから、最悪の事態に備えて一応、回避策は打ったけどね」

「え、回避策？」

「応急手当みたいなものよ。あのね、あなたの所属事務所、うちじゃなくて、ヤブキ芸能ということにしといたから」

「トトさんのところ、に」

「そうよ。あなたは半年前からヤブキ芸能に所属しているの、そういうことになってるから。も

う手続き済んでるわ。まあ、向こうの社長は不在、永遠に不在だから、今日、私が代わりに契約手続きしておいた。こういう時、元夫婦の腐れ縁って便利よね。ヤブキ芸能の所属だから、あなたに関する責任者はもちろんトトさんよ、社長としても親としても、ね。そういうことだから、赤峰オフィスにとって最悪の事態は回避したというわけ」

「あきれた……」

「ま、そういうことだから。いい、四ヶ月前、ヤブキ芸能のあなたは轢き逃げ事件を起こした、その際、母親である私の方に泣きついてきた。本来ならば、所属事務所の社長である父親に助けを求めるべきなのに。でも、頼りにならないって、あなたは思ったんでしょうね、だから、私にすがってきた。で、仕方なく私が可愛い娘のために一肌脱いでやった、と、まあ、そんなふうな絵になるわけよね、どう、イメージもかなり変わってくるでしょ」

「とことん呆れる……」

「あ、ついでに言うと、社長があぁなっちゃった以上、ヤブキ芸能は近いうち解散、消滅という顚末だから、あなたのことで向こうに迷惑がかかることはないわ、安心して。それもこれも、トトさんが亡くなったおかげね。トトさんも最期にあなたの役に立ててきっと喜んでいるはずよ」

軽やかな口ぶりで言い立てると、狐面のように微笑んだ。

留里菜は小ぶりな口を丸く開き、呆然としていた。大きく溜息をつくと、

「ホント、図太いわよね。感心しちゃう。よくそんな知恵が働くよ。何かおかしくなりそう」

瞬きを繰り返し、ゆっくりと首を振る。

千佳は娘に顔を近づけると、

「あのね、生活者の理性は通用しない、それが芸能なの」

静かな口調で言った。

留里菜は真っ直ぐに見つめ返す。そして、作り笑いを刻み、

「出頭する覚悟は出来てるから、カカさんこそもう安心して」

いったん言葉を切り、顔を上げて宙に目をやる。深呼吸一つ、はしゃぐような甲高い声に切り替わり、

「さあ、留里チャンネル、大きなスクープ摑んだぞお！　配信者おん自らが逮捕なんて前代未聞だもんね。ああ、フルスロットルで張り切っちゃおう、いいシーン撮らなきゃ」

スマホを握り締め、拳を顔の前でしきりに振り回してみせる。

「開局以来の最高の再生回数になりそうね」

と、千佳が柔和な目をして激励する。

二人は顔を見合わせ、微笑を交わし、大きく肯き合った。傍らで富士井敏樹が衛兵のように背筋を伸ばして立ち、拍手の仕草をしている。

この人たちの世界観について行けない。俺はそう思い、早々に部屋を後にした。

44

夕闇が降りようとしていた。微かな西日が狛犬を柔らかく包み、その表情を穏やかに見せている。やがて身を伏せ、眠ってしまいそうだった。

玉砂利を踏む軽やかな音が近づいてくる。口を開けた狛犬の向こうから人影が姿を現わした。黄昏の薄い陽に顔が浮かぶ。

宮司の貴倉貴の妻、恭子だった。

ちょうどよかった。俺は彼女に用があって社務所の方に向かっていたのだ。

恭子は着古した茶褐色のフリースジャケットに身を包み、いっぱいに膨らんだボストンバッグを提げている。どうやら外出するところらしい。

すいませんと声をかけてから俺は恭子に歩み寄る。

「お聞きしたいことがあるんですが」

恭子は足を止めず、眼鏡越しに不審そうな目を向け、

「ちょっと急いでいるんですけど」

「じゃ、歩きながら」

と、俺は素早く手を伸ばし、

Act.6

「そこまで荷物お持ちしますよ」

奪い取るようにしてボストンバッグを手に持った。ずっしりときて、一瞬、身体が左に傾きかけた。

「重いでしょ」

けだるそうに言って、口端を微かに歪めた。笑ったのかもしれない。

本鳥居のある南の正面口へと向かって参道を歩きながら言葉を交わした。

恭子は病院に行くところだと言う。夫の貴の入院先に着替えなどの荷物を持っていくためだった。病状はかなり深刻らしい。

「だいぶ前から解っていたんですがね。今回の事件やらで主人も疲れて病状が進んだのかもしれません」

「どうかお大事に」

としか返答の言葉が見つからない。時間もあまり無いので話題を変えて、

「こんな折にまことに恐縮なんですが」

やや強引に本題に入る。仕方あるまい。

本題とは、殺人事件より以前に起きた珍妙で不可解な出来事の件である。赤い雨、吊るされたドーナッツ、鳥居と卒塔婆について。先ほど、忍神の前で語った通り、これら三件の謎を解明したことを語った。その上で本題の中心に踏み込む。

「以上のように三件はそれで説明がつくわけです。しかし、奇妙な出来事はもう一件ありました

ね」

「呪い釘のことですか。銀杏の木に穴が開けられていた件」

「ええ、そうです。それだけは他の三件と違ってギャクロスというキイで解釈できないのです。別のカテゴリーの謎だと思っています。アプローチの仕方を変えなければなりません」

「はあ、別のアプローチを？」

鼈甲ブチの眼鏡越しに興味深そうに目を細めた。

参道がゆるりとしたカーブを描く。神楽殿の裏側が見える。大屋根の黒瓦が夕陽に映えて、夜の海が波打っているようだった。

俺は言った。

「あの呪い釘の件で気になるポイントがあります。それは実に丁寧であること」

「え、丁寧？」

「やり方が丁寧だということです。奇妙じゃありませんか。ちゃんと後片付けをしているんですから。藁人形を持ち帰るばかりか、釘までも。そう、木に釘を刺しても、そのままにせず、わざわざ抜き取って持ち去っているんですよ。丁寧としか言いようがありません。釘を刺しておいて、それを抜き取るって、なかなかの重労働のはずですよ。抜き取ることを前提として刺さないと難しいんじゃないでしょうか。そう考えると、むしろ、これ、釘を刺すことではなく、釘を抜くことの方が目的であったと思えてくるんですよ」

「それ……何を意味しているんです？」

「こういうことです。釘を刺すのが呪い釘。そして、呪い釘とは人の死を願う儀式です。ならば、釘を抜くことはその逆、つまり、人の生を願うこと。呪うような強い力で生を願って祈る。そう、呪い釘ならぬ『祈り釘』の儀式といったところでしょう。死に至らしめるのではなく、その逆、死から救出するための儀式です。あなたは闘病中の夫、貴さんの命を救おうと思い詰めるあまり、この祈り釘の儀式を考え出した。具体的な詳細は解りませんが、あなたは自身が考案した祈り釘の独自の儀式を密かに行っていたのですね、恭子さん」

俺はそっと横顔を一瞥した。

彼女は紙のような表情で俯いたまま、ただ淡々と歩を進める。

参道の両脇の木立に夕闇がまとわりつき、影の塊と化している。黒い壁がどこまでも続いているようだった。

俺は話を続ける。

「実はあなたの発言がヒントだったんです。一昨日でしたか、この呪い釘に関して、あなたは『木に釘をねじ込む』というような表現をしたんです。普通、『木に釘を打ち込む』じゃないでしょうか、呪い釘ならば。しかし、『打ち込む』ではなく『ねじ込む』とあなたは言った。想像ですが、おそらくこういうことだったと思います。先ず錐を使って木に穴を穿つ。その穴に釘を入れた、そう、手で釘をねじ込んだのでしょう。もし、予め穴を開けず、いきなり鉄鎚で釘を打ち込むと、今度は抜く時が大変、いや、抜けないかもしれませんからね。だから、錐で開けた穴に釘を入れた。そうした作業の経験者ゆえに、つい『ねじ込んだ』と口を衝いて出たのでしょう」

足元でザッと微かな音がした。

恭子が歩きながら参道の土を爪先で軽く蹴ったようだ。眉をひそめて首を振り、

「私、そんなこと言ってましたか……」

「ええ」

俺は小さく頷いてから、

「それともう一つ。あなたの思考方法というのか考え方の癖のようなものが気になったんです」

「どういうこと？」

「先ず、鳥居に卒塔婆が結わえ付けられていた現場でのことです。あなたはその光景を見て、『鳥居を運んで行って卒塔婆に結わえ付けるわけにはいかないから』みたいな冗談めいたことを言ってましたね。あと、殺人現場のお祓いの儀を行った際、『現場を清めることは穢れを除くことだから、そこに残された罪も消すことになるのでは』とあなたは疑問を呈しました。『むしろ、犯人のため、になってしまう』と。そう、いずれの発言も何と言うか、逆からの発想、なんですよね。逆説的であり、逆さまの思考法なんです。そんなあなたの考え方の癖が祈り釘と結びついているように思えたわけです」

そう言ったところで言葉を止める。

木立の黒い壁は消え、参道が広がっている。

目の前に朱塗りの鳥居が聳えていた。残照の中、その巨大な輪郭が鈍い黄金色を帯び、夜を招き寄せているようだった。

恭子は足を止めた。深々と溜息をつき、

「なんか、私、隙だらけだったみたいですね。全然、自分では気付かなくて」

「いえ、それだけ懸命だったんですよ、そう思います」

「ええ、確かに懸命、必死でした。馬鹿らしいって頭では解っていても、どうしようもなくて、藁人形と釘なんか準備して、深夜に幾度も……。まさに藁にもすがる思い、なんてあなたに言われそうだけど、でも、その通り、どうしようもなくて」

恭子が「祈り釘」の儀を始めたのは一ヶ月半前からであった。例の銀杏に残された痕跡が発見されてからも、木を変えて続けていたらしい。儀式は十数回に及び、最後に行ったのは三日前の深夜だったという。

「でも、主人はもう長くないでしょう」

かすれそうな声でそう言って鳥居を見上げる。その巨影が夕景に溶けようとしていた。

恭子はけだるい口調で、

「今さらもういいんですよ。あの人のために祈る時間があっただけでも幸いと思ってるんですから」

「ずっとバレませんでしたね」

「そう、こうして今、あなたの名探偵のような目に見抜かれるまではね」

「どういたしまして」

「もし、もっと早く見抜かれてしまっていたら、きっと、あなたの名を書いた藁人形に呪い釘を打ってたでしょうよ」

こちらを横目で睨んで、口の端を歪めた。今度は確かに笑ったように見えた。

そして、恭子は手を伸ばして、俺の手からボストンバッグを奪い取ると、鳥居の向こうへと歩き去って行った。時折、重い荷物に足元をふらつかせながら。

45

東エリアと西エリアに点在する建造物に警察関係者が慌しく出入りしていた。目的は隠し金庫を探すためである。

そう、俺が数時間前に画廊ハウスで発見したバブルの遺跡とも言うべき隠し金庫、それと同類のものを求めて探索しているのだった。忍神の住居の離れにも、先代の宮司は本棚の裏に隠し棚を設けていたわけである。二度あることは三度あるの諺の通り、このように二箇所あったなら、どこか他にも同様の仕掛けがあっても不思議はないだろう。

殺された槙は画廊ハウスの隠し金庫を密かに利用していたわけで、そこには四ヶ月前の轢き逃げ事件の手掛かりを隠していた。そのことと今回の殺人事件との関連性、また、槙が他の隠し金庫にさらなる手掛かりを置いていた可能性、それらを追及するために槙が出入りしていた場所を重点的に調べているようであった。

日中、俺が忍神と共に画廊ハウスで隠し金庫を調べた後、忍神がその成果を通報すると警察はすぐに飛びついて駆けつけてきたらしい。その時から探索が続けられているわけだから、そろそろ相応の収穫があるやもしれない。

俺は俺で己の関心と意志、つまり、興味本位と出来心の赴くままに調査を続けていた。気になることがあるのだった。その一つが落とし物。

数時間前、槙のダウンジャケットから落ちたボタンの欠片を画廊ハウスで見付けた際、それをキッカケに記憶が刺激され、問題が浮上してきた。ずっと気になっている。確かめずにはいられない。

先ほど聞いた忍神からの情報に従い、俺は東エリアに足を運んだ。情報は正しかった。

フォトスタジオの前で足を止め、

「こちらにいると聞いたもので」

俺は目的の二人に声をかけた。

すっかり夜の気配をまとった夕闇の中、外灯をスポットのように浴びて彼らは振り向いた。猿蟹コンビの二人の刑事、片桐と真田である。懐中電灯を手に彼らは張り付くようにしてフォトスタジオの外壁を調査しているところだったようだ。

片桐警部は大きな耳をかきながら、

「何です？　探偵さんか。期待しないでほしいなあ。このフォトスタジオ、中も外も調べたけど、隠し金庫の類は見当たりませんよ。おあいにくさま」

不機嫌そうに鼻の穴を広げて鼻息を漏らし、苦笑いを刻む。

傍らで真田刑事のアバタ面が幾度も頷いている。

「いえ、その件ではなくて別件でちょっと訊きたいことがあって」

言いながら俺がおずおずと近付くと、片桐警部は寄り気味の目を鋭くし、

「何です？」

迷惑そうに、しかし、興味深そうに答えた。明らかに以前よりも対応が柔軟になっている。きっと、俺のあげた成果、つまり、隠し金庫の発見や轢き逃げ事件の追及などを忍神が彼らに喧伝してくれたおかげだろう。

俺はその波に乗るようにして前進する。

「ちょっと話は遡りますが、最初の殺人の現場のことなんです」

「え、最初のって、MC伊波殺しの現場、シアターハウスのことですか、バンガローみたいな」

「ええ、そうです。あの現場、床に木の玉が散らばってましたよね。ネックレスの玉です。御利益ネックレスと言うそうですが」

もとはチェーンの半分くらいに数十個の木の玉が数珠のように通されて連なっているものだったらしい。

「ああ、被害者のMC伊波さんのしていたネックレス。凶器のナイフが当たってチェーンが切れたやつ」

玉の多くはチェーンに残っていたが、十数個の玉は床の血だまりの上に散らばっていた。

「それがどうしました？」

と片桐は不審そうに訊く。

俺は丁寧な説明を心掛け、

「御利益ネックレスだけあって、木の玉はパワーウッドボールと呼ぶそうなんですよ。で、それら数十個のウッドボールのうち八つは惑星に見立てられていて、水・金・地・火・木・土・天・海の文字がそれぞれ刻まれ、宇宙のパワーも取り込んでいるとか」

「ほお、大した御利益のようですね。そのわりにはMC伊波さんは殺されちゃいましたが」

「まあまあ。で、そのネックレスは現場の証拠物件として警察の方で回収しましたよね。落ちていたウッドボールも」

「ええ、すべてね」

「ですよね。で、もうちょっと詳しく教えてほしいんですが、血だまりに落ちていた以外にもあの部屋にはウッドボールは落ちていたんでしょうか？　床とかソファなどに」

「ん？」

一瞬、顔をしかめてから片桐は相棒の真田の方を振り向き、

「おい」

顎をクイッと上げ指示を出す。

真田は役に立つのが嬉しいのか頬骨を突き出して大きく頷いた。メモ帳を取り出すと忙しくめ

くる。そして、あるページを開いたまま片桐の顔の前に差し出し、

「ウッドボールが落ちていたのは例の血だまりのところだけでした、記録によれば」

得意そうに報告する。

片桐は渋面でメモ帳を凝視してから、

「記録というより暗号かよ、お前の字は」

と一言ボヤいてからこっちを向き、

「ということだそうです。ウッドボールはあの血だまり以外の場所には落ちてなかったと」

俺は素直に頭を下げて、

「そうでしたか。確認できて助かります。それから、あともう一つ確認したいんですが」

「何？」

「ええっと、その回収した御利益ネックレスなんですが、さっきも言った八つの玉、惑星に見立てられ、それぞれ水・金・地・火・木・土・天・海の文字が刻まれたウッドボール」

「ああ、宇宙パワーのウッドボール」

「はい。それら八つの玉はすべて揃っていたでしょうか？　水・金・地・火・木・土・天・海、すべてが」

指を八本立てながら問う。

片桐は眉をひそめるがすぐに、

「おい」

と視線で真田に指示を飛ばす。

それより早く真田は既にメモ帳を繰っていた。十秒ほどで手を止めて目を凝らし、開いたページを片桐の眼前に掲げ、

「すべてではありませんでした。二つが欠けているようです。『火』と『木』のウッドボールが」

そう言って大きく頷いてみせる。

片桐は顔の前からメモ帳をどかせ、

「『火』と『木』、この二つはチェーンにも残されておらず、血だまりの上にも落ちていなかった、ということだそうですよ」

「ありがとうございます」

「いえいえ。しかし、紅門さん」

と、片桐は怪訝な表情で首を傾げると、

「そもそも、このことにどんな意味が？」

苛立たしそうに眉をひそめる。

俺は首をひねり、

「いやあ、何とも言えません。まだ考えているところなものでして」

ここは見栄を張らず正直に答えておき微笑む。ＩＱより愛嬌。

片桐は脱力と落胆と安堵の混じったような溜息をつき、

「何だ、そんなところですか。ま、しかし、何か解ったら、こっちにも知らせてくださいよ。いいのですか」

「ええ、もちろん」

「絶対に、約束ですよ」

釘を刺すように言って人差し指を突きつけてくる。

隣りで真田も同じように指を突き出していた。一瞬、カニのハサミのように二本指に見えたのは疲れているせいだろう。

俺は二人に丁重に礼を言ってから速やかにこの場を後にした。いつのまにか夕闇は夜の色に呑み込まれていた。

もう一つ、やるべきことがあった。神社の境内で見晴らしのいい場所、狛犬の近くに立ち、周囲に人がいないのを確認する。そして、スマホを取り出し、電話する。相手は市原元警部補。先日もらった名刺に記載されていた携帯の番号である。

俺は名乗ってから挨拶代わりに、

「先日、気軽に尋ねてください、と言われたものですから」

「ああ、確かに言いましたっけね、気軽に」

含み笑いと共に人懐っこい声が返ってくる。

俺は安堵し、すぐさま用件に入った。

「或る人物」について是非とも調べてほしいこと。その具体的な手順も含めて説明し、協力をお願いした。

市原元警部補は丁寧に話を聞いてくれてから、要請に応じる姿勢を示しつつ、

「これはギャクロスの件、『腹裂きレインボー』などに関わっていることなんですか？」

「ええ、結果的にそうなります。そして、今回の連続殺人とも」

「どうやら急いでるようですね」

好奇心に満ちた声が弾む。あの太い眉毛もピクピクと躍っているかもしれない。電話の向こうから幾つかの質問を投げかけてきて、こちらの返答に納得すると、市原元警部補は調査の協力を約束してくれた。

丁重に礼を述べながら俺は無意識のうちにその場で何度も頭を下げていた。傍から見ると、狛犬に謝っているように映ったろう。

通話後、予め忍神のタブレット端末からコピーさせてもらった「或る人物」の顔の画像を市原元警部補の携帯に送信する。

狛犬の「あうん」の呼吸のように、どうか、この連係プレイが功を奏しますように……。

Act.6

夜の帳が下りて八時半を回った頃、警察の方で進展があった、と忍神から電話連絡が入った。探索の甲斐あって例の隠し金庫が新たに発見されたという。なので、忍神と合流し、見て回る。

それは次の三箇所だった。

先ず一つは東エリアの石灯籠。報龍神社の名にちなんで龍の巻きついた意匠の石灯籠が東西エ

リアのあちこちに点在しているが、その中でも最も大きく、高さが二メートルを超える代物。石灯籠というよりオブジェに近いだろう。もちろん、先代の宮司、貴倉昇造の趣味である。

台座から伸びた太い柱部分がオベリスクのような四角柱で、その一面が隠し扉となっており、内部に空間が設けられているのだった。奥行き三十センチくらいで、全体として大き目の枕が三つか四つ収まる容積があった。

二つ目の隠し金庫は軽トラックの中だった。そう、先代の宮司の頃から使われている、あの白い幌の付いたポンコツ同然の軽トラックである。

これは助手席のシートの裏側というか内側に隠し金庫が仕込まれていた。座部と背もたれの繋がった前部が蓋になっている、いわば隠し扉で、それを前に倒して開けるカラクリ。やはり、奥行きも容量も石灯籠の金庫と同じくらいだった。

三つ目は西エリアの温室。かつては蘭やサボテン類、南方の珍しい花が栽培されていた小ぶりな植物園だったが、現在は錆びたベンチを雑草が囲んでいるだけの空き家状態。第一の殺人の際、忍神や死体発見者らが警察の到着を待っていた場所である。

この温室の物置部屋だけが透明ガラスではなく、木造の壁で構成されている。その奥の一面がスライド式の隠し扉となっており、金庫が設けられていた。空間の容積は例の画廊ハウスの隠し金庫と同じくらいであった。

「いやはや、親父もよくぞここまで無駄な労力を費やしたもんだよ。脱税の空振りなんてな」

忍神はこれらの隠し金庫を一通り見て回ってから大きく溜息をついた。その声には感心半分、

Act.6

呆れ半分の響きがあった。

見学を終えて、西エリアを出て参道に入り、そぞろ歩いていた。警察の捜査の熱気に当てられたせいか、夜の冷気が心地いい。

俺は木立の作る闇をぼんやり眺めながら、

「どの隠し金庫も殺された槙さんが利用できる場所にありましたね」

「だけど、どこも中身は空っぽだったじゃないか」

「槙さんが重要な手掛かりを隠していたのは、結局、画廊ハウスだけだったようです」

「じゃ、警察も無駄な労力だったってことか。うちの親父が『おお、同志よ』なんて墓場から出てきて握手求めてきそうだな」

白い息を吐きながら忍神は笑った。

俺の頭の中でパズルのピースの数々がカタカタと音を立て始めている。磁石のように互いに引き寄せ合い、震え、動き、走り、組み込まれ、一つの形を作ろうとしている。

夜空を見上げる。灰色の雲の海が割れ、狭間から月が光を投げかけてくる。

事件は大詰めを迎えようとしていた。

Act. 7

46

翌日、幾つかの調査が進行し、情報が蓄積された。それらのデータをつぶさに分析し、推理の補強をはかる。どうにか丸一日かかって事件解明という大きな一枚絵が眼前に立ち現われようとしていた。

そして、明くる十二月十六日、午前十一時を回った頃、俺は冷え切った舞台の真ん中に立っていた。

寒いのではない。エアコンの暖房は充分に効いている。が、空気が刺々しく、まるで凍てついているように感じられるのだ。

ここ宿舎のサロンには事件の関係者たちが顔を揃えていた。いずれの表情にも不安の色が見え隠れしている。緊張感が滲み出て、硬直した雰囲気が息苦しい。そして、彼らの矢のような視線は揃って俺に向けて放たれていた。

彼らがここに集合しているのは忍神が招集をかけたからである。忍神がそうしたのは俺が頼んだためであった。今朝、「大事な話があるから」と切り出した俺の要望に応え、迅速に取り計らってくれたのであった。その時が来た、と忍神は直感したらしい。何も問わず、「いい興行にしてくれよ」とだけ、まるで映画館の館主のような対応だった。加えて、「お楽しみはこれからだ」

と笑みを刻み、好奇心に満ちた目を一観客のように輝かせるのだった。

南の窓のブラインドから淡い陽光が差し、床にストライプの影を落としている。その影の近くから椅子が扇形に並べられていた。先程までそれらの背もたれには名前の記された紙がテープで留められていた。俺がこれから語る内容に合わせて、話しやすいように席を決め、貼っておいたのだった。

窓の近く、左から赤峰千佳、富士井敏樹、宗方哲平、鷲津行彦、小尾カン、萌仲ミルキ、忍神健一という順。先ほど、それぞれ名札を剝がして、席に着いた。白川留里菜の姿が見えないのは、例の轢き逃げ事件の件で出頭し、現在、取調中のためであった。それに関連して、今日の午後、赤峰千佳と富士井敏樹も参考人として任意出頭する予定らしい。

この扇形に並んだ席の七名の他に警察関係者の姿もあった。猿蟹コンビの刑事、片桐と真田、それに元警部補の市原の三人が右端に揃って着席していた。彼らもまた俺のリクエストで忍神が要請し、それに応えて参加してくれたのだった。現役二人の刑事がどこか不服そうで不審げな表情なのに対し、退職警官の方はむしろ興味深げに話を待っているようだった。

こうして眼前に並ぶ一同の顔を俺は改めて見渡した。ほとんどアウェイのムードを存分に満喫し、そっと溜息をつく。気分を入れ替え、深呼吸をする。下っ腹の丹田に意識を置き、落ち着いてから、気合を込めて一歩前に出る。そして口を開いた。

「今朝、忍神さんの方から連絡があったと思いますが、改めて申し上げます。これから話すことは事件の解明に関する大切な内容であることをご理解ください。ちょっと長くなるかもしれませんが、最後までお付き合いいただければ、皆様が何故この場にいるのかきっと納得いただけること信じております」

そう言いながら一人一人の顔に視線を送って二往復し、最後に目を落とし、静かに頭を垂れる。

すると忍神が立ち上がった。一同を見渡して朗々とした声を響かせ、

「まあ、こういう場を設けたのは俺の責任だから、彼の話すことがどこへ転がろうと、そこは俺の責任ということで最後まで席を立たないでくれ、よろしく」

命令と請願、それに期待と不安とが微妙にブレンドされた館主の前口上だった。

そんなありがたい言葉に頭を下げて礼をする。それから、観客席の方を振り向いて一礼。そして、俺は始めた。

「先ず、三件の殺人を行った者、つまり犯人に関する考察を述べさせていただきます。その前提として、皆様もご存じの通り、事件の起きた三日間のあいだ神社の敷地内で生活していた人間たち、つまり我々の中に犯人はいるということ、これが出発点であり、犯人を絞り込むベースとなります」

防犯カメラの分析結果や敷地の周縁の足跡の有無など、警察の検証した結果を改めて簡潔に説明する。既に知らされていたことなので異を唱える者は無かった。

俺は少しずつ話の深層へと踏み込む。

「時間の流れに沿って三つの殺人事件を順に追って行くとしましょう。先ず第一の事件、ＭＣ伊波さんの殺害事件です。事件現場のシアターハウスには手掛かりとなりそうなものが幾つか発見

されています。その中で気になって注目したのは御利益ネックレスでした。死体の傍ら、小さな血だまりにネックレスのウッドボールが落ちていました。ちなみに、このネックレスはＭＣ伊波さんがこっそりかけていたものでした」

横から忍神が椅子に座ったまま、合いの手を入れるように、

「こっそりかけていたのはちょいと曰く付きだったからだよな。作った奴が、ノストラ田村とかいう占いタレントで、ヤブキ芸能を裏切って、韓国のプロダクションに勝手に移籍した奴だったんだもんな」

「しかも、向こうで結構売れてるとか」

「けど、売れてるってことはそいつの能力があるということ。だったら、御利益ネックレスも効果があると考えたくなるのも不思議じゃない、それでＭＣ伊波はこっそり首にかけてたんだな」

「そういうことでしょう」

「首の付近はチェーンしか見えないし、ごくありきたりのチェーンだから、何のネックレスだか解らなくて都合よかったしな」

説明しようとしていたことを先回りして言ってくれたので助かる。感謝を込めて大きく頷いてから、

「で、そのチェーンの部分、胸元あたりのチェーンの部分が殺害される際、凶器のナイフが当たり、切れてしまったわけです。それで、ネックレスのウッドボールの幾つかがチェーンから抜けて、落ちてしまった。苦悶し倒れるＭＣ伊波さんのスウェットシャツの裂け目からウッドボール

がこぼれ落ちたわけです。ナイフで突き刺された際に出来た裂け目、あと、それより前にナイフがかすって切れたのと、スウェットシャツには二つの裂け目がありましたからね。それらの穴からこぼれ落ちたのです。で、血だまりの上に十個ほどのウッドボールが散らばっていました。

ここで、注目すべきポイントがあります。この御利益ネックレスは数十個のウッドボールから出来ているのですが、それらの中に、水・金・地・火・木・土・天・海の一文字ずつをそれぞれに刻んだ八つのウッドボールがあり、連なっていたのです。しかし、このうち、『火』と『木』のウッドボールが発見されていません。チェーンに残されたウッドボールの中にもありませんでしたし、血だまりの上に散乱した中にも見当たりませんでした。

しかし、シミュレーションしてみれば、MC伊波さんが刺殺される際にウッドボールがこぼれ落ちたわけですから、その血だまり以外の場所にも落ちた可能性は充分に考えられます。いや、むしろ、それが自然でしょう。けど、しかし、床にも、ソファやテーブルにもウッドボールはありませんでした。そう、あの殺害現場の部屋のどこにも『火』と『木』のウッドボールはないのです。では、どうなったのか？　持ち去られたと考えるのが自然でしょう。それは誰か、と言えば、状況からして当然、犯人ということになります。

では、なぜ、犯人はウッドボールを持ち去ったのかと言えば、何か自分に不都合なことがあるからでしょう。ウッドボールが犯人を指し示す手掛かりとなりうる存在だったということです。考えられるのが指紋。犯人の指紋が付着していたと。いや、犯人は犯行の際、手袋をしていたことが解ってますのでこの線はないはず。では、犯人の血はどうか？　いや、ウッドボールのような小さいものに付着するくらいなら、他の場所にも付いているはずです。しかし、どこにも血痕は検出されず、拭き消したような痕跡もありませんでした。

　これは鑑識からも報告されていましたね。犯人が負傷した可能性があれば、大きな手掛かりになりますからね。でも、今言ったように現場からは血痕も血を拭ったような跡も見つかりませんでした」

「じゃあ、なんでウッドボールが持ち去られた？」

　忍神が身を乗り出す。つられたように前傾姿勢になる者も数人いた。

　俺は声のトーンを少し上げ、

「はい、ここで考え方のアングルを変えてみました。もし、あの現場に御利益ネックレスがもう一つあったならば、と」

「もう一つだと？」

「そう、犯人も御利益ネックレスを身に着けていたなら、と。やはり、MC伊波さんと同様、ひそかに、そして、その効果を信じて、あるいは信じたくて、ね。そういうふうに想定すると解答が見えてくるんですよ。

　いいですか。犯行の経緯において、犯人はMC伊波さんと争っています。その際、犯人のネックレスが破損したとしても不思議ではありません。MC伊波さんの手が当たり、チェーンを引きちぎるなどしてね。ちぎれたネックレスからはやはりウッドボールが落ち、床に散乱したのです。犯人の服装も乱れていたでしょうしね。そして、争っている最中ですから、その場ですぐに犯人はそれらを拾い集めるわけにはいきません。ほったらかしです。やがてまもなく争いに決着がつき、犯人はMC伊波さんを刺殺。その際、こんどは凶器のナイフによって、MC伊波さんのネックレスからウッドボールが抜け落ちたのです。先程も言いましたが、あの血痕の上だけでなく、それ以外の場所、床やソファなどにも複数のウッドボールが落ちたはずです。そして、それらの中に例の『火』と『木』の物もあったのでしょう」

「ああ、床には既に犯人のネックレスのウッドボールが散乱している」

「そう。それらとMC伊波さんのウッドボールとが交じってしまったことが考えられます。どれがどっちのものだか解らない。そして、犯人のウッドボールの中には犯人の指紋の付着したものも当然あったはず。しかし、それがどれだかは解らない。結局、犯人は散乱したウッドボールをすべて拾い集め、そして、現場から持ち去ったのです。それが最も手っ取り早くて確実な方法だったのですから。

ただ、血だまりの上のものはMC伊波さんが倒れた後に落ちたものです。倒れて流血が床に付着してから、その上に転がり落ちたウッドボールです。犯人のウッドボールが落ちたのはそれ以前、殺害前ですので血だまりの上には無いことは明らか。だから、そこからは持ち去る必要はなかったわけです。

結局、犯人の回収した中に件の『火』と『木』のウッドボールがあったと結論付けられるわけです。また、犯人のネックレスからも『火』と『木』、さらに『水』『金』『地』『土』『天』『海』などのウッドボールが落ちたかもしれない、とも考えられます」

「そんなのが交ざってしまったら区別つかないな」

「ええ、難儀なことでしょうね」

と一呼吸を置いてから、

「そういうことで、犯人は御利益ネックレスを身につけていた人間と考えられるわけです。このネックレスは七年前、ヤブキ芸能の創立十周年記念に作られ、社の所属タレントとスタッフに配られたものでした。そして、我々の中においてヤブキ芸能の人間といえば、矢吹社長、所属タレントの宗方哲平さん、かつて所属タレントだった鷺津行彦さん、以上の三名ということになります」

言いながら視線を送る。

宗方はヒュロロと空気漏れのような口笛を鳴らす。大きな目を丸くして呆然とし、よけいにピエロっぽい顔になっていた。

鷺津はスキンヘッドに手を当て、驚いたように口を尖らせている。気色ばんだ顔が赤く、ランニングシャツからはみ出た肩も胸元も赤かった。

俺は視線を一人に定め、

「先ず、宗方哲平さんですが、ネックレスが配られたのは七年前であって、宗方さんがヤブキ芸能に所属する四年も前であり、ネックレスは渡されていません。所持していないわけです。なので、身に着けることはなく、よって、容疑者とはなりえません」

そう言って小さく頷いてやる。

宗方は風船が萎むように表情を緩め、

「でしょ、でしょ、そうでなきゃ、もう」

両足で床を踏み鳴らしながら、右手の指をパチンと弾いた。

俺は視線を隣りに移す。

「鷲津行彦さんは間違いなくネックレスをもらった人間の一人ですね。ヤブキ芸能を辞めさせられたのは二年前ですから、ネックレスが配られた後ということになります」

鷲津は目を剝いて、エラの張った顔を突き出しながら、

「わしゃ、あんなもん捨てちまったわい」

「それはあくまでもあなたの自己申告であって、まだ隠し持っているかもしれません。実際、殺されたMC伊波さんがそうでしたし、それと同様だった人は他にもいる可能性があるということです。また、いたからこそ、あの殺害現場のように犯人と被害者のウッドボールが交じり合うという事態が生じたのでした」

「ま、まあ、そうじゃけど」

「しかし、鷲津さん、あなたは普段からそうした薄着の服装をしてますね」

と相手の上半身を指差し、

「あの殺人事件の当日も、今みたいな胸元をはだけたランニングシャツを着て、その上にジップパーカーをはおり、前を開けたままでした。そんな格好で、あの御利益ネックレスを身に着けたら一目で解りますよ」

鷲津は今になって気付いたように自分の服装にしげしげと目をやりながら、

「そりゃそうじゃ、なんせランニングシャツじゃもんな。そして、実際、確かにそんなネックレスなんか着けてなかったしな。あの日も、翌日も前日も、な」

「ええ、着けてませんでした。御利益ネックレスどころかいかなる首飾りも首から下げてませんでしたね。なので、容疑の圏外となります」

サッと手を振って俺は断言する。

鷲津は大きく息をつくと背もたれに身を預け、いからせていた肩を落とした。

その間に忍神が口を挟む。

「となると、一人しか残ってない」

俺は頷き、

「ええ、それが結論です。社長の矢吹さん、彼が犯人ということになります」

声が自分の耳の奥まで響くように聞こえた。

静けさがたちこめていた。空気の流れる音さえ感じ取れそうだった。

微かな声が漏れる。

「あの人が……」

元妻の赤峰千佳だった。が、それ以上の言葉は続かない。空ろな眼差しで宙を見つめるだけだった。

忍神が呟くように、

「しかし、矢吹は殺されているぞ」

「それは第三の殺人ですね」

と俺は返し、

「その被害者だからといって、第一の殺人において加害者であることには何ら問題はないはずです」

「ま、そりゃそうだな」

俺は言い含めるように、

「そうした事件全体の構造については後で解説します」

「そうか」

忍神は頷いてから、

「それにしても、矢吹があんな不可思議な殺人をやってのけたというわけか。一体、どんな方法だったんだ？　足跡の無い殺人なんて」

「そのカラクリも後でちゃんと説明しますので。ここは先を続けさせてもらいます」

再び言い含めるようにそう言った。

Act.7

47

俺は続ける。

「第二の殺人、槙誠次郎さんの殺害について語りたいと思います。神睦館の四階、『菊の間』で槙さんは刺殺されていました。あの現場において私が注意をひかれたのは床に落ちていたウェットティッシュです。死体の傍ら、五十センチほど離れたところに落ちていましたね。四角いビニール袋に入っているウェットティッシュ。そのビニール袋には斜めに五センチちょっとの切れ目が入っていました。刃物によって切られたためです。また、槙さんのダウンジャケットの左胸あたりも刃物によって切られていました。犯行時、犯人が振り回した凶器のナイフがかすったためと考えられます。そのジャケットの左胸の裏側に内ポケットが位置しています。そして、ジャケットの切れ目とウェットティッシュの袋の切れ目はほぼ同じ長さです。つまり、犯人のナイフがジャケットを裂いた際に内ポケットに入っていたウェットティッシュの袋も一緒に切り裂いたと考えて間違いないでしょう」

「警察もそう見てますよ」

と片桐警部が声を投げてくる。

「フォロー、感謝です」

俺は丁重に頭を下げてから、

「で、ウェットティッシュの袋は裂けていたのですが、中身はというと、僭越ながらちょいと出すぎた真似ながら観察したところ、切れ目は見当たらず、まっさらの状態でした。これは考えてみると妙ですね。薄いビニールが切られているのに中身のティッシュに切れ目が無いというのは。これは、つまり、答えは一つ、ティッシュが何枚か使用されたということです。

　また、このティッシュの袋の中央には中身を取り出すための開け口があります。多くのティッシュ袋はそうなっていますね。そして、開け口には細かいミシン目が付いていて、初めて使用する際にはそのミシン目を切って開けるようになっています。件のティッシュ袋のミシン目は切られておらず、開け口は閉じられた状態でした。つまり、未使用、新品だったということです。ということは、使用されたティッシュはナイフによる切れ目から取り出されたのでしょう。まあ、ちょうどいい穴があったわけで、そこから取り出すのは特に不自然ではないと思います。

　そして、ティッシュを使用した人間ですが展開から推して、犯人と見て間違いないでしょう。犯行時、ナイフで槙さんのジャケットを裂いた際、ティッシュは内ポケットにあったのです。それからまもなくして、ナイフによって刺殺。そして、殺害後、ティッシュをジャケットから取り出して使用したのですから、その人物が犯人ということになります。

　使用したのがウェットティッシュですから、その使い道は当然、何か汚れを拭き取ることです。犯人にとって都合の悪いもの。例えば血。犯人の出血という線も考えられますが、被害者の血も考えられます。実際、被害者の槙さんの左手の甲には切り傷があり、出血していました。これも争った際、犯人のナイフが当たったための傷でした。そうした状況を鑑みると、その槙さんの傷の血が犯人の身体のどこかに付いたため、犯人は拭き取ったとみるのが妥当かと思われます。血が付いたまま人前には出られませんからね。いずれにせよ、犯人はウェットティッシュで汚れを拭き取ったわけです」

いったん、ここで言葉を切る。小さく咳払いして喉の調子を整えてから、

「しかし、ちょっとここで考えてください。殺害後、そうした汚れを拭き取ろうとした場合、拭き取るための道具を探しますよね。しかも、急いでますよね。早くしないと汚れを落としにくくなりますし、なんせ犯行現場ですから早く立ち去ることが鉄則です。そうした状況下、犯人は周囲を見渡し、拭くための道具を探すでしょう。あの現場、死体の傍らのワゴンテーブルに紙おしぼりが置かれていました。使い捨て用の紙おしぼりが数個、袋に入ったままの新品です。周囲を見渡し、真っ先に目に入るのはそれらではないでしょうか。だったら、普通それらを使うのではないでしょうか。

しかし、犯人が使ったのは被害者のジャケットの内ポケットに入っていたウェットティッシュでした。まるで、ろくすっぽ周囲を見渡したりせず、まっしぐらに死体の内ポケットのウェットティッシュに手を伸ばしたかのようです。まるで、探す必要も無かったように、最初からそこにあることを知っていたかのように。

そう、犯人はまさにウェットティッシュの在り処を知っていたと考えられるのです。しかし、その在り処を知ったのは犯行の時間帯ではありません。何故ならば、さっきも言ったようにウェッ

トティッシュは新品だったからです。未使用だったということ。つまり、あの日、槙さんは一度も使用していないということですから、犯人の前で内ポケットからウェットティッシュを取り出すことは無かったはずです。

それより以前に犯人は知ったのです。槙さんがジャケットの内ポケットからウェットティッシュを取り出し、使用するところを犯人は見たのです。槙さんがあの新品のジャケットを初めて人前で着ていたのは十二日の夜です。槙さんが殺される前日の夜ですね。そう、宿舎のロビーラウンジで赤峰千佳さんと矢吹社長が元夫婦喧嘩をやらかした」

すぐさま当の赤峰千佳が尖った声で、

「元夫婦はよけいでしょ。事務所同士の喧嘩なんだし」

忌々しげに腕組みする。

すばやく俺は頭を下げ、

「失敬。で、あの場でなかなか印象的な光景がありました。槙さんが鼻血をもよおし、うっかりジャケットを汚し、慌ててウェットティッシュで拭き取ったのです。さっきも言ったように初めて着た新品のジャケットの内ポケットからウェットティッシュを取り出して。

犯人はそのシーンを見て、強烈な印象を記憶に残したのでしょう。だから、あの殺害現場で真っ先に槙さんのジャケットからウェットティッシュを取り出したというわけです。そう、つまり、犯人は十二日の夜、宿舎のロビーラウンジにいて、槙さんの鼻血シーンを見た人間だと考えられます」

忍神が周囲を見回しながら、

「あの場にいた人間となると、赤峰千佳、矢吹社長、留里菜、萌仲ミルキ、小尾カン」

「忍神さん、あなたも」

赤峰千佳が扇形に並んだ左端の席から右端の席の忍神を指差す。

「ま、そりゃそうだが」

と苦笑いを返す忍神。

俺は右手を突き出し、

「しかし、忍神さんの場合、先ず肉体的に犯行は不可能でした。槙さんの殺害された日、持病の腰痛に悩まされ、歩くのに杖が必要だったほどです。また、念の為、仮病の疑いについて言及しておくならば、忍神さんは車に乗る際、腰痛のせいで危うく転倒しかけたほどです。槙さんの死を知らされ現場に向かうため、弟の貴倉貴さんが軽トラックで迎えに来てくれた時のことでした。忍神さんは乗車しようとして転倒し、咄嗟に私と貴倉さんが助けに入り、大事に至らずに済んだのです。ほんの一瞬のことでほとんど奇跡的と言っていいほどでした。もし、間に合わなければ、後頭部を強打して、それこそ忍神さんの方が死人に会う前に死人になっていたかもしれません。そんな危険を冒してまで仮病を装うとは考えられません。他にも方法があるはずです。よって、忍神さんは容疑者リストから外れていただきます」

「持病に救われるとはなあ」

苦笑いに照れ笑いを加えて忍神は腰の辺りをさすってみせた。

俺は正面に向き直り、

「続いて、今ここにはいませんが白川留里菜ちゃん。彼女はあの日の午後、槙さんの死体発見を知る夕方まで、ずっとアオタン地区の工事現場に張り付いていました。例の『腹裂きレインボー』絡みの発掘作業で留里チャンネル用に特ダネのスクープを狙っていたのです」

横から元警部補の市原がしわがれ声を挟んできて、

「そうそう、確かにあのコ、しつこく張り付いていましたからね。いつ見ても、現場の周囲のどこかにいたもんでした。しかも、工事の三時の休憩時間を狙って忍び込んできて、警備の警官に追い掛けられたり、捕まって懇々と説教されたり、夕刻までとんだ大活躍でしたし」

「と警察サイドからの証言もあるわけでして、つまり、アリバイ成立。よって彼女もリストから消去」

リストの一部を塗りつぶすように宙に一本の線を引いた。

さっき第一の殺人の容疑者リストから外されたばかりの宗方が踊るように上体をくねらせながら周囲を見渡し、

「おお、じゃ、リストに残ったのは、赤峰千佳さん、矢吹社長、萌仲ミルキさん、小尾カンさん、計四人か」

こんどは他人事とばかり能天気な声を上げる。

その声に被さるようにして忍神がさらに大きな声を上げ、

「おい、萌仲ミルキは消去していいぞ。こいつのアリバイなら俺が保証できるよ。犯行時刻とされる時間帯、俺の視界にいたのは間違いない。ついさっき潔白が証明された俺が言ってるんだから信用できるだろ」

自信に満ちた口調で胸を張ってみせる。

数秒の沈黙の後、赤峰千佳が溜息をついてから、

「まあ、そこまで言うならそうでしょうね。ここは信用しますよ。ただ」

冷ややかに言って一旦、言葉を止めた後、声を鋭くし、

「ただ、気になるのは、どうしてこんなに萌仲ミルキさんのことを特別扱いするんです？　アリバイを保証するって、その時間帯、忍神さんは萌仲さんと何をしてたんです？　そりゃ、萌仲さんは忍神さんがプロデュースしたアクターでしょうが、何かそれだけの関係じゃないと勘繰りたくなりますよ」

そう言って刺すような眼差しで忍神の顔を見据えながら、チラチラと視界の端のセーラー服の裾を睨みつけている。

「そんなふうに感じるの私だけですか？　他にも誰か」

と周りの反応を窺う。

するとすぐさま、小尾カンが小太りの身を乗り出し、

「私も以前から、僭越ながら」

とゼリーのような頰を揺らして激しく頷く。

それに鷲津が同意して、

「実はわしもそう思ってたんじゃ」

深々と溜息をついた。

若手たちもこれに賛同を示す。宗方はドラムのように膝を叩きながら、

「そうそう、同感同感」

「自分も、です」

と、富士井は背筋を伸ばし、肩をいからせ、奥まった目を力ませる。

こうした反応を得て赤峰千佳は自信を深めたらしく形のいい顎をクイと上げた。

圧がかかったように空気が張り詰めている。

彼らの火矢のような視線が束になって突き刺さっている標的、それはもちろん……セーラー服の奇観獣。そんな集中砲火に応えようと、

「待ってください、私は」

「いや、ミルキ君、いいんだ」

忍神がその声を遮って立ち上がった。そして、数歩前に出て一同の方を振り返り、

「君達の言い分はもっともかもしれない。そうか、そうだろうね、まあ、仕方ないよな。よし解った。この件はちょいとデリケートな問題でもあるんでな、後程説明させてくれ。約束する、必ずちゃんと話すから。ここは俺の顔に免じて納得してほしい。どうか先ず事件のことを優先させてくれ」

訴えるように言って、潔く頭を下げた。

しばし静寂が支配する。

赤峰千佳が周囲の顔を見回してから忍神の方に向き直る。おずおずとした口振りで、

「まあ、忍神さんがそこまでおっしゃるなら」

「約束は守るから」

忍神は誓うように言い添えると振り向いて、

「ミルキ君、いいね」

強く念を押す。それから、抗議の声を上げた一同の顔を改めて見渡して、

「君達には感謝する」

もう一度、頭を下げてみせた。

そして、忍神は傲慢さと愛嬌の混じったいつもの顔つきに戻ってようやく俺の方に向き直り、

「続けてくれ」

そう告げると、疲れたように嘆息しながら椅子に腰を落とした。

俺はそれを見届けて、大きく頷いてから、全員を見渡して、

「はい、では再開させていただきます。槙さん殺害の容疑者候補リストでしたね。ええっと、先ほど、リストの六名のうち三名が消去されましたので残りは小尾カンさん、赤峰千佳さん、矢吹社長の三名。では、先ず、小尾カンさん、まいりましょう」

名を呼ばれ、ふっくらした頬をさらに膨らませる。ふてくされたように、

「勝手にすりゃいいさ」

「お言葉に甘えて」

　俺は一礼し、

「事件の日、小尾カンさんの指示で鷲津さんと宗方さんが神睦館の四階の『菊の間』へと赴きました。記念セレモニーで使う棺の修理のためにキャスターや工具などを取りに行くためです。そして、その結果、槙さんの死体を発見する顚末となったのです。

　でも、いいですか、もしも、小尾カンさんが犯人ならば、鷲津さんと宗方さんをそんな場所に行かせるでしょうかね？　ついさっき自分が殺人を犯した現場ですよ。心理的に不自然だと思います。そもそも、死体の発見は遅ければ遅いほど犯人にとって有利なはずです。時間と共に死体の腐敗が進行するなど手掛かりが薄れるし、また、死亡推定時刻の幅が広がり、その分、容疑者の数も増えますからね。早く死体が発見されることで犯人が有利になる可能性として、アリバイ偽装のトリックが考えられますが、小尾カンさんにはそうした工作をした様子はありません。だいたい、特にアリバイがないのですから。また、記念セレモニーのリハーサルは事件のために今のところ再開される予定が立ってないのですから棺の修理も急務ではないはずです。

　ならば、もし、小尾カンさんが犯人だったなら、犯行現場であると知っている場所へわざわざ早々と二人を行かせるとは考えられないのです。よって、小尾カンさんもリストから消去させていただきます。よろしいですね」

「そ、そりゃ、よろしいに決まってる」

　小尾カンは椅子からずり落ちそうになるのをかろうじてこらえ、

Act.7

「あんたとのホームズごっこ、初めて嬉しく思ったよ」

タレ目の眦をさらに垂らしながら苦笑いを浮かべていた。

「リストにはあと二人か、元夫婦の二人」

忍神がそう言ってVサインのように二本の指を突き出す。

俺は、解ってる、と小さく頷き返す。それから視線を反対側に向け、

「赤峰千佳さん、確認させていただきます」

と本人に会釈して、

「あの日、あなたは富士井さんに電話して槙さんを捜しに行かせましたね。神睦館で一人でヨガをやってるかもしれない、と。それが四時頃のこと。指令を受けた富士井さんは途中で鷲津さんと宗方さんの二人と合流し、神睦館の菊の間を訪れて、その結果、四時四十五分頃、死体を発見したわけです」

ここで左側を振り向き、

「警察の見解として、犯行推定時刻は三時から富士井さんたちが神睦館に到着した四時十五分までの時間帯ということでしたね、確か」

「そう、合ってます」

と片桐警部の確認を得て安心し俺は先を続ける。

「で、赤峰さんが富士井さんに指令の電話をしたのは美容院からでしたね。カットを終えてレジを済ませた後とのこと。それが四時頃。ということは、カットにかかる時間は一時間くらいでしょ

うから、三時頃から美容院にいたわけです。美容師や他のお客さんなど複数の目にさらされているのですから嘘を吐いているとは考えられません。きっと、この点について警察も確認済みのはず」

「当然」

片桐警部の確認に俺は一礼し、

「ですよね。ならば、犯行推定時刻の三時から四時十五分までの間、赤峰さんには犯行は不可能だったということになります。美容院から四時に電話しておいて、富士井さんたちの先回りをして猛スピードで殺人を行ったのでない限りは」

「そりゃ無理だろ」

忍神が速攻でツッコミを入れ、当の赤峰千佳も口元を歪め、

「やりたくても出来ませんよ。もちろん、やりたくないし」

と肩をすくめた。

俺は結論付ける。

「赤峰さんのアリバイは成立。よって、リストから消去となります」

宙にまた一本、線を引いた。

「とうとう私もリストから外れたわけね、そうか、また、あの人……」

赤峰千佳は言葉を切り、細く長い息を漏らして天井を仰ぎ見る。

忍神は神妙な表情で呟いた。

「ああ、また、だな……残ったのは一人、元夫婦の一方」

俺は頷いた。

「ええ、第二の殺人の犯人もまた矢吹社長でした」

48

「実は別のアプローチによってもこの結論に辿り着くことが可能なんです」

俺が言うと、忍神は強く興味を示し、

「別の手掛かりからの推理ってことか？」

「ええ。折角なので、計算でいうところの確かめ算を兼ねて説明しておきましょう。

槙さん殺しのあの現場でもう一つ注目した手掛かりは眼鏡でした。槙さんの眼鏡です。ちょっと派手なやつ。白とグリーンの市松模様のフレームの眼鏡。紐が取り付けてありましたね、ストラップというそうですが。左右の耳当て部分にストラップが取り付けられていて、眼鏡をかけていない時は首から下げられるようになっているわけです。

殺された槙さんはストラップ付きの眼鏡を首にかけた状態で横たわっていました。眼鏡は顔の近くに落ちていましたね。フレームは開いた状態であり、両の耳当ての先端は槙さんの方を向いていました。そして、その耳当てから延びたストラップは槙さんの首にかかっています。この状況を上から見ると、眼鏡とストラップは歪んだ円を描いて、槙さんの頭部を囲むような格好となっていました。それを見て、私はつい『これがそのまま天使の輪になったのかも』なんて不謹慎な発言をしてしまいました、ゴメンナサイ。ですが、ここに手掛かりがあることに後で気付いたのです。歪んだ円であれ、天使の輪であれ、ストラップはねじれていなかったということです。ねじれると歪んだ8の字になりますからね。そうなってなかった。ねじれていなかったのです」

「それが何の手掛かりになるのかさっぱり解らんが」

と忍神は外国人のように両手を広げる。

「すいません、データがもう一つ必要でした」

「もう一つのデータ？」

「はい。あの現場を思い出してください。細かい部分ですが注目すべきポイントです。落ちていた槙さんの眼鏡ですが、鼻当てパッドはどちらを向いていました？　上ですか、下ですか？」

「ええっと、上だったと思うが」

「上でしたね」

片桐警部が口を挟んでくる。傍らで部下の真田が手帳を差し出していた。

「ありがとうございます」

と俺は一礼、

「そうです。上です。鼻当てパッドの部分は上を向いていました。それは、つまり、眼鏡は逆さになっていたということです。上下逆さの状態で床に落ちていた。しかも、先ほど言ったように、フレームは開いた状態で、両の耳当ての先端は槙さんの方を向いており、ストラップはねじれていません。

　では、ここで想像してみてください。もし、そうした状態で槙さんが立ち上がったとすると、あ、もちろん、死体が立ち上がるわけありませんが、ここは生前の姿を想像するという意味で、もし槙さんが立ち上がったとすると、首から下げたストラップ付きの眼鏡はどういう方向に向くでしょうか？　鼻当てパッドが向くのは槙さんの側、それとも外側、どちらです？」

「そりゃ、外側になるな」

　と忍神が即答。

「そうです鼻当てパッドは外側を向きます。では、そのまま普通にその眼鏡をかけたとします。すると、鼻当てパッドは鼻に載りませんよね。上を向いてしまいますから。そう、眼鏡は上下逆さの状態になってしまうということです」

「なるほど、確かに、上下逆さに眼鏡をかけてしまうことになるな」

「はい。鼻当てパッドを鼻に載せるには、つまり普通に眼鏡をかけるためにはストラップをねじらなければならないということです」

「そりゃ不自然だな」

「ええ、そうなんですよ。要するに、ストラップ付き眼鏡を逆向きに首からかけていたということなんです。眼鏡をかけたり外したりして使用している槙さんがそんなふうに首からかけたとは考えられません」

「ということは、犯人が」

俺は頷き、

「はい。考えられることは犯人が槙さんの死体の首にかけたということです。殺害後、犯人が槙さんの首から外し、それから、また元に戻したのでしょう。その際、うっかり、犯人は逆向きに槙さんの首にかけてしまったというわけです。

では、何の目的で犯人は槙さんの首から眼鏡を取り外したのか？　眼鏡が歪められたり折られたりなど形状に変化はなかったので、何か工具の代わりとして使用されたのではないでしょう。そもそも、そうした工具類ならあの部屋はセレモニー用の装飾の作業場なんですからいくらでも便利なものがありましたからね、それらを使うはずです。また、眼鏡のフレームからもレンズからも槙さんの指紋が検出されているので、犯人が何かを拭き取ったということは考えにくい。ならば、ここは素直に眼鏡の本来の機能のためだったと考えるのが自然でしょう。そう、眼鏡として使用するのが目的だったと」

「よく見るため、に？」

忍神は目を細めてみせる。

俺は目を大きくし、

「そういうことです。眼鏡は物がよく見えるようになるための道具ですからね。犯行の際、何らかのトラブルが生じ、犯人は視力に支障が生じたのでしょう。殺害後、まだやるべきことがあり、また、現場から立ち去るためにも視界が良好の方がいいに決まってます。そこで、視力を補おうと試みた。犯人は死んだ槙さんの首からストラップ付き眼鏡を取り外したのです。レンズの度数や種類など、自分の眼鏡と少しは近いかもしれないという淡い期待を込めて。そう、犯人は日常的に眼鏡を使用していた人間と考えられます。その自分の眼鏡がダメになってしまった。そう、さっき言った視力の支障とは、つまり、眼鏡の損傷だったわけです。で、犯人は槙さんの眼鏡を自分の目に当ててみたのです。が、しかし、役に立ちませんでした。ほとんど度数もレンズの種類も異なっていたのでしょう。あきらめて眼鏡を元に戻します。そこらへんに放っておくと犯人が外したと疑われるかもしれない、それを避けたかったのでしょう。出来る限り元通りの自然な状態にするよう心掛けた。ただ、うっかり、逆向きに死体の首にかけてしまうというミスを犯してしまったのです。これも視力に支障が生じていたせいでもあり、その証左と言えるわけです」

「そうか、結局、犯人は裸眼のままで行動したんだな。自分の眼鏡は使用できない状態にあったから」

「その通りです。眼鏡が何らかの不都合で使用不可になっていた。そんな状態の眼鏡、どこかにありませんでしたか？」

と一同を見渡してから、

「はい、思い出しましたね、確かにありました。矢吹社長の眼鏡です。黒ブチの眼鏡。矢吹社長のボディバッグの中に入っていたのが後に発見されましたよね。あの眼鏡、強くこすったみたいにレンズが傷だらけで、ほとんど見えないほどでした。あれではまったく役に立ちません。おそらく、犯行時、槙さんと争った際、落としてしまい、どちらかが踏みつけてしまうなどして、それでレンズが床にこすれてしまったのでしょう。で、矢吹社長の視力はマイナスに」

「それで、槙の眼鏡を試した」

「はい。というわけで、やはり犯人は矢吹社長となるのです」

そう言って俺はいったん言葉を切り、息をつく。

軽く深呼吸を二つほどしてから、

「一応、念の為、推理の補強を行っておきます。先ず、我々の中で日頃から眼鏡を使用している人間をあげると、矢吹社長と槙さんの他には忍神さん、貴倉恭子さんということになります。先程言ったように、忍神さんは腰痛のため容疑者リストから外されています。では、恭子さんはどうかと言えば、あの日の午後、ほとんどずっと町の春祭りの準備委員会に出席されていました。親睦会も兼ねていてアルコールも少々きこしめしていた様子でしたっけ。帰宅したのは死体発見後であり、現場を清める儀式では着替える時間がないほどで普段着のままでした」

「いささか赤ら顔だったしな」

忍神が思い出して微笑む。

「そう。つまり、恭子さんにはアリバイがあるわけで、犯行は不可能だったということになるんです」

「俺も、恭子さんも、リストの二人とも消去されちまったな、ありがたいことに」

俺は人差し指を立て、

「あともう一つ、念押しをしておきます。それは眼鏡ではなくコンタクトレンズ。もし、犯行現場で犯人がコンタクトレンズを落としてしまい、踏まれるなどしても、やはり同じケースとなるわけです。では、コンタクトレンズを使用している人間はと言うと、これ第一の殺人の際、警察の方から教えていただきましたっけ」

「でしたね」

と、だんだん呼吸が合ってきたように片桐警部からのフォロー、

「あのシアターハウスにコンタクトが落ちていましたからね。で、誰がコンタクトを使用しているか我々、警察の方で調べた結果、確か三人いましたっけ。ま、結局、現場に落ちていたのは被害者のMC伊波さんのものでしたけどね」

「はい」

と忘れず一礼、

「あの時の情報をそのまま引用させてもらうと、コンタクトレンズの使用者はMCさん以外には赤峰千佳さんと白川留里菜さん、母娘のお二人。そして、既に検証したように赤峰千佳さんは美容院に、留里菜ちゃんはアオタン地区の工事現場にそれぞれいたというアリバイが成立しているわけです」

「リストから消去だな」

忍神が俺の代わりに宙に二本の線を引く。

「やはり、犯人は矢吹社長というわけです」

「変わりなし、か」

そう言って肩をすくめた。

赤峰千佳が皮肉めいた微笑を浮かべ、

「ダメ押しされて、何か、あの人らしい……」

ちょっぴり俯いて、小さく首を振った。

俺はこの件を締めくくる。

「以上、ウェットティッシュと眼鏡と、二つの手掛かりからのアプローチ、いずれにおいても同じ結論に至ったことになります」

「挟み撃ちのロジックか」

と、忍神は肩をすくめ嘆息する。

49

間を置かず、俺は次に話を進めた。

「こうした第一、第二の殺人においては犯人だった矢吹社長ですが、今度は被害者となったのが第三の殺人でした。東エリアが境内と接する辺り、雪の積もった小庭園に死体は横たわっていました。あの殺人において注目した手掛かりはボディバッグでした」

その輪郭を手で示しながら、

「矢吹社長が愛用していた小型の黒いボディバッグ。このバッグ、現場の桜の木の傍らに落ちていました。縦横が三十×十五センチくらい、厚さ七、八センチ、そして、肩から斜め掛け出来るようにショルダーストラップが付いてます。中身は筆記用具、事務所のスケジュールノートなど仕事関連のものがほとんど。それと、先程も言及した例のレンズが傷だらけの眼鏡も入ってました。

このボディバッグで気になったのはガムテープの跡でした。ガムテープを剝がした跡です。使い込んだ古いバッグのせいか、表面の塗料が取れていました。ガムテープを剝がした際、テープの接着面に付いて、そこだけ色が落ちてしまっているのです。また、テープのベタベタした糊もバッグに残っていました。これ、持ち主である矢吹社長がしたこととは思えません」

「それに、あいつがバッグを使っていた時、つまり生前な、バッグにそんな汚れは付いていなかったぞ」

忍神の補足に俺は相槌を打ち、

「同感です。そして、ガムテープの跡はボディバッグの中央あたりを横切るような形で残っていました。ボディバッグの表側と左右のサイドに」

「ボディバッグを何かに押し付けて、そこにガムテープをぐるりと貼り付けて固定するとそういう跡が残るだろうな」

「まさしくそれです。犯人は一時的にボディバッグをどこかにガムテープで貼り付けていたのです」

「その後、剝がしたからバッグがあんなふうに」

「ええ。犯人がボディバッグを入手して、そんなふうにガムテープを貼ったり剝がしたりしたのは当然、持ち主の矢吹社長の死後でしょう。つまり殺害後。犯人は死んだ矢吹社長からボディバッグを奪い取ったわけです。そして、もちろん、犯人はボディバッグを持っていることを他人に見られたくありません。しかし、持ち去る過程において、どうしても、人前を通らねばならない状況だったとしたらどうするでしょう？　例えば、殺人現場からバッグを持ち去ろうとする際とか。当然、人目に触れないように隠して持ち運ぶはずです」

「そりゃそうだな。何か大きな入れ物、袋とか、もっと大きいバッグに入れて隠して運ぶよな」

「ええ。でも、もし、その場で犯人がそういう袋などを持っていなかったら、どうでしょう？　また、その場で入手しても、そんな袋を持っていたら不審に思われる状況ならば、どうでしょう？」

「袋とかそういう入れ物が使えないとすると……自分の身体しか残ってないな」

忍神は野球のブロックサインのように自分の身体のあちこちを叩いてみせる。

「はい、自分の身体に隠すしかありません。つまり、衣服の下に隠す方法ですね。バッグを身に付けて、その上からジャケットなど上着を着て隠すわけです。ただ、バッグはそれなりにかさばります。上着の下から盛り上がり、不自然な外見になり怪しまれてしまいます」

「中に綿や羽毛の入ったダウンジャケットみたいなのだったら、モコモコしているし、クッションが効くからカムフラージュできる」

「はい。まさにそういう上着でなければなりません。では、その場合、バッグを身に付けるのに

どうするでしょう？　ガムテープを使うでしょうか？　シャツやトレーナーなどにガムテープでバッグを貼り付けるでしょうか？　いいえ、もっと簡単で安全な方法があります。極めて普通のことです。素直にバッグを身に付ければいいだけのことです」

「ショルダーストラップ」

「そうです」

俺はジェスチャーを交えながら、

「バッグにはショルダーストラップが付いています。それがある以上、ごく普通にバッグを肩から斜め掛けすればいいのです」

「だよな。その方がいいに決まってる。ガムテープなんか使ったら、あのボディバッグに糊が残ってベタベタしていたみたいに、シャツやトレーナーにもガムテープの跡が付いてしまうしな」

「ええ、不自然な痕跡ですし、ちゃんと取れないかもしれない。犯人ならそれは避けたいはずです」

「そういうこと。だから、当然、犯人はショルダーストラップでバッグを肩から斜め掛けするさ」

「そして、その上からダウンジャケットを着て、前を閉じる。胸元から腹にかかるショルダーストラップが見えないように。あるいは、そうした斜め掛けでなくても大丈夫です。片方の肩にショルダーストラップを掛けてバッグを吊るす方法もあります」

「その場合、慎重に動けば、ダウンジャケットの前を閉じなくても隠せるわけか」

「そういうことです。しかし、犯人はそれらの方法を採らなかった。ボディバッグにはガムテープの跡があったのですから。つまり、犯人はバッグを上半身に隠さなかったということになります」

「となると」

「下半身に隠したということです。例えば長いコートをまとえば隠すことができますね。バッグをガムテープで足に貼り付け、その上からロングコートで覆う」

「ロングコートか」

「ええ。でも、矢吹社長が殺されたのは三日前、十三日の午後五時から八時の間と目されていますね、あの日、そうした長いコートを着ていた人はいませんでした。皆さん、もっとショートなサイズの上着。フリースジャケット、ドクロ柄のスカジャン、ファー付きのブルゾン、ランニングシャツにジップパーカー、大リーグのロゴ入りのスタジアムジャンパー、ダウンジャケット、ウインドブレーカー、どてら、革ジャンなどといった腰の辺りまでのアウターでした」

「ロングコートでないなら……そうかっ」

叫ぶように言って膝を打つ。

俺は下に向けて両手を広げ、

「そう、女性の履くロングスカートなど、裾の広がったようなロングスカートの類ならば隠すことが可能です。上の方、腰や腿の辺りだと絞られていますので隠せませんが、もっと下の方、膝、ふくらはぎの辺りならゆったりとしていて可能です。そうした足の部位にガムテープでバッグを固定したというわけです」

「そしてスカートで覆い隠す」

「ただし、あくまでも、今言ったように裾が広がっていて、かつ長いものでなければなりません」

「膝上丈のものは駄目ってことだな」

忍神は視線をずらし、萌仲ミルキのトレードマークたるセーラー服のスカートを指し示して言った。

俺は頷き、

「ま、そういうことです。では、女性陣についてはどうなるか？　あの日、赤峰千佳さんがロングスカートを着用していたかといえば、そうではありません。普段の通り、おしゃれでシックな働く大人の女性にふさわしいパンツスーツ姿でした」

「その余計な修飾いらないわよ」

そう言って赤峰千佳が睨む。

「了解。もう一人、白川留里菜ちゃんはと言えば、やはり毎度いつもと代わり映えしない着古したダメージジーンズの格好で工事現場や槙さん殺しの犯行現場に赴き、スマホで撮影してました」

「代わり映えしない、とか、着古した、とかいらないんだけど、ってあの子きっと言うわよ」

再び赤峰千佳の尖った視線。

「了解。で、女性陣はあともう一人、貴倉恭子さんですが、あの人もジーンズ姿で町の春祭りの準備委員会に参加していたことが解っています」

「じゃ、女性陣はもう他にいないじゃないか」

忍神がキョトンとした面持ちで呟く。

「そういうことになります。つまりロングスカートが使用されたのではなかったということです」

「え、どういう意味だ?」

俺は声量を上げて言う。

「別のものが使われたということです。ロングスカートのようでそうでない。裾が長くて、広がっていて、ゆったりとしたもの。ロングスカートではないけど形状が近いもの。はい、ありますね。我々の身近で何度も目にしてますね。そうです、袴です。袴の中にならあのボディバッグを隠すことが出来ます」

忍神が目を剝いて、

「つ、つまり……」

「ええ、そうです。宮司の貴倉貴さんは日常的に白衣と袴というスタイルです」

「貴が……」

口を半開きにし、そのまま声をかすらせる。

俺は続けて、

「一応、念の為ですが、貴さんの妻、恭子さんも同じく日頃から白衣と袴を身に着けていることを言い添えておきます。しかし、今さっき検証したように、あの日、恭子さんはジーンズ姿で春祭りの会合に出席しています。そして夜帰ってきて着替える間もなく、現場のお清めの手伝いをしていました。あの日の午後、恭子さんは袴を穿くことはなかったのです」

「袴を穿いていたのは一人だけ……」

「ええ。犯人は貴倉貴さんという結論になります」

俺ははっきりと明言した。

空気が凍ったように静寂が充ちる。窓の外、枝の擦れ合う音だけが微かに聞こえていた。

忍神は深々と溜息を漏らし、

「そうか、そうだったか、貴の奴が……そうだったか」

と目を見開いて宙の一点を見つめながら、

「役者の基礎は人間観察というのに、もっとも身近な人間のことさえ、俺はこれっぽっちも把握できていなかったとはな……、何とも、俺はとんだバカデミー賞ものだよ」

彫りの深い顔に翳を刻む。そして、喉の奥でククと自虐的な苦笑いをくぐもらせるのだった。

Act.
8

50

雲がよぎり、窓の陽光が途切れる。床に広がっていたブラインドの縞の影が消えた。周囲がうっすらと暗くなる。まもなくして風が走り、木々をなぶる音が響いた。床にブラインドの影がゆっくりと浮かび上がってくる。そして再び窓から陽がこぼれ、光を散らし始めた。

室内の冷えて固まっていた空気がほどけてゆく。呼吸や身じろぎの気配に柔らかさが戻りつつあった。新たな現実を受け止める態勢は出来ているようだ。

俺は傍らのテーブルからペットボトルを手に取り、喉を潤す。そして、次のステージへと話を進めた。

「さて、三件の殺人事件の犯人が判明したところで、今度はその犯人の存在がキイとなってきます。いかにして犯行が実行されたのかを解くキイ。つまり、三件の不可解な殺人を解明するための手掛かりとなるわけです」

一同を見回した。

各自の表情が引き締まっている。視線を鋭くし、興味に満ち溢れていた。

俺は密かに武者震いを覚えながら、

「先ず、ＭＣ伊波さんが刺殺された第一の事件。これは実に不可思議な状況でした。現場のシアターハウスの周辺は雪に覆われていましたが、どこにも足跡がありません。被害者のMC伊波さんの足跡も犯人の矢吹社長の足跡も一切ないのです。確か、死亡推定時刻は午後三時から五時。あの日、雪が降り始めたのは昼過ぎからで、夕方の四時には止んでいました。犯行推定時刻、MC伊波さんが犯人の矢吹社長によって殺害されたのは午後四時十五分から五時の間の時間帯と目されています。つまり、既に雪の止んでいた時間ということになるわけです。

それなのに、殺害現場であるシアターハウスの周囲にはどこにも足跡が見当たらない。積雪はまったく乱れておらず、まっさらの状態。まさしく足跡の無い殺人、即ち不可能犯罪と言うべき状況でした。あるいは、雪という真っ白なドアに閉ざされた一種の密室殺人と見ることもできるでしょう。雪密室ですね。

しかし、そもそもMC伊波さんが殺害された時間帯が午後四時十五分から五時の間の時間帯だとされたのは、どうした理由からだったでしょう？　それは目撃情報でした。三時十五分頃、生きているMC伊波さんが目撃されました。MC伊波さんが画廊ハウスの中にいるのを鷲津さんと宗方さんが目撃したのです。二人が近くを通りかかった際、外から窓越しに。そして、手を振ったら、MC伊波さんも手を振り返してきたと。ですので、間違い無くMC伊波さんは実体であり、生きていたことは間違いありません」

「ゾンビでない限りはな」

忍神が茶々を入れる。

「まさか」

と、俺は軽く受け流し、

「ええっと、そして、その画廊ハウスから十メートルほど離れたあずま屋では小尾カンさんが例の棺の修理をしていました。そこに今言った鷲津さんと宗方さんの二人が合流し、しばらく立ち話に興じていたわけです。その場所からは画廊ハウスの西側のドアが見えます。このドアが建物の唯一の出入り口ドアです。そして、三人があずま屋を立ち去ったのは四時十五分頃でしたが、それまで一度もこのドアは開きませんでした。また、画廊ハウスの南側と北側の窓はいわゆる嵌め殺しのＦＩＸ窓で開閉できません。つまり、画廊ハウスの中にいたＭＣ伊波さんは外に出てこなかったということになります」

「小尾カンたち三人があずま屋を去った後ってことだよな、ＭＣ伊波が画廊ハウスから出てきたのは」

「そう、それで、四時十五分より後、既に雪が止んでいた時間帯というわけです。しかし、こうした経緯の認識に過ちがあったとするとどうなるでしょう。状況は変わってきます」

すると、当の目撃者だった鷲津がスキンヘッドを砲弾のように突き出してきて、

「えっ、えっ、嘘だと言ってるんですか？　わしらが嘘ついたとでも」

激しい口ぶりで言って口を尖らせる。

俺はなだめるように両手を振り、

「嘘とは言ってません。過ちです。間違い、ミスと言ってるのです。鷲津さんと宗方さんの目撃談でちょっと気になることがありました。ＭＣ伊波さんはダウンジャケットを着ていた、と証言

しましたよね。その際、『モコモコの雪だるまみたいな白いジャケット』という表現をしました。雪だるまみたいな、ということは、それ、つまり、フードを頭に被っていたということですよね」

「ええ、その通り。確かにジャケットのフードを被っておりましたが」

「それ、妙ですよ。ＭＣ伊波さんは画廊ハウスの中にいたんですよ。室内ならフードを外すもんじゃないですかね」

もう一人の目撃者、宗方が指をパチンッと鳴らし、

「言われてみれば、ま、そうですよねえ」

感心したふうに大きな目を丸くする。

俺は畳み掛けるように、

「あと、『顔の血色がよくなかった』とか、さらに『頬がこけたように見えた』みたいなことも言ってましたね」

「ああ、わしだっけな」

鷲津が答えれば、宗方も頷き、

「僕にもそう見えました」

二人とも同意を示した。

俺は安心し、続ける。

「こんどの記念セレモニーの司会をやるので、ＭＣ伊波さん、準備がいろいろ大変でしたし、しかも、あの日の夜、忍神さんから急に打ち合わせすることを命じられたため、焦っていたそうで

すね。宿題もたまっていたみたいだし」

宗方が激しく何度もウンウンと頷き、

「忍神さんの出演作品のＤＶＤを大量に観るとか」

「なんか、まるで俺が鬼みたいじゃないか」

と忍神が抗議の横槍を入れてくる。が、すぐに苦笑いを浮かべ、

「まあ、抜き打ちテスト代わりに打ち合わせを提案したのは事実だがな。でも、あいつもサボってなきゃ、そんな焦ることもなかったんだよ。あいつ、もともと怠け癖……」

俺は忍神の愚痴を遮り、

「まあ、自業自得であれ、事情はどうあれ、ＭＣ伊波さんにしてみれば追い詰められ、焦っていたわけですね。そして、そのことを鷲津さんも宗方さんも知っていた。だから、そうした知識が先入観のようになって、ＭＣ伊波さんの頬がこけたように見えたんじゃないでしょうか。実際は頬がこけているんじゃなくて、顔が細く見えた、いや、小さく見えていたんですよ」

「え、どういうことじゃ、何が言いたい？」

「どういう意味？」

鷲津、宗方、二人揃って首を突き出してくる。

俺は言った。

「だから、顔が小さく見えていたんですよ。正確に言えば顔面が、ね。それは距離が離れていたからです。鷲津さんたちは画廊ハウスの中にいるＭＣ伊波さんを見ているつもりでいたんですが、

実はそうではなかった。画廊ハウスの外にＭＣ伊波さんはいたんです」

鷲津が首を傾げ、

「え、意味が解らない。ＭＣ伊波さんは画廊ハウスの中央の仕切り壁の前にいたぞ」

「いえ、その仕切り壁は無かったんです。いいですか、あの仕切り壁の中は空洞であり、隠し金庫になっていました。壁そのものを横滑りさせて、その隠し金庫である空間が出現する仕掛けでしたね」

「じゃ、あの時……」

「そうです。あの時、金庫は開けられた状態だった。仕切り壁は横に移動していた。そう、仕切り壁の一部は無かったんです。壁の中央部分、およそ三分の一が無かったわけです。つまり、画廊ハウスの室内は仕切られていなかった。素通しだったんです。そして、外にいた鷲津さんたちが南側の窓から室内を見ると、向かいの北側の窓まで見える状態にあった。その北側の窓の外にＭＣ伊波さんはいたんです」

「ＭＣ伊波は室内じゃなくて、外にいた……」

鷲津は言葉を途切らせ、口を半開きにする。隣りではさっきから宗方がポカンと口を丸くしていた。

俺は大きく頷き、

「はい。あの時点ではまだ鷲津さんも宗方さんも隠し金庫の仕掛けのことなんか知りませんでした。そのため、仕切り壁があると思い込み、その壁の前にＭＣ伊波さんがいると錯覚したんです。

ちなみに、南側の窓よりも北側の窓の方が大きいですね。ですから、鷲津さんたちが南側の窓から見ても、北側の窓の枠は見えず、その外の風景だけが広がっていたのです。室内を見ているつもりが、向かいの窓の外の光景を見ていたわけです。

あの画廊ハウスは東西に細長い造りとはいえ、南の窓から見た場合、ＭＣ伊波さんが室内にいる場合と北窓の外にいる場合とでは、やはり、大きさが違って見えるものです。しかし、あの時、見えたのはＭＣ伊波さんの上半身だけでした。そして、ボリュームのある分厚いモコモコのダウンジャケットを着ていました。フードまで被ってね。そのせいで、ＭＣ伊波さんの輪郭は大きくなっていたはずです。実体の大きさが摑みにくくなっていた。そのため、北窓の外にいて、距離があっても、ＭＣ伊波さんのサイズに違和感をあまり覚えなかったわけです。妙な言い方ですが、室内にいてもおかしくないサイズに見えたということです。ただ、フードを被った頭部全体の大きさは普通に見えたでしょうが、顔、顔面には違和感を覚えた。顔面がちょっと小さく感じられたのですね。そして、さっきも説明したように、『頰がこけているように見えた』という鷲津さんたちの証言となったわけです。さらに加えるならば、『顔の血色がよくなかった』とも言いましたね。あれは、南側と北側、二枚の窓ガラスを通して顔を見たため、その分、顔色が薄くなり、血色が悪かったと感じたんですよ。その印象が『頰がこけている』という錯覚にさらに拍車をかける結果となったのです」

「なるほど……」

鷲津はいったん頷くが、

「しかしな、ただ、ＭＣ伊波の後ろには確かに仕切り壁があったんじゃが……」

俺は首を横に振る。

「いえ、それは仕切り壁ではありません。トラックです。トラックの荷台の幌ですよ」

「え、あのポンコツの軽トラックの？」

「そうです。あの日の午後、雪でリハーサルが中止になり、舞台セットの道具を移動させる作業などが行われ、あの軽トラックが行き来していたじゃありませんか。その際、画廊ハウスの北側にも一時的に駐車することがあったのでしょう。そして、トラックの幌の色は白でしたね、そう、画廊ハウスの仕切り壁と同じ色」

「そうか、ＭＣ伊波はトラックの前に立っていたのか」

「それで、お二人はトラックの幌を仕切り壁だと錯覚したわけです。また、幌は白いため、その前を雪が降っていても迷彩の効果で見えません。さらに、ＭＣ伊波さんは画廊ハウスの屋根のひさしの下に立っていたのでしょう。そのため、彼のいた位置には雪が降っていなかった。つまり、彼の周囲には雪が見えなかった。だから、よけいに彼が室内にいたふうに映ったというわけです」

51

俺は大きく呼吸し、そして、続けた。

「鷲津さんと宗方さんが二つの窓を通してMC伊波さんの姿を見たのは午後三時十五分頃でした。この時間、雪はまだ降っていました。そうです、MC伊波さんが画廊ハウスの窓の前を去り、シアターハウスへと赴いたのは雪が降っている時間帯なのでした。だから、殺人現場のシアターハウスの周囲にMC伊波さんの足跡が無かったのは当たり前のことだったんです。雪が積もって覆い消していたんですからね。

そして、そのことは犯人についても同様でした。犯人の矢吹社長もまだ雪の降っている中、シアターハウスを訪れたんです。そして、室内で争った末、MC伊波さんを殺害し、立ち去った。そう、犯行が行われたのは雪が降っている時間帯だったんです。四時十五分から五時の間ではなく、三時十五分から四時の間。雪の降っている時間帯でした。だから、足跡は残りません。そうです、最初から足跡の無い殺人なんて存在していなかったわけです」

「不可能犯罪なんか無かった……最初っから……」

忍神は呆然とした面持ちで呟く。

他の面々も似たような表情で固まっている。さながらお面のギャラリーのようだった。

俺はゆっくりと深呼吸をし、ちょっと間を置く。それから咳払いをして声を整え、

「今説明したように、画廊ハウスにおけるひょんな錯覚がキッカケとなり、不可解な雪密室が演出される結果となったわけです。では、こうした状況の流れについて順を追って解説したいと思います。

先ず、件の画廊ハウスの隠し金庫を使っていたのは槙誠次郎さんです。なので、仕切り壁を開

けたのは槙さんと考えていいでしょう。つまり、鷲津さんたちが窓の前を通った時、あの時、画廊ハウスの中にいたのは槙さんだったことになるわけです。もう既に槙さんは第二の殺人の犠牲者となったので、今さら確認する術はありませんが、おそらくこういうことだったと推測します。

槙さんは不安になって隠し金庫の安全を確かめに行ったのではないか、と。あの日の昼頃、忍神さんがご自分の住む離れで本棚の裏の隠し棚をオープンにしていましたね。モルトウイスキーや焼酎、純米酒など多彩な高級酒を取り揃えた隠し棚。雪が降ってきたので折角だから雪見酒の準備をしようと。そして、あの隠し棚を開けることは滅多になく、久しぶりだったんですよね」

忍神は顎を撫でながら、

「まあ、記念セレモニーも近いし、そんなタイミングで初雪だったんでな」

「なので、合宿メンバーの方達はあの隠し棚の存在をあの日初めて知って、驚いたり、喜んだり、感動したりしたものでした。そうした状況に接し、槙さんは不安を覚えたのでしょう。ホリウッド内には他にもこうした隠し棚のような仕掛けがあるのでは？　と探す者が出てくるのではないか、と。しかも自分が隠し金庫に秘匿している物を欲しがっている人間もいるのだから、と。そして勘のいい者はもう探し当てたのでは、と。そうした不安に駆られ、いても立ってもいられず槙さんは画廊ハウスへと赴きました。仕切り壁をスライドさせ、隠し金庫を開けて、安全を確認したのでした。しかし、ここで、運の悪いことにアクシデントが生じたのです」

「不運のアクシデント？」

「はい。隠し金庫を閉じられなくなってしまったんです。仕切り壁が元に戻らなくなってしまったのです。おそらく原因はボタンでしょう」

「あ、槙のジャケットから落ちたボタン」

「そうです」

俺はボタンを拾った経緯を語ってから、

「ジャケットから糸のほつれていたボタンが知らぬうちに落ちてしまった。そのボタンが仕切り壁のレールと車輪に挟まるか、引っ掛かるかしたのでしょう。それで、仕切り壁が動かなくなってしまった。横にスライドしたまま元に戻らなくなってしまったんです。槙さんは焦ったと思います。

そして、そんなタイミングで折悪しく、外から人が近づいてくる音を耳にしたのです。鷲津さんと宗方さんの話し声、あるいは彼らやＭＣ伊波さんの足音などが聞こえてきたのでしょう。やむを得ず槙さんは部屋の隅に身を隠しました。衣装ラックやイベント用の荷物の陰など隠れ場所はありましたからね。窓から見えないよう身を潜めていたわけです。そして、この時、仕切り壁は横にスライドしたままだった。そのため、さっき説明したように、鷲津さんと宗方さんは室内にＭＣ伊波さんがいると錯覚したのでした。そうした二つの窓の前のやりとりはほんの数秒のことでした」

鷲津が頷く。

「ああ、通りすがりのことじゃったからな」

「ＭＣ伊波さんも同様、さっさと窓の前を立ち去ったはずです。いや、むしろ、ずっと急いでいた。やらなくちゃならないことがあって焦っていたのですからね」

「ま、そうだろうな」

と忍神の苦笑い。

「ですから、MC伊波さんは画廊ハウスの室内の変化、仕切り壁が無いことに気付いていたかどうか微妙なところです。気付いていたとしても、今はそれどころではない、と室内に入って調べるのは後回しにしたということでした。そして、足早に立ち去ったのでしょう。ちなみに、さっきも言ったように、画廊ハウスの西、十メートルほどのところのあずま屋には小尾カンさんがいましたが、あの場所からだとMC伊波さんの姿は見えません。画廊ハウスの西ドアと南側は見えますが、北側は見えないのです。MC伊波さんがいたのは北側の窓の前でしたからね。そして、北の方向のシアターハウスへと向かったのでしょうから」

当の小尾カンが答え、

「ああ、あのあずま屋からだと確かに北側は死角でしたね。MC伊波がいたなんて知りもしませんでしたよ。南側にいた鷲津と宗方がこっちに来るのは見えましたけど」

「ですね。で、鷲津さんと宗方さん、MC伊波さんが去ってくれて、画廊ハウス内に隠れていた槙さんは心底ホッとしたでしょう。もし、彼らが中に入ってきたら、どうやって言いつくろうか、誤魔化そうか必死に考えていたでしょうからね。しかし、幸いにも彼らは中に入って来なかったので安堵した。きっと、窓から室内を見ずに通り過ぎた、と考えたのでしょう。そして、再び仕切り壁を元に戻そうと悪戦苦闘し、叩くなり蹴るなりし、やっと動くようになったわけです。壁をスライドさせて隠し金庫を閉ざしました。

これ想像なんですが、その際、隠し金庫に例の貯金通帳や写真の入ったバッグを置いたままにして仕切り壁を閉めてしまったのではないかと思うんです。けど、また、すぐに開けようとした。ほら、さっきも言ったように、こうした隠し場所を探そうとする者がいるかもしれない、という懸念は残されていますからね。だから、槙さんはバッグをやはり隠し金庫から取り出し、どこかに移そうと考えた。なので、また、仕切り壁を開こうとしたんですが、またも動かない」

忍神が愉快そうに横から、

「また、ボタンか」

「ええ。私が見つけたボタンは二つに割れていました。その半分は私が隠し金庫を発見した時、その中に落ちていたんです」

「それがレールに挟まっていたんだな」

「槙さんがようやく仕切り壁を閉めた時、半分は隠し金庫の外に出たのですが、もう半分がレールに挟まるか引っ掛かるかしたのです。その結果、今度は開けようとしても開かなくなった。再び悪戦苦闘。手こずったのでしょう。うかうかしてると、また誰か人が来るかもしれない。でも、どうしても動かない。なので、ここはいったん諦めて、後で何か道具でも持って出直してくることにした。不幸中の幸いは、今度は開いている状態ではなく、閉まっている状態で動かなくなったこと。仕切り壁は平常の状態なわけですから怪しまれることはありません。また、仕切り壁は動かないわけですから、他の人間に開けられる心配もなさそうです。ということで、やむなくバッグは隠し金庫の中に放置したまま、槙さんは画廊ハウスを出ることになったのです。あ、もちろん、あずま屋にいた小尾カンさん、鷲津さん、宗方さんの三人がいなくなってからです。さっきも言ったように、あそこからは画廊ハウスのドアが見えますからね。そのドアの覗き窓から外の様子を窺ってから槙さんは画廊ハウスを後にしたということです」

「なるほど」

忍神は頷いてから眉をひそめ、

「しかし今、隠し金庫を発見した時、隠し金庫の仕切り壁は開かなくなってしまった、と言ったな。なのに、どうして君が隠し金庫を発見した時、開けることが出来たんだ？」

「棺です。きっと、棺のおかげですよ」

「棺？　何言ってんだ？」

「ほら、第一の殺人の翌日です。イベントで使う例の棺を画廊ハウスへ運び込んだことがありました。小尾カンさんの指示のもと鷲津さんと宗方さんと矢吹社長とで運び、途中から私も手伝いました。その時、うっかり棺を仕切り壁にぶつけてしまったんです」

忍神は手を叩き、

「ああ、あれか、君から聞いた」

「壁に凹みが出来るほどでした。その時ですよ。きっと、その時の衝撃でレールに引っ掛かっていたボタンが外れたんです。だから、翌日、私は仕切り壁を動かすことが出来たというわけです」

「なるほど。棺のおかげということか。殺人事件の謎が死人を入れる棺によって解明されてゆくとは妙な展開だな」

そう言って笑みを刻む。

「何とも皮肉めいてます」

と俺は苦笑いを返して、

「以上のように、画廊ハウスを舞台に幾つかのドラマが密かに展開されていたわけで、その一つが第一の殺人における不可能状況に結びつく布石となったのでした」

「ああ、実は存在していなかった不可能状況を存在させることに、な。何だか、そこに無いものを描いて存在させるCGみたいじゃないか。エフェクト、な。俺への、当てつけかよ」

そう言って忍神は自嘲を浮かべる。

他に笑う者は誰もいない。神妙な雰囲気が漂っていた。

俺は全員を見渡しながら、

「先程、雪という扉によって閉ざされた一種の密室殺人、つまり雪密室とも喩えましたが、密室があるとすれば殺人現場のシアターハウスではなく、画廊ハウスの方だったのかもしれません。画廊ハウスの中にMC伊波さんがいたと思い込んでいたのですから、ね。想像の中で勝手にMC伊波さんを密室に閉じ込めていたというわけです。そして、とりもなおさず、その誤った密室認識こそがシアターハウスにおける足跡の無い殺人、雪密室を生むことになってしまったわけです。そうした誤認の密室から出られなくなっていた、言うなれば、我々の脳内こそが密室になっていたのかもしれません」

自省の念も込め、強い口調でそう結んだ。

数秒ほど置いてから忍神がおずおずと言う。

「ただ解らないのは何であんな見立てを施したのか？」

俺はそれに「待った」をかけるように手を突き出して、

「ええ、それは重要なことですね。けど、見立て殺人については後ほど説明させてください。事件全体に関わってくる問題ですから。ここは先ず、それぞれの殺人における犯行の方法や手段を解明してゆきたいと思います。なので、第二の殺人の件に移ります」

52

俺は次のステップへと進んだ。

「十二月十三日の午後、神睦館の四階、『菊の間』で槙誠次郎さんが刺殺されました。それも密室状態で。廊下に通じるドアは施錠された上、中からチェーンがかけられていました。チェーンがかかっている限り、たとえ鍵が開錠されてドアが途中まで開かれたとしても、その隙間からは人の出入りは不可能です。また、鍵にもチェーンにも細工の痕跡は発見されなかったようです」

一応、片桐警部の方を一瞥し、頷いてくれるのを確認。

「そして、犯人は第一の殺人と同じく、矢吹社長です。しかし、その後、その矢吹社長は第三の殺人の犠牲者となり、その犯人は貴倉貴さんでした。このように犯人が判明していることこそ密室トリックの解明の手掛かりに成り得ると捉え､それをベースにして考察を進めました。順を追って事件の展開をシミュレーションしながら推理を語ってゆきます」

俺は咳払いをしてから、

「あの日、現場となった『菊の間』で槙誠次郎さんは最近の習慣にしていたというヨガを一人で楽しんでいたところ、そこに犯人である矢吹社長が訪れました。おそらく、槙さんに気付かれぬよう密かにそっと出入り口の鍵をロックし、チェーンも掛けたのでしょう。そう、槙さんが逃げられないようにね。袋のネズミにしたわけです。それから、犯行のタイミングを見計らいます。凶器は現場に置かれていたナイフ。あの部屋は記念セレモニーのための工作室でもあったから、刃物の類は複数ありましたからね。その一つを手に取ったわけです。そして、隙を見て槙さんに襲い掛かりました。が、警戒されていたのか、瞬時に気付かれたのか、かわされ、一撃で仕留めることは出来ませんでした。抵抗を受け、しばし争った後、殺害を遂げたのです。

そして、この時、犯人の矢吹社長も痛手を負ったと考えられます。争っている最中に殴打を受けたと推測します。後に第三の殺人において今度は被害者となった矢吹社長の死体には複数の打撲痕が検出されました。その一つに頭部への打撃も認められています」

と片桐警部が言い添えて、

「確かにありましたね」

「脳震盪や失神の可能性も考えられるものでした」

俺は一礼し、

「それくらい強い打撃を受けたということですね。そして、その打撲は第二の殺人の際だったとしても不自然ではありません。何度も言うように争った形跡があるのですから。しかも、あの『菊の間』の犯行現場は記念セレモニーの準備の作業場として使われていたため、舞台美術の材料の木材や金属パイプとか工具などがありました。つまり武器になりそうなものに事欠かない。槙さんはそうした物を手にし、犯人の矢吹社長と争い、頭部に一撃を加えたと考えても不思議ではありません」

また一礼。

「可能性は充分にあると見ていいでしょう」

「そして、結果、矢吹社長は戦いを制して槙さんを殺害、それから後始末と仕上げにかかります。さっきも言った通り眼鏡が損傷したので、槙さんの眼鏡を拾って試し、再び元に戻したり、また、ホースを死体の口に入れるなどの見立ての飾りを施したわけです。これらが済んだら、さっさと現場を立ち去るだけでした。しかし、その過程において次第に頭部に受けた打撲が響いてきたのだと推測します。殴打された瞬間は大したことなかったけど、時間が経つにつれ症状が現われて悪化するケースはよくあることです。おそらく、矢吹社長は朦朧とし、身体に力が入らなくなるような状態だったのでしょう。

そんな時、人の足音や話し声が聞こえてきました。四時十五分頃でしょう。そう、富士井さん、鷲津さん、宗方さんの一行が『菊の間』を目指してやってきたのです。まもなくドアの前に到着します。絶体絶命。矢吹社長は焦ったはずです。しかし、身体はふらつき、意識も薄れつつあります。ほとんど本能的に身を隠すことだけを考え、中部屋から西控え室へと移ったのです。あるいは、こうも考えたのかもしれません。キイを持って来られたら、菊の間のドアの錠は開けられてしまうだろう。しかし、内側からはまだチェーンが掛かっている。ドアは少ししか開かず、その隙間からは中部屋は見えるが、西控え室と東控え室は見えない。なので、西控え室に身を隠しておく。そして、菊の間のドアの前から人がいなくなったら、その隙を突いて脱出しよう、と。朦朧とした意識の中でも必死に考え、そうした方策を思いついたのかもしれません。それで西控え室に倒れこむようにして入った。実際、倒れ込んで、意識を失った可能性も大いにあるでしょう。

一方、菊の間の外には富士井さん、鷲津さん、宗方さんがいます。彼らにスマホで呼ばれて貴倉さんがキイを持って駆けつけ、ドアの錠を開けました。しかし、チェーンも掛けられていたので、今度は一階ロビーの物置にあったカッターを使って切断。これでようやく彼らは室内に入ることが出来たわけです。そして、見立て殺人の犠牲者と成り果てた槙さんの死体を発見。衝撃を受けながらも彼らは窓のクレセント錠が掛かっているのを確認するなど現場の状況を調べて回ります」

一拍の間を置いて呼吸を整えてから、

「さて、今、第二の殺人について推理を述べているわけですが、このまま続けて第三の殺人のことも語らせていただきたいと思います。これら二つの殺人は連鎖しており切っても切り離せない

関係性があるからです」

「殺人の連鎖？」

忍神が首を突き出す。

「ええ」

俺は強く頷き、

「いいですか、現場を調べた四人は役割を分担しフォーメーションを組んで臨みました。菊の間の外で宗方さんはドアを見張り、その後方で鷲津さんが天井近くの換気口を監視し、また、エレベーターと非常階段の方にも目を光らせていました。もし、犯人が菊の間のどこかに潜んでいた場合を考慮し、逃走路を塞いでおくためでした。そして、菊の間の室内、死体の横たわる中部屋に残ったのは富士井さんと貴倉さん、彼らはそれぞれ東控え室と西控え室へと調べに入って行きました。西控え室に入ったのは貴倉さん。そう、第三の殺人の犯人は貴倉さんでしたね。矢吹社長の隠れている西控え室へと犯人の貴倉さんが入って行ったのです」

「第二の殺人犯と第三の殺人犯が……」

「ええ、そういう構図ですね。当然、貴倉さんは矢吹社長を見つけました。矢吹社長は気を失っていたかもしれません。そうでなくても、きっと朦朧として衰弱していたと思います。そんな矢吹社長を目の当たりにして、貴倉さんは瞬時に決断したのでしょう。一瞬にして殺意を固めた。貴倉さんは矢吹社長を殺害したのです」

「そこで殺したのかっ」

忍神が目を大きく見開く。

「はい。相手は抵抗する力もありません、絶好のチャンスです。争って騒音を立てる心配もないわけですし。西控え室の中で静かに素早く絞殺したのです。あ、今はまだ、何故殺したのか、動機などについては省かせてください。後ほど事件全体ついて解明する際に説明しますので」

「ああ、解った。それより今の続きだ。第二の殺人の犯人の矢吹が瞬く間に第三の殺人の被害者になっちまったんだな」

「正確には、矢吹社長は第一、第二の殺人の犯人ですがね。そして、第三の殺人の犯人たる貴倉さんは矢吹社長を殺害すると、その死体を抱え、そっと西控え室を出て、中部屋に戻ります。矢吹社長は小柄で痩身だったから体重も軽いはずです。なので、死体を運ぶのはさほど難儀ではなかったと想像されます」

「かなりガリガリだったもんな」

俺は両手を前に差し出してポーズを作りながら、

「貴倉さんは矢吹社長の死体を抱えて中部屋へと移動。菊の間そのもののドアは閉められているので、外にいた宗方さんと鷺津さんから見られることはありません。東控え室にいる富士井さんは室内の調査に没頭しているので、その隙を突くチャンスは幾らでもあったはずです。また、東控え室のドアは北側寄りなので、中部屋の南側、窓のある方はほとんど見えないのです。そう、貴倉さんは死体を抱えて中部屋の南の窓の方へ行ったのでした。足跡を忍ばせ、素早くね。窓辺に立ち、ロックされていたクレセント錠を下げる。そして、窓を開けると死体を放り出したのです」

「何、落としたのかっ！」

忍神が身を乗り出し、つられたように数人が身を傾ける。空気がざわついていた。

俺は差し出していた手を下ろし、

「はい、まさしく落としたのです。四階から死体を落としたのです。そして、あの窓の下、地上には軽トラックが駐車されていました。あの例のポンコツの軽トラック。トラックの荷台の幌の上に死体は落下したのでした。ほぼ真下の位置だったのですから狙って落とすことは決して難しいことではありません。死体は幌の上に落下し、それから地面にずり落ちたのでしょう。幌はカマボコのような形状をしていますからね。もう周囲は薄暗くなっている時間帯。死体はちょうどトラックの陰に横たわる格好となったはずです。四階にいた人たちに見つかる心配は無かったと思います。四階の窓からだと意識して目を遣らないと、見えにくいはずです。それも、窓をわざわざ開けて首を突き出して見ないとね、真下の辺りは死角になりますから」

鷲津がスキンヘッドを撫でながらおずおずと口を出し、

「それより前、『菊の間』の密室にまだ入れなかった頃、わしらは建物の外から見上げて、あの四階の窓が開いてないかをチェックしたり、また、その下の壁や地面を調べたりしましたからね。脚立なんかも持ち出して」

「そうそう、だからさ、何を今さらって感じなんで、外を調べたり地面なんか見下ろしませんたら」

宗方が人差し指を振りながらそう言えば、

「自分も同じです」

富士井が深々と頷く。

俺は彼らに呼応するように、

「あ、似たような経緯がありますね。貴倉さんが神睦館に到着した時、軽トラックをあの窓の下辺りに駐車したのも同様の目的でした。軽トラックのルーフに上がって窓の下の壁面を調べてみたそうです。ロープが吊るされてないかなど窓から脱出した痕跡を探した。既に鷲津さんたちが調べたことは知らされていなかったわけですね。はからずも念入りなことに二重チェック。まあ、もちろん、何も収穫は無かったわけですが」

忍神が皮肉めいた笑みを刻みながら、

「しかし、後に犯人にとって別の収穫が……。あの場所にトラックを駐めたことが犯行に活きたわけだからな」

「そう。あそこに軽トラックを駐めたのは偶然であっても、結果として偶然ではなかったとも言えるでしょう」

「その軽トラックの幌に死体は落とされた。それから？」

「死体が地面に滑り落ちたのを確認し、犯人の貴倉さんは窓を閉めてクレセント錠をロックすると素早くまた西控え室へと戻ります。そして、西控え室の調査をしたけど何ら異常は無かった、というフリをして出てきて、中部屋で富士井さんと落ち合います。また、外で見張っていた宗方さんと鷲津さんも中に呼び入れます。東控え室を調査した富士井さんも外にいた二人もそれぞれの持ち場について異常は無かったことを報告し合ったわけです。さて、ここでさっきの話となります」

「さっきの？」

「ボディバッグです。犯人指摘の推理を導いた手掛かりの」

「ああ、殺された矢吹のな」

「矢吹社長が潜んでいた西控え室に落ちていたのだと思います。しかし、最初、犯人の貴倉さんはそれに気付かなかった。何かの物陰で見えにくかったのかもしれません。矢吹社長の死体を窓から落とした後、西控え室に再び戻ってきてから貴倉さんはボディバッグを発見したのです。最初から見つけていれば死体と一緒に窓から落とせたのに、と臍を噬む思いだったでしょうね。しかも、そろそろ東控え室の調査を終えて富士井さんが出てきそうな頃合だった。このままボディバッグを残しておくと、西控え室に矢吹社長が隠れていた手掛かりとなりうる。貴倉さんにしてみればそれは避けたいはずです。自分の犯行が発覚するキッカケになりかねませんからね。そのため、人の目に触れずにボディバッグを運び出す手段を取ったわけです。ガムテームでバッグを足に固定し、袴で覆い隠した。あの部屋はイベントの装飾作りのための物置代わりなのでＤＩＹの材料みたいな物であふれています、ですから、ガムテープも幾つかあって当然でした。そして、袴の下にバッグを隠したまま何食わぬ顔をして西控え室を出て、他の三人と合流したというわけです」

その三人のうちの一人、鷲津が溜息混じりに、

「そうじゃったのか、あの時、そんな秘密を抱えておったのか」

放心したように天井を見上げた。

53

俺はさらに続ける。

「それから、現場にいた四人の方達は話し合い、ホリウッドの長たる忍神さんに連絡することになります。当然、忍神さんも現場を見たがることは想像がつくことですね」

「否定はせんよ」

「そこです」

と人差し指を立て、

「そこで犯人の貴倉さんが裏工作を講じる段取りとなるのです。おそらく、これは矢吹社長の殺害を決意した時から計算に入れていたことと推察します。貴倉さんは兄の忍神さんへの電話連絡を自ら買って出て、なおかつ、その連絡の際、迎えに行くこともＯＫしたのです。忍神さんが腰痛で歩くのに苦労していましたからね。弟なので不自然ではありません。身内を介助するのは極めて当然の行為と映りますよ」

「確かにそうだった」

「あと、付け加えるならば、忍神さんが『迎えに来い』と言う、そう違いないと貴倉さんは踏んでいたんでしょうね。もし言ってこなかったら、貴倉さんの方から提言するつもりだったはず。でも、やはり、その必要はなかった。読み通りでしたからね」

「ああ、確かに読まれていたようだな」

「で、貴倉さんは忍神さんを迎えに行くために菊の間を出て一階に降り、外に出ました。駐めていた例の軽トラックに歩み寄ります。その陰には矢吹社長の死体が横たわっています。貴倉さんは周辺を見渡し人の目が無いのを確認してから、素早く死体を持ち上げて軽トラックの中に隠したのでした」

「荷台か？　幌で隠せるし」

「いえ、違います」

　と首を横に振り、

「運転室の方。助手席です。助手席の中に隠したのです」

「助手席の中って、あ、そうか、あれか」

「はい、隠し金庫。一昨日、新たに発見された三つの隠し金庫のうちの一つが軽トラックの助手席でしたね。シートの前部を開くと中が空洞になっている仕掛け。その中に死体を座らせた格好にして隠したんです」

「矢吹は痩身で小柄だったしな。いやはや、死んでいるとはいえ、四階の窓から放り出されたり、隠し金庫に押し込められたり散々な目だな」

顔をしかめながら苦笑いを浮かべる。

俺は小さく頷き、

「そうやって死体を隠したわけです。ほどなくして第二の殺人のことが警察に通報されることになり、また敷地内の捜査が始まります。となると、矢吹社長の死体が外に放置されていればすぐに見つかってしまうわけで、そうなるとこうして外に出て、トラックを動かしていた貴倉さんは不利な立場に追い込まれる可能性があります。だから、助手席の金庫に隠しておいたというわけです」

宗方が丸く開いた口を軽く叩いてポンッと鳴らし、

「なるほど、唯一人、貴倉さんだけがその隠し金庫の存在を知っていたんですね。まあ、あのポンコツ軽トラック、親の代から引き継いで昭和、平成、令和とずっと乗り続けてきたんですから、気付くことがあるか」

「そういうことです。で、貴倉さんは死体を助手席に隠し、軽トラックを出発させました。おっと、ちょっとその前ですね、出発させようとした時、鷲津さんがやってきたのでした。頭痛薬を飲むために宿舎へ行こうと神睦館から出ると、ちょうど、軽トラックが出発しようとしているところでした」

鷲津は少し恥ずかしそうに、

「ああ、わしとしたことが慌てて走って、水溜りに片足突っ込んで、ケツまで泥水浴びたっけな」

「けど、幸いにも間に合いましたね。そして、離れまで軽トラックに乗せてもらうことにしたわけです。貴倉さんにしてみれば一瞬ヒヤリとしたかもしれませんね。もし、もう少し鷲津さんが神睦館から出てくるのが早ければ矢吹社長の死体を隠しているところを目撃されかねなかったんですから」

「そ、そりゃ、こっちこそ、ヒヤリどころかドキリじゃよ。勘弁してほしい、またまた死体に遭遇するなんて」

「そりゃそうですね。お察しします。一方、貴倉さんはこうも考えたかもしれません。軽トラックで忍神さんを迎えに行く途中において、矢吹社長を殺害したり、その死体を処分するなど何ら犯行を実行する機会は無かった、このことを鷲津さんが証明してくれると。一種のアリバイですね。鷲津さんが同乗することでトリックの補強となるわけです。そう、さっき言ったように最初は一瞬ヒヤリとしましたが、すぐさま、メリットに気付きニヤリとした、そんな感じだったかもしれません」

「こっちはクスリともせんよ。わしゃ、そんなトリック満載の軽トラックの荷台に乗ってたとはなあ」

疲れ果てたように力ない言葉を漏らし、ガックリとうなだれる。

「仕方ありませんがそれが真相なのです」

俺は出来る限り柔らかな口調を心掛けてそう言った。

それから声のトーンを戻し、

「で、貴倉さんは死体を隠したまま軽トラックを運転し、忍神さんを迎えに行きました。離れに着くと鷲津さんは降車、ホントご苦労様でした」

と、放心状態の鷲津に一礼し、

「入れ替わりに、忍神さんが乗り、ちょうど離れのリビングに一緒にいた私も荷台に同乗。そして、我々二人を連れて神睦館の現場へと戻ってきたというわけです」

忍神がハッとして腰を浮かしかけた。表情を歪め、声をわななかせながら、

「なあ、おい、つまり、死体の入った助手席に俺はずっと座ってたのか……。俺のすぐ後ろに、すぐ下に、矢吹の死体が……。死体に後ろから抱っこされるみたいにして俺は座ってた……」

そう言って、金魚のように口をパクパクさせる。

俺はゆっくり頷いて、

「まあ、そういうことになります。つくづく、まさかの場所に隠していた大胆なトリックでした。でも、これが可能になったのは忍神さんのおかげとも言えるんですよ。忍神さんが腰痛になってくれたから、ああして軽トラックで迎えに行ける口実が出来たわけですし、だからこそ神睦館から出て死体を軽トラックに隠す工作が出来たのですから。さらに加えて、それが可能だと目算があったからこそ安心して四階の窓から死体を落とすことが出来たのだし、そうした計画が立つからこそ、西控え室で矢吹社長を殺害したわけですよ。もしかして忍神さんに感謝していたかもしれません」

「んな感謝いらんわい」

吐き捨てるようにそう言って、

「けっ、さんざん兄である俺を利用して、その挙句、死体の入った椅子に座らせやがって。ったく、出来た弟だよっ」

「そうやって死体と一緒に移動していることもつゆ知らず、忍神さんと私は軽トラックで神睦館に送ってもらって殺人現場に赴いたというわけです」

「何かめでたいな、俺たち。そして、現場を確認し、密室殺人の状況に頭を抱えた、か」

「めでたいどころかマヌケかもしれません」

床に目を落として溜息をつく。沈黙の中でやけにその音が響いた。

それに連なるようにして、

「あのあのあのあの」

とリズミカルな声がする。

目を上げると宗方だった。

宗方が挙手して、大きな目を好奇心でいっぱいにしながら、

「あのお、その第三の殺人で一つ気にかかることがあるんですが」

「何でしょう？」

「犯人は菊の間の窓から矢吹社長の死体を落としたんですよね。だったなら、死体が軽トラックの幌に落ちた瞬間、それなりに大きな音がすると思うんですよ。なんせ四階の高さからですからね。でも、そんな音は聞こえなかったような……」

そう言って両の耳を指し示す。

俺はゆっくりと首を振る。

「いえ、聞こえていたんですよ。でも、聞こえなかった。聞こえるのに聞こえない音だったんです」

宗方は眉をひそめ、

「え、何、その禅問答みたいな？」

と俺は苦笑いし、

「すいません、ちょっとカッコつけたくなって」

「ストレートに言います。工事現場の音ですよ。ほら、アオタン地区の工事現場。その騒音に紛れてしまったんです。今はちょうど昼休みなのでしょう、聞こえませんが。ここ数日は例のギャクロスの件もあって精力的に発掘作業が行われていましたし」

「工事の音か……」

「ええ、連日にわたって工事の作業音を聞かされて、耳が慣らされてしまったんですよ、我々全員。日常化し意識しなくなっていた。だから、何か大きな音がしても、よほど種類の違う音でなければ、工事の音の一つと捉えて気にかけなくなっているんです」

宗方は指をパチンッと鳴らし、

「だから、死体が落ちた音も」

「そう、死体が落ちた音は聞こえていたのでしょう。でも、意識に刺さらなかった。聞こえるのに聞こえない音だったというわけです」

「それも犯人の計算のうちだったのかっ」

と忍神が横から声を投げてくる。

「きっと、そうだったと思います。利用できるありとあらゆるものを利用したような、実に濃密な犯行だったと言えましょう」

「そりゃな、腰痛に苦悶している実の兄まで利用するんだからよ。いやはや、それにしても、あの菊の間で第二、第三と二つの殺人が間髪いれず続けざまに行われていたとはな、何とも濃密な時間だよ」

呆れたのと感心したのと混じったような声を上げた。

俺はフッと息をつき、

「総じて見れば、第二の殺人の密室は第三の殺人によって作られたということになるわけです。先程、私が言った『二つの殺人は連鎖しており切っても切り離せない関係性がある』とはそういうことだったのです」

「なるほど、殺人の連鎖な」

「では、その連鎖の結末、第三の殺人の仕上げに話を移そうと思います」

54

最後の殺人の後編の幕を開けた。

「これまで話してきたように、軽トラックの助手席の中に矢吹社長の死体を隠していたわけですが、いつまでもそこに隠し続けるわけにはいきません。実際、死体が発見された場所は東エリアの境内寄りの小庭園でした。それまで軽トラックの助手席に隠したまま、犯人の貴倉さんはチャンスを窺っていました。そして、夜中、日が替わり、槙さん殺しの捜査で来ていた警察が引き揚げてから、未明の頃でしょうね、動き始めたのです。雪が止んでからの時間帯です」

すると、小尾カンが丸っこい身を乗り出してきて、声を鋭くし、

「いや、それより前でしょ。矢吹社長の死体が発見された現場の状況、あれはまたも足跡の無い殺人だったじゃないですか。死体の周囲の積雪には犯人の足跡も被害者の足跡も無かった。あの不可能犯罪を可能ならしめるには雪の降っているうちにトリックを仕込む必要があるわけで」

「はい、そのトリック、話してくれましたよね。確かに聞いていますし、ちゃんと記憶していま す。こうでしたね」

と、俺は先だって聞かされた雪密室トリックの概要を簡潔に説明する。

雪が降っている時間帯、発見場所となった小庭園に死体を横たえる。死体にはロープが繋がれ

ている。ロープは死体のベルトに通し、二重にした状態で道の脇の桜の枝に掛けておく。死体から道と桜の木まで五メートルくらい。いったん犯人は現場を離れる。雪は降り続いているので、足跡は消され、また、死体は積雪で覆い隠される。雪が止んでから、未明の頃、犯人は再び現場を訪れる。そして、桜の枝に掛けておいたロープを引く。すると、雪の下から死体が現われる。上半身の方が重いので、死体は頭を地面につけた状態となり、身体に付着していた雪が落ち、積雪の一部となる。犯人はロープを緩め、死体を積雪の上に横たえる。それから、二重にして握っていたロープの一方を手離し、もう一方を引いて死体のベルトから抜いて回収する。

「かくして積雪の上に死体がありながら周囲には足跡の見当たらない不可思議な状況が出来上がるという、そんな乙なトリックです。合ってます？」

「合ってるけど、乙はいらない」

「了解。で、このトリックなんですが使い道については小尾カンさんの言うのと違うと思うんですよ。つまり、こういうトリックが使われたと思わせるためのトリックに使用されたトリックだった、と」

「え？　何言ってるか解んね」

「つまり、ダミーのトリックですよ。見せ掛けのトリック。実際に使われたのは別のトリックだったはずです。犯人の意図から考察するならば」

「このトリックは使われなかった、と？」

「ええ、使われたと見せ掛けただけだったんです」

「な、何を根拠にそんなことを……？」

小尾カンは不服そうにぷっくらした頬をさらに膨らませる。

俺は諭すように、

「気になることがあったんですよ。死体です。死体の様子が気になったんです。矢吹社長の死体の形を思い出してください。普通に長々と横たわっている格好じゃなかった。妙な姿勢でした。『く』の字のように曲がってましたよね。腰が九十度くらいに曲がり、膝が畳まれた状態。あれは長い時間、軽トラックの助手席の中に入れられていたため、その格好のまま死後硬直を起こしていたと見ていいでしょう。座った姿勢で閉じ込められていたわけですからね。しかし、その時点では、まだあの助手席の隠し金庫は誰にも知られていなかったのですから、実に安全な隠し場所だったわけです。できるだけ長時間、そこに隠しておくのは当然でしょう。そして、死後硬直が全身に及ぶのは死後十時間から十二時間ほどしてからです、確か」

「合ってます」

片桐警部の声に俺は一礼し、

「で、矢吹社長の死亡推定時刻は十二月十三日の午後五時頃でしょう、あの菊の間の密室を探索するフリをして犯人の貴倉さんが殺害した、その時間帯なのですから。そして、午後五時から死後十時間となると翌日の午前三時ということになります。つまり、少なくとも午前三時まで死体は助手席の中に隠されていたと考えられるわけです。あの夜、雪が止んだのは深夜の零時過ぎでした。そうなると死体を軽トラックの外に出した頃にはもう雪は降っていなかったわけですから、先ほどのトリックは不可能なんですよ。雪が死体を覆い隠さないし、犯人の足跡もバッチリ残るわけですから」

「……ああ」

と、小尾カンの頬が垂れ下がる。

忍神が割り込み、

「じゃ、実際はどういう展開だったんだ？」

「犯人の貴倉さんは死後硬直を起こした死体を見て、しまった、と思ったのかもしれません。あるいは、最初から折り込み済みだったのかもしれません。いずれにせよ、『く』の字の形の死体から助手席の隠し金庫の存在がバレるのを回避しようとしたわけです。そのため、まったく別の場所に死体を隠していたと思わせるよう画策した。それが先ほどのダミーのトリックだったわけです。降り積もる雪によって死体を隠した、と。あの夜、雪の降っていた時間帯は午後七時頃から深夜零時過ぎです。その頃から長い時間ずっと死体はあの場所で積雪の下に隠されていたと思わせる、そのためのトリックだったというわけです。

そして、そのダミートリックの構成上、必然的に足跡の無い殺人の現場となったのですが、また同時に、三つの連続殺人を強調する目的もあったのでしょう。既に解明したように、第一、第二の殺人の犯人と第三の犯人は異なります。これが三つの連続する殺人であると強調すれば同一の犯人という印象も強くなり、すると、第二の殺人、槙さん殺しにおいてアリバイのある貴倉さんは有利になるわけです。菊の間の鍵を持って行く前、問題の時間帯、神社の敷地の各入口で作業をしていたので防犯カメラにその姿が記録されているはずですからね。そして、意図的ではなかったと今では解っていますが、第一、第二それぞれの事件は足跡の無い殺人、密室殺人という不可能犯罪だったわけで、第三の殺人も同様にすれば三件ともカテゴリーが揃って、三つの殺人の連続性をアピールすることが出来るというものです。そうした目的も兼ねた雪密室トリックだったと考えられるのです」

「で、ダミートリックではなく実際にはどういうトリックが？」

「ごくシンプルなものだったと想像します。脚立が使われたのでしょう。あの軽トラックの荷台にはいつも脚立、竹箒、剪定鋏といった境内の掃除や整備の道具が積まれていたことですし。また、先ほどから話に登場する現場の桜の木、ダミートリックでロープを引っ掛けたことになっていた木ですね、あの桜の枝に二箇所、擦り傷のような痕が付いていました。間隔が三十センチくらい。脚立の幅と同じほどです。あの脚立は山なりに立てると高さ二メートルちょっとですが、真っ直ぐ伸ばすと、つまり一本の梯子として使用するならば倍の全長四メートル強になるわけです。犯人の貴倉さんはこの状態にして桜の枝に載せたのでしょう。その過程で脚立をいったん枝に立てかけたり、こすったりして跡が付いたのだと思われます。

いいですか、トリックはこういう展開だったはずです。未明の時間帯、軽トラックであの現場を訪れ、桜の木の傍らに駐めます。そして、車のルーフに上がり、そこから梯子状に伸ばした脚立を桜の枝に掛けるのです。枝はルーフと同じくらいの高さのものを選んだわけですね。また、梯子が落ちないようロープでドアの窓枠に繋いでおくなど工夫したのでしょう。これで全長四メートル強の橋が架かりました。この橋に死体を乗せます。おっと、その前に、予め用意した平べったい雪の塊を載せてから、その上に死体を置いた可能性が考えられます。そう、橋だった梯子は滑り台と化したのです。そして、梯子のこちら側の先を高々と持ち上げて傾けます。そう、橋だった梯子は滑り台と化したのです。死体は全長四メートル強の滑り台を滑走し、その勢いで先端から宙へ飛び出し、滑空して積雪の上に着地となったわけです。かくして、足跡の無い殺人の現場が作られたのでした」

「なるほど……、その後、ダミートリックの工作などを」

「そう、桜の枝、脚立を載せた枝よりちょっと低い枝でした、そこにロープを掛けてこすり、樹皮の欠片を地面に落としておきます。また、死体やその周囲に雪の塊を投げて表面を荒らし、積雪の中から引き上げられた痕跡を演出したのでしょう。あ、それと、死体を脚立で滑らせる前でしたが、死体の表面に雪をなすりつけておいて、積雪の下に隠されていた感じを偽装したはずです。さらに例のボディバッグですね、矢吹社長のボディバッグ、あれを桜の木の傍らに捨てた。その近くには偽の手掛かりの桜の樹皮が散ってます。それに気付かせて桜の木に注目させることでダミートリックの罠に導く、そのための巧みな布石を果たしたというわけです」

「なるほど、周到だな……」

忍神が首をゆっくり振りながら感想を漏らした。

同感、と俺は呟く。

忍神は大きく溜息をついてから、天井を見上げて目を細め、

「しかし、ホント、矢吹の奴、死体になってからも散々な目に遭ったもんだな。四階の窓から落

とされた後、軽トラの助手席の中に長時間閉じ込められて、さらに、脚立の滑り台で雪の上に放り出された挙句、ああして寒い中、横たわっていたんだからな」

「検視報告にありましたよね。矢吹社長の死体には死斑の移動の痕跡が複数見受けられた、と」

「あれだけ動かされたわけだから当然ってことか」

言いながら腰のあたりをさすっていた。

俺は頷いてから、肩をすくめ、

「あ、あと、補足ですが、第二の殺人、つまり、神睦館『菊の間』における槙さん殺しの際、犯人の矢吹社長はウェットティッシュで血痕を拭きましたよね。おそらく、その使用済みティッシュは上着のポケットか例のボディバッグに入れ、後で処分するつもりだったんだと思います。けど、殺されてしまい、結局、その殺害犯人である貴倉さんがティッシュを見付けて処分したのでしょう」

「第二の殺人の解明の手掛かりになるかも、って貴の奴、案じたんだろうよ。そうなると自分にも降りかかるからな」

「ええ、証拠隠滅の犯人のリレーといったところです」

そう言って俺は軽く手を打ち、

「以上、三件の殺人事件における不可能状況の解明、これにて完了。それでは、次のステージへとまいります」

新たな章に向けて脳内を整理する。

Act. 9

55

ペットボトルの水で喉を潤す。そして、次のステージへ歩を進めた。

「動機を含めた事件全体の構造について説明したいと思います。一連の事件を俯瞰すると、二つのパートに分けられ、それらが絡み合って全体像を作り上げていたと考えられるのです。仮にその二つを凡庸な言い方になりますが、A事件とB事件と呼ばせてもらいます。

A事件とは犯人が矢吹社長によるものです。あの四ヶ月前の轢き逃げ事件に端を発します。真の轢き逃げ犯人は留里菜さんでしたが、槙さんに身代わり犯人を演じさせて偽装しました。そして、おそらく、槙さんは酔った際などにうっかりMC伊波さんにその話の一部を漏らしてしまったのかもしれません。あるいは、MC伊波さんのことですから、何かのキッカケで感付いて槙さんの身辺を調べ、詰問するなどしたのでしょう、その可能性の方が高そうですね」

「だな」

と忍神が腕組みし、

「MCの奴、スキャンダル系のメディアと付き合いがあったし、それで、日頃からネタを探してたからな、その辺の勘は冴えているだろうよ」

「槙さんの金遣いが荒くなったことなんかがそんなMC伊波さんのアンテナに引っ掛かったのだ

と推測されます。それで追及し真相に近付いた。そして、そのネタを上手く使って一緒に儲けようと槙さんに持ちかけたのでしょう。槙さんは槙さんで赤峰オフィスから貰っている秘密の報酬、つまり、身代わり犯人のギャランティですね、その額にだんだん不満を覚えるようになっていた。それでオフィスと衝突することも。だから、赤峰千佳さんは元夫であり留里菜さんの父親である矢吹社長にも轢き逃げ事件のことを相談していました」

　赤峰千佳は冷めた口ぶりで、

「そう、要求する回数も金額も増えて歯止めが利かなくなってたからね」

「そうした企みのために、槙さんはＭＣ伊波さんの話に興味を持っていた。ほら、画廊ハウスの隠し金庫にファイルノートを隠していて、スキャンダル系雑誌などの記事のコピーが収められていましたね。あれはＭＣ伊波さんが関わった記事だったのでしょう。俺と組めばこんなふうにネタを売り込める、というカタログみたいなもの。あるいは、脅迫の材料にできるという見本です。こんなスキャンダル記事にされたくなければ、とターゲットの人間を揺さぶる、そうした計画をＭＣ伊波さんは槙さんに持ちかけたわけです。この場合、ターゲットは赤峰千佳さん、それから、父親の矢吹社長ということになります。

　で、その槙さんですがＭＣ伊波さんからの誘いに興味を持ちながらも迷っていたのでしょう。おそらく、金額のことで。儲けの取り分のことに不満を覚えていた。一人でやれば当然、全額が自分のものですからね。オフィスへの要求が増えているように槙さんは貪欲になりつつあったと思われます。また、その一方、手練(てだれ)のＭＣ伊波さんの力を利用した方が上手くいくかもしれないという目算も棄て切れない。だから、曖昧な対応を続けていたのだと思われます」

忍神が相槌を打ち、

「事故現場の写真などを隠していた画廊ハウスの金庫がバレないよう気を付けていたのもその現われなんだろうな」

「ええ。そんな煮え切らない槙さんにＭＣ伊波さんは痺れを切らし、もはや見切りをつけたのだと思われます。ＭＣ伊波さんは単独行動を決意。そして先ず矢吹社長に接触したのでしょう。早い話が脅迫ですね。ＭＣ伊波さんはかつてヤブキ芸能のタレントでしたので社長のキャラクターを知ってるつもりだったし、アプローチしやすかったはずです。また、槙さんが報酬の増額を要求しても赤峰千佳さんは頑なに渋っていることを槙さん本人から聞いていたのでしょう。なので、金づるとして有望なのは赤峰千佳さんよりも矢吹社長の方と考えた」

「私、シブチンだったのね、フンッ」

と赤峰千佳は顔をしかめ、

「まあ、実際、もしもの際は資金援助を頼むって矢吹には言ってたわけだし」

「で、ＭＣ伊波さんは矢吹社長を脅迫したわけです。おそらく、槙さんも仲間に引き入れている、とブラフを効かせたはずです。ただ見誤っていました。相手の感情を量り損ねていたのです。脅迫に対し、矢吹社長は当然激しい怒りを覚えたわけですが、それはＭＣ伊波さんが想像していた以上に強烈な激情だったのです。かつて自分が面倒を見、育てたタレントが事もあろうに理不尽な牙を剝いてきた、そのことが絶対的に我慢ならなかったのでしょう。そして何よりも、脅迫のネタにされているのが留里菜さん、愛する娘に刃を向けていることが断じて許せなかった。かけがえのない留里菜さんを卑劣な連中から守らなければならない、どんな非常手段を使ってでも……。怒りは殺意となり」

「矢吹はＭＣ伊波を殺害」

忍神が見えないナイフで宙を刺し、それを俺も真似て、

「続いて槙誠次郎さんも殺害した。先ほど言いましたように、ＭＣ伊波さんが槙さんも脅迫の仲間であるとほのめかしていたのですから、矢吹社長には迷いはなかったはずです。それに、いずれにせよ放っておくと危険な存在でしたからね。貪欲になって要求が大きくなりつつありましたし」

「轢き逃げ、偽装工作、脅迫、そして殺人、何ともまあバラエティ豊かな犯罪の玉突きだな」

「煎じ詰めれば結局のところ、矢吹社長が娘の留里菜さんを守るためにＭＣ伊波さんと槙さんを殺害した、というのがＡ事件の構造だったわけです」

そう言って俺は結論付ける。

「あの人のおかげかも……、私が殺らずに済んだの」

赤峰千佳が遠い目をして自嘲めいた笑みを滲ませた。

俺は聞かなかったことにして先を進める。

「では、続けましょう。問題はＢ事件です」

56

「もう一人の犯人、貴倉さんによって引き起こされたのがB事件でした。動機を含め謎の根が深く、一筋縄ではいかない様相を呈していました」

と前置きをし、俺はペットボトルを呷って万全の水分補給をしてから、

「あらゆるアングルから考察を試み、キイポイントとなったのはギャクロスの伝説でした。『腹裂きレインボー』ですね。その舞台であるアオタン地区の発掘現場の情報に接するうちに引っ掛かるものを感じたんです。あの現場からは注目すべきものが発見されましたよね。銃、金庫、そして、ホームレスの死体。いずれも、ギャクロスの伝説を裏付けるような存在です。あと、目を引く発掘物として、複数のウサギの白骨死体がありました。これについて特筆すべきことはウサギは毒殺の可能性が考えられることです。そして、これはギャクロスの伝説にはそぐわないものでした。ギャクロスが犯行に毒を用いた例は無かったそうですから。あの、合ってますよね」

「オーライ」

と返してくれたのは市原元警部補。老いた五月人形のような顔に柔和な笑みを漂わせ、大きく頷いてみせる。安心して進めよ、と。

俺は丁寧に一礼し、

「で、毒物という点に注目して、まったくの想像からなんですが思いついたのがカルトでした。怪しげな新興宗教の団体などですね。あの時代、九〇年代、世を震撼させた有名なオウム事件と総称される、カルト教団による複数の凶悪犯罪が起きました。教団は爆弾や銃器などによって武装化していましたが、中でも大きなウエイトを占めていたのが毒物でした。また、九〇年代後半は崩壊したオウム真理教の余波で全国的にポスト・オウムの存在が注目される時代でした。そして、市原元警部補からこんな話も伺いました。当時、ポスト・オウムの中にもオウムほど派手ではないけど武装化していた団体も都内に二つほどあって、摘発されたということ。それと、オウム事件によって法が強化されたために解散する団体や、また、信者らが逃亡をはかる団体も多かった、ということ」

頷いている市原警部補。

その姿を視界の端で捉えながら、

「そんな背景に目を向けているうちに直感なんですが、あの時代、そうしたカルト教団の逃亡者がこの地域に潜んでいたのではないかと考えたんです。さらに、逃亡者を匿った存在の可能性にも考えを巡らせました。九〇年代の後半、この地域に住んでいた、あるいは出入りしていた人間で、なおかつ、現在、この神社で起きた事件に関わっている者、そう絞り込んだ末、浮かび上がってくるのが貴倉貴さんでした。当時はまだ宮司を継いでなくて、この実家を出て隣町で一人暮らしをしていましたが、イラストレーターだけでは食べていけず、通いで神社の仕事を手伝っていましたからね。

また、この件について考察する時には事件全体の構造は見えていませんでしたが、既に先ほどの推理によって貴倉さんが第三の殺人の犯人であることは解っていましたから、筋道は合っていると判断しました。ただ、貴倉さんは身元がはっきりし過ぎていますし、当時、行方をくらまして隠れていたわけでもないので、カルトの逃亡者とは思えません。むしろ、逃亡者を匿っていた側ということになります。で、ここから次の推理の段へ進み、貴倉さんがカルト教団の逃亡者を匿っていたとしたら、と想定したのです。しかも、今もそれは続いている。そして、その秘密を守るために殺人を犯したのではないか。なら、そうまでして貴倉さんが守るとするなら、その相手は、やはり、妻の恭子さんだろう、と結論したのでした」

俺は振り向き、

「そこで、市原元警部補の協力を仰ぐことにしました。恭子さんの顔写真の画像を送り、調査を頼んだのです。先日の話では当時、ポスト・オウムの中で武装化していたカルト教団が二つあったと伺いましたが、その元信者らに恭子さんの顔写真を見せて、かつての仲間だったか尋ねてほしい、と。おかげで結果それが吉と出ました」

そう言って、手を差し向ける。

市原元警部補は遠慮がちに立ち上がる。そして、照れ臭そうに太い眉毛を撫でながら、補足を兼ねて説明してくれた。

「当時のカルト関係の捜査に携わったかつての同僚の紹介で関係者に会うことが出来たんです。武装教団の一つの元信者で逮捕歴がありますが、もう既に服役を終えて社会復帰しています。その男が貴倉恭子の写真に対し、年齢は経ているが確かに教団内で見た顔に間違いないと証言してくれたのです。また、当時は別の名前だったはずで恭子は偽名だろう、とも」

この件をすぐさま市原元警部補はかつての同僚に報告し、そこから本庁の担当者に伝えられた。恭子は出頭させられ今も聴取が進行中だという。概ね事実を認めているらしい。

そして、先ほど、市原元警部補は現段階で判明していることを言える範囲で俺に教えてくれたのだった。

一九九七年から九八年にかけて恭子は一年近くこの町に潜伏していたという。

「ほら、あのアパートですよ。先日教えましたよね、かつてアオタン地区にあった。商工会議所裏のモルタル塗りの二階建てのボロアパート。その一室に恭子は教団の仲間二人と共に身を潜めていたらしいんですよ。言ったでしょ、管理人が情け深い婆さんだったって。原則、居住できるのは単身者だけなんだけど、オーナーに内緒で東南アジアの貧しいカップルを見逃してやっていたそうです。そんなだから、恭子たちにとっても都合のいい隠れ場所だったわけです。一人が部屋を借りて、恭子ともう一人が頻繁に訪れる友人のフリをしながらこっそり住む潜伏生活だったようです」

当時、件の教団は警察にマークされ危機的状況にあったという。崩壊を防ぐための一種のバックアップ機能の分隊が恭子たち三人の役割であった。教団の名簿や財産関係の重要書類を収めた金庫を預かり、数丁の銃器とシアン化系毒物で武装化し、本部からの指令に備えて待機していたわけである。

「持たされた毒物は古いものだったので、その有効性や適切な使用量を確かめる必要があったようです。そのため、近隣の小学校の飼育小屋からウサギを三匹盗んできて実験したとのこと。三体の死骸はビニールシートに包んで土中に埋め、注射針はその際うっかり紛れ込んだようです。そして、それらが、先だって発掘されたということになります」

また、教団では多重債務者、認知症患者、ホームレスなどから戸籍を買い漁り、犯行や逃走の際のために信者らの一部に偽名を付与していた。任務によっては偽名を複数持つ者もいたらしい。当然、恭子らも潜伏に当たって偽名を持つことになったわけである。

市原元警部補に補足してもらいながら、こうした新事実を俺は室内の一同に語った。

ホリウッドのメンバーは一様にショックを隠せない様子だった。

中でも身近な存在である忍神は殊更に衝撃の度合いが強かったようだ。

「恭子さんというのは偽名だったのか……。今さら本名なんぞ知らされたとしてもピンとこんけどな。というか、あの人はずっと長年、俺を、我々を、それどころか世の中を欺いてきたんだよなあ。いわば、役を演じてきたわけだよ。なあ、もはや、誰よりも役者じゃないか、こちとら形無しってとこだ……参った」

妙な感動と消沈を言葉にして漏らすのだった。

俺は話の先を続ける。

「では、今回、アオタン地区から発掘された白骨死体に関して説明したいと思います。あの死体は当時この一帯を根城にしていたホームレスの男でした。市原元警部補の話によると、前歯が階段状に欠けていたのでダンバさんの愛称で呼ばれていた、と。

そして、このダンバさんと思われるホームレスの男にナイフで刺し殺されるのを恭子さんたちは目撃したということです。一九九八年の九月、彼女たちがアパートから立ち去る二ヶ月ほど前のことだったそうです。犯行現場はアオタン地区の例の染色工場跡の敷地。犯人の男はダンバさんの死体を埋めて隠したのですが、その場所はやはり先だっての発掘現場の辺りと一致するようです。そして、当然ながら、密かに目撃した恭子さんたちはこの事は黙っていることにしたわけです。警察に自分たちの周りをうろつかれたくないですから」

市原元警部補が座ったままサポートし、

「もし､通報されれば､現場のすぐ間近ですから件のアパートにも必然的に警察は聞き込みに行ったはずですよ。潜伏中の彼らのもとにもね。しかも繰り返し訪れてもおかしくない。そんなこと避けたいのは彼らにしてみりゃ当然でしょうよ」

「で、この恭子さんの証言ですが信憑性は充分にあると思います。先日、市原元警部補が話してくれた内容と符合していますからね。当時、ダンバさんの他にもう一人、この辺りを生活エリアにしていたホームレスがいたんですよね。耳の穴から白髪が生えているので耳ヒゲさんと呼ばれた初老の男。で、ダンバさんと耳ヒゲさんは縄張り争いみたいになってて仲が悪くてたびたび衝突をしてた、と」

「つまり、耳ヒゲの奴がダンバを刺し殺して、その死体を埋めた、ということ」

「ええ、恭子さんが目撃したのはそれだったのだと思います。そして、その犯人である耳ヒゲさんは町内の歩道橋から落下し、死体となって発見されている」

「当時その耳ヒゲは殺害されたのではないかという仮説もありましたな。ダンバが耳ヒゲを歩道橋から突き落として殺し、そして、ダンバは逃亡したため姿が見えなくなった、と。結局、証拠不十分で、酔った耳ヒゲが勝手に落ちたと事故死で処理されたけど」

「逆だったんです。ダンバさんが耳ヒゲさんを突き落として殺し逃亡したのではなく、耳ヒゲさんがダンバさんを刺し殺して埋めた、そして、耳ヒゲさんは怖くなって歩道橋から飛び降りた」

「つまり自殺だった、と」

「それが真相でしょう」

と俺は頷き、一拍の間を置いてから、

「別の可能性、穿った見方をすれば恭子さんたち教団の人間の犯行では、という考え方もあるでしょう。その動機は置いといて行動の可能性の問題です。しかし、彼ら教団の犯行と考えるにはあまりにも杜撰すぎるように思われます。いかんせん死体を埋めた場所が隠れ住んでいたアパートにあまりにも近過ぎますからね。すぐ退去するタイミングならともかく、まだ潜伏の真っ最中でした。彼らの犯行ならば別の場所を選ぶでしょうよ。とても武装化した教団の人間らしからぬ事の運びです。

また、被害者に目を向けても不自然です。ダンバさんも耳ヒゲさんも同じ頃に死んでますよね。二人も死んでいるのに、ダンバさんだけ教団の仕業だとすると偶然が過ぎるでしょう。また、もし、二人とも殺害したのならば、両方の死体とも埋めて隠し、事件そのものを隠蔽するはずです。

Act.9

当時、二人とも姿が見えなくなっても、どこかもっといいねぐらを見つけて移動したのだろう、と世間は思うだけのことでしょう。出来る限り、警察が動き回る事態を避けたい、というのが彼らの基本姿勢なんですからね」

「なるほど、確かに奴ら教団の犯行とは考え難いですね」

「先を続けます。やがて、教団が崩壊したため、潜伏していた彼らの存在も意味をなさなくなりました。また、どこから自分たちの情報が漏れ、いつ追われる身となっても不思議ではありません。彼らは潜伏先のアパートから退去し、バラバラに別れて逃亡をはかりました。その際、所持していると危険なため、残っていた毒物をトイレに廃棄し、教団関連の重要書類を焼却し、そして、金庫と銃器を土に埋めたのでした」

「それが先日、発掘されたというわけだな」

と忍神がなるほどと激しく頷きながら口を挟む。

俺は続けて、

「彼らは隠れ家を出て散り散りとなりました。恭子さんは一人きりで逃亡を続けます。彼女は既に潜伏中の頃、信仰に疑問を抱き始め、教団の解体によってその汚れた実態を知り絶望したのでした。そして、後悔と失意に苛まれながら逃げ続けた果てに自殺をはかります。はからずもその現場に来合わせたのが貴倉さんでした」

「あの話は逆だったんだな」

「ええ、助けたのは貴倉さんの方だったんです」

先日、忍神から聞いた話では、酔って川の深みにはまった貴倉を通りかかった恭子が救出して病院へ伴った、という経緯だった。が、実際はその逆、自殺を試みようとした恭子を貴倉が止め、その際に貴倉は足を負傷したため、恭子に付き添われて病院へ行ったのだった。ワケアリの様子の恭子に懇願され、貴倉は医師には嘘の証言をしたわけである。この出会いに端を発し、やがて二人は想いを寄せ合い、結婚に至る。

「人生を共にするに当たり、恭子さんは貴倉さんに過去のすべてを打ち明けています。教団のことも、偽名も、潜伏と逃亡の日々も、殺人の目撃も何もかも。貴倉さんはそれを丸ごと受け入れ、その秘密を共有し、恭子さんと共に生きる道を選んだのでした。そして、二人は口を閉ざしたまま今まで暮らしてきたわけです。これが恭子さんの秘められた過去、カルトに心惹かれた昭和末期に始まり、平成、令和と恭子さんがずっと抱え続けた闇だったのです。今回それがようやく彼女の口から語られ、明るみに出されたのでした。これら判明した事実を踏まえた上でここからまた現在の殺人事件について解明への推理を語ってゆきたいと思います」

57

俺は核心へと進む。

「一ヶ月前から大きな転機が訪れます。アオタン地区の再開発が開始されたことです。地面が掘削され、やがて、土中に隠されたものが発見されるのはもはや時間の問題でした。工事の計画が発表された時から貴倉さんは危機感を覚えていたのでしょう。発掘された物に対応し当然、警察は捜査を始めるはずですから。その過程において、死体、銃、金庫の組み合わせから当時の武装化したカルト教団に目が向けられる可能性もあり得る、そう考えたのでしょう。捜査によっては、ホームレスの男がカルト教団に殺された、というふうに解釈されるかもしれない。それを最も危惧していたのです。強迫観念のように抱いていたわけです。そして、貴倉さんは長年ずっと恭子さんを守ってきましたし、これからも守り続けなければ、という意識が強かったのだと思います。

一方、恭子さんは覚悟を決めていたようです。かつて一度は人生を諦め、命を絶とうとした、なのに今まで平穏に暮らせてもう充分に幸せだった、と。これまでのことは身に余る僥倖であると悟っていたようです。だから、運命として受け入れる覚悟をしていた。しかし、そんな恭子さんに対し、貴倉さんの方の気持ちは余計に強まった。いじらしく思い、一層のこと守りたいという気持ちがつのったのでしょう。

さらに決定的だったのは貴倉さんが病魔に冒されていたことです。限られた余命であることを実感していたのだと思います。だから、焦燥感が増した。このまま恭子さんを残して死ぬわけにいかない。生きているうちに何らかの手を打たねばならない。恭子さんを守ろうとする情動が加速したのです。ほどなく、その決意は確固たるものとなった。そして、表向きは恭子さんと同様、一緒に潔く運命を受け入れる姿勢を示しました。しかし、秘密裏に行動に出ることにしたのです。もちろん、黙っていたのは恭子さんに心配をかけたくない配慮から、また、もし言えば止められてしまうことが解っていたからです」

「そうだな」

忍神は神妙な面持ちをし、

「もし恭子さんが知ったら止めただろうよ。何よりも貴のことを思い、その病身を案じていた。だからこそ、藁人形と釘を使って『呪い釘』ならぬ『祈り釘』なんてことを繰り返していたんだものな」

俺は目で同意を示す。声のトーンを上げ、

「そして、貴倉さんの執念のような思いが取った手段は架空の事件を作り上げることでした。実際に起きた出来事とは別の事件を仕立てるのです。カルト教団の逃亡者によって捨てられた銃と金庫、それから、ホームレス同士の争いで殺害された死体。これが真実です。この真実とは異なる事件を作り、その噂を広め、発掘物の謎に偽の解答を与えることでした。さもそんな事件があのアオタン地区で起きていたんだ、と世間の好奇心を刺激し、人の口から口へと伝えられること。一種の都市伝説の効用と言えるでしょう。そして、貴倉さんが九〇年代当時の世相に思いを馳せ、想像力を巡らせて生み出した都市伝説があのギャクロスによる惨劇でした。世間の好奇心を煽るに充分なグロテスクな内容です」

「充分すぎるだろ。死体、銃、金庫、この三つをテーマにまるで悪夢の三題噺だな」

「上手いこと言いますね。そう、お題は三つでした。ウサギの白骨死体は外されていましたが、それに関しては当時の噂話があるから大丈夫だと思ったのでしょう。小学生にからかわれたホー

ムレスがその腹いせに飼育小屋から盗んで復讐した、と。不運なことに、注射針が紛れ込んでいたり、どこかの議員がお節介な調査をしたりするなんて思ってもみなかったでしょうから」

「そりゃそうだろうよ。しかも、解明のキッカケの一つになるとはな」

「その結果、推理を連ねた末、おかげで犯人の目論見に辿り着いたわけです」

「目論見か」

忍神がおぞましげに、

「あの『腹裂きレインボー』が貴の脳から産み落とされたとは、な」

「妄執の果ての産物と言えるかもしれません。その産物を使って貴倉さんは計画を進めます。アオタン地区からの発掘のタイミングを見計らいながら、ギャクロス伝説の噂を世に送り出す工作を画策しました。先ず基本的な下地作りとして、工事が開始されようとする頃、男の死体が埋まっているという噂と腹から虹の出ている亡霊の怪談話をネット掲示板に書き込みます。そして次の段階、それがパフォーマンスです。まるで愉快犯の仕業のような謎のパフォーマンスを仕掛けて世間の関心を引いておき、続いてそれらがギャクロスをテーマにしているらしいとネット掲示板に書き込みます。ここでギャクロスの惨劇すなわち『腹裂きレインボー』の詳細も記すわけです。そうした動きと前後し、シンクロするように実際にアオタン地区から死体や銃など忌まわしい発掘品の数々が発見されるのです。まるで、ギャクロス伝説の噂を裏付けるように。当初、貴倉さんの計画していた青写真はこうした内容だったのでしょう」

「そのパフォーマンスとやらがアレか？　赤い雨とか、木に吊るされたドーナッツとか」

「鳥居の卒塔婆などです。これらがいずれもギャクロスを表現していることは判明しています」

先日、披露した絵解きを俺は改めて解説してから、

「これらは貴倉さんによるものだったわけです。しかし、いずれも未完成に終わっています。赤い雨、木に吊るされたドーナッツ、この二件は実験というか予行演習の段階で失敗したものでした。そして、鳥居の卒塔婆ですが仕掛けようとしていた最中、運悪く人の気配でもあったのでしょう、途中で放棄しています。こうして思うように事が運ばず苛立つうちにもアオタン地区の工事は容赦なく進行しています。いつ、埋められていたものが発掘されるか解りません」

「焦りばかりがつのっていたんだろうな」

「ええ、そうに違いありません。で、ここから、A事件とB事件が交錯するわけです。時間の流れに沿って、事件の展開を語らせていただきます」

俺はこめかみの汗を拭い、

「焦燥に駆られる貴倉さんは追い詰められるような心境、あるいは自分で自分を追い詰めているような状態だったと推察されます。そんな折、貴倉さんは殺人現場に遭遇したのです。そう、第一の殺人、MC伊波さんの死体が横たわるシアターハウス。貴倉さんはこの現場を発見した時、閃いたのでした。脳内に閃光が走ったように、と勝手ながら想像します。これだ！と閃いたのでしょう。この現場を見立て殺人の現場に仕立てようと考え付いたのでした。ギャクロスをテーマにした見立て殺人。これこそ最大効果のパフォーマンスになり得る、と」

「見立てを施したのは矢吹じゃなかったんだな」

「MC伊波さんを殺害したのは矢吹社長でしたが、見立てを仕掛けたのは貴倉さんです」

「そうか、犯行は二つのシーンに分かれていたわけか」

「見立ての道具に使われたポリエチレン袋、ありましたよね。逆さの十字架が描かれていて、死体の頭部に被されていたやつ。あの袋の内側には血痕が付着していませんでした。しかし、死体の頭部と耳には出血した傷痕がありました、犯人との争いに際に生じた傷です。ということは、血が乾いてから袋を被されたということです。つまり、殺人と見立てとの間にタイムラグがあったわけです。それぞれ別の人間の手によるものと見るのが妥当でしょう。

おそらく、こういう展開だったと考えられます。犯人の矢吹社長がシアターハウスから出てくる姿をどこからか貴倉さんは目撃したのです。一方、矢吹社長はそのことに気付きませんでした。それから二十分か三十分くらいかして貴倉さんは気になり出したのでしょう、先程の矢吹社長の様子がおかしかったことを。そこで、貴倉さんはシアターハウスに足を運んでみると、驚くべきことにMC伊波さんの死体に遭遇したというわけです。そして、瞬時に閃いて、これを利用することを思いついた。懸命に智恵を絞り、その場にあったものを使って見立てを作り上げたのです。作業を終えると急ぎ現場を後にする。あ、もちろん、その時間はまだ雪が降っていましたから、例の雪密室になったのは言うまでもありません」

忍神は宙に視線を泳がせ、

「貴の奴め、死体を発見して驚いたのと同時に歓喜したろうよ、まさに驚喜ってやつか。宮司だけに、これぞ天の、神の恵み、ってな。あ、だけど、それで発想したのが見立て殺人なんだから……神じゃなくて悪魔の恵み、か」

俺は大きく二度頷き、

「そう、まさしく、悪魔的発想の見立て殺人と言えるかもしれません。いいですか。普通というか、一般的に認識されている見立て殺人とは童謡、歌、花、生き物、物品、あるいは神話や伝説にしろ、既にこの世に存在しているものを題材にして見立てるものです。世の中に何か元ネタがあって、その見立てが作られるわけです。しかし、今回の見立ては違います。見立ての元ネタは貴倉さんの頭の中だけに描かれたものです。この世に存在しないものです。

しかし、です。しかし、人は見立てを目にすれば、その元ネタがあると考えるのが自然です。そう、それこそが貴倉さんの狙いでした。見立てが作られたのだから、その元ネタは存在する、そう思わせることが狙いなのでした。しかも、見立てと前後して、実際にアオタン地区から死体、銃、金庫が発見されるのです、元ネタの存在を裏付けるように、ね。となると、実際にそんな事件が起きていた、そう思うのが自然でしょう。

元ネタがあるから見立てが作られたのではなく、見立てが作られたのだから元ネタが存在するはず、という倒置した構図が仕組まれていたわけです。

いわば、逆見立て。

ギャクロスの惨劇があったと思わせるために貴倉さんはこの逆見立てを仕掛けたのでした。たとえ、そんな事件が起きたと確信させるに至らなくても、少なくとも現実の過去、カルト教団の逃亡者たちの件からミスリードさせることは充分に出来るでしょうからね。ＭＣ伊波さんの死体を前にして貴倉さんに迷いは無かったはずです。すぐさまアイデアを巡らせながら室内を見回し、見立ての材料になりそうなものを探したのでしょう。そして、ＤＶＤディスクを半分に割って死体の腹に置き、ポリエチレン袋に逆さ十字を描いて、頭部に被せたのでした」

「貴め、逆見立てで架空の過去を作ったというわけか」

「何か映画みたいですね、実際のロケで撮れないシーンをＣＧで作るみたいな」

「エフェクトかよ、けっ」

吐き捨てるように言って顔をしかめる。その顔のまま天を仰ぎ、

「しかし、矢吹の奴も驚いたろうな。殺人現場の状況が変わってるのを知って」

「見立てなんか身に覚えがないんですからね」

相槌を返し、軽く肩をすくめた。

そして俺は先を続ける。

「その後、貴倉さんは密かに矢吹社長に会い、目撃したことを告げ、脅迫したのでしょう。それは次の殺人の可能性を予測していたからだと考えられます。貴倉さんの妻、恭子さんが言ってましたね、矢吹社長が槙さんの胸倉を摑んで激しく罵倒していたのを目撃した、と。その話を貴倉さんは恭子さんからいち早く聞いて知っていました。なので、この件が殺人事件と何らかの関わりがあり、矢吹社長は次に槙さんを手に掛けるかもしれない、そう予測したのだと思います。貴倉さんの厳しい追及に矢吹社長は屈し、犯行の経緯や動機などすべて告白させられたのでしょう。それは、次の殺人、槙さんの殺害を決意していたからです。洗いざらい何もかも話さなければ警

察にバラすと脅され、そうなると槙さんを殺害できなくなる、それですべてを打ち明けたのです。

この告白を受け、黙っている約束をする代わりに貴倉さんは条件を突き付けます。次の殺人、槙さんを殺害する際に見立てを施すように、と。槙さん殺しを見立て殺人に仕立てることを命じたのでした。そう、逆見立ての仕掛けをさらに強化することこそ貴倉さんの狙いでした。もちろん、その目的や理由は語らなかったでしょう。問われても受け流すだけ。有無を言わせず強要したのです。矢吹社長は驚き戸惑い、抗おうとしたかもしれません。しかし、既に殺人の罪を犯し、それをネタに脅迫されている以上、圧倒的に不利な立場です。命令に従わざるを得ませんでした」

「貴の奴が矢吹の殺人を乗っ取ったような形になったわけか」

「ええ、見立てを作らせたいがために。そして、貴倉さんは見立ての試案を幾例か矢吹社長に伝えたのだと推察します。その時はまだ矢吹社長は槙さんをどこでどうやって殺害するのか具体的なプランは固めていなかったでしょうからね。いかなるケースにも対応できそうな見立てのアイデアを幾つか提供したのだと思われます」

「実際、槙が一人で神睦館に行ったのを矢吹が追うか知るかして、それをチャンスと見て殺害に及んだのだろうからな」

「それが第二の殺人ですね。そう、矢吹社長は神睦館の四階に一人でいた槙さんを殺害したのでした。そして、貴倉さんの案の一つに従って見立てを施します。ゴムホースを切って死体の口に突っ込み、コップの水を身体にかけたのです。

しかし、先ほど説明したように争いの際、頭部を強打されたせいで矢吹社長は朦朧とし、西控え室で意識を失います。一方、四階には鷲津さん、宗方さん、富士井さんたちが来ていて、密室状態の部屋の前で騒いでいます。それから、程なくして、彼らに呼ばれた貴倉さんが到着し、密室のドアの錠を開け、チェーンを切って、四人で中に入り、槙さんの死体を発見したわけです。

この時、見立てが施されているのを目にして、貴倉さんは矢吹社長が約束を果たしたのを確認しました。しかし、矢吹社長が意識を失って倒れていることまでは想定外だったでしょう。菊の間全体を四人で手分けしてチェックしている最中、貴倉さんは西控え室で矢吹社長を発見しました。そして瞬時に殺害を決意します。一つに、矢吹社長の口を塞ぐためです。貴倉さんが見立ての首謀者であることを知る危険な存在ですからね。それとももう一つの理由、見立てを作りたかったのです。矢吹社長を殺害し、その死体で見立て殺人を演出する。もちろん、逆見立ての強化のため。こっちの動機の方が大きかったかもしれません」

「見立てを作りたくて矢吹を殺害したというのか」

そう言って忍神は表情を歪める。

「ええ。これもまた逆ですよね。殺人に見立てが付随するのではなく、見立てに殺人が付随する。見立てを作りたいがために死体が必要であり、そのために殺した。別の意味で逆見立ての構図です」

「見立ての材料にするために死体が欲しかったか……」

「ええ、手に入れたのでした。そして、矢吹社長を殺害した、その後の貴倉さんの行動は既に説明した通りです」

「ああ、よおく解ってるよ」

と忍神は鼻皺を刻み、

「死体を四階の窓から放り捨て、それから、軽トラックの助手席の中に隠して、俺を迎えに来たんだよ。その助手席には俺を座らせてくれたんだからなあ、よおく解ってるよ」

俺はなだめるように頷いて、

「忘れられない思い出ですよね、お察しします。その助手席の隠し金庫の中にそのまま隠しておいた死体を、未明の頃、貴倉さんは外に出して、東エリアの小庭園に見立て殺人の現場を作りました。玉砂利と黒ビニールで作ったあんころ餅と小銭を死体の周囲にばら撒いて」

「ああ、『黄金餅』を表現したんだよな」

「その通りです。こうして、三つの現場に三つの見立てを作り上げ、逆見立ての効果を万全に図ったというわけです。総じて見れば、貴倉さんは見立てを作るために他人の殺人を利用し、その挙句、自らも殺人に手を染めることになったのでした。これが貴倉さんの演出による事件の全体像。殺人よりも見立てが目的であり、見立てを行うための殺人だったわけです。これら全て、何よりも、妻の恭子さんを守るためであったことは今さら言うまでもありません」

俺はそう締め括って口を閉じ、宙に目をやる。

秘密を抱えてきた恭子、その秘密を守り続けようとした貴倉。長い年月の陰で二人は息を潜めるようにして日々を過ごしてきたのだろう。彼らの辿った遠い軌跡に想像を巡らせると何やら痛切な思いがよぎる。

昭和末期から平成にかけてのバブル成長期を背景に、世の中は多様な価値が容認され、無限の可能性が期待された。経済もカルチャーも思想も、そして宗教も例外ではない。豊かさが自由を生み、その一方で、自由の拡大から錯覚も生じる。暴走が起きるのは自由が過ぎるが故、自由の過信の故であった。

しかし、まもなくして、多角的に広がった価値観はバブル崩壊と共に閉塞される。潤沢で奔放な時代は終わった。社会全体が安全で堅実な路線へと急速にシフトされた。自由は縮小化され、時に憧れの存在となり、時に恐怖の対象ともなり得たのである。

わずかな年月のうちに自由の価値が変動し、その急変に対応できない人間の中には取り返しのつかない愚行を重ねる者も少なくなかった。自由に躓いた不器用で浅はかな敗北者。あるいは自由の罪人。恭子もその一人だったのかもしれない。最終的に自死で決着しようとした。愚かさの上書き。

そんな恭子に出会った貴倉は、彼女の自分で自分をいたぶるような姿に憐れみを覚える。もしかすると、父親の神社経営の盛衰を目の当たりにし、世相の棘のようなものを痛感したからかもしれない。やがて同情と恋情が混じり合ううちに恭子を守ろうと決意する。そして、恭子が背負ってきた月日を共有し、二人で秘密を抱えながら、俯くようにして日々をやり過ごしてきた。平穏というささやかな幸福だけを見つめ、恐怖から目を逸らし、細く長い道のりを生きてきた。

しかし、時の移ろいと共に世の中の風景も変わる。町の姿も変わる。新しい未来を築くために古い遺物が解体される時、秘めてきた過去が掘り起こされようとしていた。そして二人の運命は終焉を迎える。結局、時代は二人の罪を見逃してくれなかったようだ。遠く長い年月を流浪した運命が決裁されようとしていた。

そんな脆く危うい日々を過ごしてきた二人の姿はまるであのポンコツの軽トラックに似ている。愚かな隠し金庫の秘密を抱えながら、昭和、平成、令和、三つの時代をかろうじて走り続けてきたあのポンコツ軽トラックを見ているようだった。

一つの推測が頭にこびりついて離れない。俺は言った。

「もしかすると、とても皮肉なことが起きていたのかもしれません。先ほど言ったように、貴倉さんは北側の鳥居に卒塔婆を結わえ付けて、ギャクロスを表現しようとしました。しかし、誰か人の気配があったのか、途中で放棄しています。これ、恭子さんだったのではないでしょうか。あの夜、十二月十一日の深夜、恭子さんは例の『祈り釘』の儀を行っているんですよ。それが最後だった、と。自分でそう言っていました。その恭子さんの行き帰りいずれかの足音を耳にして貴倉さんは現場から逃げ出したのではないかと思うんです。もちろん、その足音が恭子さんとは知らずにね。『祈り釘』のこと恭子さんは隠していたのですから。また、一方、貴倉さんのパフォーマンスも同様、恭子さんには気付かれていなかったはずです」

忍神は目を細め、

「二人のそれぞれの秘密がニアミスしていたわけか」

「ええ。恭子さんを守るための貴倉さんの仕掛け。貴倉さんを病から救うための恭子さんの祈り。それぞれの秘密、どちらも相手を想うがゆえの秘密です。あの夜、そんなお互いの想いが知らずニアミスしたわけです。もし、そんなニアミスが起こらなければ貴倉さんは鳥居に卒塔婆を結わえて逆さ十字を作り、パフォーマンスを完成させたはずです。そうなれば、その後、焦りに駆られず、予定通り当初の計画を進めることに専心したでしょう。ならば、あの時、MC伊波さんの死体を発見した時、見立て殺人の現場を作ろうという気も起きなかったかもしれません」

「殺人事件に関与することはなかったわけだ」

「自ら殺人を犯すこともね」

「が、そうなってしまった。結果、綻びが生じ、犯行が解明され、二人の隠し続けた過去があぶり出されることに繋がってしまった……。あの夜のニアミスが運命を決めたようなもんか」

俺は嘆息する。

「皮肉なものです。二人、お互いを想うがあまりの秘密だったのに、あの夜、その想いが接近し、そして、擦れ違ってしまった。ええ、実に皮肉なものです」

58

謎解きは完了した。事件について語ることはもう無い。

室内は静謐に満ちている。冬の陽光が明るさを増し、床に広がるブラインドのストライプの影がくっきりと浮かび上がっていた。冷え冷えとしていた空気がゆっくりと溶けていくようだ。

一つの手が挙がった。

「あの、すいません」

赤峰千佳が澄んだ声を放った。

俺はそれに応え、

「あ、何か、質問でしょうか？」

「ええ、そうなんですが……。あなたに、というより、むしろ、この場合、忍神さんね」

と言って、扇形の対面の席を向き、

「あのお、忍神さん、さっき約束しましたよね。萌仲ミルキさんのことで。忍神さんと萌仲さんとはどういう関係なのか説明してくれる、と。事件解明の話はこうして済んだんですから、そろそろ約束を果たしていただけますよね」

凜とした眼差しで見据えながら、鋭い口調で迫った。

その言葉に同意し、富士井、鷲津、宗方、小尾カンらが揃って身を乗り出し、激しく頷いている。

そんな彼らの圧を受け止めるように忍神は大きく胸を反らせ、

「うーん、確かにそう言ったよな。ああ、もちろん忘れちゃいないさ」

そう答えて溜息をつき、

「そうだよな。事件の謎はすべて解明されたんだからな。もう、その時が来たようだな。ああ、解った。では、約束通り話すとしよう」

Act.9

微かに苦笑いを刻みながら頷いた。

咳払いをし喉の調子を整える。そして、語り始めた。

「先ず、さっき、事件の話でも触れたように、既に解明されたけど、以前から珍妙で不可解な出来事が起きていたよな。赤い雨、木に吊るされたドーナッツ、藁人形の件などだよ。これらが発生し、まだ謎のままだった頃、正直、不安を覚えたのさ。なんせ、大切なセレモニーが迫っているからな。妨害や邪魔の予兆の可能性も考えたよ。ちょっと神経質になっていたかもしれん。しかし、出来る限り不穏な要素は排除しておきたかった。慎重を期すに越したことはない。そこで、謎の解明を含め、セレモニーが無事に開催されるよう、監視とサポートを務めてくれる人間を雇った」

「密かに雇ったのね」

と赤峰千佳が声を尖らせる。

他のメンバーも険しい表情を刻んでいる。

忍神は少々狼狽しながら、

「まあ、仲間を疑っているように思われたくなかったんでな」

「疑ってたんでしょ」

「え、あ、まあ……その点に関しては謝るよ」

素直に頭を下げてみせる。

赤峰千佳は肩をすくめ、

「ま、気持ち解らないこともないけどね」

忍神はもう一度、頭を下げ、

「そう、君の言う通り、密かに雇ったのさ。いわば、潜入調査」

「その潜入調査のために雇われたのが彼というわけね」

「そうだ、彼だ、萌仲ミルキ」

「もちろん、本名じゃないでしょ。それに、俳優やタレントとかどうかも？」

「ああ、違う。俳優でもタレントでもないさ。彼の本職は探偵だよ。プロの私立探偵さ」

「ホンモノの探偵なのね」

「ああ、正真正銘の」

赤峰千佳はフーと嘆息し、大きく頷きながら、

「道理で、さっきの謎解き、腕前もホンモノのはず」

「ああ、ホンモノだったな、確かに」

嬉しそうに、誇らしげに頷き返す。

そして、忍神は俺の方を向いて、

「おい、もう、いいぞ」

と両手を差し出してヒラヒラと仰いで、星を輝かせてくれる。

俺は照れ臭いのを誤魔化すため舞台挨拶のように両手でスカートを開いて、

「只今、ご紹介に与り(あずか)ました、萌仲ミルキ改め、私立探偵の紅門福助です。どうぞ、よろしくお

願いしまーす」

おどけた口ぶりで言って、膝を軽く曲げ、一礼してみせた。

そう、今回、俺は潜入調査のために雇われた。そして、そのことは俺と忍神だけの秘密であった。

潜入調査とあるからには俺は俺本人ではなく、違う人間を装うことになる。誰か別人を演じるわけである。しかし、その技術にいささか問題があった。演技力に不安がある、と忍神が感じたのである。プロの俳優の判断なのだから間違いないだろうし、正直なところ、俺も同感であった。しかし、忍神は俺の探偵としての能力は高く買っていた。俺を雇ったことのある知り合いのプロデューサーから評判を聞いたらしい。それで、どうしても俺にやってほしいと切望していた。また、こちらとしても経済的理由から仕事が欲しい。魚心あれば水心。

そこで、忍神は一計を案じたのである。エキセントリックな外観のキャラならば拙い演技をカムフラージュ出来る、と。一種のコスプレ、あるいは、着ぐるみの効果である。たとえ、言動が不自然でも、そういうキャラ設定なのだと誤魔化せる、あるいは、まだ未熟なゆえ、そうしたユニークなキャラに馴染みきれてないと逃げ切れる、という計算。そんな海千山千のベテラン俳優ならではの奇策であった。

かくして、忍神は萌仲ミルキというキャラクターを創造し、その設計図に沿って俺は役作りに奮闘した。セーラー服を着て生活し、ミルキービームやミルキーフラッシュなどの必殺技（？）

も身に付けた。どれもこれも、潜入調査を成功させるためである。

ただ、殺人事件が発生してからは、この秘密を警察にだけは打ち明けざるを得なかった。彼らの捜査を前にして隠しきれるものではない。俺の身元を調べればすぐに疑惑が浮上するというものだ。

だから、忍神は即断し、先回りするようにして、この潜入調査の件を警察に話したのである。ただし、ここでも海千山千のベテラン俳優は只では引き下がらない。例の署長とのコネを活かして、潜入調査のことを秘密にしてくれるよう了承を取り付けたのであった。この忍神の老獪ともいうべき立ち回りによって、萌仲ミルキの活動は続行されることになったわけである。

しかし、俺としてはちょいと複雑な心境でもあった。事情を知った刑事たちは俺に少なからぬ同情を持って接してくれるのだ。いや、同情だけではない。憐憫、そして、時として侮蔑も見え隠れしていた。そりゃそうかもしれない。警察と探偵と立場は違えど、調査稼業という意味においては近しい職種、ほぼ同業者と言ってもいいだろう。なのに、こんな格好をしている俺。彼らが憐れんだり蔑視したりするのも当然だろう。

自分でもふと冷静になって自分を客観視すると情けなくなってくる。ついさっきだって、事件のクライマックスたる解決シーンだというのに、滔々と謎解きの推理を語っているのがセーラー服のオッサンとは、何とも絵が締まらない。せっかくの名探偵ぶりなのにこの落差……。しかも、「二人の想いが擦れ違った」なんてしみじみと語ったりして、セーラー服のオッサンが……。

いやはや、リアルに振り返ると、まさしく、穴があったら入りたい！　最悪だ、こんな役どころなんて災役だ！

そうした最厄の日々に耐えながら潜入調査を全うした自分を誉めてやりたい。

だから、もし、今回の事件の報告書をしたためるならば、一工夫凝らすことになるだろう。潜入調査を完遂した、その功績を是非ともアピールしておきたいのだ。

つまり、忍神（と警察）に対してのみ俺は紅門福助であり、その他の人間の前では萌仲ミルキだったこと、そして、その秘密が最後まで保たれたことを強調しておきたいのである。そう、俺が演じ切ったことを強調したいのだ。それも効果的に強調したい。

あたかも、ちゃんと萌仲ミルキというキャラが実在していたように記したい。

しかし、報告書は俺の視点で、俺が書く。だから、俺の一人称である。しかも、探偵の報告書なのだから、俺＝紅門福助の一人称ということになる。

そして、あくまでも俺は一人であり、紅門福助と萌仲ミルキ、二人の人間が存在してはならない。一人称の俺（紅門福助）がいるのだから、三人称の萌仲ミルキがいるわけがないのだ。二人が存在してはアンフェアになる。全編、描かれるのは紅門福助の活動だ。

そのため、会話（と準会話）の中を除いて、萌仲ミルキという三人称の主語は記さない。つまり、地の文において、［萌仲ミルキは］とか［萌仲ミルキが］などといった描写は存在しない。萌仲ミルキを指す［彼は］［彼が］なども同様である。それが不自然に見えないよう全編ライトで遊び心ある文章を心掛ける。さながら映画における実写とCGとの調和といったところか。

一見したところ、俺とは別に、萌仲ミルキというキャラクターが存在するように思えるシーンでも、注意深く読めば、それは俺であることが解るはずだ。

それにしても、こんな格好をして演技を続けるのは心理的にも肉体的にもキツかった。慣れないせいだろうか？　いや、慣れたくもないが。とにかく、冬場、スカートがこんなに寒いとは思わなかった。足元から寒気がまとわりついて離れない。雪の日は刺すように痛いほどだった。そうだ。そうした苦労の数々も記しておくとしよう。それがフェアというものだ。

この報告書、犯人当ての構成でありながら、同時に結果として、探偵当てのストーリーも兼ねている。もし、ミステリ小説ならばリバーシブル本格とでも呼ぶのだろうか？　あるいは、二重の意味で〝探偵小説〟か？

以上こうした記述の工夫を駆使し、全編にわたって萌仲ミルキを演じた潜入調査の実績を記録しておきたいのである。これ、一種の文章上のエフェクトかもしれない。そして、存在しない人間を存在させる、その意味で萌仲ミルキこそエフェクトラだったのかもしれない。

おっと、また、忍神が機嫌を損ねそうだ。

その忍神はなおも弁明に躍起になっている。

「まあ、君達に隠していたのはいささか心苦しい限りだが、しかし、この潜入調査の甲斐あって、こうして殺人事件の解明へと結びついたじゃないか」

居直るようにそう言って胸を張る。

赤峰千佳が苦笑いしながら小さく頷く。そして、俺の方を横目で指し示し、

「それにしても、よりによってこの人が謎解きなんかを語り始めるから、何、コイツ？　って思ったわよ」

代表するように言った。そう、さっき、ここに集まったホリウッド・メイツ一同の誰もがそんな目をして俺のことを睨んでいたものである。

忍神は頭をかきながら、

「そう、だから、最初迷ったのさ。でも、紅門さんの謎解きの前に、俺が探偵を雇って潜入調査をさせていたことを君達に明かしたら、君達は気を悪くしてここから出て行くかもしれないじゃないか」

「かもしれないじゃなくて、出て行ったわね」

彼女は即答し、他のメンバーもすぐさま揃って頷く。

「だろ」

と忍神は弱ったふうに顔を歪め、

「だから、強引なやり方だったけど、先に探偵としての実力を披露してもらってから、その後、潜入調査のことを明かす段取りにしたのさ」

「結果オーライ、要するに、紅門さんの探偵力に委ねたということね」

そう言って呆れたように苦笑した。

忍神は反論のそぶりも見せず、両手を広げ、肩をすくめるだけだった。

小尾カンがおずおずと小太りの身を乗り出してきて、

「そうですね、探偵力ですよね……。ああ、プロの探偵に向かって推理を披露してたとは……、私としたことが」

嘆くような声を出して、垂れた目をさらに垂らしている。

そう、小尾カンは執拗なくらい、俺を捕まえては自分の推理や仮説をぶつけてきたものだった。というのも、第一の殺人の際、忍神に対して小尾カンは得意げに雪密室の謎解きを披露したところ、忍神に意見を求められた俺があっさりと否定してみせたからであった。忍神の前で恥をかかされたと、以来、小尾カンは俺へのリベンジの炎を燃やし続けてきたのだった。

俺は相手の健闘を称え、内心、半分呆れながら、

「あれだけ次々と仮説を突きつけてくるとは思いませんでしたよ」

「しつこいとか粘着質、って言いたくなりますよね」

「あ、いや、熱心とか一生懸命という感じで……、あ、でも、いろいろな仮説を聞かせてもらえて、こちらにとっても推理の参考になりましたし」

「でも、どれも見事に反論してくれたもんでした」

そう、間違いならば反論しておかなければならない。誤った仮説を吹聴されると関係者の間に無駄な動揺が走る。不要な緊張と警戒心が強まり、こっちの調査がやりにくくなるというものだ。また、この男の性格からして、得意げになって今度は忍神のもとに馳せ参じ、滔々と推理を語るに違いない。そして、事件に何か新展開がある度に同じことを繰り返し、忍神につきまとうようになるだろう。一度誉められた犬のようなものだ。となると、忍神の身近にいる時間が長くな

り、ひょんなことからこの潜入調査のことを感付かれかねない。それを避けるためにも楔を打っておく必要がある。それで可哀相かもしれないが厳しく反論しておいたわけである。

小尾カンは忍神に向かって、

「殺人事件が起きて死体が出てくると、やはりダイプレイヤーの性(さが)なんでしょうかね、テンション上がっちゃって忍神さん好奇心旺盛でしたよね。現場を見たがったり、情報を集めて事件を検討したり、何だかホームズさながら。だもんだから、この人」

と俺を一瞥し、

「萌仲ミルキ、いや、紅門さんでしたっけ、この人を手先にこき使っているものと思ってましたよ。ホームズごっこに付き合わされているワトスンもどきみたいに」

俺は苦笑いしながら、

「そりゃ、忍神さんの方が貫禄ありますからね。しかも、そういう演技もするし。どう見ても、こっちは手先か小間使いですって。それに、こんな格好だし」

そう言って、スカートの裾を摘む。

小尾カンは首を振り、

「あ、でも、印象だけじゃないですよ。第一の殺人の雪密室トリックについて初めて私が仮説を語って、それを紅門さんが否定してみせた際、忍神さん言いましたよ、『初歩だな、ワトスン君、ってとこか』と。紅門さんに、ね。これって、ワトスンつまり紅門さんの推理のことを言ってるわけでしょ、『今の君の推理は初歩的なもんだよな、実に簡単だったよな、なあ、ワトスン君』という感想」

すがるような上目遣いで問い掛ける。

忍神は腕組みをして、しばし考えてから、

「いやあ、それ、お前まったく勘違いしてるぞ。あれは紅門さんの推理への感想として言ったんじゃない。逆だよ。小尾カン、お前のヘボ推理を皮肉って言ったんだよ。初歩的で稚拙な推理って、な。つまり、『小尾カンの推理は「初歩だな、ワトスン君」と言われるくらい低レベルだよな』って紅門さんに同意を求めたんだよ」

「はあ、そうだったんですか。ああ、わざわざ、この話ここで持ち出すんじゃなかった、却って恥かいた、それこそ初歩のミス」

うろたえた様子でゼリーのような頬をプルプル震わせる。その震えを残しながらこっちを向き、

「しかし、てっきり、あれ以来、紅門さんのこと、ホームズごっこのワトスンもどきと見ていました。しかも、そのワトスンもどきなんかに自分の渾身の推理を否定されたもんだから、つい根に持ってしまい執拗にリベンジを試みて……いやはや、失礼しました」

繰り返し頭を下げ、激しく頬を震わせた。

俺は手を差し向け、

「いえいえ。けど、ワトスンもどきと認識されて、それが隠れ蓑になりましたよ。おかげで、誰からもプロの探偵だと露とも思われずに済みましたからね」

そう言って笑みを向ける。

Act.9

小尾カンはぎこちない笑みを返してくる。そして大きく息を吐き、

「でも、真相はあべこべ、ホームズとワトスン、逆だったんですからね」

そこに忍神が鋭く割り込んできて、

「おい、俺がワトスンだと。いつもホームズにクソミソに言われるワトスンと?」

小尾カンはすぐさま卑屈な面持ちになって、

「あ、いえ、あくまでも役の問題ですったら」

「ま、どうせ、脇役一筋だからな、俺は」

「名バイプレイヤー、それも偉大なるダイプレイヤーじゃないですか。死のショー人、デススターの名をほしいままにして」

「別に欲しかねえよ」

「あ、でも、事件もこうなったことだし、リハも再開ですね、記念セレモニーはもう間近ですから」

すると、忍神はいきなり硬い表情となり、

「ん、セレモニーか……、あれは無しだ」

きっぱりそう宣言した。

この声明に、ホリウッド・メイツの一同は驚きの表情を隠せない。口々に何か言おうとし、場がざわめく。

忍神はそれを遮って声を大きくし、

「無期延期だ。早すぎたんだよ。今回の殺人事件で様々なモノホンの変死を目の当たりにして、目が覚めたのさ。俺はまだまだだって。いい気になって記念セレモニーなんてやってる場合じゃない。俺は未熟だ。まだ、ちゃんと死ねていないんだよ。もっと死ぬ気で頑張って死ななきゃ。ああ、俺は死ぬまで死に続ける覚悟だよ。そして、もう死んでもいいってくらい上手く死ねるようになった時、その時こそ、胸を張り、改めてもっと大々的に記念セレモニーをやらせてもらうよ」

自嘲を交えながらそう締めくくった。

そして、俺の方を向くと、

「その時はまたヨロシク頼むよ、名探偵の紅門さん」

そう言って忍神が笑いかける。

急に振られて俺はいささか戸惑いながら、

「はあ、また、もしもに備えての潜入調査ですか？」

「そういうこと」

嫌な予感、

「じゃ、また、コスプレみたいなことを？」

「もちろん！」

と、忍神は力強く頷き、

「なんせ演技力が不安だからな。次は、そうだなあ……うん、じっと動かない役が無難だろう」

「……死体とか？」

「おいおい、死体役をナメるな」

「あ、すいません。じゃ？」

「銅像だ」

「え、二宮金次郎にでもなれ、と？」

「いやいや、もっとアーティスティックなのがいい。ダビデ像とか、考える人とか、ビーナスの像とか」

「そ、それって、どれも裸像では」

場合によっては、ダビデ像が、考える人がさっきみたいに謎解きを披露する展開になってしまうのか？　ビーナスに至っては女性だし……。

ああ、最悪だ、災役だ、最厄だ。とっととこの場から消え去るとしよう、エフェクトラのように。

［Ｆａｄｅ　ｏｕｔ］

【参考資料】

「犯罪捜査大百科」（長谷川公之／映人社）
「知識ゼロからの神社と祭り入門」（瓜生中／幻冬舎）
「嫁いでみてわかった！　神社のひみつ」（岡田桃子／祥伝社）
「別冊宝島461『救い』の正体。」（宝島社）
「毎日ムック　戦後50年」（毎日新聞社）
「平成史全記録」（毎日新聞出版）

その他、新聞・雑誌を含む出版メディア、ウェブサイト、映像関連などのコンテンツを参照させていただきました。
これらの執筆者、関係者、作品に心より感謝と敬意を表します。

解説

嵩平何

キャリア四十年のバイプレーヤーのカリスマ俳優・忍神健一は、作中で死ぬ役を得意とすることから、ダイプレイヤーと呼ばれ、その芸歴四十周年を記念して、演じてきた死人たちを供養するためのセレモニーの開催を準備していた。だが忍神は、実家兼セレモニー開催地でもある報龍神社の敷地内で奇妙な出来事が頻発していることを危惧していた。忍神に雇われた俺――紅門福助は無事にそのイベントを完遂し、その事件を捜査するために、その神社に忍神が設置したアクターズスタジオの常連メンバー「ホリウッド・メイツ」たちとともに、セレモニーのリハーサル合宿に参加していた。

「ホリウッド・メイツ」の俳優たちが所属している二つの芸能事務所同士の確執が見え隠れする中、新たに鳥居に卒塔婆が掛けられたという奇怪な出来事が発生する。

そして遂に犠牲者が……。その死体にはなぜか「+」が書かれた袋がかぶせられていた。更に殺人はその一件に留まらなかった。それに加えてその連続殺人には一九九〇年代後半に発生したギャクロスという犯罪集団との深い繋がりが見えてきて……。

本書では、足跡の無い殺人・密室殺人・連続見立て殺人と、これまで幾度となく霞作品で用いられてきたコードが再現・再演されている。「死に役」ダイプレイヤーの生前葬にまつわる「人業供養」「役祓い」「役落とし」というネーミングの巧みさや、老人役専門俳優・女装おじさんの存在など、これまた冒頭から霞節全開の設定が楽しめる。そして何より重要なのは、本書は紅門福助が登場する霞流一の原点回帰とでもいうべき作品であるということだ。

霞流一の各作品には多種多様で破格の探偵役が据えられているが、シリーズ探偵としては、『赤き死の炎馬』『屍島』『火の鶏』などに登場する奇蹟鑑定人・天倉真喜郎&魚間岳士コンビ、某作では魚間岳士との競演も果たした『スティームタイガーの死走』『プラットホームに吠える』などに登場する漢方医で鍼灸医の蜂草輝良里（キラリ）、『オクトパスキラー8号』『ウサギの乱』に登場する衆議院議員&俳優の駄柄善悟（善吾）などが挙げられる。その中でも長編六作・中短編十八作に登場し、霞流獣道ミステリを体現する紅門福助は、間違いなく霞流一を代表・象徴する探偵役である。しかしながら、長編では『サル知恵の輪』以来十七年、短編でも『死写室』の書き下ろし作品以来十五年にもわたって紅門の出番はお預けをくらい、そして遂に本書『エフェクトラ』で奇蹟の復活を遂げたわけだ。そのような華々しき復活の舞台に最厄をぶつけてくるのだから、著者も人が悪い（久しぶりのシリーズ新作の例だと、若竹七海が生んだ私立探偵・葉村晶も復活早々不運な目に遭遇していたし、『キッド・ピストルズの最低の帰還』（山口雅也）という題の例もあるが）。最厄というタイトルにお似遣いのように、陸続と発生する不吉な出来事と不可解な連続殺人は、「巻き込まれ型私立探偵」（©新保博久）の本領発揮といったところか。

霞流一作品といえば、作品ごとに動物テーマを設定し、大波のような蘊蓄とともに、事件もその構造も獣要素と有機的に結びつけ、その動物に関する連続見立て殺人や、豪快で豊富な物理トリックが飛び出すバカミス・獣道ミステリを想像する読者が多いかと思うが、近年の霞作品を見渡せば、見立て殺人や不可能犯罪の多用、ブラック・ユーモア満載のネーミングや設定、数多くの参考文献類、それにその多くの作品タイトルに動物の名前が含まれているのは以前と同様ながら、動物の存在は象徴としての役割を一部担う程度となり、またオーソドックスな本格の型を外れて、より構造的な技巧に特化するという作風の大きな変化が見てとれる。

ほとんど全ての作品が本格ミステリで占められる霞作品だが、もとより著者は本格ミステリのみを好んで摂取してきたわけではない。別ジャンルや映画への愛情は、文体や展開の一部を軽ハードボイルド的に仕立てるなど、オーソドックスな本格の型式を侵さない程度に作中に摂り入れられてきたが、『夕陽はかえる』以降は、より積極的に様々なジャンルと本格とのハイブリッドを試みるようになる。その結果として、『夕陽はかえる』『落日のコンドル』などの影ジェントシリーズや、『スパイダーZ』『フライプレイ！』『パズラクション』などに代表されるような、通常の本格型式から新たに組み替えた変化球的でテクニカルな本格ミステリを次々と世に送り出していった。本格ミステリ空間のユートピアを求めて、獣道すら存在しない新たな道を模索し続けるスタイルへと変わったのだ。特にキーとなる言葉はアクション。犯人や俳優たちの演技（アクション）、殺し屋たちの大活劇（アクション）、事件の態様を変えようとする能動的な行動（アクション）、大胆な筋の運び（アクション）……など、本格とともに新たな核として大きな武器を駆使していくようになる。その大きく変化した後の作風は『夕陽はかえる』のあとがきで提唱された「Ｓｉｎ本格」（【Ｓｉｎ】＝罪。違反。常識はずれ。神の掟にそむくこと）と呼ぶのが相応しい。

獣づくしの蒐集家的な観点からは一抹の寂しさもあれど、本格ファンの視点からは、獣まみれの本格＆ユーモアの構想も新たな血肉としてプロットに取り込んだその変化を歓迎したい。「獣道ミステリ」と「Ｓｉｎ本格」、そのどちらであっても、霞が愛している、権勢に反骨の精神を示す「破家（ばか）」という言葉が体現するものには違いない。その意味では、霞は常に同じ道を歩み続けているともいえる。

せっかくの紅門福助最厄の事件の解説なのだから、シリーズの主要登場人物と、これまでの紅門の活躍を時系列順にざっと紹介していこう。

紅門福助：紅白探偵社と契約するフリーの私立探偵。元々はテレビ東都に勤めていて、社会部記者時代に警視庁捜査一課の白亀と知り合う。三十歳の時に報道番組でトラブルを起こし左遷されかけていたところ、刑事を辞めた白亀に誘われる形で、白亀社長と紅門社員の二人で紅白探偵社を立ち上げ、探偵に転身する。三十人あまりの探偵を抱える大所帯になったことから七年前に独立し、フリーの私立探偵となる。女房寸前の女性に二度逃げられたこともあり、浮気調査はＮＧ。白亀とは「俺好みの事件」があれば紅門に回してもらう契約を結んでいる。また

解説

映画絡みの『フォックスの死劇』以降、その伝手を辿って映画関係者からの依頼を受けることも多い。趣味は洋画を見ることや、犬との対話・酒を飲むことなど。奇妙な事件に対する好奇心が旺盛で、「興味本位で生きている」と白亀に称されるほど酔狂な探偵である。
「俺」という一人称やその言動などは軽ハードボイルド的な造型ながら、エラリー・クイーンばりの消去法推理を得意としている。会う相手に対し動物にたとえる独特の人物描写をするなど、登場人物や奇怪な現象についての感慨や感想は頻繁に心情として漏らし、手掛かりへの気付きを読者に示すことはあっても、多くの作品では推理の過程や真相に関する考察は解決編まで明かさない——というのもクイーン式である。真相を終盤まで晒さない本格の探偵と内面の弱さを晒さないハードボイルド探偵のお約束を兼ね備えた存在である。途方もない偶然や異常な人間の心理をも推理に組み込めるほどに想像力も豊かで、紅門でなくては解決出来ないような怪事件・珍事件ばかりに遭遇している。

紅門の年齢については、当初は四十一歳で登場し、それが多くの作品では四十二歳で固定されたかと思えば、「血を吸うマント」の初出ではなんと四十三歳であると語っている。それが短編集『死写室』収録の際にはいずれも作品でも年齢は四十歳過ぎに書き換えられ、遂に現代が舞台と思われる本書ではミドルエイジという一層年齢不詳な設定になった。歳を取らないサザエさん方式の探偵役は火村英生や浅見光彦など数多いが、紅門の初登場から二十七年以上が経過し、時代背景の変化に馴染むよう年齢の振れ幅を許容するのを企図したのだろう。そうしたことからもまだまだ紅門とは長い付き合いになりそうだ。初登場から五十年後の九十歳になった紅門とかも見てみたい気もするが……。

また紅門はハードボイルド探偵に定番の減らず口どころか、事件現場ではかなり不謹慎でブラックなジョークを出来心でこぼし、捜査や事件の解決に必要なら、周囲からは奇行のように見られる行動を取ることも多いため、関係者からは冷たい眼で見られたり、煙たがられることもしばしばある。事件の様相や他の登場人物が紅門を遥かに凌駕する奇天烈なものである以上、そのような関係者や事件に伍するためには紅門ぐらいにアクが強くなければ生きていけないのだろう。

白亀金太郎：『フォックスの死劇』『ミステリークラブ』『デッド・ロブスター』『呪い亀』に登場。紅白探偵社社長・所長。痩身で紳士的な「見栄で生きている」伊達男。元々は警視庁捜査一課の警部だったが、四十で刑事を辞め、紅門を誘って二人で紅白探偵事務所を開設。大所帯の探偵社になった頃に紅門は独立するが、紅門向きの事件があれば依頼を回し、また警察に顔がきくことから、紅門に対して捜査の便宜を図っている。推理・調査能力にも優れ、紅門とともに捜査を進めたり、一緒に推理を交わすなどして事件の解決に寄与している。時には紅門に推理で先鞭をつけることもある。探偵社の受付ではアニメ声の笹西加代子が出迎えるほか、探偵の部下としてはマタさんなどがいる。

村原真一警部：『デッド・ロブスター』『おさかな棺』『サル知恵の輪』『死写室』（「霧の巨塔」を除く）に登場。推定年齢五十歳前後。ホームベース型の顔と七割が白髪の角刈り短髪で、狼のような強面の刑事。白亀を通じて紅門と面識ができる。紅門に対する当たりはキツく、紅門の言動に辟易することがありながらも、事件に紅門が巻き込まれるたびに情報を漏れなく提供し、紅門を事件現場に入れることも許可するなど、事件の捜査には協力的である（紅門シリーズに登場する他の刑事も基本的には協力的だが）。紅門とはウィンウィンの関係にある腐れ縁のようだ。童顔の刑事とコンビを組むことが多い。紅門シリーズでは同じ刑事が登場することが少ない中、貴重な準レギュラー刑事である。「ライオン奉行のミレニアム」「血を吸うマント」の初出では村原ではない刑事が出ていたが、『死試室』に収録される際に村原警部に書き換えられた。

宇大公彦（うだい）：『おさかな棺』『サル知恵の輪』に登場。スキンヘッドにちょびひげ、頬の肉がたれたブルドッグを上下に伸ばしたような特徴的な容姿を持った四十〜六十代と思しき年齢不詳の精神科医。完全予約制のカウンセリングを手掛ける一方で、星洋大学の非常勤として心理学関係の授業も担当している。当初は死体の発見者として現われるが、以後も複数の事件に絡んでいく。紅門と食事をする機会も多く、知識が豊富で事件の解決に寄与することもある。あだ名は太公望で悪戯好き。

では続けて紅門福助のこれまでの事件録を繙いてみよう（副題・再録情報は一部を除き省略。発行年月は初出のものを記したが、雑誌連載の『サル知恵の輪』は単行本の発行年月を記した）。ほとんどの作品で不可能犯罪や見立て殺人が多発する、奇想天外な事件の乱れ打ちである。

『フォックスの死劇』（角川書店・一九九五年十二月）テーマは「狐」。「ハモノハラ」という謎の言葉を残して亡くなった映画監督の妻から依頼を受け、キツネに見立てられた連続殺人事件に巻き込まれる。新世紀FOXを名乗る謎の人物の存在など、謎また謎の展開をみせる、紅門の初登場作品にして、本格ミステリ的なアイディアが数多く詰め込まれた一冊だ。映画ネタも満載かつ狐づくしの怪事件で、シリーズ当初から獣道ミステリは完成されていたことがよく分かる（もっといえばデビュー作『おなじ墓のムジナ』の時点から既に強い作家性を持った獣道ミステリが出来上がっていたが）。

『ミステリークラブ』（角川書店・一九九八年五月）テーマは「蟹」。蟹のハサミで切られたかのようなバラバラ殺人事件が発生した町では、同時に改造人間のような人蟹や巨大蟹の目撃情報など、蟹に関する奇怪な出来事も多発していた。蒐集関連のネタが満載で、資産に飽かして収集品を無惨にも収集家の前で破壊するコレクターの敵との対決や、都市伝説、犯罪実話の要素も盛り込まれ、白亀とのバディものの側面もある。

「豚に心中」（「創元推理」18号・一九九八年十月）テーマは「豚」。時代劇舞台の主演俳優が舞台稽古の休憩時間中に失踪し、ストーカーと心中したかのような状況で発見される。不可解な状況が、解決編を経て、とても納得のいくものだったことに驚かされる作品だ。

「ライオン奉行のミレニアム」（「小説新潮」二〇〇〇年一月・二月　『死写室』収録の際に「ライオン奉行の正月興行」と改題）テーマは「ライオン」、と言いたいところだが、ライオンネタ自体は同時期の獣道ミステリと比較すると乏しい。よって後に『死写室』として纏められる映画モチーフ連作の一部として読むのが吉だろう。また本作は雑誌掲載時には犯人当ての懸賞が行われている。手掛かりは十全ながら、映画ならではのトリックと霞作品らしいトリックがダブルで用いられたためか、懸賞の正解者は三人のみという難問であった。なお初出では（『首断ち六地蔵』連作のレギュラー刑事）霧間警部が登場していたが、『死写室』収録時には村原警部に書き換えられている。

「牛去りてのち」（「文藝別冊［総特集］Jミステリー」二〇〇〇年三月）テーマは「牛」。人と牛のステーキというインパクトのある謎も良いが、掌編程度の長さで獣道本格としての要件や質を完全に満たしているのが驚きだ。

「らくだ殺人事件」（『密室殺人大百科（下）時の結ぶ密室』二〇〇〇年七月）テーマは「らくだ」。密室状況で発見されたミイラ化した人間とラクダの死体、それに密室全身を繃帯（ほうたい）でぐるぐる巻きにされた死体という魅力的な事件が描かれる。これまたこのまま長編に仕立てられそうなラクダづくしの優れたプロットの本格で、獣道ミステリの中編としては、プロットと密接に関わるトリックやテーマとの結びつきも含め、ほぼ完璧な出来だろう。

「わらう公家」（『バカミスの世界』二〇〇一年二月）テーマは「公家」。貴族が集まる屋敷に公家の呪い、という道具立ても面白いが、衝撃の貴族トリックに唖然とさせられる。

「血を吸うマント」（「小説新潮」二〇〇二年四月）テーマは強いていえば「吸血鬼」だが、「映画」テーマ作品として、後に映画連作『死写室』の一部に組み込まれる。本格の骨格の一部を成す、奇妙な行動を取る人物の造型がいつもながら巧い。なお初出では栗原警部が登場していたのが『死写室』収録時には村原警部に書き換えられている。

『デッド・ロブスター』（角川書店・二〇〇二年九月）テーマは「海老」。エビ反りの死体に代表されるエビ絡みの事件のみならず、劇団・幇間・ロボットなど様々な要素も盛り込まれ、霞作品世界でなくては許されないような真相の数々が明かされる。解決編の斬新な消去法推理の演出も印象深い。「後に『死写室』に収録される」。

「首切り監督」（「小説新潮」二〇〇二年十月）首の入れ替えという魅力的な設定から生まれるトリック自体の衝撃もさることながら、著者ならではのブラックなユーモアがそこに結びつくことで、異形の結末を生み出した。

『呪い亀』（原書房ミステリー・リーグ・二〇〇三年一月）テーマは「亀」。新しい映画館を開こうとする最中に周囲で多発する「不吉」な出来事。その「不吉」を生み出す犯人探しに駆り出された紅門は、亀に絡んだ奇々怪々な事件の数々に巻き込まれる。走る老人などの都市伝説要素も盛り込まれているが、亀というテーマと本格ミステリ要素の結びつきは個人的にはシリーズ随一じゃないかと思う。

「スタント・バイ・ミー」（「小説新潮」二〇〇三年四月）マスク（覆面）をかぶったスターの死体と思われたのは、実はよく似たスタントマンの他殺体であった。だがのちに本物のスターの死体も発見され……。マスクトリックの緻密さに感心するのとともに、結末のオチの秀逸さにも惚れ惚れする。「後に『死写室』に収録される」。

『おさかな棺』（角川文庫・二〇〇三年十月）テーマは「魚」。本書は全作書き下ろしの連作中編集で、「日常の謎」的な変わった依頼を受け、その先で殺人に遭遇する、というのが定番のスタイルである。意外な形で個々の要素が結びつくのが魅力の連作だ。**「顔面神経痛のタイ」**テーマは「鯛」。依頼人の元夫が女装した姿で事故死した。その謎を調べていく中で殺人事件に遭遇し……。アイディアが多く詰め込まれた贅沢な作りで、長編を読んだかのような充足感がある。**「穴があればウナギ」**テーマは「鰻」。四人の愛人というシチュエーションが魅せる。**「夕陽で焼くサンマ」**テーマは「サンマ」。盗まれた刀と、二本の刀で切腹めいた姿で刺された被害者。殺害現場であんなことをする探偵は前代未聞だろう。**「吊るされアンコウ」**テーマは「アンコウ」。吊された人形の首から始まる事件。獣道ミステリならではのホワイダニットが楽しめる。

「左手でバーベキュー」（「ミステリーズ！」二〇〇四年十月・十二月）雑誌掲載時には懸賞付犯人当てが行われた作品。別荘で発見された左手のない死体に対して、紅門の見事な推理が繰り広げられる。メインロジックの着想を土台とした王道の犯人当てで、派手なトリックを中心に据えていない霞作品は珍しい。

『サル知恵の輪』（アクセス・パブリッシング・二〇〇五年十二月）テーマは「猿」。鉄板焼き店のメンバーたちを襲う、猿に見立てられた連続殺人事件。猿ミステリ紹介や犬との触れあいの場面など、本筋のミステリ部分以外での見所も多いが、狂人の論理とミッシングリンクとが結びつき、破格のホワイダニットを生み出した本作は獣に淫する獣道ミステリの到達点というに相応しい。加えて本書は、獣道ミステリと以後のＳｉｎ本格作品群とを繋ぐ輪（リンク）としての役割も見いだすことができる。そして『エフェクトラ』を読んだ方なら、両長編が背中合わせの関係性にあることにも気付かれるに違いない。また紅門ファンならぜひ雑誌「生本」連載版にも触れてほしい。嬉しい驚きが待ち構えている。

「霧の巨塔」（「小説新潮」二〇〇七年四月）クイーン「神の灯」の系譜に連なる壮大な消失もの。霞流一の某長編との関係も見いだせる豪快なトリックが読者を圧倒する。「後に『死写室』に収録される」。

「堕ちた天狗」（「メフィスト」二〇〇八年一月）テーマは「天狗」。天狗として売り出される予定のタレントが足跡が無い雪上で死んでいるのが発見された。紅門シリーズ短編としては珍しく非実在の獣？が取り扱われているように、ある意味の異色作である。「天狗」の魔力は数々のミステリ作家や紅門をも惑わすようだ。

『死写室』（新潮社・二〇〇八年二月）は八編収録の短編集で、既出の「ライオン奉行の正月興行」「血を吸うマント」「首切り監督」「スタント・バイ・ミー」「霧の巨塔」に加えて、新たに三作の紅門作品が書き下ろされた。獣要素はほとんどない代わりに、収録作全てが映画絡みの事件で、映画の様々な要素をテーマとして、トリックやプロットと深く結びつけた作品群となっている。**「届けられた棺」**次々に変化するプロットの妙味が見所で、霞流一色満載の真相が楽しい。

「モンタージュ」チェスタトンの「見えない人」や乱歩のＤ坂に連なる目撃者ものであり、霞流一短編の代表作でもある。錯視画が突如別の姿を現すように、紅門の推理が明かす真相はまるで魔術を見せられたかのよう。**「死写室」**試写室での映画上映中の殺人という不可能犯罪。霞作品ではあまり見られないタイプのトリックながら、脇を固める手掛かりが説得力を生む。

『エフェクトラ』（南雲堂・二〇二三年六月）これまで二十三作の紅門シリーズについて語ってきたわけだが、本格の枠組みを大胆に組み替えてきた近年のＳｉｎ本格作品群とは対照的に、紅門シリーズは一貫してオーソドックスな本格ミステリを骨格としてきた。それを示すかのように、本書『エフェクトラ』では、原点回帰といわんばかりに、ＷＨＯ（誰が）・ＨＯＷ（どうやって）・ＷＨＹ（なぜ）の各々にきっちりとロジカルな答えを出す著者史上最長の解決編を用意してみせた。紅門の復活に加えて、この事件の中心に据えられたギャクロスが犯した一連の事件の発生時期を霞自身の初期作の発表時期である一九九〇年代後半に合わせたのもその顕われだろう。もちろん単に安易な気持ちで棲み慣れた世界に戻ってきたのではなく、本格以外の世界にももまれ、未踏の冒険を経てきた霞は、ひときわ逞しく、より自由な破家者となって帰ってきた。その新たな力を得た腕試しといわんばかりに、今までのシリーズ作品以上に丁寧で整備された圧巻の解決編を作り上げてきたが、やはり本書の目玉は紅門が遭う最厄にある。だって誰も自分の代表的な探偵役をこんな最厄な目に遭わせようとは思わないでしょう？『呪い亀』や『サル知恵の輪』の真相もそうなのだが、きちんと今までのシリーズに布石——というより前フリを仕込んでいるのも心憎いところだ。本書では出来心で不用意な発言をすることも減り、紅門もミドルエイジとして歳を取って落ち着いたのか、はたまた現代のコンプラに適応してきたのか。むしろ変わってきたのは現代の探偵のふところ事情か。骨身に沁みる……。

本書は書き下ろしです。
この物語はフィクションです。
実在の人物・団体とは一切関係ありません。

エフェクトラ
紅門福助最厄の事件

2023年6月14日　第一刷発行

著　者　霞流一
発行者　南雲一範
装丁者　岡 孝治
校　正　株式会社鷗来堂
発行所　株式会社南雲堂
東京都新宿区山吹町361　郵便番号162-0801
電話番号　(03)3268-2384
ファクシミリ　(03)3260-5425
URL https://www.nanun-do.co.jp
E-mail nanundo@post.email.ne.jp
印刷所　図書印刷株式会社
製本所　図書印刷株式会社

ISBN 978-4-523-26613-6 C0093

本格ミステリー・ワールド・スペシャル
島田荘司／二階堂黎人 監修

龍のはらわた

吉田恭教 著

四六判上製　384ページ　定価2,420円（本体2,200円＋税）

家族が皆殺しにされる中一人生き残った少女。
犯人が白骨体で発見された時、謎の言葉を思い出す。
槙野・東條シリーズ最新作

早瀬未央が突然鏡探偵事務所を辞め、彼女の母親が「娘が失踪を……」という電話を寄越す。八王子の民家から発見された白骨体が早瀬の家族を惨殺した犯人の一人であることを聞かされた槙野康平は、弁護士の高坂と共に早瀬の捜索に乗り出すのだが、白骨体が発見された家の関係者がホテルーの一室で毒殺されてしまう。